Crazy

Merry

ChristMess

- Heiße weiße Weihnacht -

Lovis Hamlin

Bibliografische Information der deutschen
Nationalbibliothek

Die Deutsche Nationalbibliothek verzeichnet diese
Publikation

in der deutschen Nationalbibliografie, detaillierte
bibliografische

Daten sind im Internet über http://dnb.dnb.de
abrufbar.

Herstellung und Verlag
BoD - Books on Demand, Norderstedt

ISBN: 9783756232765

Vorwort

In dieser Weihnachtsgeschichte gibt es keinen netten Weihnachtsmann mit grauem Bart und gütigen Augen. Nur einen verflixt heißen Bad Boy mit einer ausgeprägten Weihnachtsphobie, den man gezwungen hat, einen roten Mantel und eine Weihnachtsmütze zu tragen. Es gibt eine Weihnachtsbaumplantage, die nur der Tarnung dient und 420 Gramm gestohlenes Kokain, dessen Wiederbeschaffung ein Chaos auslöst.

Gabriel, der verkleidete Weihnachtshasser, ist kein Feingeist, kein Freund geschliffener Worte und deshalb nimmt er auch kein Blatt vor den Mund. Seine Wortwahl ist, sagen wir mal, freizügig und der Sex mit ihm ist es auch. Sollten euch also derbe Sprüche, heißer Sex und kriminelle Handlungen triggern, dann lest die Weihnachtsgeschichte, die wir alle kennen.

Für alle anderen gilt: Lasst euch mit einem Augenzwinkern auf die verrückte, chaotische und emotionale Geschichte von Megan und Gabriel ein, taucht ein in Megans glitzerbunte Weihnachtswelt und erlebt mit, wie ein wahres Weihnachtswunder geschieht!

Playlists

Megan

Jingle Bells von Bobby Helms
We wish you a merry christmas von Ashanti
Last christmas von Wham!
Joy to the world von Nat King Cole
All I want for christmas is you von Mariah Carey
The power of love von Frankie goes to Hollywood

Gabriel

What lies ahead von Semblant
I'd rather see your star expolde von Slaves
No presents for christmas von King Diamond
Christmas with the devil von Spinal Top

Im Gabriel's

Feeling good von Michael Bublé
I put a spell on you von Annie Lennox

Und...

Rudolph The Rednosed Reindeer von Dean Martin

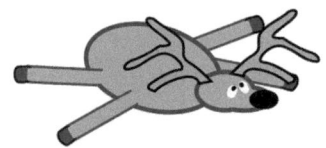

Gabriel

„Heilige Scheiße!" Ich stöhnte, weil *Jingle Bells* jetzt bereits zum gefühlt hundertsten Mal aus dem Lautsprecher dröhnte und die weitläufige Tannenbaumschonung beschallte, auf der ich meinen Frondienst ableisten musste. Und das alles nur, weil ich einen Auftrag in Los Angeles verkackt hatte. Gut, so richtig verkackt, aber das gab meinem Bruder Michael noch lange nicht das Recht, mich zu diesem Schwachsinn hier zu verdonnern. Er wusste genau, dass ich Weihnachten hasste wie der Teufel das Weihwasser. Diese aufgesetzte Besinnlichkeit, die Inbrunst, mit der die Menschen Weihnachtslieder sangen, alles festlich dekorierten, sich unnütze Dinge schenkten... Wofür der ganze Zauber gut sein sollte, erschloss sich mir nicht und darum hatte ich mit der Weihnachtszeit nichts am Hut. Vielleicht lag es daran, dass meine Mutter sich ebenfalls nie für Weihnachten interessiert hatte. Während andere Mütter ihr Heim mit allerlei Deko schmückten, mit ihren Kindern auf Weihnachtsmärkte gingen oder Plätzchen backten, war unsere Mutter damit beschäftigt, ihr Imperium zusammenzuhalten. Ein Imperium, das sie sich über Jahre zusammen mit unserem Vater aufgebaut und nach dessen Tod weitergeführt hatte. Es war kein Geschäftszweig, der jemals im *Forbes Magazine* erwähnt werden würde, und doch sprach man in unseren Kreisen den Namen meiner Mutter mit Ehrfurcht aus. Sie war eine der wenigen Frauen in diesem Business und musste schon deswegen taffer sein und mehr leisten, um anerkannt zu werden, als ihre männlichen Geschäftspartner. Das bedingte, dass sie für so unwichtige Dinge wie Geburtstage oder andere Familienfeste so gut wie nie Zeit erübrigen konnte. Das Geschäft kam immer an erster Stelle.

Sie hatte noch nie einen Weihnachtsbaum für mich und meine zwei Brüder gekauft, geschweige denn, geschmückt. Essen gab es, wie an den 364 restlichen Tagen im Jahr, vom Fastfoodrestaurant oder auch zur Feier des Tages vom Italiener um die Ecke. Die einzige Küche, die sie je betreten hatte, war die Drogenküche im Haus ihres zweiten Ehemannes in Tijuana. Und Geschenke, wenn sie uns denn welche machte, waren eher Notwendigkeiten als liebevoll ausgesucht. Es war immer etwas Praktisches wie eine neue handliche Pistole, ein japanisches Messer oder auch die Kaution, wenn wieder einmal einer von uns geschnappt worden war. Und so war es nicht verwunderlich, dass niemand von uns etwas mit Weihnachten am Hut hatte. Selbst der Verkauf der Tannenbäume, den ich hier am Arsch der Welt, 60 Meilen von der Grenze zu Kanada entfernt, beaufsichtigen musste, war nur Tarnung. Unter der Plantage befand sich eines unserer größten Lager. Hier lagerten Drogen und Waffen, während oben Weihnachtsbäume verkauft wurden und der Erlös einem karitativem Zweck gespendet wurde. Ja, insofern waren wir genauso bigott wie die Kirchgänger an Heilig Abend, die die Geburt eines Mannes feierten, an den die meisten von ihnen nicht einmal glaubten.

„Hey, Gab, wenn du weiter so guckst wie ein durchgeknallter Killer, traut sich niemand an die Kasse." Mein jüngerer Bruder Raphael schaute mich amüsiert an.

„Ich bin ein durchgeknallter Killer, schon vergessen?", knurrte ich, während jetzt *We wish you a merry christmas* erklang, auch zum gefühlt hundertsten Mal. Die Endlosschleife der drei Songs, die hier den ganzen Tag dudelten, hatte das Potential, den Dämon in mir zu entfesseln. Ich griff nach dem Stressball, den mein ältester Bruder Michael mir kalt lächelnd mitgegeben hatte und drückte ihn mit der rechten Hand. Es hätte besser funktioniert, mich zu beruhigen, wenn es die Kehle eines der Wichser gewesen wäre, wegen denen ich jetzt hier meinen Strafdienst ableisten musste. Oder wenn wenigstens Michaels hässliche Visage auf dem Teil aufgedruckt gewesen wäre.

„Na ja, wenn du das wirklich wärst, müsstet du jetzt nicht diese grünen, piksenden Scheißteile an verklärt grinsende Familienväter verkaufen, die sich von ihren Gattinnen Absolution für alle Verfehlungen des letzten Jahres erhoffen, wenn sie mit dem wirklich perfekten Familienweihnachtsbaum nach Hause kommen." Raf grinste mich widerlich amüsiert an. Der Stressball flog in seine Richtung, traf aber weich und geräuschlos nur seine Schulter.

„Ok, ich hab das in L.A. verkackt, aber schließlich

konnte ich doch nicht wissen, dass die Kleine mich nur ablenken sollte. Ich dachte..."

„Du dachtest gar nichts, Gab. Dein Schwanz dachte! Und das war das eigentliche Problem. Denn als der fertig mit denken war, war der Deal längst über die Bühne und der Kerl, den du erledigen solltest, über alle Berge!"

„Ich konnte doch nicht wissen, dass die Kleine seine Tochter war!", verteidigte ich mich halbherzig, obwohl ich es hätte besser wissen *müssen*. Vor einem Auftrag alle wichtigen Details auszukundschaften, gehörte nicht nur dazu, es war sogar zwingend erforderlich, wenn man Erfolg haben wollte. Dass die kleine Pussy von ihrem Vater auf mich angesetzt worden war, hätte ich einfach erkennen müssen. Das war unentschuldbar und der Grund, warum Michael mich dazu verdonnert hatte, hier gute Miene zu bösem Spiel zu machen.

„Bist du Santa Claus?" Eine helle Stimme drang zu mir rauf, während ein rotnasiges Kind mit blonden Locken, die unter einer Pudelmütze hervorlugten, an dem roten Mantel mit der weißen Kunstfellverbrämung zupfte, der zu dieser lächerlichen Verkleidung gehörte, die hier Vorschrift war. Hatte das Kind was an den Augen? Seit wann hatte der gute alte Santa Tätowierungen? Meine jedenfalls guckten oben aus dem Kragen heraus, weil sie sich über meinen Halsbereich bis fast zum Kinn zogen. Ein Adler schmückte nämlich meinen Hals und sein Schnabel war so auf meinem Kehlkopf positioniert, dass es aussah, als bewege er ihn, wenn ich schluckte oder sprach. Und einen Bart hatte ich aus genau diesem Grund auch nicht.

„Ähm nein, Kleine, ich bin...", begann ich bemüht freundlich. Die Kleine konnte ja nichts dafür, dass ich schlechte Laune hatte, aber sie stemmte die Hände in die Hüften und unterbrach mich.

„Ich bin ein Junge! Das müsstest du eigentlich wissen, wenn du Santa bist! Also bist du es nicht! Wieso hast du dann einen roten Mantel an und diese Mütze auf?" Wütend stapfte der kleine Geräuschzwerg mit dem Fuß auf, verschränkte die Arme vor der Brust und blitzte mich herausfordernd an. Gut, dann eben anders. Zumindest hatte ich es versucht...

Mich an die rote Mütze zu erinnern, an deren Ende ein blinkender Bommel angebracht war, überschritt eindeutig die Grenzen meiner hauchdünnen Selbstbeherrschung. Ich hatte mich wirklich bemüht, in dem mir möglichen Rahmen freundlich zu sein, aber was zu viel war, war zu viel.

„Nein, ich bin nicht Santa, den gibt's nämlich gar nicht!" Ich wusste, dass der Adlerschnabel gierig zuckte und meine Stimme hatte auch so gar nichts von dem gütigen alten Santa aus der Werbung. Der Kleine wurde etwas bleich und sah mich verunsichert an. Raf verdrehte die Augen und schüttelte den Kopf.

„Hör zu, Kleiner. Das ist mein Bruder Gab und er hat äußerst schlechte Laune heute. Er meint das nicht so", versuchte Raf sich in Schadensbegrenzung. Ich beugte mich zu dem Kleinen hinunter und sah ihm in die blauen Kulleraugen, die mich misstrauisch anstarrten. Schade Raf.. Ich meinte das *genau so*!

„Und Rudolph gibt's auch nicht! Keinen Schlitten, keine Rentiere, keinen Santa." Die blauen Augen füllten sich mit Tränen. Gut, hätten wir das geklärt.

„Was fällt Ihnen ein?!" Feine braune Lederschuhe schoben sich in mein Blickfeld. Langsam ließ ich meinen Blick nach oben wandern, er glitt über eine graue Anzughose und einen grauen Wollmantel hinauf, bis ich dem Kerl in die Augen schauen konnte. Was gar nicht so einfach war, denn ich überragte ihn um mindestens einen Kopf. Mit der rechten Hand balancierte er eine schneebedeckte Tanne, damit sie nicht seine piekfeine Kleidung verschmutzte, die linke legte er dem Knirps auf die Schulter. Ich legte den Kopf etwas schief und grinste.

„Wieso? Ich sage nur die Wahrheit. Kennen Sie das achte Gebot? Du sollst nicht lügen?"

„Dad?" Das dünne Stimmchen, das von unten zu mir herauf drang, zitterte. Der Typ musterte mich erst wütend, dann zunehmend unsicher, weil ich ihn nur mit zusammengekniffenen Brauen fixierte. Er schluckte, starrte auf den Adlerschnabel und überlegte wahrscheinlich gerade, wie er heil aus dieser Situation herauskommen konnte. Schließlich ließ er den Baum fallen und schob seinen Sohn an mir vorbei.

„Komm, Gysmo, hier kaufen wir keinen Baum."

Im Vorbeigehen hörte ich den Kleinen noch plärren: „Ich will aber, dass es Santa gibt. Ich WILL nämlich Geschenkeeeee!"

Aha. Da war sie, die Wahrheit. Santa und Weihnachten gingen dem kleinen Hosenscheißer am Arsch vorbei. Ihm ging es nur um die Geschenke. Gut für ihn, dass nicht Santa sondern seine Eltern die Geschenke kauften.

„Na dann: Frohe Weihnachten!", rief Raf ihnen hinterher, gleichzeitig belustigt und verärgert.

12

„Das war nicht nötig, Gab. Kinder lieben Santa. Du hast da wahrscheinlich gerade ein Trauma bei dem Kleinen heraufbeschworen und es wird seinen Alten eine hübsche Stange Geld kosten, wenn so ein Psychodoktor das wieder hinbiegen soll! Und nur, weil du Weihnachten nichts abgewinnen kannst, musst du es ja nicht allen andern, die es lieben, vermiesen."
Doch, musste ich. Gegen mich war der Grinch eine glitzernde Weihnachtsfee.

Ich werde Weihnachten in meinem Herzen
ehren und versuchen, es das ganze Jahr
hindurch aufzuheben.
– Charles Dickens –

Megan

Ich freute mich auf ein ruhiges Wochenende, feuerte meine Schuhe in die Ecke und hängte meinen Mantel an die Garderobe.
Jetzt erst einen Tee, später dann einen Glühwein und Plätzchen und noch später ein heißes Bad und Netflix. Es gab mindestens noch ein Dutzend dieser romantischen Weihnachtsfilme mit Happy End unter dem Weihnachtsbaum, die ich noch nicht gesehen hatte.

Leider gab es in meinem eigenen Leben noch nicht einmal im Ansatz Anzeichen für ein Happy End, weder unter dem Weihnachtsbaum, den ich noch nicht einmal hatte, noch in der Karibik unter Palmen. Jefferson, mein Ex, hatte mich mit einem Haufen Schulden und einem gebrochenen Herzen vor einem Jahr zurückgelassen und war einfach so verschwunden. Ich hatte gedacht, er wäre mein Prinz, stattdessen hatte ich wohl statt einen Frosch eine widerliche Kröte geküsst, wobei so was wie er dabei herausgekommen war.

Das alles war vor ziemlich genau einem Jahr passiert und ich hatte es inzwischen so weit verarbeitet, dass ich in diesem Jahr wieder meiner großen Leidenschaft frönen konnte: Weihnachten. Ich liebte es, meine gesamte Wohnung zu dekorieren, zu backen und zu kochen und über die kleinen Weihnachtsmärkte in der Umgebung zu streifen, immer auf der Suche nach außergewöhnlicher Deko, die ich noch nicht hatte und die meine kleine Sammlung bereichern konnte. Es war nicht mehr lange bis zu den Feiertagen, aber ich hatte früh genug mit dem Schmücken anfangen, so dass ich mich jetzt in Ruhe an meinem Werk erfreuen konnte.

Ich hatte gerade das Teewasser aufgesetzt, als es an der Tür polterte. Ich schaute erst durch den Spion, dann öffnete ich die Tür.

Ryan, mein Nachbar, stand davor, bepackt mit einem Pappbecher Kaffee, einer Papiertüte mit dem Aufdruck unseres Lieblingschinesen und einer großen Reisetasche über der Schulter. Wahrscheinlich hatte er mal wieder mit dem Fuß vor meine Tür getreten, weil er die Hände voll hatte. Sein Handy hatte er sich zwischen die linke Schulter und sein Kinn geklemmt und noch bevor ich irgendetwas zu diesem seltsamen Auftritt sagen konnte, grinste er mich kurz an, drückte sich an mir vorbei und trat die Tür hinter sich ins Schloss. Ich verdrehte die Augen.

„Sorry, bin gleich für dich da", flüsterte er mir zu, während er ins Wohnzimmer ging. Ähh... hatte ich was verpasst? Eine Verabredung oder so? Ryan und ich unternahmen manchmal etwas zusammen, weil auch er von seiner Freundin verlassen worden war. Er drückte mir die Tüte vom Chinesen und seinen Kaffeebecher in die Hand und zuckte bedauernd mit den Schultern.

„Nein, nein, keine Probleme. Alles wie abgesprochen..."

Er drehte sich von mir weg und sprach plötzlich sehr leise, so als wollte er nicht, dass ich das Gespräch mitbekam.

„Gut, ich werde da sein." Ryan nahm das Handy vom Ohr und kam zu mir herüber. Er grinste mich an und nahm einen Schluck von seinem Kaffee.

„Bähhh, kalt." Er sah mich etwas unsicher an, weil ich immer noch da stand und auf eine Erklärung wartete, was dieser Überfall sollte.

„Ryan, was willst du hier? Hör zu, ich habe keine Zeit für dich. Es tut mir leid, ich wollte mir einen gemütlichen Abend auf der Couch machen."

„Ja, das kannst du später ja auch machen, aber", er deutete in die Ecke des Wohnzimmers, in der diese komische Pflanze stand, die er übergangsweise bei mir abgestellt hatte, „findest du nicht, dass da was fehlt?" Irritiert sah ich mir die Stelle an, auf die er deutete. Neben meinem Bücherregal stand der Fernseher. Dann stand da in der Ecke dieses Gestrüpp, das keine Blüten, sondern nur Blätter hatte, in einem weihnachtlich roten Übertopf. Ich hatte ein paar bunte Kugeln und eine rote Weihnachtsgirlande hineingehängt, damit es wenigstens etwas weihnachtlich aussah. Es ersetzte zwar nicht im Ansatz einen Tannenbaum, aber...

„Jetzt sag mir nicht, dass du dieses Jahr auf einen Weihnachtsbaum verzichten willst, Weihnachtsprinzessin. Du hattest schon im letzten Jahr keinen, weil..." Er brach verlegen ab. Ja, weil Jefferson mich letztes Jahr verlassen hatte, hatte ich nur geheult, nichts geschmückt und nicht die Kraft besessen, einen traditionellen Baum aufzustellen. Mir war einfach nicht danach gewesen Weihnachten zu feiern. Etwas, das ich in diesem Jahr dafür aus Trotz und zur Feier der symbolischen Wiedergeburt der Megan Brennegan umso mehr ausleben wollte.

Ryan zeigte mir sein charmantes Sonnyboygrinsen und unwillkürlich verglich ich ihn mit Jeff.

Der hatte sich in den zwei Jahren unserer Beziehung immer lustig über mich gemacht. Weil ich Weihnachten liebte. Weil ich meine Wohnung mit lauter kitschigem Zeug dekorierte. Lichterketten, Glitzersterne und Schneespray an den Fenstern waren dabei natürlich Pflicht. Ich verteilte überall Duftkerzen mit Zimtgeruch, backte Plätzchen in Rentierform, zog die Bettwäsche mit dem Druck von Santas Rentierschlitten auf und spielte den ganzen Tag die Playlist mit meinen Lieblingsweihnachtsliedern ab. Für Jeff definitiv zu viel des Guten, für mich nicht annähernd genug. Leider ließ meine kleine Wohnung nicht mehr zu, sonst hätte ich den Rentierschlitten nicht nur auf der Bettwäsche, sondern auch leuchtend im Vorgarten.

„Natürlich will ich dieses Jahr einen Baum. Am liebsten so groß wie der vorm Rockefeller Center. Und dazu noch eine größere Wohnung, damit er auch zur Geltung kommt." Ich verdrehte die Augen, weil ich im Augenblick wirklich nicht wusste, wohin ich dieses Jahr noch mit einem Baum sollte. Ich hatte die dafür vorgesehene Lücke bereits mit dieser komischen Pflanze ohne Blüten gefüllt. Ich lächelte Ryan trotzdem an um ihm zu zeigen, dass ich seine Geste süß fand. Er hatte das ganze Drama mit Jeff quasi hautnah mitbekommen und war seither vom netten Nachbarn zu einem wirklich guten Freund mutiert.

„Okay, dann holen wir jetzt einen. Vielleicht eine Nummer kleiner, aber einen richtigen, echten, kitschigen Baum kriegst du schon noch in die Ecke da." Er deutete mit dem Kinn auf die Stelle, an der der Ersatzweihnachtsbaum alias komische Topfpflanze stand.

„Ryan, es sind nur noch ein paar Tage bis Weihnachten. Da sind alle vernünftigen Bäume längst ausverkauft. Jetzt gibt es nur noch die Krüppel, die vorher niemand haben wollte." Ich dachte daran, dass ich bereits einige dieser Exemplare in den Jahren zuvor erworben hatte. Nicht selten hatte ich sie mit einer Schnur an der Heizung festbinden müssen, damit sie überhaupt einigermaßen gerade aussahen.

„Also erstens ist es nie zu spät für einen Baum. Zweitens habe ich sonst keine Zeit mehr, dir dabei zu helfen, einen zu besorgen und drittens sagst gerade du immer, dass man auch denjenigen eine Chance geben soll, die niemand haben will." Er wackelte anzüglich mit den Augenbrauen. Okay, ich hatte bereits bemerkt,

dass er mehr als nur mein Freund sein wollte. Ich
seufzte.

„Also gut. Ich geben mich geschlagen angesichts dieses
Argumentation." Ich musste grinsen und er strahlte
mich an.

„Ich habe noch ein paar Restbäume im Hof von Mr.
Tingells Store gesehen. Da können wir gleich..." Ich
dachte daran, wie ich natürlich doch mit dem Gedanken
gespielt hatte, noch einen echten Baum in irgendeine
Ecke meines Wohnzimmers zu quetschen. Es ging
nämlich nichts über diesen frischen Tannenbaumduft,
der sich durch einen echten Baum in meiner Wohnung
verbreiten würde.

„Ich bitte dich, Süße. Wir kaufen doch nicht diese alten
Krüppel aus Tingalls Store. Alsooo...", unterbrach er
mich. Er klopfte sich mit den Händen auf die Brust und
seine grünen Augen blitzen vor Schalk auf.

„Ein Mann muss tun, was ein Mann tun muss. Ich will
für uns den Frischesten, Geradesten und Schönsten, den
es gibt. Und den finden wir garantiert nicht bei diesem
Halsabschneider, bei dem es mich nicht wundern
würde, wenn er die nicht verkauften Bäume aus dem
letzten Jahr recycelt, indem er ihnen die Nadeln wieder
anklebt. Daher werde ich...", er machte eine
theatralische Pause, rollte mit den Augen und grinste
mich dann an, „unseren Baum selbst fällen! Frischer
geht's nicht!" Kurz trat eine unangenehme Stille ein,
weil er von unserem Baum gesprochen hatte, was er
jetzt auch bemerkte. Einmal mehr die Bestätigung, dass
Ryan mehr in mir zu sehen begann als nur seine
Nachbarin und Kumpelfreundin. Ich dagegen sah in
ihm nur den netten Kerl, der mich vor einem Jahr aus

18

meinem seelischen Tief herausgeholt und wieder brauchbar für das wahre Leben gemacht hatte. Er wackelte entschuldigend mit den Augenbrauen, weil er sehr wohl wusste, dass ich nicht so empfand wie er, aber das hielt ihn nicht davon ab es immer mal wieder zu versuchen. Er sah so zerknirscht aus, dass ich lachen musste. Ich konnte ihm einfach nichts übel nehmen.
„Ryan, du bist nicht Clark Griswold. Die Bäume in Tindells Hof sind ausreichend, bereits gefällt und liegen transportbereit in einem Netz verpackt dort."
„Papperlapapp. Wir werden jetzt ins Auto steigen, nach Norden fahren und auf einer Weihnachtsbaumplantage den schönsten aller schönen Weihnachtsbäume finden und ihn hier in deine Wohnung bringen!"
Ich dachte kurz an meine Pläne für das Wochenende. Draußen war es scheißkalt, es schneite und auch wenn ich wirklich gerne einen Baum gehabt hätte, wollte ich eigentlich nicht mehr raus gehen. Schon gar nicht weit wegfahren, um einen zu fällen. Denn das bedeutete eisige Kälte und wahrscheinlich eine Diskussion mit Ryan, welcher von den tausend Exemplaren der Schönste wäre. Bei diesen Gelegenheiten, das hatte ich mit Jefferson erlebt, kam in den meisten Männern der Höhlenmensch hervor. Mein Weibchen, meine Höhle, mein Baum. Ich dagegen war der Ansicht, dass wir einen Baum sehr gut auch bei Tindalls kaufen konnten. Es wäre wie gesagt nicht der Erste, den ich mit einem Seil an die Heizung binden müsste, damit er vor lauter Krummheit nicht umkippte. Es musste ja gar nicht der perfekte Baum sein. Hauptsache man konnte ihn schmücken und er duftete so schön nach Tanne.
„Ryan, ich finde es ja süß, aber..."

„Komm schon, das wird lustig!" Ryan nahm meinen Arm und dirigierte mich in den Flur.

„Ryan, ich bin gerade erst von der Arbeit gekommen! Ich habe gedacht, ich könnte heute einfach nur die Füße hochlegen und einen Film ansehen." Der Tag war anstrengend gewesen und ich war müde. Statt irgendwo in der Pampa einen Tannenbaum zu kaufen wollte ich meinen Glühwein lieber zuhause trinken.

„Komm schon, Meg. Du kannst etwas Spaß gebrauchen. Bestimmt hattest du heute wieder ein paar ganz schreckliche Meetings mit deinen spaßbefreiten Chefs."

Da hatte Ryan unabsichtlich ins Schwarze getroffen. Ich arbeitete in einer kleinen Werbeagentur an einer neuen Kampagne für Hundefutter. Leider hatten meine Chefs andere Vorstellungen von innovativer Werbung als ich, so dass meine Vorschläge wieder einmal alle in Grund und Boden diskutiert und schließlich abgeschmettert worden waren. Ich konnte wirklich Ablenkung gebrauchen und Netflix lief mir ja nicht weg.

„Na gut." Er hatte mich überzeugt. Ich kickte die gemütlich warmen Rentierpantoffeln weg und stieg stattdessen in meine weißen Moonboots. Vielleicht nicht ganz passend für eine Tannenschonung, aber ich war ja auch nicht auf diesen Trip vorbereitet und außerdem hatte ich keine anderen, die annähernd so warm waren. Ich hörte Ryan im Wohnzimmer herumkramen, während ich mich anzog.

„Hey, was machst du da?", rief ich, während ich nach einem passenden Schal suchte. Leider hatte ich nur den weißen Wollschal griffbereit. Auch nicht gerade passend, aber schließlich wollte ich den Baum ja nicht selbst fällen.

„Ich... äh... messe nur die Ecke aus. Bin gleich da."

„Lass die Finger von Rudolph!", warnte ich ihn, denn mein Rentier war mir heilig. Ich hatte es als kleines Mädchen von meinen Eltern bekommen. Rudolph war ein Rentierschaukelpferd, wenn es so etwas überhaupt gab. Mein Vater hatte das etwa hüfthohe Plüschrentier etwas modifiziert, hatte ihm Satteltaschen und Kufen verpasst und in eben diesen Satteltaschen hatten all die Jahre meine Geschenke gesteckt.

Heute lebten meine Eltern in Charlotte, North Carolina, und aufgrund der Entfernung sah ich sie nur selten. Wir telefonierten zwar oft, aber für Besuche fehlte uns häufig die Zeit oder das Geld. Ich verdiente gerade genug, um mich über Wasser zu halten, großer Luxus oder ungeplante Ausgaben waren nicht drin. Und mein Vater arbeitete als Hausmeister an einer Schule, während meine Mutter Hausfrau war. Als Kind hatte ich es immer sehr genossen, dass meine Mutter mich so umsorgte, immer für mich da war und ihre eigenen Interessen hinten an stellte. Leider rächte sich das jetzt im Alter, weil sie natürlich aufgrund einer zwar abgeschlossenen Ausbildung aber mangelnder Berufserfahrung keinen richtigen Job fand und das Geld hinten und vorne kaum reichte. In diesem Jahr würde es wieder nur ein Skype-Telefonat geben, aber wir hatten uns damit arrangiert. Umso wichtiger war mir Rudolph, der mich auf eine nostalgische Art mit meinen Eltern verband.

„So, da bin ich. Alles erledigt. Wir können los." Ryan

erschien im Türrahmen, seine Sporttasche geschultert und er wirkte irgendwie zufrieden.

Ich zog meine weiße Skijacke an, nahm meine Mütze und zum Schluss noch die hässliche Sonnenbrille mit den roten Gläsern. Ganz und gar unpassend zum Tannenbaumfällen, aber ich hatte keine große Auswahl. Die Brille war das Geschenk eines zufriedenen Kunden der Werbeagentur gewesen und seit ich die stylische Sonnenbrille, die Jeff mir mal geschenkt hatte, zusammen mit den anderen Dingen, die mich an ihn erinnerten, entsorgt hatte, leider auch meine einzige.

„Und jetzt komm. Wir müssen ein Stück fahren."

Während ich noch darüber nachdachte, wie ich die Information, dass es wohl weiter weg gehen würde, einordnen sollte, schob er mich schon zur Tür. Ich glaubte für einen kurzen Augenblick, dass er erleichtert aufatmete, aber das konnte ich mir auch nur eingebildet haben.

Gabriel

Ich freute mich auf den Feierabend. Heute war es scheiße kalt, es schneite und ich konnte den süßen Geruch von dem Eierpunsch, den Raf in Rentiertassen an die Besucher ausschenkte, nicht mehr ertragen. Wie jedes Jahr fragte ich mich, wie tief man sinken musste, um Eierpunsch zu trinken?! Diese ganze süße Plörre ließ mir die Haare zu Berge stehen. Und dann diese

22

lächerlichen Tassen, die einige der Käufer wohl als kleine Nebensache tatsächlich mitgehen ließen. Was zum Teufel, wollte man mit so hässlichen Dingern? *Jingle Bells.*

Ich hielt es nicht mehr aus. Nein, ganz egal, wie sehr ich den Job vermasselt hatte, das hier war schlimmer als lebenslänglich in Guantanamo.

„Raf, bitte, ich kann nicht mehr", stöhnte ich, aber mein Bruder zuckte nur gelangweilt die Schultern.

„Ich glaube, das genau ist der Sinn dieser Aktion, Bro. Es soll dir richtig, richtig weh tun." Er grinste schadenfroh.

„Wie lange noch?" Ich wusste, dass ich diese Strafaktion verdient hatte, aber das machte es nicht besser. Und ich wusste auch, dass ich das hier bis zum Ende durchziehen musste, wenn mein Bruder Michael mir jemals verzeihen sollte.

„Noch eine Stunde. Dann können wir zumachen. Wenn dieser Wichser mit dem Stoff bis dahin aufgetaucht ist."

„Hast du schon was von ihm gehört? Er lässt sich ja ziemlich viel Zeit, dafür, dass er erst neu im Geschäft ist. Man sollte denken, dass er sich mehr den Arsch aufreißt, um für uns zu arbeiten."

„Er wird schon noch kommen. Ich habe mit ihm telefoniert, er ist auf dem Weg."

„Na dann hoffen wir mal, dass er sich auf dem Weg in diese Wildnis hier nicht verirrt."

„Wir nehmen den hier:" Wieder so ein Anzugträger mit blank polierten Schuhen. Er deutete auf eine Frau, die neben ihm stand und versuchte, einen Baum festzuhalten, der sie um mindestens einen Meter überragte. Zwischen ihren Beinen hüpften aufgeregt zwei kleine Kinder herum und spielten Verstecken zwischen ihren Beinen und dem Baum. Eins der Kinder kam ins Stolpern und hielt sich an der Hose der Frau fest, woraufhin sie ihr Gleichgewicht verlor und samt Baum in dem Schnee fiel. Bevor ich reagieren konnte, trat der schmierige Kerl einen Schritt zurück und schüttelte den Kopf.

„Kannst du denn nicht aufpassen, Sally? Du hast die Kinder nicht im Griff. Carl, Constance, kommt her."

Statt seiner Frau zu helfen, klopfte er Schnee von den Hosenbeinen der Kids und zückte dann seine Geldbörse.

„Wieviel kostet der Baum?"

Ich brauchte einen kleinen Augenblick, um mich zu sammeln. Das also war der Geist der Weihnacht. Eine schimpfende, sichtlich pikierte Frau, zwei Rotzgören und ein Ehemann, der sich einen Scheiß darum scherte, dass seine Frau sich nur mühsam aufrappelte.

„Dreißig Dollar." Das war ungefähr das Doppelte vom eigentlichen Preis, aber er bekam einen Arschlochaufschlag.

Ohne mit der Wimper zu zucken bezahlte der Typ, nahm seine Kinder an der Hand und rauschte, seine schimpfende Frau im Schlepptau, ab.

Im gleichen Augenblick sah ich einen schicken roten Range Rover auf die Fläche fahren, die wir als Parkplatz nutzten. Ein Typ stieg aus, sah sich um, aber ich hatte nur Augen für die Frau, die gerade aus der Beifahrertür kletterte. Hätte sie nicht eine lächerliche Sonnenbrille mit *roten!* Gläsern getragen, wäre sie wahrscheinlich vollkommen mit der Umgebung verschmolzen. Alles an ihr war... weiß! Die Boots, die

Schneehose samt Anorak. Ja sogar die Mütze mit dem Bommel war weiß. Heilige Scheiße, noch so ein verwöhntes Großstadtmädchen. Na das würde ja lustig werden, wenn sie erst mal zwischen den Tannen herumkroch und den einzig wahren Baum suchte. Ich lehnte mich in freudiger Erwartung einiger lustiger Bilder, die sie ganz sicher heraufbeschwören würde, zurück, als Raf knurrte: „Da ist er ja endlich."

„Du meinst, dieses Milchgesicht mit dem Schneehasen da drüben ist unser neuer Laufbursche?"

„Schneehase?" Irritiert sah er sich um.

„Na, die Lady in Weiß. Mit der roten Albinoaugenbrille." Ich deutete mit dem Kinn auf die beiden, die sich jetzt umsahen. Sie eher neugierig, er suchend. Raf stieß sich von der Theke ab, hinter der wir standen und auf der die alte Registrierkasse stand, die die nostalgischen Gefühle der Weihnachtsbaumselberfäller bedienen sollte.

„Ich geh dann mal." Damit ging er auf die beiden zu und ich hatte Gelegenheit, die Frau näher zu betrachten. Der Schneefall hatte aufgehört und eine wässrige Nachmittagssonne durchbrach die dunklen Wolken. Gut für das Häschen, da machte wenigstens die Brille mehr Sinn. Allerdings sorgten die Strahlen der Sonne auch dafür, dass die junge Frau zu leuchten schien, weil es so aussah, als wären die Strahlen Scheinwerfer, die sie anleuchteten. In diesem Augenblick drehte sie sich um und es schien so, als würde sie mich genau so mustern wie ich sie. Was allerdings wegen der hinter den Brillengläsern versteckten Augen schwer zu sagen war. Dann sah sie wieder weg, zu Raf hin, der auf sie zutrat und irgendetwas zu ihnen sagte.

Er klopfte dem Kerl auf die Schulter, was ihm unangenehm zu sein schien, aber er ging brav mit Raf auf die Schonung zu. Der Schneehase hoppelte hinter ihnen her, bemüht, die schmutzigen Pfützen zu umgehen, die sich auf dem Parkplatz gebildet hatten, weil die an- und abfahrenden Autos den herrlich weißen Schnee in eine braune Pampe verwandelt hatten. Sie hüpfte, schlitterte und stapfte irgendetwas maulend hinter meinem Bruder und ihrem Macker her. Ich grinste in mich hinein. Vielleicht würde mir die Zeit bis zum Feierabend doch nicht so lang werden. Die Kleine hatte eindeutig Potential, mich zu amüsieren. Ich sah, wie Raf und der Kerl stehen blieben und auf sie einsprachen. Sie stemmte die Hände in die Hüften, dann fuchtelte sie mit ihnen in der Luft herum, bevor sie sich sichtlich verärgert umdrehte und auf mich zukam. Raf hatte sie also weggeschickt, weil er mit diesem Typen in Ruhe das Geschäft abwickeln wollte. Ganz sicher hatte der Neue die Kleine zur Tarnung dabei, was clever war, nur leider hatte sie bei dem Gespräch zwischen Raf und ihm nichts zu suchen. Jedenfalls dann nicht, wenn sie nichts damit zu tun hatte und davon ging ich mal aus.
Raf hatte den Typen über Kontakte kennengelernt und schließlich seinem Drängen nachgegeben, für uns arbeiten zu wollen. Die Überprüfung hatte ergeben, dass das Milchgesicht sich mit kleinen Gaunereien eher schlecht als recht über Wasser hielt und mehr als geneigt war, für uns den Stoff zu verteilen. Leider war Cosmo, unser Dealer für die Gegend um Minot herum, ins Visier der Bullen geraten, so dass wir ihn kurzfristig hatten aus dem Geschäft ziehen müssen. Aber wir

brauchten dringend Ersatz, weil wir eine große Lieferung aus Mexiko erwarteten, die gerade in den Drogenlaboren des zweiten Mannes unserer Mutter zusammengeköchelt wurde. Darum hatten wir beschlossen, dem Typen eine Chance zugeben. Heute war sein erster richtiger Auftrag. Raf hatte ihn angewiesen, uns die Tasche, die er auf den Schultern trug, hierhin zu bringen. Sie enthielt zehn Kilogramm reinstes Kokain. Jedenfalls hatte sie das als sie dem Typen übergeben worden war. Ob es immer noch zehn Kilo waren, würde sich zeigen. Es war ein Test, aber ich glaubte nicht, dass der Kerl so dreist war, gleich beim ersten Mal was abzuzocken.

„Kann ich einen Eierpunsch haben?" Eine helle Stimme riss mich aus meinen Gedanken. Vor mir stand der Schneehase. Die Albinoaugenbrille hatte sie sich auf den Rand der weißen Bommelmütze geschoben und das gab den Blick in ihre tiefblauen Augen frei. Ein blonder Zopf fiel ihr auf den Rücken und ich kam nicht umhin festzustellen, dass sie ein niedlicher Schneehase war. Der Typ da draußen hatte einen guten Geschmack.

„Aber sicher doch." Ich drehte mich zu dem großen Kessel um, der auf der Platte eines elektrischen Kochfeldes stand, nahm eine von den hässlichen Rentiertassen und füllte die Geschmacksverirrung hinein. Während ich das tat, klappte sie die vordere Partie ihrer weißen Fäustlinge hinunter. Nicht ihr Ernst! Diese Fäustlinge erinnerten mich an tatsächlich an puschelige Hasenpfoten, was mich grinsen ließ. Auf das Quietschen, das die Kleine daraufhin hören ließ, waren weder ich noch mein Gehör vorbereitet.

„Ach wie süüüüß!" Entzückt griff sie nach der Tasse und schaute das Porzellan verliebt an. War ja so klar. Alle, wirklich alle!, Frauen fanden die Dinger süß.

„Danke für das Kompliment, aber bist du nicht mit deinem Freund da?" Ich konnte es mir nicht verbeißen, sie auf den Arm zu nehmen. Das Gesicht, das sie zog, als ihr klar wurde, was ich gesagt hatte, war jede einzelne Stunde meines Frondienstes wert.

„Äh, wie bitte?" Sie zog die Augenbrauen nach oben und sah mich an.

„Du meintest doch mich, oder?" Es fiel mir schwer, ernst zu bleiben.

„Dich? Um Gottes Willen, nein. Du bist so weit weg von süß wie dieses Kaff hier vom Südpol!", schnaubte sie, blies in die heiße Flüssigkeit und nahm vorsichtig einen Schluck während sie sich umsah.

Ich legte den Kopf etwas schief und musterte sie. Immerhin war das Püppchen nicht auf den Mund gefallen. Sie war hübsch, sehr hübsch sogar, fast ätherisch, wie sie da so ganz in Weiß vor mir stand. Aber leider nicht mein Typ. Zu klein, zu blond, zu... irgendwas. Ich stand eher auf Brünette. Dieses Blond mit den blauen Augen war mir dann doch zu viel Klischee. Sie drehte suchend den Kopf zur Seite und, was zur Hölle war das denn?!, in ihren Ohren hatte sie kleine Tannenbaumohrstecker! Ich runzelte die Brauen.

„Kann ich noch einen haben?" Sie hielt mir die Tasse unter die Nase und sah mich genervt an. Ich füllte ihre Tasse erneut. Hoffentlich war Raf schnell mit dem Typen fertig, sonst hatte ich hier gleich noch einen Schneehasen mit Alkoholvergiftung. Was nicht zuletzt daran liegen könnte, dass ich den fertig gekauften

Eierpunsch noch etwas, sagen wir, verfeinert hatte. Mit Wodka. Im Mischverhältnis 1:1.

Die Kleine blies vorsichtig oben auf die Tasse mit ihrem Punsch, den ich in einem Anfall von kreativem Wagemut mit Sprühsahne verfeinert hatte, und nippte dann daran. Sie verzog keine Miene, was mir sagte, dass sie den Wodka nicht herausschmeckte.

Schadenfreude ließ mich schmunzeln. Mal sehen, wohin das hier noch führte. Ich schätzte, sie hielt keinem weiteren Punsch stand und ich grinste dreckig, weil ich mir vorstellte, wie sie dem Typen von vorhin auf der Rückfahrt vielleicht den schicken Rover vollkotzte, mit dem sie hergekommen waren.

Aber sie trank die Tasse leer und hielt sie mir erneut hin. Langsam wurde es brenzlig für ihre Verfassung. Und für ihre Leber, aber ich war ja nicht ihr Erziehungsberechtigter. Und auch nicht ihr Internist. Also noch eine Runde.

Als sie mich über den Tassenrand hinweg argwöhnisch musterte, musste ich noch mehr grinsen. Sie hatte doch tatsächlich einen Sahnebart! So was gab's doch sonst nur in schlechten Pornos, wo er steif wurde, weil sie sich anzüglich über die Lippen leckte und...

Heilige Scheiße, sie zögerte einen Augenblick, weil sie mein Grinsen verunsicherte, dann schien sie zu begreifen und leckte sich wirklich, wirklich!, mit der Zunge über die roten Lippen und fuck, mein Schwanz reagierte wie fremdgesteuert darauf. Es gab eben optische Reize, die einen untervögelten Mann nicht kalt ließen. Hier draußen in der Einöde, kurz vor der Grenze zu Kanada, waren meine Chancen, eine willige Bettgefährtin zu finden, eher dürftig bis nicht vorhanden. Die Exemplare, die in der Nähe unserer Plantage rumliefen, trugen karierte Hemden, hatten Haare auf den Zähnen und eine Winchester in der Hand. Alles Dinge, die meine südliche Region nicht wirklich ansprachen. Zudem war der Altersdurchschnitt in etwa so hoch wie die Temperaturen in der Mojavewüste im Sommer. Und mit der einzigen Frau, die ich für halbwegs fickbar hielt, hatte ich erst heute Abend nach Geschäftsschluss ein Date. Seit Michael mich in dieses Kaff verbannt hatte, hatte ich keine Frau mehr gehabt. Und jetzt stand hier eine vor mir, die, obwohl sie gar nicht mein Typ war!, höllisch heiß war. Und das nicht nur, weil ich unter dem weißen Unfall, der ihr Outfit war, eine hübsche Figur vermutete, nein, sie hatte irgendetwas an sich, das mich aus dem Konzept brachte. Weil sich mein Schwanz interessiert regte, obwohl ich nicht auf Blondinen stand. Und obwohl sie gar nicht mein Typ war, wirklich nicht, war sie süß. Und irgendwie auch sexy.

„Was guckst du so komisch?", fragte sie und klang tatsächlich schon etwas verwaschen. Sie fixierte mich lauernd und ich musste schlucken.

„Ich... ich frage mich, wo dein Freund bleibt", konnte ich mich gerade noch so retten, denn die Wahrheit würde sie ganz sicher verschrecken. Ich dachte nämlich daran, wie sich diese Lippen um meinen Schwanz legen und daran saugen würden, bis ich...

„Ja, das frage ich mich auch. Erst kann er gar nicht schnell genug hier rausfahren, um mir einen Weihnachtsbaum zu besorgen, und jetzt lässt er mich hier allein mit dir und diesem... äh... was ist das eigentlich? Sieht aus wie Eierpunsch, schmeckt aber irgendwie nicht so." Sie nahm noch einen großen Schluck. Dann noch einen, bis der Becher leer war, und runzelte die Brauen.

„Na ja, der ist fertig gekauft." *Und von mir eigenhändig verfeinert worden!* „Wahrscheinlich schmeckt er deshalb..."

„Fertig gekauft?! Aber den kann man doch ganz einfach selber machen! Also ich..."

„Entschuldigen Sie, könnten Sie mir mit dem Baum helfen? Er muss aufs Autodach und festgebunden werden." Eine ältere Frau mit einer bunten Mütze, unter der ihr graues Haar hervorlugte, drängte sich neben die kleine Punschmaus und sah mich auffordernd an. Sie war klein und zierlich und das Ungetüm von Baum, das neben ihr auf dem Boden lag, war etwa doppelt so groß wie sie. Ich sah mich suchend um, aber von Raf fehlte immer noch jede Spur. Mein Gott, was konnte denn da so lange dauern?!

„Klar, kommen Sie, ich mache das." Ich kassierte, dann kam ich hinter dem Tresen hervor und griff mir den Baum. An die angeheiterte Kleine gewandt sagte ich: „Hoppel nicht weg, Schneehase, bin gleich wieder da." Ich sah noch, wie sie die Augen verdrehte und sich auf die Theke stützte, dann griff ich mir das Tannenmonstrum und folgte der Frau über den Parkplatz. Sie steuerte auf einen dunklen SUV zu, aber als ich den Baum schon loslassen und mich um den Dachgepäckträger kümmern wollte, lief sie daran vorbei und blieb vor einer in die Jahre gekommenen gummibereiften Keksdose stehen. What the fuck?! Der Baum war doppelt so lang wie die Karre und sein Gewicht würde aus dem dünnen Reifen

Niederquerschnittreifen machen... Und von einem Dachgepäckträger sah ich auch nichts!

„Kommen Sie, junger Mann, hier sind die Seile. Wir müssen ihn durch die Fahrer- und Beifahrertür festbinden." Nicht ihr Ernst?!

Sie setze sich in die Karre, schloss die Tür und ließ die Scheiben an der Fahrer- und Beifahrerseite herunter. Ich wuchtete den Baum aufs Dach, nahm das Seil und zurrte das Monstrum durch die geöffneten Fenster mitsamt den Türen fest. Wie die Alte wieder aus dem Auto rauskommen wollte, wenn sie, wo auch immer, angekommen war, war mir schleierhaft, aber nicht mein Problem. Ich seufzte. Immerhin war ich nicht die Verkehrspolizei und auch nicht in der Stimmung für gute Ratschläge wie: *Lassen Sie es lieber. Das wird nie und nimmer klappen.*

Sie hupte zum Gruß, als sie vom Parkplatz zuckelte und ich versuchte die Bilder von den Lackkratzern und Beulen zu unterdrücken, die diese Aktion hinterlassen würde.

Megan

Hm, der Typ war irgendwie interessant. Er vermittelte den Eindruck eines Weihnachtsmannes, den nicht der Himmel, sondern die Hölle auf die Erde geschickt hatte. Und auch sein ungewöhnliches Tattoo am Hals war... beeindruckend. Ich hatte so was noch nie

gesehen, aber da ich in einem kreativen Umfeld arbeitete, nahm ich solche Dinge vielleicht unvoreingenommener wahr als andere. Dieser Typ sah verdammt heiß aus. Na ja, wenn man sich diesen roten Mantel und die Weihnachtsmütze mit dem blinkenden Bommel wegdachte. Und das Shirt und die schwarze Jeans, die er darunter trug... Oh nein, halt, Megan, so nicht. Der Typ war heiß, keine Frage, aber er war eher ein Bad Boy, und darauf stand ich nun mal nicht. Wahrscheinlich nahm er sich ein Telefonbuch, machte hinter jedem weiblichen Vornamen einen Haken und vögelte die Damen der Reihe nach durch. Ja, so einer war das, ich kannte diese Typen. Eine leise Stimme flüsterte, dass Jeff kein Bad Boy gewesen war und sich trotzdem durch die gesamte Abteilung in seiner Firma gevögelt hatte, aber das war... etwas anders.
Ich sah dem Höllensanta und der älteren Dame hinterher, bis sie hinter einem schwarzen SUV verschwunden waren, dann widmete ich mich wieder diesem komisch schmeckenden Eierpunsch. Der letzte Schluck in dieser absolut süßen Rentiertasse war schon kalt, also lag es vielleicht auch daran?
Ich sah mich um, aber niemand war in der Nähe, also seufzte ich kurz und überlegte, ob es ok wäre, wenn ich mir selbst nachschenkte. Ich musste wissen, was außer Eierlikör, Weißwein und Orangensaft noch da drin war. Ich sah mich nochmal um, aber ich war immer noch allein. Also gut. Ich ging hinter die Theke und schöpfte mir noch eine Kelle der gelben Flüssigkeit in die Tasse. Dabei fiel mein Blick auf eine Tüte mit Keksen in Sternform. Sie lag etwas versteckt hinten in einem Regal mit diesen Rentiertassen, aber sie sahen lecker

aus. Entweder hatte dieser Typ vergessen, sie seinen Kunden zu dem Punsch anzubieten oder sie lagen da, weil er sie ganz alleine futtern wollte. Sozusagen als eiserne Ration. Ich linste vorsichtig in die Richtung des Parkplatzes, aber der Typ war immer noch weg. Mein Magen knurrte, auch, weil Ryan so schnell aufgebrochen war und wir noch nicht einmal Zeit gehabt hatten, das chinesische Fast Food Essen zu verputzen. Bis auf das Frühstück und ein Sandwich zwischendurch hatte ich noch nichts im Magen und wenn der Eierpunsch mir nicht allzu sehr in den Kopf steigen sollte, dann wäre es wohl besser, ich würde eine Kleinigkeit zu mir nehmen. So eine Kleinigkeit wie einen dieser handtellergroßen Sternenkekse. Würde schon niemand merken, sie waren ja wohl nicht abgezählt. Schnell nahm ich mir einen und biss hinein. Hmm, lecker. Kardamom, Zimt und Lebkuchengewürz. Wirklich lecker. Ob es auffiel, wenn ich noch einen nahm? Nein. Leider waren sie zwar lecker, aber auch etwas trocken, also schnell noch einen Eierpunsch. Merkte ja keiner. Als ich Stimmen hörte, umrundete ich schnell den Tresen und stellte mich wieder davor. Der Weihnachtsbaumverkäufer alias heißer Bad Boy sprach mit einem gerade angekommenen Mann und zeigte auf die Schonung mit den Tannen, dann kam er wieder zu mir und stellte sich hinter den Tresen. Er musterte mich mit schief gelegtem Kopf und mir wurde heiß. Verdammt. Der Blick aus seinen braunen Augen, mit dem er mich ansah, ließ meine Knie weich werden. „So, Schneehase, jetzt bin ich wieder ganz für dich da. Ich glaube, du wolltest mir gerade sagen, wie du Eierpunsch machst."

Gabriel

Ich musterte die Kleine aufmerksam. Sie fuhr sich mit der Zunge über die Lippen, aber im Gegensatz zu den Frauen, die sich sonst an mich ranmachten, schien sie sich der Wirkung dieser kleinen Geste gar nicht bewusst zu sein.

„Also ich nehme Eierlikör, Weißwein, einen lieblichen, damit es schön süß wird, und Orangensaft. Und dann..." Sie wurde unterbrochen von meinem Bruder, der in diesem Augenblick ohne den Typen vor dem Verkaufstresen auftauchte.

„Neunkommafünfacht." Mehr brauchte er nicht zu sagen. Das erklärte auch, warum er so lange weg gewesen war und warum er alleine kam. Raf hatte den kleinen Wichser gleich in einem unserer netten Apartments eine Etage tiefer eingebucht.

Die Tatsache, dass genau 420 Gramm fehlten war entweder ein verdammt lustiger Zufall oder aber der Typ im Keller hatte einen wirklich abgefuckten Sinn für Humor. Immerhin wusste jeder in diesem Geschäft, was genau die Zahl 420 bedeutete. Was diese Zahl für den Wichser in unserem Keller bedeutete, würde er in gar nicht allzu ferner Zukunft selber feststellen. Dann, wenn Raf mit ihm fertig war.

„Was? Nein, das Mischverhältnis ist..." Die Kleine sah verständnislos von Raf zu mir.

„Mischverhältnis? Hat dein Typ das Pulver etwa gestreckt?" Misstrauisch sah Raf sie an.

„Äh, was? Da kommt kein Pulver rein, du Banause. Dazu braucht man eine echte Vanilleschote und..."

„Was labert die Tussi, Gab?" Irritiert sah mein Bruder mich an.

„Das ist... äh... ein Missverständnis, Raf. Sie redet von Eierpunsch. Unserem. Äh nein, ihrem, also eher, wie sie ihn macht." Ich deutete mit dem Kinn hinter mich auf den großen Kessel, in dem das Zeug siedete.

„Egal. Ihr Freund sitzt jetzt unten und scheißt sich vor Angst in die Hose. Ich habe ihn mir zur Brust genommen. Er hat nicht lange durchgehalten. Der Rest von dem Zeug steckt irgendwo in einem Rentier!" Er deutete mit dem Kopf auf den Schneehasen.

„In einem Rentier in ihrer Wohnung", fügte er hinzu, als ob das alles erklären würde.

„Was...? Wo ist Ryan?" Misstrauisch sah sie sich um. Dann wich sie einen kleinen Schritt zurück. Ein leichtes Schwanken bestätigte meinen Eindruck. Der heiße Eierpunsch in Verbindung mit dem Wodka tat seine Wirkung.

„Wo ist Ryan?", wiederholte sie unsicher. „Was habt ihr mit ihm gemacht?"

„Dein Typ hat etwas, das uns gehört, Süße. Und das ist in deiner Wohnung. Und bis wir das wiederhaben, bleibt er hier bei uns. Also hopp, beweg dich. Schwing deinen hübschen Arsch ins Auto und komm nicht ohne das Zeug wieder. Jedenfalls dann nicht, wenn du deinen kleinen Freund so wiederbekommen willst, wie du ihn in Erinnerung hast!"

Ich konnte genau sehen, dass die Kleine kein Wort verstand. Sie schüttelte den Kopf, schwankte noch etwas und hielt sich schließlich an der Theke fest. „Scheiße, wasch war in dem Eierpunschschsch?", nuschelte sie, dann rümpfte sie ihre niedliche, kleine Nase und verdrehte die Augen. Aufgeregt fuchtelte sie mit dem Zeigefinger in der Luft herum.

„Ryan," rief sie laut, „wenn du Rudolph auch nur ein Haar gekrümmt hast, werde ich... werde ich..." Sie hickste und kicherte dann.

„Aber das würdest du ja nicht tun, oder? Ich meine, Rudolph ist... er ist...", führte sie ihr Selbstgespräch weiter, während sie bedrohlich schwankte.

Ich sah zu Raf, der zunehmend genervt wirkte.

„Alter, die Kleine hast du ja ganz ordentlich abgefüllt. In dem Zustand kann sie nicht mehr fahren, also wirst du mit ihr zu ihrer Wohnung fahren und das Zeug holen. Immerhin bist du schuld daran, dass sie so neben der Spur ist", bestimmte Raf und drehte sich um.

„ICH?! Scheiße, nein, Raf, ich kann hier nicht weg. Die Kasse, die Bäume," *mein Date heute Abend...*

„Übernehme ich alles, Bro. Die kleine Barmaus ist sowieso zu heiß für dich", rief er mir im Weggehen zu.

Ähh.. woher wusste er von meinem Date? Das war gruselig! Konnte er Gedanken lesen? Oder hatte er sich ebenfalls an sie herangemacht?

„Was willst du damit sagen? Ich hab sie hier in dieser Einöde aufgetan, sie ist..."

„Bla, bla, bla:" Raf fuchtelte mit der rechten Hand in der Luft herum, dann war er verschwunden.

We wish you a merry christmas verhöhnte mich die Endlosschleife.

Und der Schneehase summte mit, die Augen selig
geschlossen und mit eindeutig vom Alkohol rot
gefärbter Nase und Wangen.

Megan

Der Typ zerrte mich über den Parkplatz zu einem Auto.
Es war schwarz, groß, ein... ein... wie hießen die
Dinger? BMX? Nein, BMI? Auch nicht. Egal. Er
öffnete die Tür und schob mich auf den Beifahrersitz.
„Schnall dich an." Ich griff nach dem Gurt, aber
irgendwie hakte er. Ich zog, aber nichts tat sich.
„Kaputt", stellte ich fest, aber es klang eher wie
Kapuscht. Oha. Einer von diesen, wie viel hatte ich
bloß davon getrunken?, egal, jedenfalls war einer dieser
Punsches? Ich musste kichern. Wie hieß denn die
Mehrzahl von Punsch? Pünsche? Ich konnte nicht mehr
und prustete los. Gleichzeitig spürte ich, wie dieser
dunkle Typ sich über mich beugte und den Gurt
einrastete. Himmel, er roch aber gut. Nach... ganzem
Kerl. Ein wenig wie der Wald nach einem Regenguss.
Und doch auch ein bisschen zitronig Und nach
Eierpunsch, ganz sicher auch nach Eierpunsch. Wieder
musste ich kichern. Diesen Geruch sollte er in Dosen
abfüllen und bei Ebay anbieten. Wäre eine Goldgrube.
„Wo wohnst du?", fragte er mich, während er den
Motor startete und vom Parkplatz fuhr.

„Ich? Bei mir Zuhause natürlich." Doofe Frage.
Er verdrehte die Augen.
„Und wo ist dein Zuhause?"
„Sag ich dir nicht. Ich kenne dich ja gar nicht. Meine
Mom hat immer gesagt, ich soll nicht zu Fremden ins
Auto steigen", kam mir auf einmal ihre Warnung in den
Sinn. Leider zu spät, denn ich saß ja schon mit einem
Fremden im Auto.
„Uppps, ist wohl zu spät." Ich musste wieder kichern.
„Hör, zu, Schneehase. Ich heiße Gab, eigentlich
Gabriel. So jetzt kennen wir uns. Wo also wohnst du?"
„Oh, hey, schön dich kennenzulernen, Gabriel. Ich
heiße Megan." Ich hielt ihm die Hand hin, aber er
knurrte nur. Ok, dann nicht. Aber jetzt war er kein
Fremder mehr, oder? Also konnte ich ihm auch sagen,
wo ich wohnte. Und es war ja auch nett von ihm, dass
er mich nach Hause fuhr. Wo war eigentlich Ryan? Ich
sah mich um, aber wir waren alleine im Auto. Ach ja,
fiel mir ein, er würde ja bei diesem Raf bleiben. Bis...
„Über was habt ihr eigentlich da gerade gesprochen?"
Es fiel mir nicht leicht, mich zu konzentrieren, weil
sich alles um mich herum drehte und auch in meinem
Kopf alles etwas durcheinander war, aber mir war so,
als hätten sie von Rudolph geredet...
„Hör zu, Kleine. Dein Freund hat etwas, was uns
gehört. Und das ist in deiner Wohnung. In einem, äh,
Rentier. Und das holen wir jetzt und dann..."
Mir wurde schlecht. Das Ruckeln des Autos und der
Eierpunsch zeigten Wirkung. Ich winkte hektisch mit
der Hand.
„Mir ist schlecht." Ich sah aus dem Augenwinkel, wie
mich dieser Gab entgeistert ansah, hektisch bremste

und ein lautes Hupen ignorierte. Noch bevor der Wagen stand hatte ich schon die Tür aufgerissen und... na ja, der Eierpunsch nahm den umgekehrten Weg.

Sollte ich froh sein, dass dieser Gabriel es geschafft hatte, rechtzeitig anzuhalten oder sollte ich mich vielleicht besser schämen und im Boden versinken? Eindeutig Letzteres. Himmel, ich war noch nie vorher so... so...

„Wenn du fertig bist, würde ich gerne weiter fahren. Ich will heute noch zurück. Hab noch was vor", fuhr er mich an.

Arschloch. Zu allem Überfluss musste ich feststellen, dass meine Brille mir wohl vom Kopf gerutscht war und jetzt... nein, igitt. Dann hatte ich jetzt wohl gar keine Sonnenbrille mehr.

„Ich wohne in Minot, in der Nähe vom Roosevelt Park Zoo." Ich nannte ihm die Straße und während er schweigend weiter fuhr, wurde ich in meinem Sitz immer kleiner. Ich stand immer noch irgendwie neben mir, aber etwas durchdrang den Nebel in meinem Kopf dann doch. Etwas war komisch, oder? Was zum Teufel ging hier vor? Warum saß ich neben diesem Typen im Auto, ohne Ryan, und warum fuhr er mich nach Hause? Und was wollte er wirklich von mir? Ich sah verstohlen zu ihm hinüber und spürte unterschwellig diese besondere Ausstrahlung, die von ihm zu mir hinüberschwappte. Verboten, gefährlich und auf eine faszinierende Weise dominant.

„Was starrst du mich so an?", fragte er in meine Gedanken hinein. Ertappt fuhr ich zusammen.

„Ich... ich frage mich, was du von mir willst?" Leider klang meine Stimme piepsig. Ich hatte mal irgendwo gelesen, dass man in einer solchen Situation selbstbewusst auftreten sollte, weil das das Gegenüber verunsichern würde. Leider war das leichter gesagt als getan, was diese superschlauen Ratgeber immer ausblendeten. Immerhin saß ich hier mit dem Kerl in seinem Auto und er sah auch nicht so aus, als wenn ihn irgendetwas einschüchtern könnte.

„Von dir?" Sein Blick glitt amüsiert über mich und er zog eine Augenbraue hoch.

„Von dir will ich gar nichts. Du bist nicht mein Typ, Schneehase. Aber wie ich schon sagte, befindet sich in deiner Wohnung etwas, was uns gehört und das holen wir jetzt."

Was hatte er immer mit diesem Schneehasen? Der Adlerschnabel auf seinem Kehlkopf schien auf mich zuzukommen und ich wich panisch etwas zurück. Ich fühlte mich in dem Moment wie willkommene Beute. Ein Adler und ein Schneehase. Halluzinierte ich etwa?

„Lass den Scheiß mit dem Schneehasen. Ich heiße Megan. Meinetwegen Meg, aber lass diesen bescheuerten Kosenamen weg", schnaubte ich wütend. Was bildete sich dieser Typ eigentlich ein?! Schneehase klang niedlich und ich wollte nicht niedlich sein. Niedlich war... klein, hilflos und zum Liebhaben. Und ich wollte nicht klein und niedlich sein. Und zum Liebhaben schon mal gar nicht. Jedenfalls nicht in seinen Augen.

„Kosename?" Ertappt riss er die Augen auf. „Also ich bitte dich, warum sollte ich dir einen Kosenamen geben. Ich... egal." Er räusperte sich und der Adlerschnabel bewegte sich wieder. Heilige Scheiße.

„Also gut, Megan, ich sag dir jetzt, was wir tun werden.

Wir fahren zu deiner Wohnung, ich hole den Rest von unserem Zeug, das dein größenwahnsinniger Freund uns gestohlen hat, dann fahren wir beide wieder zurück und dann sehen wir weiter."

Ich nickte nur, eingeschüchtert von seiner tiefen Stimme und dem lebendig wirkenden Adlertattoo. Eine Weile fuhren wir schweigend durch die gleißend weiße Winterlandschaft. Ich war sooo müde. Sooo müde.

Gabriel

Sie hielt *Schneehase* für einen Kosenamen?! Ich war irritiert. Das war doch kein Kosename! Ich war weder der Typ für Kosenamen, noch war sie der Typ, der, wenn ich jemals so etwas Lächerliches wie Kosenamen benutzen würde!, der Adressat dafür sein würde.

Sie war nur eine betrunkene, kichernde und anstrengende Frau, die in meinem Auto saß und... ich sah kurz zu ihr hinüber.

Ihr Kopf lehnte an der Scheibe und ruckelte mit jeder Unebenheit der Straße vor das Glas. Das schien sie allerdings nicht zu stören, denn sie hatte den Mund leicht geöffnet und gab ein leises Schnarchen von sich. Super, auch das noch. Erst kotzte sie mein Auto fast voll und jetzt pennte sie wie ein Murmeltier im Winterschlaf.

Ich fühlte mich zwar nicht wirklich schuldig an ihrem Zustand, denn dazu gehörten ja immer zwei, einer der einschenkte und einer, der das dann auch trank, aber ich

42

ging trotzdem vom Gas und versuchte, möglichst sanft zu fahren und nicht jede Bodenwelle mitzunehmen. Weil ich nicht wollte, dass sie mir zu guter Letzt doch noch die Karre vollkotzte. Und nur darum.

Ich schaltete das Radio an, aber bei den ersten Tönen von *Last christmas* sofort wieder aus. Gab es denn keinen Sender mit ordentlicher Musik? Zum Beispiel *What Lies Ahead* von *Semblant*? Da sah sogar die Sängerin noch scharf aus! Oder *I'd rather see your star exlode* von den *Slaves?* Aber nein. Herzschmerz und Glitter-Flitter-Heile-Welt-Scheiß überall. Im Radio, im Fernsehen, in den Schaufenstern und auf den Reklametafeln bis hin in die Wohnzimmer der Menschen, die sich an den übrigen 364 Tagen im Jahr die Köpfe einschlugen. Oh du Fröhliche mal anders. Wie ich diesen ganzen verlogenen Scheiß hasste. Weihnachten war definitiv weder meine Jahreszeit noch ein warmes Gefühl in meinem Herzen.

Die erste Erinnerung an Weihnachten verband ich noch heute mit einem Bild, das ich meiner Mutter gemalt hatte. Wir drei Brüder und sie vor einem Tannenbaum. Mein Vater oben auf einer Wolke, weil es das erste Jahr ohne ihn war. Gut, vielleicht hatte es nicht die Qualität, in der National Galerie ausgestellt zu werden, aber ich war ja auch erst fünf Jahre alt gewesen und in der Vorschule dazu angehalten worden, etwas Schönes für meine Mutter zu Weihnachten zu malen. Vielleicht hätten andere Mütter das Bild trotz der Strichmännchen und der Tanne, die eher aussah wie ein bunter Kugelblitz, eingerahmt und aufgehängt. Oder wenigstens über die Feiertage an den Kühlschrank gepinnt, aber meine Mutter hatte nach einem kurzen

Blick darauf nur festgestellt, dass ich mal so gar kein Talent zum Malen hatte und lieber üben sollte, Schlösser zu knacken. Das wäre hilfreicher für mein späteres Leben. Damit hatte sie das Bild achtlos in den Papierkorb neben ihrem Schreibtisch fallen lassen und sich wieder ihrem Telefonat gewidmet.

An einen Versuch, uns an Weihnachten heranzuführen, erinnerte ich mich dann aber doch noch. Unser Kindermädchen wollte tatsächlich einen Tannenbaum im Wohnzimmer aufstellen, aber Raf hatte sich irgendeinen Virus eingefangen und so blieb der Baum in der Garage stehen und wir drei Jungs einschließlich des Kindermädchens verbrachten die Feiertage über der Kloschüssel.

Im folgenden Jahr heiratete unsere Mutter ihren zweiten Ehemann, wir zogen nach Mexiko und da gab es nur Kakteen statt Tannen, Tequila anstelle von Eierpunsch und Glühwein und 30 Grad im Schatten. Und der Schnee war zwar weiß, aber verpackt in kleine Tütchen und zum Export in die USA bestimmt.

Und meine Brüder und ich verbrachten die Feiertage seitdem wir alt genug waren, in Bars oder Stripclubs. Da gab es alles, was wir an Weihnachten brauchten. Das höchste, was ich dabei an Weihnachtsschmuck vertrug, waren die Nippelaufkleber der Stripperinnen. An ihren Titten sahen die kleinen Sterne oder Engelsflügel wenigsten heiß aus. Oh, nicht zu vergessen die hübsch rasierten und gefärbten Tannenbäume, die sie aus ihrer Schambehaarung zauberten.

Bei dem Gedanken an die süßen Pussys im Tannebaumlook regte sich sofort mein Schwanz. Leider

44

war dafür jetzt keine Zeit, denn wir fuhren gerade in die Straße, in der die Kleine wohnte. Sie schnarchte immer noch leise vor sich hin, also rüttelte ich sie an der Schulter.

„Hallo, Schneehase, aufwachen, wir sind da!"

Als Reaktion bekam ich ein unwirsches Knurren.

„Lass misch. Haab Hunger. Noch son einen, son Keks. Lecker", nuschelte sie.

WAS? Wovon redete sie da? Sie hatte doch nicht etwa...ich erinnerte mich daran, dass ich sie für kurze Zeit allein gelassen hatte, um der Alten mit dem Baum zu helfen. Fuck! Hatte sie etwa Rafs Haschkekse gefunden? Ich hatte ihm noch gesagt, dass er sie nicht mit hinter die Theke bringen sollte, aber er hatte nur gelacht und etwas von Nervennahrung gefaselt.

Wenn, und davon ging ich ihrem Verhalten nach mal aus, sie keine Erfahrung damit hatte, könnte sie das wirklich von den Füßen hauen. Und in Verbindung mit dem Alkohol...

Ich ging um das Auto herum und schnallte sie ab. Wie ein nasser Sack fiel sie mir in die Arme. Okay, so ging das nicht. Ich bugsierte sie zurück in den Sitz und schnallte sie wieder fest. Das hier bedurfte offensichtlich einer besseren Vorbereitung. Zuerst musste ich herausfinden, wo genau sie wohnte und dann musste ich ihren Schlüssel finden. Blieb zu hoffen, dass sie ihn in ihrer Jackentasche hatte, da sie keine Handtasche dabei hatte.

Ich sah mich um, dann entdeckte ich die Hausnummer, die sie mir genannt hatte. Scheiße, wie hieß sie mit Nachnamen? Auf dem Briefkasten oder dem

Klingelschild würde ja wohl nicht Megan stehen! Ich ging zurück und beugte mich zu ihr in den Wagen.

„Wie heißt du?"

„Isch?" Sie sah mich an und grinste. „Megan." Langsam verlor ich die Geduld und verfluchte meine Idee, sie ordentlich abzufüllen. Das hier hätte so einfach werden können, wenn sie nüchtern gewesen wäre. Ein paar Drohungen, ein böser Blick, aber so...

„Du heißt Megan, das weiß ich bereits. Und wie weiter?"

„Megan..." Sie kniff die Augen zusammen. „Meg."

„Dein Nachname. Wie lautet dein Nachname?" Herrgott, gib mir Kraft und Geduld.

„Sag ich dir nicht. Kenn dich ja nicht." Gut, der Herrgott hatte meine Bitte nicht gehört oder ignoriert, was wusste ich schon von Gott, aber jetzt platzte mir der Kragen.

„Wie. Ist. Dein. Verfickter. Nachname?!", schrie ich sie an.

Für einen kurzen Moment sah sie mich mit weit aufgerissenen Augen an, dann füllte sich das tiefe Blau langsam mit Tränen.

„Hey, junger Mann, was wollen Sie von Miss Brennegan?" Ich fuhr herum und sah mich einem alten Mann gegenüber, der mit erhobenem Spazierstock auf mich zukam. Problem eins gelöst, sie hieß Brennegan. Problem zwei baute sich gerade drohend vor mir auf, was mir ein Zucken der Mundwinkel entlockte. Der Alte konnte sich, ohne sich auf seinen Stock zu schützen, kaum auf den Beinen halten, fuchtelte aber gerade wie ein furchtloser Ritter, der seinem Fräulein zu Hilfe eilte, mit eben diesem Stock vor mir herum.

Ich bedachte ihn mit einem bösen Blick, ließ mein Adlertattoo seine Wirkung entfalten und als der Alte endlich realisierte, dass ich keinen Spaß vertrug, reichte es, zu schlucken und den Adlerschnabel auf ihn zuzucken zu lassen, um ihn in seine Schranken zu weisen.

Er duckte sich unwillkürlich, blieb aber weiterhin tapfer vor mir stehen.

„'schuldigung, Misser Mister Bowan. Bowman", lallte es da hinter mir und der Schneehase krabbelte aus dem Auto. Besser gesagt, versuchte, aus dem Auto zu krabbeln, verhedderte sich aber im Gurt und hing nun zwischen dem Bordstein und der Tür. Diese Frau brachte mich noch um den Verstand.

„Ass iss okay. Äh... Als okay, meinte ich." Sie hob beschwichtigend die Hand, wozu sie den Gurt loslassen musste und prompt auf den Bordstein fiel. Himmel, war die besoffen. Oder angetörnt von dem Haschkeks, so genau konnte ich das nicht einordnen. Dabei hatte sie doch schon... also ich meine, viel konnte ja nicht mehr in ihrem Magen sein, das sich in ihre Blutbahn verirren und da diese Reaktionen hervorrufen konnte.

Ich wandte mich von dem Alten ab und hob Megan vorsichtig in meine Arme. Sofort kuschelte sie sich an mich und seufzte laut. Ich hasste kuscheln, hatte ich das schon erwähnt? Aber was sollte ich jetzt dagegen tun? Ich musste sie irgendwie in ihre Wohnung befördern, mir das fehlende Koks schnappen und dann schnellstens wieder verschwinden.

„Äh, ich bringe Megan, also Miss Brennegan nur nach Hause. Ich bin ein Kollege." Alter, wie bekloppt war das denn? Niemand, der einen Funken Verstand und

Augen im Kopf hatte, würde das glauben, aber der Alte nickte nur zögerlich. „Weihnachtsfeier, verstehen Sie? Sie hat zu viel getrunken", setzte ich noch einen drauf. Megans warmer Atem pustete mir ins Ohr, während ich mich suchend umsah.

„Könnten, äh, könnten Sie mir vielleicht helfen? Sie muss den Schlüssel zu ihrer Wohnung irgendwo in ihrer Jackentasche haben."

Zögernd trat der Alte näher, aber schließlich begann er, in Megans Jackentasche zu wühlen. Mir gefiel nicht, dass er ihr dabei so nahe kam, und ich konnte noch nicht einmal sagen, warum das so war. Ich fixierte ihn so lange und so intensiv, dass er zu zittern begann, aber dann hielt er mir endlich den Schlüssel vor die Nase.

„Hier ist er, junger Mann. Ich gehe vor, schließe auf und Sie bringen die junge Dame hinein." Mit mehr Elan als ich ihm zugetraut hätte, humpelte er, auf seinen Stock gestützt, voran. Als er schließlich vor einer Wohnungstür stehen blieb, ahnte ich, was dahinter auf mich warten würde. Ein fucking Weihnachtsparadies! Der kitschige Türkranz mit rotweißen Zuckerstangen, pinkfarbenen Glitzersternen und türkisen Rentieren aus Plastik ließ keinen andern Schluss zu. Die tannengrünen Fußmatte mit Santas Schlitten und einem roten Schriftzug *Welcome Santa* rundete den Eindruck einer zu erwartenden Weihnachtshölle ab.

Sekunden später schwang ihre Wohnungstür auf und ich trat hinein. Dem Kerl warf ich die Tür vor der Nase zu, nicht dass er sich noch eingeladen fühlte.

„Ich hab dich im Blick, junger Mann. Krümm' ihr ein Haar und ich rufe die Polizei!", hörte ich ihn hinter der

Tür zetern, aber das war mir egal. Bevor die hier wären, war ich schon über alle Berge. Und einbuchten würden die mich auch nicht, dazu waren unsere Kontakte auch in diesem Bereich des öffentlichen Lebens zu gut. Im übrigen hatte ich nicht vor, ihr ein Haar zu krümmen. Suchend sah ich mich um. Gegenüber der Eingangstür sah ich hinter einer nur angelehnten Tür Küchenschränke. Rechts gab es eine Tür und links auch eine. Direkt neben mir war wohl das Badezimmer, wie ich im Halbdunkeln ausmachen konnte, also ging ich auf die Tür linker Hand zu. Treffer. Das war das Schlafzimmer. Zuerst musste ich sie in ihr Bett bringen, dann konnte ich mich auf die Suche nach dem fehlenden Stoff machen. Ich drückte auf den Lichtschalter, denn inzwischen war es schon fast dunkel, und... Himmel, was war das denn?

Vor dem Bett lag ein Vorleger, mit dem gleichen Aufdruck, den auch der vor der Tür hatte, nur flauschiger, und der Bettbezug war eine weihnachtliche Geschmacksverirrung mit Santas Rentierschlitten, gezogen von einem Rentier mit leuchtend roter Nase. Ein wahr gewordener Biberbettwäschealbtraum.

Okay, ganz ruhig, Gabriel, du musste ja nicht darin schlafen. Leg sie hin, such das Zeug, und dann nichts wie weg. Leichter gesagt als getan, denn die Kleine klammerte sich wie ein Äffchen an mich.

„Mir is sch...schlecht", murmelte sie plötzlich. Warum ich sie nicht sich selbst überließ und stattdessen lieber das fehlende Koks suchte, wusste ich nicht genau, aber nach einem Alarmstart ins Badezimmer hielt ich ihr sogar die Haare zurück, damit sie sich nicht vollkotzte. Ich hatte keine Ahnung, warum ich das tat. Bisher hatte ich Badezimmer oder insbesondere Duschen immer nur in weiblicher Begleitung betreten, wenn ich mir davon eine schnelle Nummer versprach. Und wenn ich den Tussis dabei in die Haare gegriffen hatte, dann höchstens, um sie an eine Stelle zu dirigieren, die in diesem Moment ganz besonders um Aufmerksamkeit bettelte. Niemals vorher hatte ich einer Frau beim Kotzen die Haare gehalten, das wäre dann doch zu intim gewesen. Und eklig. Aber bei dem Schneehasen war es weder zu intim noch eklig. Ich machte mir einfach nur Sorgen um sie. Ja, das war es. Ich machte mir Sorgen, denn ihr Alkoholdusel ging zum Teil schließlich auf meine Kappe. Als sie fertig war, ließ sie sich danach anstandslos ins Bett bringen, nachdem ich ihr die Jacke, die Boots und die Schneehose ausgezogen hatte und übergangslos fiel sie in einen tiefen Schlaf.

Gut, somit konnte ich mich in Ruhe umsehen.

Ein erneuter Blick ins Bad, nachdem ich beim ersten Mal nicht wirklich auf meine Umgebung, sondern nur auf den kotzenden Schneehasen geachtet hatte, brachte bis auf die Erkenntnis, dass hier kein Rentier wohnte, dafür aber der Duschvorhang mit einem fett grinsenden Weihnachtsmanngesicht bedruckt war - heilige Scheiße, wer ließ sich so was einfallen und, wer, zum Teufel, kaufte so was?! - nichts.

Himmel, selbst in der Küche gab es Weihnachtsdeko. Eine kitschige Tischdecke lag quer über einem kleinen Tisch, darauf Tischsets in Form von Weihnachtskugeln. Auf dem Fensterbrett standen diese Pflanzen mit den roten Blüten, von denen ich nicht wusste, wie sie hießen, und zu allem Überfluss roch es hier wie in

einem Gewürzladen. Schnell weg und zum letzten Raum, dem Wohnzimmer. Die Tür stand offen...
Nicht ihr Ernst! Das hier war schlimmer als die Weihnachtsabteilung bei Macy's!
Die Fensterrahmen schmückten bunte Lichterketten, auf den Scheiben klebte irgendein Zeug, das aussah wie Schneeflocken und über das Sofa hatte der Schneehase einen Überwurf drapiert, der aussah wie der fucking Weihnachtsmantel von Santa. Selbst die vier Stühle, die sich um einen kleinen Esstisch gruppierten, hatten Hussen in Form einer Weihnachtsmütze! Auf dem Tisch hatte eine Rentierfamilie ihr Zuhause gefunden, und auf einem kleinen Hocker in der Ecke stand... eine weihnachtlich geschmückte Hanfpflanze?! War das ihr verdammter Ernst?! Sie hängte Kugeln und eine scheiß rote Girlande in eine Hanfpflanze? Ich unterdrückte nur mit Mühe die Belustigung, die ich bei diesem Anblick empfand. Entweder hatte sie einen ganz speziellen Humor, oder sie wusste gar nicht, was da in dieser Santahölle heranwuchs. Beide Möglichkeiten amüsierten mich, trotz oder gerade wegen des unbedarften Eindrucks, den sie bei mir hinterlassen hatte. Ich stellte mir zum ersten Mal die Frage, ob sie vielleicht doch nicht so unschuldig war, wie sie auf den ersten Blick wirkte. Vielleicht steckte sie sogar mit diesem Ryan unter einer Decke? Jemandem, der Hanf im Wohnzimmer züchtete, war schließlich alles zuzutrauen. Wobei diese eine Pflanze hier eher ein niedlicher Versuch war. Und überhaupt: Was ging es mich an, was diese kleine Weihnachtselfe hier in ihrer Wohnung trieb? Solange sie das nicht professionell tat und uns in die Quere kam, konnte ich darüber

hinwegsehen. Ich schüttelte mich kurz. Diese Umgebung hier brachte mich ganz aus dem Konzept. Ich hatte hier nur eins zu tun: nämlich den Stoff zu finden. Dann könnte ich diese Weihnachtshölle umgehend verlassen und mich bei einigen Drinks und einer tröstenden, willigen Pussy von dieser Überdosis Weihnachtswahnsinn erholen.

Ich kapitulierte. Die Wohnung war wie ein ganzes verflixtes Weihnachtsdorf am Nordpol. Oder hatte Santa sein Zuhause etwa hierhin verlegt? War das hier seine Zentrale und er organisierte von hier aus diesen allumfassenden Weihnachtsterror? *Fokus, Gabriel. Du musst dich konzentrieren, so schwer es dir auch fällt.* Ich sah mich um. Rentier. Hier musste ein Rentier... Und da war es auch schon. In einer Ecke stand eine Art Schaukelpferd in Rentierform. Schnell durchquerte ich den Raum und nahm das rotnasige Tierchen in Augenschein. Wenn es nicht irgendeine versteckte Klappe oder so gab, waren diese komischen Satteltaschen, die eher an Rucksäcke erinnerten, die einzige Möglichkeit. Aber noch bevor ich sie untersuchen konnte, hörte ich hinter mir ein Geräusch. Ich war es gewohnt, schnell zu reagieren und nicht lange zu fackeln, also war sich umdrehen und die wenigen Schritte bis zum Angreifer zu überbrücken eine einzige, fließende Bewegung.

Meine linke Hand schloss sich blitzschnell um die Kehle der Gestalt, während ich mit der anderen das Messer in ihrer Hand abwendete und sie mit meinem Körpergewicht an die Wand pinnte. Das alles war so schnell gegangen, dass ich erst jetzt realisierte, wer die Gestalt war.

Der Schneehase sah mich mit ängstlich geweiteten Augen an, etwas fiel scheppernd zu Boden. Aber es war kein Messer, wie ich erwartet hatte, sondern ein... verflixter Schneebesen!

Megan

Mein Kopf dröhnte und ich konnte so schnell nicht einordnen, wieso, aber ich hörte eindeutig Geräusche. Ich hatte etwas ganz Wildes geträumt, von Tannenbäumen, Eierpunsch und einem Adler. Einem geifernden, nach mir schnappendem Schnabel und einem sexy Bad Boy. Ich musste kichern, denn ich stellte mir vor, wie der Adler seinen Schnabel aufriss und einen Schneehasen verschlang... Moment, Schneehase? Woher kam das denn? Wieder hörte ich ein leises Schnauben. Ein Pferd, ganz eindeutig war da ein Pferd in meiner Wohnung. Vielleicht war es auch ein Einhorn. Ein Regenbogenbuntes, mit einem Glitzerhorn... Nein, jetzt war da ein leises Tapsen. Vielleicht doch eher ein Waschbär? Ich konnte mich gar nicht mehr einkriegen vor lauter Gekichere. Ein Einhorn *und* ein Waschbär! In meiner Wohnung! Himmel, tat mir der Kopf weh. Ich musste unbedingt nachsehen, wer da in meinem Wohnzimmer herumschlich. Wenn das tatsächlich ein Einhorn und ein Waschbär waren, das würde mir natürlich niemand glauben. Mein Handy! Ich musste das fotografieren!

Ich tastete suchend auf meinem Nachttisch herum, aber da war kein Handy. Ein leiser, unterdrückter Fluch war zu hören. Fluchten Einhörner? Oder Waschbären? Keine Ahnung, aber ich musste unbedingt nachsehen. Ich rollte mich aus dem Bett. Alles schwankte. Das war lustig. Es erinnerte mich an eine Bootsfahrt, die ich einmal gemacht hatte. Uppps, beinahe wäre ich auf dem Bettvorleger ausgerutscht. Kleines, fieses Teil! Vertrugen sich Schneehasen und Waschbären und Einhörner eigentlich? Und, ähh, warum schon wieder dieser Schneehase? Egal, bevor ich weiter darüber nachdenken konnte, musste ich erst mal wissen, was hier los war. Alles drehte sich wie in einem Karussell und in meinem Mund schien sich ein Pelztier eingenistet zu haben, aber auch das musste ich ignorieren. Mühsam rappelte ich mich auf und schlich in die Küche, den Blick starr auf die Wohnzimmertür gerichtet. Vielleicht konnte ich das Einhorn einfangen und den Waschbären überreden, bei mir einzuziehen? Ich war immer sooo alleine, seit Jefferson weg war! Ja, das war eine gute Idee. Eine supertolle, prima, geniale Meganidee. Ich griff in die Schublade unter der Arbeitsplatte und zog meinen Zauberstab heraus. Ja, damit konnte ich meine beiden neuen Freunde verzaubern. Damit sie bei mir blieben und mich lieb hatten, mehr wollte ich ja gar nicht.

Ich war noch nicht einmal ganz bis ins Wohnzimmer gekommen, als mich eine große, dunkle Gestalt auch schon packte und mir die Luft abdrückte.

Ich ließ meinen Zauberstab fallen und schluckte hilflos. Ein letztes Mal glitt mein Blick bedauernd durch mein schönes, weihnachtlich dekoriertes Wohnzimmer. Bye,

Rudolph, bye Rentierfamilie. Und tschüss auch Einhorn und Waschbärfreund. Mein Blick blieb an dem Bild hängen, auf dem Mom, Dad und ich in unseren Weihnachtspullovern vor dem riesigen Tannenbaum vor dem Rockefeller Center standen, unserer einzigen Reise überhaupt, und lachend in die Kamera winkten... Bye Mom, bye Dad...

„FUCK!" Die Hand ließ mich los und ich bekam wieder Luft.

„Was machst du hier? Und was machst du mit einem Schneebesen?"

Die große, dunkle Gestalt trat einen Schritt von mir zurück und fuhr sich durch die Haare.

Gabriel

Alter, was machte dieses verrückte Weib denn hier? Ich hatte sie doch ins Bett gelegt und dort war sie augenblicklich leise schnarchend eingeschlafen.

Sie sah mich böse aus geröteten Kaninchenaugen an und stieß mich dann von sich. Suchend sah sie sich um.

„Wo ist das Einhorn? Und wo ist der Waschbär?"

HÄ?

Sie pikste mir in die Brust und sah dabei so bedrohlich aus wie ein neugeborenes Kätzchen.

„Du hast sie vertrieben, nicht wahr? Dabei sollten das meine Freunde werden. Damit ich nicht immer so alleine bin!", nuschelte sie weinerlich.

Was faselte sie da für einen Schwachsinn? Einhorn?
Waschbär? Dann dämmerte es mir langsam. Die Kleine
war immer noch ziemlich bekifft. Oder besoffen, was
aber im Ergebnis kein großer Unterschied war.
Jetzt bohrte sie ihren Finger in meinen Kehlkopf, was
mehr als unangenehm war, weshalb ich ihre Hand
festhielt.
„Dein Adler hat sie bestimmt gefressen. Ja, dein
bescheuerter Adler hat sie..."
„Hör zu, Schneehase. Das Einhorn ist weggeflogen und
hat den Waschbären auf seinem Rücken mitgenommen.
Mein... der Adler hat damit nichts zu tun." Ich wusste,
ich musste das hier mitspielen, wenn ich sie wieder ins
Bett bekommen wollte.
„Sie wollen aber morgen noch einmal vorbeikommen,
wenn du ausgeschlafen hast." Damit bugsierte ich sie
wieder in Richtung Schlafzimmer.
„Ehrlich? Oder lügst du, und der Adler hat doch..."
„Nein, nein, ich lüge nicht. Jetzt leg dich schön wieder
hin und schlaf."
„Bleibst du bei mir? Du kannst bei mir wohnen,
ehrlich! Ich bin immer sooo alleine. Du kannst auch in
meinem Bett schlafen."
Da sei Gott vor! Lieber würde ich mich unter eine
Brücke legen, bei minus 20 Grad!, als hier mit ihr in
einem Bett zu schlafen! In dieser Weihnachtshölle!
*Seit wann lehnst du denn so ein Angebot ab, altes
Haus?!* Ja, die Frage war mehr als berechtigt, aber
erstens war die Kleine nicht mein Typ, wirklich nicht!
Und zweitens, selbst wenn sie es gewesen wäre, was sie
ja nicht war, hatte ich doch meine Prinzipien. Und dazu
gehörte, dass ich niemals mit einer Frau vögelte, wenn

56

sie es nicht auch wollte. Oder sollte sie wissen, was sie tat, und das war bei dem Schneehasen hier gerade nicht der Fall.

Gott sei Dank war sie so hinüber, dass sie sich widerstandslos von mir hinlegen und zudecken ließ. „So, bleib schön liegen." Ich griff mir die Wasserflasche, die neben dem Bett auf dem Boden stand und drehte sie auf. Dann hielt ich sie ihr an den Mund und tatsächlich schluckte sie brav, bevor sie sich unter die Decke kuschelte.

„Willst du auch mein Freund sein? Du kannst auch hier einziehen. Das Einhorn und der Waschbär...", nuschelte sie, dann drehte sie sich um und kurz darauf ging ihr Atem gleichmäßig. Ich atmete auf.

Warum ich die Decke noch etwas höher zog und ihr eine verirrte Strähne aus dem Gesicht strich, wusste ich selbst nicht so genau. Oder doch: Wenn sie jetzt endlich schlief, konnte ich mir den Stoff schnappen und abhauen. Ja, deswegen machte ich das. Ich wollte nur sichergehen, dass sie schlief.

Ich ging wieder ins Wohnzimmer und tastete in den Satteltaschen dieses Plüschungetüms nach unserem Stoff. Da, ich fühlte eine Plastikfolie und zog sie heraus. Weiteres Suchen ergab nichts, also war das alles. Ob es die fehlende Menge war, konnte ich ohne Waage schwer abschätzen, aber darauf kam es auch gar nicht so genau an. Wichtig war, dass wir einen Beweis und den Typen jetzt am Wickel hatten.

Ich verließ eilig die Kommandozentrale von Santa und seinem Elfenpack und öffnete die Wohnungstür. Nichts wie weg hier.

Fast wäre ich mit dem alten Sack zusammengeprallt, der immer noch vor der Tür herumlungerte und mich misstrauisch beäugte.

„Sie lebt noch, keine Angst", kam ich seiner Frage zuvor, als plötzlich mein Handy klingelte. Am Ton erkannte ich, dass es Raf war.

Ich wollte gerade an dem Typen vorbei und die Tür hinter mir zuziehen, als er sich mir in den Weg stellte. Eindeutig lebensmüde, der Alte!

„Das würdest du Bürschchen auch sagen, wenn es nicht so wäre!" Herrgott, hatte der Kerl etwa auch Haschkekse genascht? Was wollte der Dumbledoreverschnitt denn von mir? Dass ich ihn mit rein nahm und ihm die schlafende Megan präsentierte? Das konnte er sich abschminken. Ganz sicher würde ich den geifernden alten Lüstling nicht näher an ihr Schlafzimmer heranlassen als er jetzt gerade war.

„Hör zu, alter Mann. Du wackelst jetzt ganz schnell in deine eigene Wohnung und kümmerst dich um deinen eigenen Scheiß, hast du das verstanden?" Ich wusste genau, wie ich auf andere wirken konnte, wenn ich wollte. Zur Bekräftigung ließ ich meinen Adler nach ihm schnappen, indem ich meinen Kopf zu ihm neigte und schluckte. Die Augen des Alten weiteten sich und er öffnete den Mund, aber es kam nichts heraus. Ich machte noch einen Schritt auf ihn zu. „BUH!"

Jetzt nahm er die Beine in die Hand und rauschte, auf seinen Stock gestützt, ab.

„Ich warne dich! Ich kann dich genau beschreiben...", hörte ich ihn noch zetern und grinste.

Mein Handy klingelte immer noch. Vielleicht sollte ich doch rangehen, bevor ich die Wohnungstür hinter mir zuzog. Immerhin war es möglich, dass dieser Ryan noch irgendwo was versteckt hatte.

„Was willst du?", knurrte ich meinen Bruder schlecht gelaunt an. Ich hatte schon viel zu viel Zeit vertrödelt. Insgeheim hatte ich noch Hoffnung, rechtzeitig zu meinem Date mit der scharfen Kellnerin zu kommen.

„Hör zu, ich hab nicht viel Zeit. Bleib da, wo du bist, Gab. Irgendwelche Arschlöcher haben die Plantage überfallen. Ich konnte mich gerade noch so in die untere Etage retten. Leider brennt auch gerade das Blockhaus am Lake Michigan und das Penthouse in Toronto ist wahrscheinlich auch nicht sicher. Michael ist auf dem Weg und bevor wir nicht wissen, mit wem wir es zu tun haben und was diese Wichser von uns wollen, ist es besser, du bleibst in der Wohnung der Kleinen. Da vermutet dich wenigstens niemand."

Oh nein, nein, nein, nein! Ganz bestimmt würde ich nicht in dieser Weihnachtshölle bleiben!

„Raf, das kannst du dir abschminken. Das hier, also ihre Wohnung, ist der verfickte Hauptsitz von Santa! Hier gibt es mehr Weihnachtsdeko als in seinem Zuhause in Lappland. Oder wo auch immer er die übrigen elf Monate im Jahr wohnt!"

„Komm schon, vergiss deine Weihnachtsallergie mal für ein paar Tage, Bro. Oder mach die Augen zu und bleib die ganze Zeit im Bad, da..."

„... da gibt es einen Duschvorhang mit einem grinsenden, dicken Santa drauf. Scheiße, Mann, ich hab jetzt schon Augenkrebs!"

„Echt jetzt? Ein Duschvorhang mit einem Weihnachtsmann drauf?" Raf lachte. „Ist ja mal was

anderes. Aber es bleibt dabei: Du tauchst für ein paar Tage bei der Kleinen unter, dann sehen wir weiter."
„Es gibt Hotels", startete ich einen letzten, verzweifelten Versuch.
„Ach ja? Und wie willst du die bezahlen? Mit deiner Kreditkarte etwa? Damit bist du so gläsern wie die verdammten Schuhe von Aschenputtel, Bro!"
„Ich hab...", ich kramte in meiner Jackentasche, „genau", scheiße, das konnte nur Santas Rache sein, „dreißig Dollar dabei", resignierte ich. Zusammen mit dem zusammengeknüllten Wechselgeld im Handschuhfach bekam ich vielleicht fünfzig Dollar zusammen, aber damit würde ich nicht weit kommen. Immerhin hatte ich beim Losfahren nicht damit gerechnet, dass ich Bargeld brauchen würde. Der Tank war voll gewesen, also schnell zu der Kleinen nach Hause und dann noch schneller zurück. Erledigt. Dass ich jetzt hier festsitzen sollte, hatte nicht wirklich zum Plan gehört.
„Hör zu, ich melde mich so schnell wie möglich. Spätestens wenn Michael hier aufschlägt. Vielleicht haben wir bis dahin schon einen Hinweis, wer diese Wichser sind, die uns ans Bein pissen wollen. Und jetzt: Frohe Weihnachten, Gab!" Auch wenn es durch den Hörer nicht möglich war, sah ich Rafs fettes Grinsen vor mir. Ihm machte die ganze Sache enorm viel Spaß, aber er saß ja auch nicht in einer Weihnachtshölle fest, sondern ließ es sich in unseren Unterschlupf unter der Plantage gut gehen. Immerhin waren einige der Räume wie ein unterirdisches Penthouse umgebaut, weil sie, neben der Möglichkeit, dort unten alles zu lagern, mit dem unsere Familie

handelte, auch eine Notunterkunft für Fälle wie diesen waren. Und mehr noch beneidete ich meinen kleinen Bruder um das, was es dort NICHT gab: Einen Haschkeks- und Eierpunsch-berauschten Schneehasen im Weihnachtsfieber. Bei dem Gedanken an die Couch mit der kitschigen Santadecke, auf der ich dann wohl schlafen musste, schüttelte ich mich kurz. Immerhin war es ein Sofa und ich musste nicht auf der Erde liegen, denn zu der Kleinen ins Bett zu kriechen war... keine gute Idee, immerhin das war mir klar. Was ich mich aber mit zunehmendem Unbehagen fragte, war: Sollte ich mich jetzt freuen oder gruseln, weil ich die Wohnungstür noch nicht hinter mir zugezogen hatte?

Megan

Oh mein Gott, hatte ich Kopfschmerzen! Das helle Licht, das durch die Vorhänge schien, traf mich wie eines dieser Lichtschwerter aus *Star Wars* als ich die Augen öffnete, um mich zu orientieren. Ich hatte einen wirklich durchgeknallten Traum von einem scharfen Typen gehabt, der mich nach Hause gefahren hatte. Dann waren da noch Einhörner und Waschbären, aber so genau konnte ich mich nicht mehr erinnern, wie sie in diese Geschichte hineingeraten waren. Jedenfalls waren wir alle zusammen in meinem Wohnzimmer gewesen und ich hatte sie eingeladen, bei mir einzuziehen. So weit, so bekloppt. Ich nahm mir eine Minute Zeit, um mich zu sammeln.

Auf meinem Nachttisch stand eine halbvolle Wasserflasche, die ich erst mal leerte, um damit diesen ekligen pelzigen Geschmack in meinem Mund loszuwerden. Hatte ich mir gestern überhaupt noch die Zähne geputzt? Igitt!

Gleichzeitig fielen mir zwei Dinge auf. Erstens hatte ich statt meines kuscheligen Flanellpyjamas ein langärmeliges Shirt und eine Leggins an. Und zweitens: Es roch nach KAFFEE!

Bevor ich noch weiter darüber nachdenken konnte, hörte ich ein Poltern und dann ein unterdrücktes Fluchen aus der Küche.

Mein Herz begann, laut zu klopfen. Da war... da war jemand in meiner Küche! Ein Einbrecher. Jedenfalls wenn ich die absurde Möglichkeit ausschloss, dass es das Einhorn oder der Waschbär aus meinem Traum waren, die sich gemütlich auf den Küchenstühlen niedergelassen hatten und Kaffee tranken.

Ich fing unkontrolliert an zu zittern. Mein Handy lag nicht auf dem Nachttisch, wo es sonst *immer!* lag, also konnte ich weder die Polizei noch Ryan, meinen Nachbarn, anrufen. Ryan... bei dem Gedanken an ihn pochte mein Kopf etwas stärker. Da war etwas im Nebel, das ich aber nicht greifen konnte. Egal, jetzt war es erst mal wichtig, hier unbeschadet rauszukommen. Vorsichtig kletterte ich aus dem Bett, ignorierte meinen pochenden Kopf und meine Wackelpuddingbeine und schlich mich in den Flur. Jetzt nur noch Tür auf, raus und laut um Hilfe rufen...

„Guten Morgen, Schneehase. Oder soll ich besser sagen, guten Mittag?" Eine tiefe Stimme ließ mich kurz innehalten. Schneehase? Da war eine Erinnerung, die

ich nicht greifen konnte... und die jetzt auch ganz
unwichtig war! Ich drückte die Klinke herunter. Nichts.
Ich versuchte es noch einmal, wieder nichts.
Abgeschlossen, scheiße. Okay, dann eben anders.
„Hilf...", hatte ich noch nicht einmal angesetzt, da legte
sich auch schon eine große, warme Hand auf meinen
Mund.
„Scht, Kleine, nicht.dass du noch den alten Spanner
weckst." Welchen alten Spanner?
Mit der Hand auf meinem Mund schob mich der Kerl
in Richtung Küche. Ich versuchte, mich zu wehren,
aber genauso gut hätte ich versuchen können, einen
Elefanten aufzuhalten. Was mich aber noch viel mehr
lähmte, war das merkwürdige Gefühl, das diese Hände
in mir auslösten. Da war ein Kribbeln an den Stellen,
an denen mich der Kerl berührte. Fest, aber nicht grob.
Bestimmend, aber nicht angsteinflößend.
Unnachgiebig, dominant, keinen Widerspruch duldend,
aber auf eine beruhigend selbstverständliche Art. Dieser
Mann brauchte keine grobe Kraft, um seinen Willen
durchzusetzen. Es war seine rein physische Präsenz,
seine Ausstrahlung, die jede Gegenwehr im Keim
erstickte. Und irgendetwas an ihm war mir seltsam
vertraut, so, als wäre ich ihm schon einmal begegnet.
Nur richtig erinnern konnte ich mich nicht.
Als wir die Küche erreichten, hielt er an und seine leise
Stimme bewirkte, dass sich die feinen Härchen in
meinem Nacken aufstellten.
„Du hast jetzt genau zwei Möglichkeiten, Schneehase.
Entweder, du verhältst dich still und hörst mir zu, dann
können wir in Ruhe frühstücken. Oder du rufst weiter
um Hilfe und riskierst, dass ich jeden, der sich hier

einmischt, einfach erschieße, dich eingeschlossen. Und das täte mir wirklich leid."

Er würde jeden erschießen, der kommen und mir helfen wollte? Und mich auch? Sagte er das jetzt nur so, oder meinte er das ernst? Das konnte er nicht ernst meinen, obwohl... Irgendetwas in mir ahnte, dass er das nicht nur so dahingesagt hatte. Okay, er war also ein Einbrecher und Killer, was die Situation nicht gerade entspannte. Vielleicht, wenn ich mich kooperativ zeigte? Sollte man sich in so einer Situation nicht gut mit seinem Feind stellen? Oder besser gesagt: hatte ich eine Alternative?

Ich nickte also zum Zeichen, dass ich ruhig bleiben würde. Zeit. Ich brauchte Zeit für einen Plan.

Tatsächlich nahm er die Hand von meinem Mund und schob mich in Richtung Tisch.

Erst jetzt sah ich, dass er ihn gedeckt hatte. Die Kaffeemaschine blubberte, es roch nach Speck und Eiern und frisch getoastetes Brot stand in einem Korb ebenfalls bereits auf dem Tisch. Einbrecher, die Frühstück machten? Ich dachte an die Einhörner und den Waschbären. Vielleicht schlief ich ja noch und das war nur ein böser Traum?

„Setz dich und iss erst mal was. Und trink einen heißen Kaffee, der hilft in deinem Zustand am besten."

In meinem Zustand? Was wollte er denn damit sagen? Und warum erschreckte mich sein Aussehen nicht? Diese Tattoos, besonders der Adler auf seinem Hals, diese dunkle Aura, die ihn umgab... Ich stützte meinen Kopf auf meine Hände und musterte diesen Mann, der hier in meiner Küche stand und gerade den gebratenen Speck auf zwei Teller verteilte. Zwei unterschiedliche

Teller. Der, den er mir hinschob, gehörte zu meinem Weihnachtsservice. Schön bunt glasierte Keramik mit einem geschmückten Tannenbaum und kleinen Weihnachtswichteln, die an seinem Fuß Geschenke ablegten. Sein Teller war einer meines Alltagsgeschirrs. Weiß, ohne irgendeinen Schnörkel.

„Ich... mag nicht so gerne Kaffee. Den hab ich nur für Besuch da. Kann ich vielleicht einen Tee haben?" Ich musste wirklich einen an der Klatsche haben, dass ich in meiner Küche, in meiner Wohnung!, diesen Typen nach einem Tee *fragte*.

Ohne zu antworten schob er mir die Kaffeetasse hin und nickte mir zu.

„Du musst ihn nicht mögen, aber er wird deinen Kreislauf wieder in Schwung bringen." Meinen Kreislauf in Schwung bringen? Das hatte er schon mit seiner bloßen Anwesenheit getan!

„Nach deinem Rausch ist Kaffee besser als Tee, glaub mir." Nach meinem *Rausch?!* In meinem Kopf begann sich eine Erinnerung zu regen. Rausch. Alkohol. Eierpunsch. Ryan. Wir wollten einen Tannenbaum kaufen und dann... dann war da dieser unglaublich anziehende Typ, der jetzt in meiner Küche stand und Speck briet. Und der hatte mir Eierpunsch angeboten. Aber davon alleine war ich noch nie so neben der Spur gewesen. Wie viel hatte ich davon denn getrunken?! Und, noch viel wichtiger: Warum stand er jetzt in meiner Küche, hatte die Wohnungstür abgeschlossen, damit ich nicht raus kam, drohte mir und... briet, zum Teufel, Speck?! Es dämmerte mir, dass er gar kein Einbrecher war, sondern dass ich ihn... Heilige Scheiße. Hatte ich ihn womöglich selbst eingeladen und hatte ich mit ihm...? Nein, unten rum fühlte sich alles normal an, also normal unangetastet, denn seit Jefferson hatte ich keinen Sex mehr gehabt. Also nicht mit einem Mann jedenfalls. Mit meinem Dildo und in meiner Fantasie schon.

„Was machst du hier eigentlich?" Wollte ich die Antwort wirklich wissen? Schnell fügte ich hinzu: „Und was meinst du mit Rausch? Ich habe nur", ja, wie viel waren es denn genau gewesen?, „einen, höchstens zwei Gläser getrunken?" Auch darauf wollte ich die Antwort gar nicht kennen, denn mein Körper signalisierte mir, dass es deutlich mehr als nur zwei Gläser gewesen waren.

Tatsächlich grinste der Typ mich an und sah dabei so unverschämt sexy aus, dass es in meinem Bauch zu flattern begann.

„Ich weiß nicht so genau, wie viel Gläser du hattest, Schneehase, denn ich musste dich kurz unbeaufsichtigt lassen." Warum machte mich sein Tonfall glauben, dass er eigentlich sagen wollte: bitte lassen Sie Ihre Kinder nicht unbeaufsichtigt, wenn Alkohol in der Nähe ist?!

„Aber ganz sicher waren es mehr als zwei. Und außerdem...", war das jetzt etwa Verlegenheit in seiner Stimme?, „...außerdem war das nicht nur einfach Eierpunsch. Da war auch noch Wodka drin." Wodka?!

„Ja, ähm, also, dann..." Das erklärte einiges.

„Und dann war da noch der Haschkeks. Also ich glaube, es war nur einer, ich hoffe es, also..."

„HASCHKEKS?!!" Meine Stimme klang selbst in meinen Ohren so schrill wie der verdammte Rauchmelder, den ich einmal versehentlich ausgelöst hatte, weil mir eine Pizza im Ofen angebrannt war. Gut, *ver*brannt, aber das war damals Jeffersons Schuld gewesen, denn er hatte mich... na ja, sagen wir abgelenkt.

„Ich... du hast mir Haschkekse untergeschoben, du Arschloch?" Ich konnte es nicht fassen! Wo war ich da nur reingeraten? Eine Erinnerung schoss mir in den Kopf.

Dein Freund hat was, was uns gehört. Zeug. Mir dämmerte jetzt, was mit Zeug gemeint sein könnte.

„Also mal langsam, Kleine. Du hast diesen Eierpunsch in dich reingeschüttet wie ein verficktes Kamel in der Wüste, das Wasser in einer Oase findet. Und das mit dem Haschkeks... Genau genommen hast du ihn sogar geklaut, Süße. Die Dinger lagen gut verpackt in einem Regal, wo, wenn ich mich nicht irre, *nicht* Selbstbedienung dran stand! Und außerdem sollte jemand, der selbst eine kleine Hanfplantage in seinem Wohnzimmer hat, nicht so ausflippen, nur weil er ein paar von diesen Keksen genascht hat."

„Jemand, der eine Hanfplantage in seinem Wohnzimmer hat?! Hast du sie nicht mehr alle?! In meinem Wohnzimmer gibt es keine Hanfplantage! Ich habe nur..."

„Eine weihnachtlich geschmückte Cannabispflanze. Auch Hanf genannt."

Oh Gott! Drogen. Ich hatte Drogen konsumiert, ohne es zu bemerken. Und hatte sogar selber welche in meinem Wohnzimmer? Diese komische Pflanze hatte mir Ryan vorbei gebracht. Ryan! Ich würde ihn umbringen, wenn ich ihn in die Finger bekäme. Nicht nur, dass ich ihm offensichtlich dieses Desaster hier verdankte, er stellte bei mir auch noch dieses Hanfding unter, weil er...

keinen Platz mehr dafür hatte?! Ich meine, was sagte das über diese Pflanze und Ryan aus?! Himmel, mein Nachbar war ein... ein... Mir wurde schlecht. Alkohol, okay, da war ich dabei, aber Drogen?! Bei allem, was ich über Drogen wusste, und das war offensichtlich sehr sehr wenig, wusste ich aber immerhin, was die Einnahme verursachen konnte. Wahnvorstellungen. Und einen kompletten Filmriss.

„Was... was habe ich noch alles getan, dass ich... also..." Dieser scheiß Eierpunsch schien eine Kettenreaktion ähnlich der Chaostheorie ausgelöst zu haben. Ihr wisst schon, die Sache mit dem Flügelschlag eines Schmetterlings in Australien, der hier unser Wetter beeinflussen kann, nur dass es bei mir Eierpunsch gewesen war. Und das Wetter Nebel in meinem Kopf. Plötzlich und vollkommen zusammenhanglos erinnerte ich mich wieder, dass er Gabriel hieß. Wie der Erzengel. Der als Erklärer von Visionen und Bote Gottes galt. Ich kicherte hysterisch los. Erklärer von Visionen. Na ja, das immerhin könnte passen, je nachdem, was er mir über meinen Filmriss verraten würde. Aber Bote Gottes? Er sollte besser Lucifer heißen. Oder Beelzebub. Oder vielleicht auch Adonis.

Jetzt verzogen sich seine Lippen auch noch zu diesem anziehenden... anzüglichen Lächeln? Oh mein Gott, es schien schlimmer mit mir zu sein als ich befürchtet hatte.

„Also: Erst hättest du mir fast ins Auto gekotzt, dann bist du eingepennt und ich musste dich hier reintragen, wobei uns dieser alte Knacker mit dem Krückstock erwischt hat. Mr. Bowan oder Bowman, du wolltest dich da nicht festlegen. Oder vielleicht hattest du seinen Namen auch nur kurzzeitig vergessen." Er zog eine Augenbraue hoch und sah mich amüsiert an.

„Mr. Bowman", nuschelte ich beschämt. Himmel, wie peinlich war das denn? Ich würde dem alten Mann nie wieder normal unter die Augen treten können.

„Ja, und dann hast du mich mit einem Schneebesen bedroht und beschuldigt, ich hätte deinen Waschbärfreund vertrieben. Und das Einhorn gleich mit." Ich stöhnte. Welche tektonische Besonderheit auch immer für so was verantwortlich war: Erde, bitte tu dich auf und verschlucke mich. Schön kauen und in Australien wieder ausspucken. Oder gleich runter schlucken, das wäre mir noch lieber.

„Ja, und dann hast du mich gebeten, bei dir einzuziehen, weil du immer so alleine bist. Und weil ich gerade auch ein paar Tage überbrücken muss, habe ich mich entschlossen, dein freundliches Angebot anzunehmen."

Nicht sein Ernst!!! Selbst WENN! ich das wirklich gesagt hatte, so stand ich ja wohl unter dem Einfluss von Drogen, die er mir untergeschoben hatte! Und damit war ich nicht zurechnungsfähig gewesen.

„Oh nein. Halt. Stopp. Was auch immer ich unter dem Einfluss von deinen Drogen gesagt habe, vergiss es! Du wirst hier ganz bestimmt nicht wohnen, du wirst noch nicht einmal zu Ende frühstücken, weil du jetzt ganz schnell verschwinden wirst!" Ich stand auf und wies mit meinem Finger auf die Tür. Aber dieser unverschämte Kerl lehnte sich nur bequem zurück und musterte mich leicht belustigt.

„Du bist irgendwie niedlich, wenn du wütend wirst, Schneehase." Er ließ seine Nase zucken wie die eines Kaninchens und ich spürte, wie eine Mischung aus Wut, Empörung und Hilflosigkeit in mir aufstieg. Er würde nicht gehen, das war mir klar. Und ich konnte nichts dagegen machen, leider war mir auch das klar. Was mir nicht klar war, war, warum ein Teil von mir gar nicht wollte, dass er ging. Heilige Scheiße, wenn das nicht die Nachwirkungen der Drogen waren, dann hatte ich jetzt ein Problem. Ein etwa ein Meter neunzig großes, sexy Problem mit dunkelbraunen Augen, einem anbetungswürdigen Körper, wie ich erkennen konnte, weil er nur ein Shirt trug, das eine muskulösen Oberarme freiließ, und einem unwiderstehlichen Grinsen.

Gabriel

Ich sah ihr dabei zu, wie jeder Funke Widerstand, den sie vielleicht gerade noch gespürt hatte, in sich zusammenfiel. Sie blinzelte, schüttelte dann den Kopf und schien zu überlegen, was sie als nächstes sagen oder tun sollte. Die leichte Röte, die sich vorhin auf ihrem Gesicht breit gemacht hatte, verlieh ihr etwas Unschuldiges. Etwas Reines. Etwas, das ich von den Frauen, mit denen ich mich sonst abgab, nicht kannte. Keine von ihnen war je so hübsch errötet. Die Frauen, die ich im allgemeinen flach legte, und mehr wollte ich auch gar nicht von ihnen, waren in dieser Beziehung abgebrüht. Da gab es kein schamhaftes Zögern, kein unschuldiges Augen-Senken, nur sehr deutliche Hinweise, was sie wollten. Von mir wollten. Laszive Bewegungen, kleine, flinke Zungen, die sich über die Lippen leckten. Oder auch um meinen Schwanz schlossen, aber ein Erröten oder Verlegenheit suchte man bei diesen Frauen vergeblich. Unwillkürlich fragte ich mich, ob die Kleine so unschuldig war, wie sie auf mich wirkte. War dieser Pisser Ryan vielleicht ihr Freund? War er der Mann, der wusste, wie sich ihre Pussy anfühlte? Bei dem Gedanken an die süße Megan und wie dieses Arschloch sie vögelte, ballte ich die Hände zu Fäusten. Er hatte sie nicht verdient. *Aber du hast sie verdient, oder was willst du damit sagen, Gabriel?* Verdammt nein, sie war gar nicht mein Typ. Konnte mir doch egal sein, mit wem sie rummachte. War es mir aber leider nicht, was ich mir nicht erklären konnte. Scheiße.

Ich merkte, dass ich mich unwillkürlich angespannt hatte - leider hatte sich bei dem Gedanken an Megans Pussy auch noch etwas ganz anderes angespannt - und schüttelte den Kopf. Nein, sie war nicht mein Typ und überhaupt...

„Du... du wirst nicht einfach so verschwinden, habe ich recht?" Ihre leise Stimme durchbrach meine verwirrenden Gedanken. Nein, ich würde nicht einfach so gehen. Weil ich nicht konnte. Und es auch irgendwie nicht wollte. Trotz dieser Weihnachtshölle um mich herum.

„Nein, ich werde nicht gehen, Megan. Ich muss für ein paar Tage untertauchen und so lange werde ich hier bleiben." War es gut, ihr die Wahrheit zu sagen?

Vermutlich nicht, aber ich wollte sie auch nicht anlügen. Sie wusste ohnehin bereits jetzt mehr als gut für sie war. Es würde mich eine Menge an Überzeugungsarbeit kosten, Michael davon abzuhalten, sich eine Zeugin vom Hals zu schaffen. Denn genau das war es, was er von mir verlangen würde. Zeugen hatten in unserem Geschäft nur eine begrenzte Lebensdauer. Und leider war der Schneehase da unschuldig in etwas hineingezogen worden, dessen Ausmaß sie nicht ahnte. Nicht ahnen konnte. Das hatte sie diesem Pisser von Ryan zu verdanken.

„Warum... warum musst du untertauchen? Und warum bei mir?" Jetzt sah sie mich mit ihren tiefblauen Augen an und ich konnte zum ersten Mal Angst darin sehen. Angst vor der Antwort, die sie vermutlich bereits ahnte. Ich war kein Züchter von flauschigen Hundebabys, sondern ein Krimineller, das dürfte ihr inzwischen klar sein. Allerdings konnte und durfte ich ihr nicht die ganze Wahrheit sagen, wenn ich ihr die Chance erhalten wollte, den ganzen Scheiß hier möglichst unbeschadet zu überstehen. Was letztlich von Michael, oder besser gesagt, von meiner Einschätzung ihrer Vertrauenswürdigkeit, abhängen würde. Denn Michael war der Boss und ich schuldete ihm Gehorsam, so war das nun mal.

„An was erinnerst du dich denn genau?", fragte ich sie, um herauszufinden, was sie bereits wusste.

„Also ich erinnere mich daran", sie schien zu überlegen. Dabei knabberte sie an ihrer Unterlippe und mein Schwanz reagierte sofort mit Alarmbereitschaft darauf. Und das, obwohl sie gar nicht mein Typ war. Aber sie war interessant, weil sie anders war, als alle

Frauen, die ich vor ihr kennengelernt hatte. Ja, das war es. Sie war interessant, darauf konnte ich mich einlassen. Mein Typ war sie ja nicht, das konnte es nicht sein, weswegen sich mein Schwanz regte.

„Ich erinnere mich, dass du mir diesen Eierpunsch eingeschenkt hast. Dann war da dieser Typ, mit dem Ryan weggegangen ist und der kam ohne Ryan zurück und sagte was von irgendeinem *Zeug*, das Ryan bei mir versteckt hätte." Sie riss plötzlich alarmiert die Augen auf. „In... in einem Rentier! Rudolph!" Sie sprang auf und rannte förmlich an mir vorbei ins Wohnzimmer.

Ich folgte ihr. Den Stoff hatte ich natürlich schon beiseite geschafft. Er lagerte, nicht sehr originell, aber mir war auf die Schnelle und in Anbetracht der Situation nichts Schlaueres eingefallen, vorübergehend in ihrer Mehldose. Das Mehl hatte ich in die Toilette geschüttet und runtergespült. Im Nachhinein vielleicht auch keine gute Idee. Blieb nur zu hoffen, dass der Kübel jetzt nicht verstopfte.

Als ich hinter ihr ins Wohnzimmer trat, hockte sie vor diesem Rentier und tastete es vorsichtig ab. So als wenn sie befürchtete, dieser Ryan hätte diesem Rudolph den Bauch aufgeschlitzt und ein Plüschtiermassaker veranstaltet. Oder ich.

„Keine Sorge, das Ko... Zeug war in den Satteltaschen." Hatte ich nicht gerade noch gedacht, dass sie möglichst wenig erfahren sollte? Das Wort Koks hätte bei ihr alle Alarmglocken läuten lassen. Sie war ja schon bei Hasch ausgeflippt. Und Zeug, na ja, das konnte ja so ziemlich alles sein, oder?

Sie sah mich mit einem wissenden Blick an, als ob sie ahnte, was ich hatte eigentlich sagen wollen, aber ich beließ es dabei. Denken konnte sie, was sie wollte. So lange sie keine Bewiese hatte...

„Warum ist dir dieses Teil", ich deutete auf das Rentier, „so wichtig?" Die Frage war ausgesprochen, bevor ich sie zurückhalten konnte. Was bei mir wiederum die Frage auslöste, warum mich das überhaupt interessierte. Aber das tat es. Ich sah ihr an, dass sie mit sich kämpfte. Die Frage wühlte etwas in ihr auf. Etwas, das sich jetzt als Traurigkeit in ihren Blick schlich.

„Mein Vater...", sie räusperte sich, „mein Vater hat Rudolph für mich umgebaut. Also er hat ihm einen Sattel angepasst, in dem immer meine Geschenke steckten..." Ihre Stimme war immer leiser geworden. Sie strich noch einmal kurz über das plüschige Fell, dann erhob sie sich. Sie drehte sich kurz von mir weg und wischte sich über die Augen. Fuck. Hatte sie etwa geweint? Was an der Geschichte hatte sie so aufgewühlt?

„Ist dein Vater...", setzte ich an, brach dann aber ab. Das ging mich nichts an. Und ich wollte auch gar nichts Privates über sie wissen. In ein paar Tagen würden sich unsere Wege trennen und gut.

„Falls du wissen willst, ob er gestorben ist: nein. Meine Eltern leben noch. Es ist nur..." Sie ging zu einem Regal, in dem ein Bild stand. Sie nahm es in die Hand und sah es wehmütig an. Dann lächelte sie und hielt es mir hin.

„Das bin ich mit meinen Eltern. In New York", fügte sie hinzu, aber das konnte man unschwer übersehen, weil im Hintergrund ein riesiger Weihnachtsbaum zu erkennen war. Und zwar der, der jedes Jahr vor dem Rockefeller Center aufgestellt und öffentlichkeitswirksam mit großem Spektakel illuminiert wurde. Sie und ihre Eltern hatten alberne Weihnachtspullover und rote Mützen mit weißen Bommeln an, aber zum ersten Mal hatte ich nicht das Bedürfnis, mich darüber lustig zu machen, weil es bescheuert aussah, dass erwachsene Menschen sich zu so etwas hinreißen ließen. Es war der Gesichtsausdruck dieser kleinen Familie, der mich innehalten ließ. Da war etwas in ihren Augen, ihrem fröhlichen Lachen und in ihren Gesichtern, das tief in mir etwas berührte. Es war die Erkenntnis, dass ich nie auch nur annähernd etwas Ähnliches mit meiner Mutter und meinen Brüdern erlebt hatte. Meinen Vater hatte ich kaum gekannt, er war gestorben als ich gerade einmal fünf Jahre alt gewesen war. Danach hatte meine Mutter verbittert darum gekämpft, als Frau seine Geschäfte übernehmen zu können und anerkannt zu werden. Mir fiel mit einem Mal auf, dass es solche Fotos von uns nicht nur zur Weihnachtszeit nicht gab, sondern überhaupt nicht.

Ich räusperte mich.

„Leben deine Eltern hier in der Nähe? Siehst du sie oft?", versuchte ich, mich von diesem komischen Ziehen in meiner Brust abzulenken.

„Nein, das ist es ja, was mich so traurig macht. Sie leben in North Carolina. Mein Vater ist da Hausmeister an einer Schule. Meine Eltern haben nicht viel Geld und ich verdiene auch nicht genug, um es mir leisten zu können, sie oft zu besuchen. Das letzte Mal habe ich sie...", sie stockte, dann nahm sie mir das Bild aus der Hand und stellte es wieder an seinen Platz.

„Egal, das geht dich nichts an." Sie straffte sich und all die Weichheit, die sich auf ihrem Gesicht abgezeichnet hatte, als sie mir von ihren Eltern erzählt hatte, verschwand und wich einem kühlen Ausdruck.

„Wenn du mir jetzt bitte verraten würdest, was du mit *untertauchen* gemeint hast und wie du es dir vorstellst, wie wir beide hier", sie deutete in den Raum, „zusammenleben sollen, wäre ich dir dankbar. Es ist nämlich so, dass ich weder auf Besuch eingestellt war noch mich über deine erzwungene Anwesenheit freue." Ich wusste nicht, warum mich ihre Worte ärgerten, aber sie taten es.

„Dann hör mir jetzt mal gut zu, Schneehase. Ich kann mir auch etwas Besseres vorstellen, als mich hier bei dir für ein paar Tage in diesem Weihnachtsalbtraum einzumieten, aber es geht nicht anders, also nimm es einfach hin. Wenn du brav bist, passiert dir nichts und danach verschwinde ich aus deinem Leben und du wirst mich nie wiedersehen." Ich sah, wie sie ein klein wenig zusammenzuckte. Ich wollte ihr keine Angst machen, aber vielleicht war es besser so. Natürlich würde ich sie nie verletzten, denn selbst in meinem Metier gab es ein paar Grenzen, die ich nie überschritt, und dazu gehörte, dass ich Unschuldigen, noch dazu Frauen, nie körperliche Gewalt antat. Einschüchterungen oder Erpressung waren natürlich erlaubt, denn wir mussten uns stets absichern, dass uns niemand in den Rücken fiel. Ich sah, wie sie schluckte, sich dann räusperte und mich unsicher ansah.

„Ok, das habe ich verstanden. Und wie genau soll das hier funktionieren? Ich meine..." Sie knabberte wieder an ihrer Lippe und ich fand ihre Frage mit einem Mal sehr vernünftig. Ja, wie sollte das hier funktionieren, wenn sich mein Schwanz schon wieder deutlich in Erinnerung brachte, nur wegen dieser unschuldige Geste?! Ich dachte kurz an mein Date, das ich gestern verpasst hatte und daran, was ich mit der Kleinen alles hätte anstellen können, denn sie hatte mir bereits im Vorfeld zu verstehen gegeben, dass sie nicht abgeneigt war, ihre Pussy mit meinem Schwanz bekannt zu machen. Vielleicht sollte ich mein Glück bei dem Schneehasen versuchen? Ich meine, sie war zwar nicht mein Typ, wirklich nicht!, aber für einen kleines Abenteuer könnte ich ja wohl darüber hinwegsehen, oder? Mindestens so sehr, wie ich sie vögeln wollte, wollte ich es aber gleichzeitig auch nicht. Die Kleine hier vor mir, dieser unschuldige Schneehase, war nicht der Typ für eine schnelle Nummer. Was mir nur Ärger einbringen würde, wenn ich sie doch flachlegte. Ich kannte das schon. Es gab Beziehungstypen und One-Night-Stand-Typen. Bei Männern ebenso wie bei Frauen. Und für mich konnte es nur passen, wenn beide gleich tickten. Spaß haben, vögeln und gut. Keine Beziehung, keine Gefühle und vor allem keine Fragen, wann man sich das nächste Mal sehen würde. So lief das bei mir und ich fuhr gut damit.

„Okay, dann stellen wir mal ein paar Regeln auf, Megan. Ich schlafe auf der Couch. Allerdings nur, wenn du vorher diese rote Geschmacksverirrung, die du darüber drapiert hast, in den Altkleidersack steckst. Und diese Hussen da über den Stühlen gleich hinterher. Ebenso diese hässliche Deko hier überall. Ich kann kein Auge zumachen, wenn hier überall so ein Kitsch rumsteht." Sie sah mich mit zunehmendem Ärger in ihren blitzenden Augen an.

„Äh... Rudolph kann hier bleiben, aber nur er", versuchte ich, großzügig zu sein. Gleichzeitig wunderte ich mich, warum ich ihr überhaupt irgendein Zugeständnis machen wollte. Immerhin saß ich hier doch wohl am längeren Hebel. Der ganze Weihnachtsquatsch musste hier verschwinden, meinetwegen sollte sie ihn einlagern oder... egal. Hauptsache, ich musste ihn in den nächsten Tagen nicht sehen. Sie konnte ihn ja wieder rauskramen, wenn ich wieder weg war. Ansonsten würde ich hier kein Auge zumachen können.

„Nein." Wie bitte? Ich musste mich wohl verhört haben.

„Zu was genau hast du gerade *Nein* gesagt?" Drohend trat ich einen Schritt auf sie zu. Aber statt zurückzuweichen, verschränkte sie die Arme vor der Brust und funkelte mich an.

„Zu so ziemlich allem, was deinen Mund in den letzten Minuten verlassen hat, Mr. Grinch."

Megan

Das durfte ja wohl nicht wahr sein! Nicht nur, dass er sich hier unerwünschterweise selbst einlud, nein, er stellte auch noch Regeln auf! Die Erste, dass er auf der Couch schlafen würde, war ja wohl kein

Entgegenkommen, sondern selbstverständlich. Und dass ich all meine liebevoll aufgestellte Dekoration entfernen sollte... also, das ging entschieden zu weit. Er war, wenn auch gezwungenermaßen, immer noch Gast hier. Das war MEIN Zuhause und allein ich bestimmte, was hier wo stand. Und vor allem, dass es genau dort stehen blieb, wo es jetzt war. Da konnte er so angepisst gucken, wie er wollte.

„Willst du jetzt mit mir diskutieren?", fragte er dann auch noch vollkommen verständnislos. Ah, ok, er konnte also nichts damit anfangen, dass man sich seinem *Befehl* widersetzte. Nun gut, es gab schließlich für alles ein erstes Mal und er würde lernen müssen, dass ich nicht vorhatte, klein beizugeben.

„Nein, will ich nicht." Er atmete schon erleichtert auf, ein dreckiges, kleines Grinsen zupfte an seinen Mundwinkeln und sie machten sich auf den Weg nach oben, aber ich war noch nicht fertig.

„Eine Diskussion würde nämlich voraussetzen, dass es etwas gibt, über das diskutiert werden kann. Und das sehe ich hier nicht. Die Deko bleibt." Für einen kurzen Moment sah ich so etwas wie Irritation in seinem Blick, gleichzeitig stoppten seine Mundwinkel, bevor sie sich vollkommen zu einem Grinsen verzogen hatten. Ich biss mir innerlich in die Wange, weil er in seiner momentanen Verwirrung noch anziehender wirkte. Und weil er einen derart verständnislosen, irritierten Gesichtsausdruck machte, dass ich mir das Lachen verbeißen musste.

„Äh, ich glaube, du machst dich gerade ein klein wenig über mich lustig?", konstatierte er treffend. Dann aber zuckte sein linkes Augenlid, eine Falte erschien auf seiner Stirn und in seinen Augen zog ein Sturm auf. „Übertreib es nicht, Megan. Auch meine Geduld hat Grenzen. Bis jetzt war ich ziemlich freundlich, aber ich kann auch anders, glaub mir. Also: Räum den Scheiß jetzt weg und wir vergessen deinen kurzen Anfall von Widerborstigkeit."

„Nein, genau das werde ich nicht tun. Ich sage dir jetzt, wie ich mir das vorstelle: Ich bin so freundlich und lasse dich, weil du mich so lieb darum gebeten hast, auf dem Sofa schlafen. Und dafür, dass ich so entgegenkommend bin und dich als G.A.S.T. willkommen heiße, bleiben alle Sachen genau da, wo sie jetzt stehen. Und dann, erst dann, vergesse ICH deinen kurzen Anfall von Unverschämtheit und Chauvinismus!" Gut, ein klein wenig Angst vor meiner eigenen Courage hatte ich angesichts der Gesichtszüge, die ihm bei meiner Ansprache entgleisten, schon. Seine Augen loderten. Das warme Braun hatte sich so verdunkelt, dass es fast so schwarz war wie seine Pupillen. Selbst die goldfarbenen Sprenkel in der Iris, die mir zuvor schon aufgefallen waren, erinnerten mich in diesem Augenblick eher an das alles verzehrende Höllenfeuer als an die Sonne. Ich sah, wie er die Hände zu Fäusten ballte und noch einen Schritt auf mich zumachte, aber ich wich nicht zurück. Selbst jetzt, mit dieser geballten Wut und der aggressiven Spannung, die seine ganze Haltung ausdrückte, hatte ich nicht wirklich Angst vor ihm. Und das verunsicherte mich mehr als es der Zorn, der mir entgegenschlug, je gekonnt hätte. Mein Herz schlug schnell in meiner Brust, laut, zu laut, so dass ich schon dachte, er könnte es hören, aber stattdessen standen wir so dicht voreinander, dass sich unsere Nasen fast berührten. Oder unsere Lippen, was mich noch mehr aus der Fassung brachte. Allein der Gedanke an seine Lippen auf meinen, ließ mich zittern. Für den Bruchteil einer Sekunde schien es wirklich so, als wollte er mich küssen, aber dann trat er einen Schritt zurück und löste seine Fäuste. Ein paar Mal öffnete und schloss er sie, ohne mich aus den Augen zu lassen.

„Okay, dann schlafe ich im Schlafzimmer und du hier in deinem Weihnachtsparadies."

Oh, wow. Hatte er wirklich so schnell nachgegeben? Natürlich wollte ich ihm nicht gerne mein Bett überlassen, aber ich ahnte, dass sein Ego diesen kleinen Sieg brauchte, um sich einzureden, dass er am Ende gewonnen hatte. Ein Bett war schließlich besser als eine Couch.

„Gut, dann wäre das ja geklärt. Heute ist Samstag, also kannst du ins Bad, wann du möchtest. Morgen auch, aber am Montag muss ich zur Arbeit, da muss ich um spätestens halb sieben aus dem Haus. Danach..."

„Moment mal, du gehst am Montag nirgendwo hin. So lange ich hier bin, wirst du schön hier bei mir bleiben. Am Ende kommst du noch auf dumme Ideen und..."

„Vergiss es. Ich muss am Montag arbeiten. Nicht jeder kann es sich leisten, so wie du in den Tag hineinzuleben und nur mal nebenbei ein bisschen Rauschgift zu verkaufen!" Ich war wütend, aber so richtig. Er konnte doch nicht einfach so hier auftauchen und mein ganzes Leben auf den Kopf stellen! Ich brauchte diesen Job, auch wenn meine Chefs meine Ideen meistens mitleidig lächelnd abschmetterten oder mich mal wieder statt zum Meeting zum Kopieren schickten. Mein Gehalt war mickrig, aber ich war froh, dass ich überhaupt eine feste Anstellung hatte. Ein regelmäßiges monatliches Einkommen, mit dem ich meinen Lebensunterhalt finanzieren und die Schulden, die Jefferson mir hinterlassen hatte, abstottern konnte. Wenn ich jetzt einfach so nicht käme... Es wäre nur noch der Montag, dann war die Agentur ohnehin über die Feiertage geschlossen. Es würde also so aussehen, als würde ich mir ein verlängertes Wochenende mit dem Montag als Brückentag in die Feiertage machen. Das würden weder mein Chef noch meine Kollegen toll finden...

„Melde dich krank." So einfach war die Welt des Gabriel Irgendwas also. Hatte er jemals auch nur einen Tag einen seriösen Job gehabt? Einen, in dem sein Chef die Fehlstunden penibel erfasste und, wenn zu viele aufgelaufen waren, mit Kündigung drohte oder sie sogar aussprach? Schließlich gab es genügend andere Leute, die dringend einen Job brauchten und auch wenn das vielleicht arbeitsrechtlich zumindest fragwürdig war: Wer hatte schon genug Geld, sich einen Anwalt zu nehmen und dagegen zu klagen? Nein, Recht und Gerechtigkeit waren zwei verschiedene Dinge.

„Das... das kann ich nicht. Ich hatte in diesem Jahr schon zu viele Fehltage." Dass ich eine fiese Bronchitis und eine Blinddarm OP mit Komplikationen hatte und an den Kosten dafür noch heute knabberte, ging ihn ja wohl nichts an. Und auch nicht, dass ich ein paar Mal die Arbeit geschwänzt hatte, um Mrs. Robson im Kinderheim zu helfen, weil mal wieder zu wenig Betreuer für die Kleinsten da gewesen waren. Ich war gleich in meiner ersten Zeit hier in Minot zufällig an dem Waisenhaus vorbeigekommen. Dabei hatte ich ein Paar beobachtet, das ein kleines, etwa ein Jahr altes Mädchen auf dem Arm trug, das sich ängstlich in dem Pullover des Mannes gekrallt hatte. Sie schienen zu streiten und ich hörte die Worte *Hunde, können sie nicht behalten* und *zurück*. Ich hatte mich gefragt, was da los war, denn ganz offensichtlich holte das Paar kein Kind, sondern brachte eins *zurück*. Wie ein versehentlich in der falschen Größe oder Farbe gekauftes Shirt. Die Kleine hatte so unglücklich ausgesehen, dass ich immer an sie denken musste und schließlich, nach ein paar Tagen, hatte mir das keine Ruhe mehr gelassen und ich war dort hingegangen und hatte mich nach ihr erkundigt. Ich hatte damit gerechnet, komisch angesehen oder sogar hinausgeworfen zu werden, aber stattdessen hatte sich die Heimleiterin, Mrs. Robson, über mein Interesse gefreut und mich sofort herumgeführt. Und mir traurig Auskunft darüber gegeben, dass das Paar Ivy tatsächlich zurück gebracht, weil sie, wie sich herausgestellt hatte, eine Tierhaarallergie hatte und die Pflegeeltern Hunde züchteten. Mich hatten die Kinder, die mal mehr mal weniger aufgeregt darauf warteten, dass sich jemand für sie interessierte und sie mit in ein neues Leben nahm, von der ersten Sekunde an verzaubert und ich half seitdem öfter aus, wenn Not am Mann war. Natürlich war es nicht richtig, dafür meine Arbeit zu vernachlässigen, aber ich hatte beim Anblick der großen, traurigen Kinderaugen, wenn mal wieder eine geplante Unternehmung ausfiel, weil zu wenig Personal da war, nicht anders gekonnt und so hatte ich mein Konto an Fehlstunden erheblich belastet.

„Hör zu, es interessiert mich nicht, wie oft du verschlafen oder blau gemacht hast, oder ob dein Job deswegen auf der Kippe steht. Du wirst am Montag nicht zur Arbeit gehen. So wie ich das sehe, kannst du dich krank melden oder aber du wirst unentschuldigt fehlen. Deine Entscheidung. Notfalls sperre ich dich hier ein, Megan", holte mich seine tiefe Stimme aus meinen Gedanken.

Dieses Arschloch! Die einzigen Gründe, die ihm für meine Fehlstunden einfielen, waren also verschlafen und blau machen?! Das versetzte mir einen Stich, aber ich schluckte schnell die Verärgerung hinunter. Schließlich konnte es mir ja egal sein, was er von mir dachte. Ich hatte nur Angst, dass er, wenn er schließlich wieder aus meinem Leben verschwunden war, einen Scherbenhaufen zurücklassen würde. Sein Leben würde immerhin einfach so weiterlaufen. Was von meinem nach der Zeit noch übrig blieb, war ihm anscheinend egal. Aber was hatte ich auch anderes erwartet? Er war ja nicht an mir als Mensch interessiert, sondern nur an einem Unterschlupf für eine gewisse Zeit. Ich konnte nicht verhindern, dass mir bei diesem Gedanken die Tränen kamen. Die einzigen Menschen, denen ich etwas bedeutete, die mich liebten und immer für mich da waren, jedenfalls so weit es ihnen möglich war, waren meine Eltern. Und die waren gerade fast sieben Flugstunden oder auch knapp siebenundvierzig Stunden Zugfahrt entfernt. Das mit den Flugstunden hatte ich gelesen, weil ich nie genug Geld für einen Flug gehabt hatte, das mit den Zugstunden wusste ich aus eigener Erfahrung. Im Moment schien es mir aber eher so, als wäre der Mond näher als Charlotte. Ich vermisste meine Eltern so sehr.

„Gut, okay, ich rufe Montag früh an. Es ist ohnehin nur noch der Montag, dann hat die Agentur über die Feiertage geschlossen. Und jetzt möchte ich bitte allein sein." Ich gab resigniert auf. Ich konnte mich ihm ja doch nicht widersetzen. Ich war praktisch seine Gefangene und zumindest in diesem Punkt hatte er das Sagen. Ich hatte vielleicht den Kampf um mein Wohnzimmer gewonnen, aber den Kampf um meine Freiheit deswegen noch lange nicht.

Gabriel

Was war denn jetzt mit einem Mal los? Der Schneehase hatte sich nach heldenhaftem Kampf um die Weihnachtsdeko von einer Löwin in ein scheues, verletztes Reh verwandelt. Und ich hatte keinen blassen Schimmer, was diese Verwandlung ausgelöst hatte. Nur dass es mir nicht gefiel, wie verletzlich sie plötzlich wirkte, wusste ich. Und das vage Gefühl, dass ich dafür verantwortlich war, machte es nicht besser.

„Hey", versuchte ich sie aufzuhalten, aber sie ließ mich einfach stehen und ging an mir vorbei in die Küche. Ich folgte ihr, aber sie schloss die Tür.

„Lass mich", hörte ich noch und wusste mit einem Mal nicht, was ich tun sollte. Die Gefühle anderer Menschen waren mir im Grunde egal. Okay, was Raf und Michael betraf, waren das die einzigen

Ausnahmen, selbst die Gefühle meiner Mutter interessierten mich nicht, aber jetzt hier, in diesem kleinen Flur, kam noch eine Person dazu, um die ich mir Gedanken machte. Und ich konnte nichts dagegen tun, dass ich mich um sie sorgte. Dass ich sie nicht traurig sehen wollte und schon gar nicht der Grund dafür sein wollte. Was hatte sie nur? Hatte es damit zu tun, dass ich sie gezwungen hatte, sich Montag krank zu melden? War ihr Job wirklich in Gefahr, weil sie schon zu viele Fehlstunden angesammelt hatte? Und warum hatte sie überhaupt so viele Fehlstunden? Hatte ich mit dem Verschlafen und dem Blau machen etwa ins Schwarze getroffen oder hatte sie genau das verletzt, weil sie ganz andere Gründe dafür hatte? Und, scheiße, warum interessierte ich mich überhaupt dafür? Nein, Gab, stopp. Bis hierher und nicht weiter. In ein paar Tagen waren ihr Leben und sie Geschichte. Und das war gut so. Sehr gut. Weil sie eben kein One-Night-Stand-Mädchen war. Ich stand eine Weile unschlüssig im Flur herum, dann riss ich mich zusammen. Es gab im Moment Wichtigeres als den Schneehasen. Zum Beispiel, dass ich dringend ein paar frische Sachen brauchte, sie aber nicht allein lassen konnte, um mir welche zu besorgen. Auch wusste ich nicht, wie es in ihrem Vorratsschrank aussah, da sie ja nicht damit hatte rechnen können, einen zusätzlichen Esser zu haben. Ihr Kühlschrank würde jedenfalls in den nächsten Tagen keine Maus satt bekommen, das hatte ich gesehen, als ich die Eier rausgeholt hatte.

Ich ging ins Bad, um nachzusehen, ob sie wenigstens eine Ersatzzahnbürste und Duschgel hatte. Das wäre immerhin ein erster Schritt. Meine Klamotten konnte ich im Notfall auch waschen. Oder besser: sie, denn ich hatte keine Ahnung, wie eine Waschmaschine funktionierte. Zuhause hatten wir für jeden Scheiß irgendjemanden, der uns diese lästigen Arbeiten abnahm.

Ich öffnete den Schrank unter dem Waschbecken und sah hinein. Tatsächlich fand ich eine eingepackte Zahnbürste, was mich kurz erleichtert aufatmen ließ. Allerdings nur so lange, bis ich das Ding aus dem Dunkel ins Licht gezerrt und festgestellt hatte, dass es sich um eine rote Kinderzahnbürste handelte, auf deren Griff längs Santas Schlitten mit den Rentieren aufgedruckt war. Herrgott, hatte diese Frau denn nichts Normales in ihrem Haushalt?! Und warum hatte sie eine Kinderzahnbürste? Wahrscheinlich, weil es für Erwachsene so einen Scheiß nicht gab! Man sollte allerdings meinen, bei der großen Klappe müsste sie eher einen Handfeger als eine Kinderzahnbürste benutzen!

Frustriert schmierte ich mir etwas Zahnpasta auf den Finger. Dann musste es eben so gehen. Niemals würde ich diesen roten Zahnbürstenalbtraum benutzen, das ging gegen meine Ehre. Dann lieber Zahnbelag und Mundgeruch, obwohl... Nein, das war auch keine Alternative. Aber für ein, zwei Tage würden meine Zähne und ich das schon aushalten. Ich verteilte die Creme, ließ sie einwirken und spülte mit einem Mundwasser, einem ganz normalen Mundwasser, dem Himmel sei Dank!, nach. Kein Zimt- oder Bratapfelgeschmack, wenn es so was überhaupt gab. Aber wenn es so hässliche Duschvorhänge und Zahnbürsten gab, würde es bestimmt auch Käufer für

perverses Mundwasser geben. Ich konnte wohl froh
sein, dass Mrs. Santa das noch nicht herausgefunden
hatte! Ich sah mich weiter um.

Ok, in diesem Klemmregal in der Dusche stand
Duschgel. Ich nahm es und roch daran. Himmel! Oder
besser Hölle! Das war ein scheiß Zimtduschgel!
Weihnachtstraum. Entspannend. stand da drauf. Ob
sich diese Werbefuzzis manchmal fragten, wie
unterschiedlich die Menschen Entspannung
definierten?! Ich jedenfalls entspannte mich bei diesem
penetrant süßlichen Geruch bestimmt nicht. Eher im
Gegenteil. Dieser beschissene Zimtgeruch machte mich
aggressiv. Angewidert stellte ich das Duschgel zurück.

„Was schnüffelst du hier rum?", hörte ich ihre Stimme
und drehte mich um. Ich hatte sie nicht kommen gehört.

„Ich brauche Duschgel, wenn ich nicht in ein paar
Tagen stinken soll wie ein Iltis", stellte ich klar.

„In ein paar Tagen?!" Ihre Augen weiteten sich entsetzt.
„Wie lange hast du denn vor, hierzubleiben?"

„Keine Ahnung. So lange wie nötig, so kurz wie
möglich." Ich zuckte mit den Schultern.

„Wo wir gerade beim Thema sind: Ich brauche für die
nächsten Tage ein paar Kleinigkeiten. Duschgel,
Wechselkleidung. Und wir müssen doch bestimmt auch
etwas zu essen einkaufen, oder hast du genug für die
nächsten Tage da?"

„Was? Nein, bestimmt nicht. Und du glaubst doch
nicht, dass ich dich bekochen werde, oder? Bestell dir
was beim Lieferdienst oder koch dir selber was. Und
was den Rest angeht: Nicht mein Problem. Ich gehe
mal davon aus, dass du mich nicht alleine lassen wirst,

um dir das alles zu besorgen?" Ich schüttelte den Kopf. Das hatte sie gut erkannt.

„Dachte ich mir. Also sieh zu, wie du dieses Problem löst, Mr. Ist-Mir-Egal-Was-Aus-Ihr-Wird-Wenn-Ich-Weg-Bin!" Tatsächlich ließ sie mich wieder stehen und rauschte an mir vorbei. Ich runzelte die Stirn. Das war also wirklich ihr Problem. Dass sie Angst hatte, ihren Job zu verlieren?! Zum ersten Mal fühlte ich mich schlecht, weil ich nicht wirklich darüber nachgedacht hatte, was für sie auf dem Spiel stehen könnte. Ich würde in mein altes Leben zurückkehren, wenn es Zeit dafür war, auch wenn sie tatsächlich wegen dieser bescheuerten Krankmeldung ihren Job verlieren würde. Okay, für diese Krankmeldung gab es keine Alternative, aber vielleicht könnte ich ihr anders helfen. Mit Geld, oder einem neuen Job, falls es wirklich so weit kommen würde. Immerhin hatte meine Familie weitreichende Beziehungen. Und das nicht nur zu kriminellen Organisationen. Wir hatten durchaus auch seriöse Firmen, die uns gehörten oder die mit uns Geschäfte machten. So lief das nun mal. Das war wie die Sache mit den Eisbergen. Es gab eine weiße Seite, die aus dem Wasser ragte und die jedermann sehen konnte. Das, was unter der Wasseroberfläche lag, blieb den Augen der anderen verborgen. So war das auch mit den Geschäften meiner Familie.

Okay, so weit, so gut. Ich würde ihr helfen, wenn sie ihren Job wegen dieser verkackten Krankmeldung verlieren würde, aber jetzt musste ich erst mal sehen, wie ich das mit den Klamotten und dem Essen lösen konnte.

Megan

Dieser aufgeblasene Idiot hatte tatsächlich keine
größeren Probleme als saubere Wäsche und sein Essen!
Obwohl ich zugeben musste, dass er recht hatte. In
meinem Kühlschrank befanden sich zur Zeit nur
Aufbackbrötchen, eine Packung Milch, ein paar
Tomaten, eine Packung Eier und zwei Äpfel. Immerhin
hatte ich geplant, heute einkaufen zu gehen, was dieser
Idiot ja vereitelt hatte. Sollte er doch sehen, woher er
etwas Essbares bekommen würde. Ich würde mir zur
Not ein paar Pfannkuchen machen, dafür hatte ich ja
alles da.
Wütend über die ganze Situation füllte ich den
Wasserkocher auf, gab einen Beutel meines
Lieblingstees mit Bratapfelgeschmack und Zimt in eine
Tasse und goss wenig später das kochende Wasser
darüber. Der Idiot verhielt sich auffallend ruhig und das
wiederum machte mich unruhig. Wenn dieses
Arschloch auch nur eine einzige meiner
Weihnachtsdekorationen anfassen würde, konnte er was
erleben. Es war nicht sehr schwer zu erraten, dass er
mit Weihnachten nichts am Hut hatte. Mehr noch: Er
stellte sich an wie der einzig wahre Grinch!
Ich blies vorsichtig in meinen Tee, nahm einen Schluck
und dachte nach. So wie er sich angehört hatte, konnte
es Tage dauern, bis er wieder von hier verschwand.
TAGE! Das hieß, er würde möglicherweise auch noch

die Feiertage hier bei mir verbringen. Was wiederum bedeutete, ich wäre nicht Herrin in meinem eigenen Zuhause und würde auch sonst nur sehr eingeschränkt tun können, was ich wollte. Und wann ich es wollte. Und das alles war seine Schuld! Oder vielleicht ein bisschen auch die von Ryan, aber mit dem würde ich später noch ein Hühnchen zu rupfen haben. Wie kam dieser vertrottelte Penner nur dazu, Drogen in meiner Wohnung zu verstecken? Denn dass es darum ging, hatte ich längst begriffen. War ja auch nicht so schwer, diesen Schluss zu ziehen.

Ich hörte plötzlich ein Poltern, dann ein Klirren, gefolgt von einem leisen Fluchen. Ich erstarrte. Es gab nicht so viel, das in meinem Wohnzimmer stand und *zerbrechlich* war. Dem Geräusch nach zu urteilen, war da aber gerade etwas zu Bruch gegangen. Was bedeutete, es hatte entweder eines der Rentiere aus Porzellan getroffen, was Gabriels Tod bedeuten würde, denn die hatte ich vor etlichen Jahren von meinen Eltern geschenkt bekommen. Oder es hatte die kleine Schneekugel getroffen, die neben dem Sofa auf dem Beistelltischchen stand. Die mit dem hübsch geschmückten Tannenbaum im Schneegestöber vor dem Rockefeller Center. Die, die meine Eltern mir als Erinnerung an unseren ersten und einzigen Urlaub dort geschenkt hatten. Wenn er also tatsächlich damit begonnen hatte, mein Wohnzimmer weihnachtsdekofrei zu gestalten, weil er ein Grinch war, dann hatte er damit eine unsichtbare Grenze überschritten. Das bedeutete Krieg, denn das würde ich mir ganz sicher nicht von diesem Arsch gefallen lassen.

Ich stürmte ins Wohnzimmer und das Erste, was ich sah, war dieser riesige Kerl, der am Boden hockte und ziemlich ertappt aussah, als er sich zu mir umdrehte. Unbeholfen schob er ein paar Splitter unter die Couch, aber die kleine Pfütze verriet ihn. Es hatte also die Schneekugel getroffen. Mein Herz zog sich zusammen. Der emotionale Wert überstieg ihren realen bei weitem. Aber das war jetzt Nebensache. Sie war zerbrochen, weil er sie heruntergeworfen hatte. Die Dreistigkeit dieses unfassbar selbstgerechten, egozentrischen und gefühllosen Arschlochs ließ eine Sicherung bei mir durchbrennen. Damit hatte er offiziell den Krieg eröffnet!

Gabriel

Scheiße. Ich hatte nur den Kopf rückwärts auf der Sofakante ablegen wollen, um zu überlegen, was ich jetzt tun sollte. Dabei hatte ich bequem einen Arm über die Lehne baumeln lassen und *peng!,* hatte ich schon diese kitschige Schneekugel vom Tischchen gefegt. Das Glas war in tausend Teile zersprungen, nur die kleine Miniatur des Rockefeller Centers mit dem Tannenbaum davor rollte unbeschädigt in der sich bildenden Pfütze herum. Dass ich nicht das Glück hatte, dass dem Schneehasen dieses kleine Missgeschick verborgen blieb, wusste ich, als sie wie Nemesis ins Wohnzimmer stürzte und leider mit einem Blick die Situation erfasste. Ich hatte noch versucht, die Scherben unter das Sofa zu schieben, aber da stand sie schon da und schoss Blitze aus ihren tiefblauen Augen auf mich armen Sünder.

„Du willst Krieg, Grinch, also bekommst du ihn! Damit", sie zeigte auf die Pfütze, „hast du eindeutig eine Grenze überschritten."

Herrgott, was keifte sie denn so?! Ja, das hässliche Ding war kaputt, aber schließlich hatte ich es doch nicht extra gemacht! Und Krieg? Warum fuhr sie so martialische Geschütze auf? Das Ding war eine verfickte Schneekugel gewesen, nichts Besonderes. So was gab es in jedem gut sortieren Geschäft mit diesem Weihnachtskrempel.

„Hör zu, das wollte ich nicht. Wirklich nicht. Ich habe nur..."

„Das ist mir egal, Gabriel." Sie betonte meinen Namen besonders spöttisch und zog ihn in die Länge.

Immerhin schien sie sich an ihn zu erinnern, was mir ein Grinsen entlockte. Das wiederum bekam sie in den falschen Hals und sie stürmte auf mich zu und bohrte mir ihren Zeigefinger in die Brust.

„Was ist daran so lustig? Dass du dich hier in meiner Wohnung benimmst wie die Axt im Wald? Weil ich mich nicht dagegen wehren kann, dass du hier bist? Oder macht es dir vielleicht nur Spaß, keine Grenzen zu akzeptieren, sich über die Wünsche und kleinen Eigenheiten der Menschen, in deren Leben du einfach so eindringst, hinwegzusetzen, nur weil du findest, dass Weihnachten kitschig ist?" Sie holte Luft und ich konnte nicht anders als sie anzustarren. Sie war so wunderschön, wie sie wütend mit blitzenden, tiefblauen Augen und geröteten Wangen vor mir stand und mich beschimpfte! Ihre Haare hatte sie zu einem unordentlichen Knoten auf dem Kopf zusammengefasst, einige Strähnen hingen verirrt heraus und ließen sie unbändig und wild aussehen. Ich konnte nicht fassen, was dieser Anblick in mir auslöste. Sie war doch gar nicht der Typ Frau, für den ich mich sonst erwärmen konnte, aber jetzt, in diesem Augenblick, war sie die schönste Frau, die ich jemals gesehen hatte! Noch bevor ich reagieren konnte, hatte sie sich schon umgedreht und war aus dem Zimmer gerauscht.

Verwirrt, mit steifem Schwanz und einem komischen Gefühl in der Brust stand ich da und konnte nur daran denken, sie zum Stöhnen zu bringen. Diesen herrlichen Mund zu küssen und ihre Wut über mich in heiße, süße Lust zu verwandeln.

Ich wusste nicht, wie lange ich so dastand und mich fragte, ob ich jetzt ganz durchdrehte, weil ich sie plötzlich mit anderen Augen sah, aber irgendwann riss mich laute Musik aus meinen Gedanken. Ich blinzelte kurz, schluckte und meine Tagträume verwandelten sich mit einem Schlag in Albträume.

In einer Lautstärke, dass selbst dieser schwerhörige alte Geifersack über uns das noch hören würde, dröhnte Weihnachtsmusik durch die Wohnung. Ich hielt dem Drang stand, Megan nachzugehen und diese akustische Geschmacksverirrung eigenhändig abzustellen. Sollte sie sich kurz abreagieren, mindestens das war ich ihr schuldig. Und wenn sie dafür dieses fröhliche Glöckchenklingeln brauchte, gut, das würde ich schon aushalten.

Eine halbe Stunde, etliche Flüche mit zusammengebissenen Zähnen und meisterlicher

Selbstbeherrschung später wusste ich, was sie mit Krieg gemeint hatte. Sie hatte eine verdammte Playlist mit dem *Best Of Christmas*, den *Hundert schönsten Weihnachtshits* und den *Greatest Gospel Songs For Christmas!* Und sie setzte diese schamlos ein, um mich um den Verstand zu bringen. Oder mein Gehör zu ruinieren. Wütend ballte ich die Fäuste. Also gut, wenn sie unbedingt Krieg wollte, dann konnte sie Krieg haben. Ich hatte nämlich auch eine Playlist. Und die umfasste so ziemlich alles, was Anti-Weihnachten war. Als sie auch noch begann, laut mitzusingen, war es endgültig um mich geschehen. Das hier war eine eindeutige Kriegshandlung, die ich umgehend erwidern musste. Diabolisch in mich hinein grinsend schnappte ich mir mein Handy und scrollte mich durch die Songs. Aha. Wunderbar. *King Diamond* mit *No Presents For Christmas.* Hard Rock vom Feinsten. Schööön laut. Die Rentiere auf dem Tisch hoppelten im Takt der Bässe über die Platte, selbst Rudolph schien sanft zur Musik zu schaukeln.

Ha! Wäre doch gelacht, wenn ich da nicht mithalten könnte.

Leider musste ich schon vier Songs später feststellen, dass der Akku meines Handys weitere Gegenmaßnahmen zu diesem unerträglichen Heile-Welt-Gedudel aus der Küche nicht mittrug. Bei *Christmas With The Devil* von *Spinal Tap* kackte das Scheißteil ab. Wütend dachte ich daran, dass das Ladekabel im Handschuhfach meines Autos lag. Sollte ich den Schneehasen für einen kurzen Sprint runter und wieder rauf alleine lassen? Wenn ich die Tür abschließen würde, würde sie vielleicht gar nicht merken, dass ich weg war...

Plötzlich kamen auch aus der Küche keine Geräusche mehr. Oder genauer gesagt, die Musik war verstummt, stattdessen hörte ich eindeutig einen elektrischen Rührer und dann eine Pfanne klappern.

Okay, dann hatte sie wohl eingesehen, dass das hier eine kindische Aktion von ihr gewesen war. Vielleicht kochte sie als Friedensangebot etwas Leckeres für uns. Während ich also vorsichtig in Richtung Küche schlich, knurrte mein Magen. Bis auf die paar Rühreier und den schmalen Streifen Speck heute morgen hatte ich noch nichts gegessen und war eindeutig kohlenhydratdehydriert, falls es so was gab. Durch die geschlossene Tür hörte ich sie leise summen.

„Hast du eingesehen, dass du gegen mich keine Chance hast, Schneehase?", konnte ich mich nicht zurückhalten, sie durch die verschlossene Tür zu provozieren.

Das fette Grinsen auf meinem Gesicht erstarb jedoch schlagartig bei ihren nächsten Worten.

„Ach weißt du, ich denke, ich bin eindeutig in der strategischen besseren Position. Ich habe sozusagen den Proviantraum besetzt und wenn du was essen willst, musst du tun, was ich will. Oder du bekommst nichts. Immerhin kannst du mich ja nicht alleine lassen und selbst etwas einkaufen." Ich hörte ein leises Knacken. Schlug sie da gerade ein Ei auf?

„Ich mache mir nämlich jetzt ein paar leckere Pfannkuchen mit Ahornsirup. Dafür muss ich nicht mal einkaufen, ich hab alle Zutaten hier. Eier, Milch, Mehl..."

Bei dem letzten Wort stellten sich meine Nackenhaare auf und ein ersticktes Keuchen verließ meine Brust. Wenn ich sie nicht aufhielt, würden das die teuersten Pfannkuchen in der Geschichte Amerikas werden. 420 Gramm reinstes Kokain im Wert von gut 30.000 Dollar, begraben unter Bergen von Ahornsirup! Ich drückte die Klinke, aber nicht passierte. Das verflixte Weib hatte sich eingeschlossen.

Megan

Wunderbar, das Arschloch flippte regelrecht aus! Nachdem er diese kindische Scheiße mit der Musik eingestellt hatte, war ich bereit, den Krieg auf ein neues Level zu heben. Nahrungsentzug! Oder besser gesagt, anheizen des Hungers durch olfaktorische Reize. Dafür eigneten sich meiner Meinung nach Pfannkuchen sehr gut. Wer konnte schon dem Duft frisch gebackener Pfannkuchen widerstehen? Darüber hinaus hatte ich nicht viel andere Möglichkeiten. Meine Vorräte waren ziemlich erschöpft und selbst die App auf meinem Handy: *Welche Lebensmittel habe ich und was kann ich daraus kochen?* hatte nur Rühreier oder Arme Ritter als Vorschlag für mich. Und Arme Ritter mit Aufbackbrötchen konnte ich mir nun beim besten Willen nicht vorstellen. Also Pfannkuchen. Ich schlug fünf Eier in das Mehl, von dem ich komischerweise genau 420 Gramm hatte. Warum genau 420 Gramm, erschloss sich mir nicht. Ich hatte keine Rezepte mit so krummen Grammangaben, aber nun war es eben so. Meine Küchenwaage war da sehr genau.

Ich lachte schadenfroh in mich hinein. Sollte der Grinch doch vor der Tür toben wie er wollte. Ich hatte nicht vor, ihm auch nur einen Millimeter auf der Freundlichkeitsskala entgegenzukommen. Um sein Getöse zu übertönen, stöpselte ich mein Handy an die Steckdose und scrollte mich zu meiner Weihnachtshitparade durch. Jetzt tobte der Grinch. Okay, ersetze toben durch eskalieren. Ich bekam nun doch Angst um die Küchentür. Ich meine, sie zitterte bereits derart in den Angeln, dass sie gleich zusammen mit dem Idioten in der Küche landen würde. Und das war dann doch etwas zu heftig. Wenn ich meinen Job wegen dieses durchgeknallten Wohnungsbesetzers verlieren sollte, wollte und konnte ich nicht auch noch für die Verwüstungen in meiner Wohnung aufkommen. Genervt und mit dem festen Willen, die Pfannkuchen gegen möglichst viel Entgegenkommen einzutauschen, öffnete ich vorsichtig die Tür. In diesem Augenblick rammte mich ein dunkler Schatten und ich verlor den Halt. Zusammen mit dem menschlichen Rammbock stolperte ich durch die Küche, bekam einen Zipfel der selbstgenähten Weihnachtstischdecke meiner Mutter zu fassen und... riss alles, was auf dem Tisch stand, mit in die Tiefe. Lautes Scheppern, ein tiefes, männliches Stöhnen und mein eigener spitzer Schrei hallten durch die Küche, während *Nat King Coles* fröhliches *Joy To The World* diese absurde Situation beschallte. Für einen kurzen Augenblick spürte ich nur diesen muskulösen Körper auf mir, atmete seinen herben, einzigartigen

Duft ein und spürte sein pochendes Herz. Wild und ungestüm klopfte es, erregte und beruhigte mich gleichermaßen, während ich einfach nur da lag und wartete. Auf was, wusste ich nicht, nur dass ich wie gelähmte war und es... genoss! Ich wusste nicht, wie lange wir einfach nur so da lagen, sein Blick in meinem verhakt, zwischen meinen Augen und meinen Lippen hin und her wandernd, aber es fühlte sich an wie eine Ewigkeit. Als sich Gabriel schließlich räusperte und vorsichtig von mir herunterstieg, fühlte ich mich nicht erleichtert, wie man es eigentlich erwarten würde, sondern seltsam enttäuscht. Nat King Cole war inzwischen abgelöst worden von *Mariah Careys All I Want For Christmas Is You* und machte die Situation noch absurder. Denn für den Bruchteil einer Sekunde wollte ich genau das: ihn. Den düsteren, ungeheuer sexy aussehenden, unverschämten und ganz sicher gefährlichen Weihnachtsgrinch. Ich schüttelte kurz meinen Kopf, aber auf eine Beule oder ein andere Verletzung konnte ich diesen Gedanken nicht schieben. Der Schaden war wohl mehr *in* meinem Kopf. Die Sekunden tropften dahin, wie... ja, wie der zähe Klecks Teig, der genau in diesem Augenblick von der Tischkante auf meine Wange fiel. Wie in Trance wischte ich ihn weg und wollte schon meinen Finger ablecken, da weiteten sich Gabriels Augen.

Gabriel

Ich war erledigt! Aber so was von!
Der Schneehase lag unter mir wie die süßeste
Versuchung seit die Sirenen Seefahrer in den Untergang
lockten. Und sie würde mein Untergang sein, wenn ich
mich nicht beherrschen würde. Verdammt, ich hätte sie
beinahe geküsst! Und das, obwohl sie gar nicht mein
Typ... Scheiße, Gab, sie *IST* dein Typ, aber so was von.
Ich konnte mich in diesem Augenblick nicht daran
erinnern, jemals eine Frau mehr gewollt zu haben als
sie. Und je mehr mein Schwanz sie wollte, wollte auch
mein Herz sie. Und das war die eine Sache, die nie
passieren durfte. Vögeln ja, Gefühle nein. Ich lebte in
einer Welt, in der Gefühle keine Rolle spielten. Nicht
spielen durften. Gefühle bedeuteten Kontrollverlust.
Entscheidungen mit dem Herzen zu treffen und nicht
mit dem kühlen Verstand, konnte tödlich sein.
Zumindest aber bedeutete Gefühle zuzulassen, sich
verletzlich zu machen. Das hatte ich bereits mit fünf
Jahren an diesem Weihnachtsabend erfahren müssen,
als meine Mutter mein Bild achtlos weggeworfen hatte.
Und damit auch mein kleines Herz, weil ich sie trotz
allem liebte und gehofft hatte, so ihre Anerkennung
oder wenigstens eine Umarmung zu bekommen.
Stattdessen hatte sie mir die Wahrheit gesagt: Mein
Bild war scheiße. Die unbedeutende Kritzelei eines
Fünfjährigen. Damals hatte ich es nicht verstanden,
aber mit der Zeit hatte ich gelernt, dass sie gar nicht

grausam war, sondern meine Brüder und mich nur auf das Leben vorbereitete, das uns erwartete. Und dazu gehört nun einmal eine kalte Distanz zu allen und jedem. Meine Mutter hatte uns zu starken, unerbittlichen Männern erzogen, die rationale Entscheidungen trafen und sich dabei nicht von Gefühlen ablenken ließen. Und ich war ihr rückblickend dankbar für diese Lektion. Um zu überleben brauchten wir eher unseren Verstand als unser Herz.

Leider pochte genau das warm und außer Kontrolle geraten in meiner Brust. Der Schneehase lag mit weit aufgerissenen Augen unter mir und ihr verdammt verführerischer Körper schmiegte sich förmlich an meinen. Mein Schwanz zuckte und mein Herz... es brannte. Mir wurde warm, aber es war eine innere Wärme. Eine, die ich so noch nie gespürt hatte. Eine schöne, sanfte, leise und unaufdringliche Wärme war es, die sich von meinem Herzen ausgehend durch meinen Körper ausdehnte und meinen Verstand lähmte. Ich sah nur noch ihre wunderschönen, tiefblauen Augen, die zarte Röte auf ihren Wangen und ihre vollen, verführerischen Lippen....

Nein Gab, reiß dich zusammen! Das hier ist falsch, ganz falsch. Ich räusperte mich und rückte ein Stück weit von ihr ab. Sie war keine Frau, die man einfach so vögelte und dann vergaß. Um das zu erkennen reichte mein emotional verkrüppelter Radar immerhin aus. Sie war... sie passte nicht in meine Welt. Und ich wollte auch nicht, dass sie da hinein passte.

Sie war Unschuld und reines Gewissen in Person, ich der Inbegriff von Verderbtheit und Kaltblütigkeit. Ich trug so viel Schuld in mir, dafür würde eine Ewigkeit im Fegefeuer nicht ausreichen, sie zu vergelten. Ich hatte unzählige Menschen getötet, niemals ohne Grund, und keiner von ihnen war nur unschuldiges Opfer, aber ich hatte es getan. Und die Gründe dafür waren rein subjektiv gewesen, es waren meine Gründe gewesen, meine Rechtfertigung, nicht die meiner Opfer. Und daher war es auch meine Schuld.

Sie dagegen war eher für eine Friedensmission im Kongo geeignet. Eine Träumerin, die mit weißer Flagge ins gegnerische Lager stolperte, um aus Hyänen Lämmer zu machen.

Sie war kein Mädchen für eine Nacht, während ich genau das war: ein Mann für nur eine Nacht.

Alles an ihr war rein, war weiß, wie bei einem Schneehasen. An mir war dagegen alles dunkel, meine Seele schwarz wie die Nacht. Der hellste Ton an mir war allenfalls ein Grau. Das Grau eines Wolfes, der den Schneehasen fressen wollte. Mit Haut und Haaren wollte er sich ihn einverleiben, aber das durfte nicht geschehen. Der Wolf in mir musste hungrig bleiben und sich eine andere Beute suchen.

Und nicht nur in meiner Welt passten wir nicht zusammen. Auch in ihre passte ich nicht. Weihnachten war für mich Kitsch, die Zeit, in der alle durchdrehten, Lichterketten an ihre Häuser tackerten und hofften, ein fetter Santa würde durch den Kamin kommen und ihnen hübsch verpackte Geschenke unter den Baum legen. Und wenn er schon dabei war, Wünsche zu erfüllen, könnte er auch gleich noch einen Schneesturm entfesseln, der die ungeliebten Schwiegereltern an ihrem Erscheinen zum Fest hinderte. Megan dagegen *war* Weihnachten. Wie sie sich da hineinsteigerte bewies nur, wie emotional sie war. Eine romantische Weihnachtsprinzessin, die ihre Wohnung schmückte, als wäre das hier ein verdammter Außenstützpunkt von Santa, die ein Rentierschaukelpferd besaß, in dessen Taschen die Geschenke steckten und die wahrscheinlich alle kitschigen Weihnachtsfilme auf Netflix synchronisieren konnte. Falls sie vor lauter Geheule überhaupt noch in der Lage war, zu sprechen. Eine, die sich an Zimttee berauschte, statt wie ich an... Ich blinzelte. Und nahm plötzlich verbrannten Geruch wahr.

Heilige Scheiße, die Pfannkuchen!

Sie wollte sich gerade einen Teigspritzer von der Wange wischen und den Finger ablecken. Keine gute Idee, gar keine gute Idee! Ich konnte das gerade noch verhindern, indem ich ihre Hand festhielt, aber auf dieses Prickeln, das mich dabei durchfuhr, war ich nicht vorbereitet.

„Das... das ist keine gute Idee, Megan. Der Teig, also vielmehr das Mehl ist... äh...ist kein Mehl."

Megan

Ich brauchte einen kleinen Moment, um mich zu sammeln, um das Flattern in meinem Bauch zu überwinden und aus dieser kurzen geistigen Umnachtung ins Hier und Jetzt zurückzukehren. Der

Mann, der mich jetzt entsetzt, beinahe panisch, ansah, war ein absolutes No Go. Wie konnte ich auch nur eine Millisekunde daran denken, ihn zu küssen?! Er hielt mich hier quasi in Geiselhaft, machte sich über meine Weihnachtsdeko lustig und würde mich wahrscheinlich meinen Job kosten. Darüber hinaus war er ein krimineller Drogenhändler, der...

Moment. Was hatte er da gerade gesagt? Das Mehl sollte kein Mehl sein? Also bitte! Was sollte denn sonst in der Vorratsdose sein?! Außer Mehl... also 420 Gramm Mehl, um genau zu sein. Reines, weißes Mehl, Pastry Flour. Reines, weißes...

„Wenn das kein Mehl ist, und du das so genau weißt, was ist es dann?", keuchte ich entsetzt. Ich riss meine Hand los, wischte mir den Teigspritzer angeekelt an meinem Shirt ab. Ich kannte die Antwort bereits, bevor er sie aussprach. Dieser... dieser... Arggh! Ich stieß ihn wütend von mir weg und Gott sei Dank bewegte sich dieser Muskelberg von alleine, sonst hätte ich ihn keinen Millimeter bewegen können.

„Du hast gerade den teuersten Pfannkuchenteig in der Geschichte Amerikas angerührt, Schneehase. Und zwar seit unsere Vorfahren mit der Mayflower hier gelandet sind. 30.000 Dollar Pfannkuchen! Respekt. Damit hast du dich gerade ganz oben in die Liste unserer Schuldner eingetragen."

Sein Gesichtsausdruck war eine Mischung aus Belustigung und Ärger, sein Blick brannte sich in meinen, aber ich würde nicht zuerst wegsehen. Reue, Bedauern oder auch Angst vor seiner einschüchternden körperlichen Präsenz standen nicht auf meiner Agenda. Immerhin hatte dieser Vollidiot seinen Scheißstoff offenbar in meine Mehldose umgefüllt. Woher sollte ich bitteschön ahnen, dass das kein Mehl war? Ich war schließlich kein Fachmann auf dem Gebiet und hier war auch kein Drogenschnüffelhund anwesend, der mich hätte warnen können. Ich rappelte mich auf und bohrte ihm meinen Zeigefinger in die Brust.

„Jetzt hör mir mal genau zu, du arroganter schwarzer Prinz!" In diesem Augenblick roch ich es. Mist! Ich hatte ja bereits einen Pfannkuchen in der Pfanne, und der... verbrannte gerade!

Fluchend riss ich die Pfanne von der Platte, dann wandte ich mich wieder dem Arschloch zu. Man musste Prioritäten setzen.

„*Du* kommst einfach so hier in meine Wohnung, sperrst mich ein und zerstörst *meine* Weihnachtsdeko. *Du* beanspruchst *mein* Bett für dich und ich soll auf der Couch schlafen, in *meiner* Wohnung! Wegen *dir* verliere ich vielleicht meinen Job und kann deswegen meine Schulden nicht zurückzahlen und bin am Ende vielleicht sogar obdachlos! Und *du* besitzt wirklich die Unverfrorenheit, mir zu sagen, dass *ich* Schulden bei *dir* habe?!" Ich war außer mir. Gut, möglicherweise hatte ich doch ein wenig Schiss, dass er das so meinen könnte, wie er es gesagt hatte. Immerhin war er ein krimineller Drogendealer, wenn nicht Schlimmeres, und wenn ich die Situation auf das herunter brach, was ich in den Fernsehreportagen und Filmen über dieses Milieu gesehen hatte, dann war ich ganz schön am Arsch. Ich straffte meine Schultern. Dann würde ich eben mit wehenden Fahnen untergehen. Die weiße Friedensfahne schwenken würde ich deswegen noch lange nicht. Verloren war ich so oder so.

Ich ging an ihm vorbei ins Wohnzimmer und hob die winzige Miniatur des Rockefeller Centers mit dem Weihnachtsbaum davor auf. Tränen traten mir in die Augen, weil wir diese Schneekugel damals bei unserem Besuch in New York gekauft hatten. Um immer eine Erinnerung an diese unvergesslichen Tage zu haben. Weil sie zu dem einzigen Urlaub gehörten, den wir uns je hatten leisten können. Entschlossen wischte ich mir die Tränen aus dem Gesicht. Den Triumph, mich weinen zu sehen, würde ich ihm nicht gönnen.

Zurück in der Küche stand er immer noch an der selben Stelle, die Arme vor der Brust verschränkt und siegessicher lächelnd. Ich nahm einen Teller aus dem Schrank, ließ den schwarzen, völlig verbrannten Pfannkuchen darauf gleiten und dekorierte die Komposition mit einer ordentlichen Portion Ahornsirup. Seelenruhig, und ich war wirklich stolz auf mich, weil ich mir meine Wut äußerlich nicht anmerken ließ, stellte ich ihm den Teller hin. Daneben legte ich die Miniatur.

„So, bitte schön. Ein Pfannkuchen, das Rockefeller Center mit Tannenbaum und ein Airbnb-Zimmer ohne Frühstück, dafür mit erzwungenem Familienanschluss für einen noch nicht festgelegten Zeitraum...", innerlich gab ich mir ein High Five, „ da kommen wir unter dem Strich auf genau...", ich krauste die Stirn und tat so, als wenn ich eine imaginäre Summe im Kopf überschlug, „30.000 Dollar." Seine linke Augenbraue wanderte bis fast an seinen Haaransatz. Verblüfft sah er mich an, dann kam er auf mich zu und blieb vor mir stehen. Viel zu nah für meinen Geschmack. Er beugte sich wie in Zeitlupe zu mir herunter bis er so dicht vor meinem

Gesicht stoppte, dass ich die goldenen Sprenkel in seinen Augen sehen und den zitronig-herben Geruch wahrnehmen konnte, der leider die gleiche Wirkung auf mich hatte, wie Katzenminze auf eine rollige Katze. „Wenn du eine gemeinsame Nacht draufpackst, haben wir einen Deal", hauchte er mir ins Ohr. Für den Bruchteil einer Sekunde setzte mein Verstand aus. *Deal, Deal!,* schrie jede einzelne Zelle in meinem verräterischen Körper, bevor sich der letzte Rest Selbstbeherrschung energisch dazwischen warf. Meine Hand war schneller als ich das Wort Arschloch hätte aussprechen können. Leider flog sein Kopf nicht theatralisch zur Seite, wie es immer in Büchern beschrieben wird. Wie ein Fels in der Brandung stand er da und sah mich nur überrascht an. Im Hintergrund sangen *Frankie goes to Hollywood* gerade *The power of Love,* aber das nahm ich nur am Rande wahr. Denn seine Augen loderten. Und diese Mischung aus Wut und Verlangen, die er mir entgegenschleuderte, traf mich unvorbereitet. Es war wie im Auge eines Sturms. Beängstigend ruhig und windstill, und doch wusste man, dass das nur eine vorübergehende Erscheinung war. Wenn der Sturm erst losbrach...
Er packte mich im Nacken und zog mich grob zu sich hin. Seine Lippen pressten sich unnachgiebig auf meine. Gierig, rau und besitzergreifend. Und ich hatte ihm nichts entgegenzusetzen. Mein Herz klopfte, meine Knie wurden weich und mein Unterleib zog sich vor Verlangen zusammen, während er mich küsste wie ich noch nie geküsst worden war. Ich meine, küssen hatte einfach immer dazugehört. Und war bis heute auch immer ganz schön gewesen. Jedenfalls mehr oder

weniger. Aber das hier... Dieser Kuss war alles in einem. Hart, fordernd und roh am Anfang. Dann wieder sanft, liebkosend, und mir blieb tatsächlich die Luft weg. Es war, als sauge dieser dunkle, dominante Kerl jedes einzelne Sauerstoffmolekül aus meiner Lunge, nur um mir im gleichen Augenblick wieder Leben einzuhauchen. Widersprüchlich? Ja, aber nicht mehr als die Tatsache, dass mir gleichzeitig heiß und kalt war, mein Herz wie wild klopfte und ich doch das Gefühl hatte, es bliebe stehen.

Ich hatte jegliches Zeitgefühl verloren, aber irgendwann löste er sich von mir. Oder ich mich von ihm? Jedenfalls bekam ich wieder Luft und gleichzeitig fing mein Gehirn wieder an zu arbeiten. Dieser Kuss hatte es offensichtlich auf Stand By geschaltet und jetzt fuhr es wieder hoch. Und wie! Die letzte gespeicherte Information ploppte auf. *Wenn du eine gemeinsame Nacht draufpackst haben wir einen Deal.*

Was dachte sich dieser selbstverliebte, arrogante, sexy Trottel eigentlich?! Okay, streich sexy und ersetze es durch... Okay, lass es so stehen, aber das änderte nichts daran, dass er ein Arschloch war!

„Eine gemeinsame Nacht?! Die werden wir haben, Mr. Scrooge", zischte ich. Er grinste mich siegessicher an. Meine Hormone sangen bei diesem Anblick Hallelujah und gaben sich ein High Five, aber mein gesunder Menschenverstand verschränkte bildlich gesehen die Arme vor der Brust und schüttelte den Kopf darüber. Und er gewann. Gott sei Dank.

„Ich in meinem warmen, weichen, kuscheligen Bett und du auf der Couch. Oder noch besser in einem Schlafsack unter einer Brücke. Und als einzige

Gemeinsamkeit werden wir dabei nur den Himmel haben, unter dem wir schlafen!", fauchte ich ihn an.
„Du schmeckst nach Zimt." *Was?* Er grinste immer noch und brachte mich damit aus dem Konzept. Also nicht nur diese verfluchten Hormone, sondern dieses Mal auch den letzten Rest Verstand.
„Was?"
„Du schmeckst nach Zimt. Und ich hasse Zimt. Also ziehe ich mein Angebot zurück. Keine gemeinsame Nacht, dafür wäscht du meine Klamotten."
„Äh... was?" Megan an Sprachzentrum: aktiviere den Wortschatz.
„Du wäscht meine Klamotten. Was ist daran nicht zu verstehen? Ich kann nicht raus, mir neue kaufen, hatte leider keine Zeit, meine Reisetasche zu packen, sorry, und habe die Klamotten jetzt bereits zwei Tage an. Und so langsam...", er zog sein Shirt etwas an und schnüffelte daran, „stinke ich. Also..." Er zog die Augenbrauen hoch und sah mich erwartungsvoll an.
Ich öffnete den Mund, aber es kam nichts heraus. Die Vorstellung, dass er dann nackt hier rumlaufen würde, während ich... Halt! Stopp! Auf gar keinen Fall. Auch nicht mit dem gesamten Erdumfang Abstand. Niemals. Kopfkino stopp. Durchatmen. Kopf einschalten. Wieder zog er auffordernd an seinem Shirt.
Und dann nahm mein Verstand endlich wieder seinen Dienst auf. Seine Klamotten waschen. Vielleicht doch eine gute Idee. Weil ich nämlich keine eigene Waschmaschine besaß und deshalb zum Waschen in den Waschkeller musste. Und von da aus hatte ich vielleicht die Möglichkeit, die Polizei zu informieren, dass ich hier... also, dass mich ein krimineller

Weihnachtshasser und Drogendealer in meiner Wohnung sozusagen in Geiselhaft hielt? Das war dann wohl angesichts der Tatsache, dass ich - und ich schwöre, ich wusste es wirklich nicht! - selbst eine weihnachtlich geschmückte Hanfpflanze im Wohnzimmer stehen hatte, wohl eher keine gute Idee. War das eigentlich schon strafbar? Oder nur der Konsum? Scheiße. Ich hatte ja - und auch hier schwöre ich, dass ich das nicht gewusst habe! - Drogenkekse gegessen. Konnte man das noch im Blut nachweisen? Keine Ahnung, aber darauf ankommen lassen wollte ich es dann doch nicht, falls Gabriel mich auflaufen ließ.

Also hatte ich wohl doch keine Möglichkeit, diesen Grinch so schnell loszuwerden. Also nicht, dass ich es nicht wirklich, wirklich gerne versucht hätte!

„Okay, ich wasch deine Klamotten und du kannst in der Zwischenzeit duschen." Das letzte Wort fusselte etwas in meinem Mund. Wie ein Fremdkörper, den meine Zunge versuchte, loszuwerden. Was so ein harmloses Wort doch in einem auslösen konnte! Aber die Vorstellung, wie er unter der Dusche stand, nackt, und seinen sexy Körper einseifte... Verstand an Megan: Sabbern einstellen und zurück in die Wirklichkeit. Er war ein arrogantes Arschloch. Auch nackt. Vor allem nackt! Und konnte deswegen nicht attraktiv sein.

Wieder dieses zufriedene Grinsen in seinem Gesicht.

„Geht doch, Schneehase."

„Wenn du mich noch einmal so nennst, flippe ich aus! Aber so richtig. Ich weiß nicht, wie du auf so einen bescheuerten Namen kommst, aber ich bin ganz sicher nicht weich und kuschelig. Und niedlich schon mal gar

nicht!" Ich verschränkte meine Arme vor der Brust.
Niedlich. Ich. Das fühlte sich aus seinem Mund in etwa
so an wie: *Die kleine Megan möchte aus dem Bällebad
abgeholt werden.* Welche erwachsene, normal tickende,
sexuell interessierte...hä?, egal... Frau wollte schon bei
einem verboten gut aussehenden Kerl mit einem Körper
wie aus einem Männermagazin den Vergleich mit
einem niedlichen Häschen heraufbeschwören?! Ich
jedenfalls nicht. Weil... ich sexuell nicht interessiert
war. Jedenfalls nicht an ihm... Schieße, wem machte ich
hier etwas vor?
Und jetzt lachte er auch noch. Und leider klang das
noch sexier, falls es dieses Wort überhaupt gab.
„Ich könnte da jetzt so einiges zu sagen, aber ich lass
das mal lieber, Süße", brachte er schließlich hervor, als
er sich wieder einigermaßen im Griff hatte. Dabei
musterte er mich mit diesem verrucht lasziven Blick,
der mein Herz flattern und meine Knie weich werden
ließ. Mist. Ich wollte das nicht, aber leider konnte ich
es nicht auch nicht verhindern. Er wischte sich immer
noch Lachtränen aus den Augen als er sich abwandte
und in Richtung Bad marschierte. Ich atmete kurz
durch. Die Küche sah in etwa so aus, wie ich mich
gerade fühlte. Chaotisch. Aber im Gegensatz zu
meinem Inneren wäre die Unordnung in der Küche
leicht wieder in Ordnung zu bringen.
Ich hätte mich wehren und aufbegehren sollen, aber
leider hatte ich diesem Kerl nichts entgegenzusetzen. In
seiner Gegenwart wechselten meine Stimmungen so
schnell wie die Farben eines Chamäleons bei Gefahr.
Denn das war er für mich. Gefährlich.Vielleicht nicht

im herkömmlichen Sinn, aber für mein Gefühlsleben schon.

Seufzend holte ich einen Wäschekorb aus dem Schrank im Schlafzimmer und wartete vor dem Bad darauf, dass diese ernstzunehmende Versuchung auf zwei Beinen seinen Astralleib von den Klamotten befreit hatte. Die Tür öffnete sich und mir blieb kurz die Spucke weg. Ich hatte ja eine durchaus lebhafte Vorstellungskraft, aber diesen Anblick hatte ich dann doch nicht erwartet. Nur mit einem Handtuch um die Hüfte stand Gabriel vor mir und hielt mir ein ordentlich zusammengerolltes Kleiderbündel hin. Ich starrte auf seine muskulöse Brust und die Tattoos, die sie zierten. Am auffälligsten war ein verschnörkelter Schriftzug, den Flammen umrankten.

Nobody escapes his fate. Niemand entgeht seinem Schicksal.

Ich schluckte. Was war sein Schicksal? Und was war meines? Ich starrte auf die Buchstaben und eine leichte Gänsehaut kroch über meinen Rücken, weil es mir plötzlich so vorkam, als hätte dieser Spruch eine tiefere Bedeutung. Für ihn und auch für mich.

Erst sein amüsiertes Räuspern brachte mich dazu, mich von diesem Anblick zu lösen. Ich blinzelte noch einmal, bevor ich zu ihm aufsah. In seinen Augen tanzten lustige Irrlichter und jetzt merkte ich auch, warum. Ich hatte meine Hand bereits nach dem Bündel Wäsche ausgestreckt, aber irgendwie hatte ich in der Bewegung innegehalten. Und stand jetzt mit hochrotem Kopf und ausgestreckter Hand da. Einfach so. Und das sah genau so bescheuert aus wie es sich anhörte.

„Genug gesabbert, Schneehase?", grinste er anzüglich. Okay, das reichte, um mich wieder ins Hier und Jetzt zurückzuholen. Schneehase. Das niedliche, weiße, flauschige Tierchen, für das er mich hielt, verwandelte sich in mir gerade von dem *niedlichen* Mogwai Gizmo in einen Terrorzwerg. Dieses eine Wort, Schneehase, war im übertragenen Sinn der Sonnenstrahl, der aus dem freundichen Gizmo, der ich im übertragenen Sinn bis jetzt gewesen war, ein kleines, fieses Monster machte. Mit dem Hang zu Zerstörung und Chaos. Gut, er hatte es nicht anders gewollt. Ich riss mich zusammen, nahm ihm das Kleiderbündel ab, ging in mein Schlafzimmer zurück und kramte in meinem Schrank. Ganz hinten fand ich, was ich suchte. Er würde schon sehen, was er davon hatte, dass er mich nicht ernst nahm.

Gabriel

Niedlich, wie die Kleine mich angestarrt hatte. Ich wusste ja, wie ich auf Frauen wirkte, also war es für mich keine Überraschung, wie sie reagiert hatte. Außerdem hatte ich sie provozieren wollen. Weil dieser unvorhergesehene Kuss in der Küche mich ziemlich aus dem Gleichgewicht gebracht hatte. Und meinen Schwanz auch. Und das hatte ganz allein an ihr gelegen. Und an dem, was dieser Kuss mit mir gemacht hatte. Es reichte wohl zu sagen, dass ich Zimt seit vorhin doch mochte, sehr sogar. Womöglich war es gerade zu meinem Lieblingsgeschmack geworden. Es hatte mich meine letzte Kraft gekostet, sie nicht über den verklebten Tisch zu beugen und zu vögeln, bis sie meinen Namen schrie. Und obwohl ich das mehr als alles andere in diesem Augenblick gewollt hatte, hatte der letzte Rest Anstand, den ich hatte, mich davon abgehalten. Megan war keine Frau, die man mal eben so über den Tisch gebeugt vögelte. Sie war viel zu anständig und konservativ, um so eine schnelle Nummer gut zu finden. Und mehr konnte und wollte ich nicht von ihr. Und außerdem hatte ich sie quasi genötigt, mich bei ihr wohnen zu lassen, so dass sie sich mir gegenüber in einer Zwangslage befand. Ich hatte ihr deutlich gemacht, dass ich hier das Sagen hatte, also würde sie sich wahrscheinlich nicht wehren. Aus Angst vor mir. Obwohl sie eine verflixt große Klappe hatte und auch sonst renitenter war als ein störrischer Esel. Aber wenn ich eine Frau vögelte, musste sie das schon wollen und nicht nur hinnehmen. Also würde ich meinen Schwanz wohl davon überzeugen müssen, dass er, so lange wir hier waren, gefälligst ruhig zu sein hatte.

Megan war kurz im Schlafzimmer verschwunden, jetzt ging sie mit einem schlecht versteckten bösen kleinen Grinsen an mir vorbei zur Wohnungstür.

„Äh, halt, wohin willst du?" Sie drehte sich zu mir um und lächelte plötzlich unschuldig.

„In die Waschküche. Und die ist im Keller."

„Du hast hier keine Waschmaschine in der Wohnung?", fragte ich überflüssigerweise. Natürlich nicht. Wo auch? Hier war gar kein Platz dafür. Das mikroskopisch kleine Bad war bereits mit mir überfüllt und in der Küche hatte ich auch keine gesehen. Jetzt, wo sie das sagte...

„Also, willst du jetzt, dass ich deine Sachen wasche oder nicht?" Abwartend sah sie mich an. Warum nur hatte ich das Gefühl, dass sie irgendetwas im Schilde führte?

„Okay, du kannst runter gehen. Aber ich warne dich: Falls du vorhast, die Polizei zu rufen, die werden dir nicht helfen, Süße. Meine Familie hat Kontakte bis zum Polizeipräsidenten und am Ende würden sie eher dich mitnehmen und anzeigen als mich." Kurz blitzte etwas in ihren Augen auf, dann aber zuckte sie nur mit der Schulter.

„Schon klar, Mr. Scrooge. Meine Schneekugel zu zertrümmern und mich hier in meiner eigenen Wohnung einzusperren reicht wohl nicht für eine Anzeige." Mit einer Mischung aus Wut und Resignation sah sie mich vorwurfsvoll an.

„Das war nicht... ich habe das nicht mit Absicht...", versuchte ich nochmal, mich dafür zu entschuldigen, aber sie hob die Hand.

„Egal. Sie ist jetzt kaputt und mit ihr werfe ich ja nur eine schöne Erinnerung weg, du Arschloch. Also eher eine Erinnerung an die Erinnerung, weil ich diesen Tag ja noch in meinem Herzen trage." Jetzt sah sie doch wieder etwas traurig aus und ich fühlte mich augenblicklich schlecht. Obwohl ich das kitschige Ding ja wirklich nicht absichtlich geschrottet hatte. Aber ihr hatte es anscheinend wirklich was bedeutet. Ich schluckte mein schlechtes Gewissen runter.

In diesem Augenblick klingelte mein Handy auf der Ablage im Bad.

„Warte kurz, ja?", sagte ich, während ich schon den Anruf annahm.

„Hey, Bro? Wie geht's dir in deinem kleinen, gemütlichen Nest?" Raf, dieser miese kleine...

„Was willst du?", blaffte ich ihn an.

„Oh, wow, schlechte Laune, Großer? Lässt sie dich nicht ran oder vögelt sie sich beschissen?" Ich biss die Zähne zusammen. Mein kleiner Bruder bewegte sich auf dünnem Eis, sehr dünnem Eis, das bereits erhebliche Risse hatte.

„Zweiteres kann ich nicht sagen, weil Ersteres gar nicht zur Debatte steht, Arschloch." Gut, ich sprach in Rätseln, aber hätte ich sagen sollen: Ich weiß nicht, wie sie sich vögelt, obwohl ich alles dafür geben würde, es zu wissen?! Der Gedanke, dass Raf so von ihr sprach, brachte mein Blut in Wallung und außerdem hörte der Schneehase ja zu. Ich hörte ihn dreckig lachen, aber dann fing er sich.

„Eindeutig hast du sie nicht gevögelt, Bro! Sonst hättest du bessere Laune", schob er noch hinterher, aber bevor ich ihn anschnauzen konnte, dass er gefälligst seine Fresse halten sollte, sprach er schon weiter.

„Aber okay, dein Liebesleben geht mich nichts an, ich weiß. Was mich aber angeht, ist diese Sache mit dem Angriff auf unser Lager und der geht auf das Konto der Gallaghers, wie Michael inzwischen herausgefunden hat. Und dabei sieht es momentan leider so aus, als wenn wir die Scheiße mit den Iren diesem kleinen Pisser Ryan zu verdanken hätten. Oder zumindest zum Teil." Er machte eine Pause, damit ich das sacken lassen konnte. Im Augenblick waren seine Worte aber nichts weiter als ein ungelöstes Sudoku. Ich brauchte noch ein paar Zahlen, sprich Informationen, die aus dem, was er gesagt hatte, ein logisches Ganzes machten.

„Eine vollgepisste Hose, ein paar Prellungen und vier gebrochene Finger hat es gedauert, bis er gesungen hat wie eine Amsel", fuhr er fort. „Und was soll ich dir sagen? Der Hurensohn ist ein noch viel größeres Arschloch, als wir angenommen hatten. Er hat die gleiche Nummer mit dem abgezwackten Stoff schon vorher bei den Gallaghers versucht und, wen wundert es, auch die haben es bemerkt. Und natürlich gefordert, dass er den Schaden wieder gutmachen soll. Da hat sich diese gehirnamputierte Spaßbacke gedacht, er zieht die gleiche Nummer bei uns ab und zahlt die Gallaghers mit dem Gewinn aus." Er machte eine Pause und ich schüttelte den Kopf. Es kam immer wieder vor, dass sich solche Typen für Frank Lucas 2.0 hielten und glaubten, cleverer zu sein als die Mafia.

„Wenn du jetzt denkst, der Wichser wäre einfach nur ein Volltrottel, dann liegst du richtig. Füge feige und Abschaum hinzu, und du liegst goldrichtig. Er hat tatsächlich versucht, deiner Kleinen die Schuld in die Schuhe zu schieben. Von wegen, es wäre ihre Idee gewesen..."

„Was?" Ich fühlte eine unbändige Wut in mir aufsteigen. Niemals, niemals!, war das Megans Idee gewesen. Allein, wie sie darauf reagiert hatte, dass sie eine geschmückte Hanfpflanze in ihrem Wohnzimmer stehen hatte...

„Niemals, sie hat nichts damit zu tun!" Wütend knurrte ich ins Telefon. Dass diese feige Chromosomenverirrung es wagte...

„Okay, okay. Ich glaube dir ja, aber denk mal weiter. Wenn er die Nummer bei uns abgezogen hat, wer sagt uns, dass er nicht auch bei den Gallaghers versucht hat, sich rauszureden, indem er die Schuld auf die Kleine schiebt? Und wenn er das getan hat, dann ist dein Schneehase möglicherweise in Gefahr. Denn dann könnte es sein, dass diese miesen Wichser jetzt versuchen, sich die Kohle von ihr zurückzuholen." Ich brauchte einen Wimpernschlag, um das zu verdauen. Der Möchtergerngangster hatte den Schneehasen in Gefahr gebracht?! Um seinen eigenen Kopf aus der Schlinge zu ziehen?!

„Ich hoffe, die kleine, miese Ratte ist noch bei uns zu Gast?"

„Jop."

„Gut, dann sorg dafür, dass das auch so bleibt, bis ich Zeit habe, mich persönlich um ihn zu kümmern", knurrte ich. Und wie ich mich um ihn kümmern würde! Und wenn ich mit ihm fertig wäre, nach einer gefühlten Ewigkeit, in der er das Alphabet der Folter von A wie Ausdärmen bis Z wie Zwangsbad, natürlich in umgekehrter Reihenfolge, kennengelernt hatte, erst dann würde ich ihn den Ratten zum Fraß vorwerfen!

„Gabriel?" Megans leise Stimme drang zur mir durch und sorgte dafür, dass die roten Schlieren der Wut, die alles überlagerten, langsam dem weichen Badezimmerlicht wichen , das die kleine Lampe an der Decke verströmte und mich wieder ins Hier und Jetzt zurückholte.

Ich blinzelte, öffnete meine Fäuste. Dann sah ich sie an, sah, wie sie mich mit einer Mischung aus Angst und Verwirrung musterte.

„Was ist mit Ryan? Du hast doch gerade von ihm gesprochen, oder?" Alleine die Erwähnung dieses Namens und der sorgenvolle Tonfall, mit dem sie ihn aussprach, ließ mich wieder erstarren.

„Bitte, Gabriel, tu ihm nicht weh. Er... er ist kein schlechter Kerl. Er..." Okay, das reichte jetzt. Ich drückte Raf weg, dann packte ich Megan im Nacken und zog sie dicht vor mich. Sie musste zu mir aufsehen und ich sah die Überraschung in ihrem Blick.

„Was genau ist er für dich? Ist er dein Freund? Fickt er dich?" Die Vorstellung von ihr und ihm, wie seine Finger über ihre weiche Haut streichelten, bis hinunter... Eine Mischung aus Wut und Eifersucht ließen mein Herz aus dem Takt kommen.

„Was? Spinnst du? Und wenn es so wäre, was geht es dich überhaupt an, mit wem ich ins Bett gehe?", fauchte sie mich an. Scheiße. Das war kein eindeutiges Nein. Unsere Blicke verhakten sich. Die Wut, die sich in ihren Augen widerspiegelte, war so groß, so präsent, dass ich mich fast klein fühlte, obwohl ich sie um mindestens einen Kopf überragte. Aber nur fast, denn ich war mindestens so wütend wie sie. Auf diesen Pisser, darauf, dass sie sich so für ihn einsetzte, und darauf, dass sie nicht eindeutig geleugnet hatte, mit ihm zu vögeln. Fuck!

„Lass mich los. Sofort!", forderte sie mit gefährlich leiser Stimme. Sie stand einfach nur da, wehrte sich nicht, blinzelte nicht und schrie mich nicht an. Und in diesem Augenblick musste ich einsehen, dass sie mich vollkommen in der Hand hatte. Ich war so was von am Arsch! Sie war eine Mischung aus Jeanne d'Arc und Mutter Theresa, war wunderschön, kratzbürstig und durchgeknallt wie eine Weihnachtselfe auf Zimtdroge. Und damit die ungewöhnlichste Frau, die ich jemals kennengelernt hatte. Und mit all diesen Widersprüchen und trotz ihrer Weihnachtsaffinität faszinierte sie mich. Sie umfasste meine Hand und löste sie vorsichtig von ihrem Nacken. Dabei sah sie mich unverwandt an und ich musste schlucken. Meine Haut kribbelte an den Stellen, an denen wir uns berührten. Ich hielt ihre Hand für den Bruchteil eines Augenblicks fest. Da war etwas zwischen uns, das war unbestreitbar. Etwas, das mir Angst machte, weil es anders war als mit all den Frauen vor ihr.

„Ryan ist mein Nachbar. *Nur* mein Nachbar. Und das ist alles, was du wissen musst." Sie drehte sich um, aber ich hatte die Enttäuschung und Verwirrtheit in ihrem Blick genau gesehen.

„Hör zu, Megan. Es... es tut mir leid. Ich wollte dir nicht weh tun. Es ist nur so, dass... Scheiße, Mann!" Ich fuhr mir durch die Haare.

„Aber dein Freund, dieser Ryan, ist nicht der brave Junge von nebenan, okay. Ich kann dir das jetzt nicht erklären", besser gesagt, ich wollte das nicht!, „aber er ist dafür verantwortlich, dass ich mich hier bei dir verstecken muss. Und vielleicht hat er auch dafür gesorgt, dass du in Gefahr bist." Mehr würde ich ihr nicht erklären. Je mehr sie wusste, desto gefährlicher war es für sie. Sie sah mich mit großen Augen an, so als ob sie versuchte, ein weiteres der sieben Millennium Rätsel zu lösen. Aber keine Chance Baby, ich bin nicht die Gleichung von Yang Mills und du nicht Stephen Hawking oder Grigori Jakowlewitsch Perelman.

„Äh... kannst du mir das vielleicht ein bisschen genauer erklären? Wieso sollte ich in Gefahr sein? Und wieso wegen Ryan? Er würde nicht... so was nicht… tun?" Es klang mehr wie eine Frage als wie eine Feststellung. Verwirrt schüttelte sie den Kopf. Immerhin beharrte sie nicht weiter darauf, dass ich diesen Idioten verschonen sollte.

„Ich könnte es dir erklären, aber das werde ich nicht, Schneehase. Je weniger du weißt, desto sicherer ist es für dich. Glaub mir einfach und finde dich damit ab." Sie kniff die Augen zusammen und ich war mir sicher, dass sie mich gleich ankeifen würde, daher schickte ich hinterher: „Es wäre einfacher für dich, wenn du einsehen würdest, dass es besser für dich ist, mir in dieser Hinsicht zu vertrauen. Im Augenblick sieht es so aus, als wenn ich der Einzige wäre, der dich vor den bösen Buben beschützen kann, die der Pisser von deinem Nachbarn angelockt hat." Sie machte den Mund, den sie bereits zum Sprechen geöffnet hatte, wieder zu. Ich lehnte mich zufrieden an das Waschbecken und wartete auf eine Reaktion von ihr. Die nicht kam. Jedenfalls nicht so, wie ich es erwartet hatte. Sie musterte mich noch einen Augenblick schweigend, wütend, dann schüttelte sie den Kopf.

„Du bist ein arrogantes, selbstverliebtes, chauvinistisches Arschloch, Mr. Scrooge."

Ich gab ihr grinsend den Wohnungsschlüssel, den ich zuvor aus meiner Jeanstasche herausgeholt hatte.

„Gut erkannt, Sweetheart. Und genau darum gehst du jetzt brav in die Waschküche und sorgst dafür, dass meine Sachen gewaschen werden, während ich meinen unverschämt attraktiven Körper unter die Dusche stelle und mich entspanne." Göttlich, wie sie daraufhin ihre Augen aufriss. Megan war so herrlich einfach auf die Palme zu bringen. Und wenn sie sich ärgerte, vergaß sie vielleicht, mit ihrer impertinenten Art weiter zu bohren, was das alles hier sollte.

„Und Megan: Schön aufpassen. Und wiederkommen nicht vergessen!" Ich ging jetzt mal davon aus, dass die Gallaghers, sollte dieser Ryan Megan erwähnt haben, nicht unbedingt wussten, wie sie aussah und dass ihr in der Waschküche keine Gefahr drohte. Was für ihre Wohnung wahrscheinlich weniger galt.

Sie schnaubte, einmal, zweimal. Niedlich.

Sah ich da etwa eine klitzekleine Rauchwolke aus ihren Ohren dampfen? Und die beiden Hügelchen auf ihrem Kopf waren doch Hörner, oder?!

Megan

Also bitte! Der Typ hatte sie doch nicht mehr alle! Erst platzte er fast vor Wut auf Ryan, was ihm deutlich anzusehen gewesen war, dann behauptete er, Ryan hätte mich irgendwie in Gefahr gebracht, hielt es aber nicht für nötig, mir zu erklären, warum. Und jetzt entließ er mich mit einem blöden Spruch, um seine Klamotten zu waschen?! Was bildete sich dieser Neandertaler denn ein? Und wie ich auf den Anblick seines Sixpacks und

der Tätowierungen auf seinem heißen Körper reagiert hatte, ging mir auch gegen den Strich. Und warum ich nicht daran dachte, die Situation auszunutzen und trotz seiner Warnung einfach abzuhauen oder Hilfe zu holen, verstand ich ebenfalls nicht. Genervt blies ich mir eine Strähne aus dem Gesicht, stellte den Korb ab und begann, die Sachen in die Maschine zu stopfen. Ok, normalerweise trennte ich die Kleidung nach Farben und Temperatur, aber heute war mir nicht danach. Alles rein, schön heiß einstellen und... ich zögerte, aber nur ganz kurz. Dann warf ich sozusagen meinen Fehdehandschuh mit hinein. Ein neues, grellpinkfarbenes Shirt. Es würde die heiße Wäsche wahrscheinlich nicht überleben, aber so what?! Das war mir der Gesichtsausdruck dieses selbstverliebten Ekelpakets wert, wenn sein *weißes* Shirt sich in ein hübsches, nuttiges, hellpinkfarbenes verwandelte. Würde ihm bestimmt gut stehen!
Böse grinsend - ich konnte nicht verhindern, dass meine Laune sich mit der ersten Drehung der Trommel ungemein hob - verließ ich die Waschküche. Die Zeit, bis die Maschine fertig sein würde, würde ich mit den Vorbereitungen meines nächsten Coups verbringen. Ich war nämlich noch lange nicht fertig mit diesem Lackaffen. Von meiner Seite aus war der Krieg noch lange nicht vorbei. Ich würde ihm schon klar machen, dass ich nicht gewillt war, seine Belagerung einfach so hinzunehmen. Und mir womöglich noch Weihnachten vermiesen zu lassen! Sollte er mit seiner schlechten Laune und seinem chauvinstisches Gehabe doch woanders seinen teuflischen Charme versprühen..

Als ich durch meine Wohnungstür trat, hörte ich, wie die Dusche lief und sofort kam mir wieder der Anblick seines wirklich attraktiven Körpers in den Sinn. Ich stellte mir vor, wie die Wassertropfen über seine breite Brust nach unten rannen, sehr, sehr weit nach unten, über die definierten Muskeln seines Bauches bis zu dem feinen Haarstreifens, der in die Richtung wies, in die sich meine Libido gerade verirrte... Himmel, Megan! Der Typ sah zwar scharf aus, aber er war ein Arschloch! In einem Körper, der wie geschaffen war, Frauen zum Sabbern und Träumen zu bringen, aber eben ein Arschloch!

Okay, krieg dich wieder ein, Megan. Auch wenn es schon eine Weile her ist, seit du mit einem Mann im Bett warst, sooo nötig hast du es dann doch nicht!, rief ich mich selbst zur Ordnung. Ich ärgerte mich über das Prickeln, das der Gedanke an Gabriels nackten Körper in mir auslöste und ich senkte kurz den Blick, um mich zu sammeln. Ein, zwei ruhige Atemzüge später war das Prickeln immer noch da und leider auch der Wunsch, das Arschloch würde aus dem Bad kommen, mich packen und...

MEGAN!

Mein Blick fiel auf die derben Bikerboots, die unordentlich hier im Flur auf dem Boden lagen. Kurz überlegte ich. Okay, damit konnte ich arbeiten. Und mich von diesem mehr als unwillkommenen Gedanken an Mr. Scrooge ablenken.

Wie gut, dass ich ohnehin vorgehabt hatte, mit den Kindern, die vielleicht über Weihnachten noch nicht vermittelt und damit gezwungen waren, die Feiertage im Heim zu verbringen, etwas für Weihnachten zu basteln, damit sie ihre Zimmer etwas verschönern konnten. Ich hatte bereits alles besorgt, um mit ihnen einen schönen Nachmittag zu verleben und das kam mir jetzt zugute. Für die Jungen hatte ich Pappe besorgt, aus der sie sich Schwerter oder etwas anderes, was Jungen so faszinierte, basteln konnten. Und was liebten kleine Mädchen? Bingo! Rosa Glitzer. Also dann...

Gabriel

Wahrscheinlich wollte irgendeine höhere Macht mich prüfen, mein Karma mich ficken oder vielleicht war ich auch einfach nur in einer Zeitschleife gefangen und musste diese Weihnachtsscheiße immer wieder erleben, bis ich tot umfiel.

Nachdem Megan nach unten in Richtung Waschküche verschwunden war, hatte ich mich schon auf eine schöne, warme Dusche gefreut, bis ich festgestellt hatte, dass sich im Duschregal nur dieses Duschgel mit der Aufschrift *Weihnachtstraum* befand, das ich bereits gesehen und leider auch gerochen hatte Nach einem weiteren vorsichtigen Geruchstest, man sollte ja allem eine zweite Chance geben, strich ich allerdings *Weihnacht* und ersetzte es durch *Alb*. Das ging gar nicht.

Es war mir scheißegal, ob ich damit eine Grenze überschritt, aber ich begann, den kleinen Schrank zu durchwühlen, der unter dem Waschbecken stand. Nach der Erfahrung mit der Weihnachtszahnbürste hatte ich keine großen Hoffnungen, auf etwas zu stoßen, was ein *Mann* gebrauchen konnte. Was wiederum gut war, denn das konnte ja nur heißen, dass hier kein Kerl dauerhaft seine Zelte aufgeschlagen hatte. Was ja aber nicht bedeutete, dass...

Ich warf etwas um... Rasierschaum? Ich knurrte. Gab es also doch einen Kerl, der sich hier rasierte? Ein Blick auf die Dose sagte mir, dass es kein Produkt war, das ein Mann benutzen würde. Was wiederum hieß... scheiße. Bei dem Gedanken an eine rasierte Megan regte sich spontan mein Schwanz. Fuck.

Ich biss die Zähne zusammen und tastete mich weiter vor. Da war noch etwas, das gut eine Duschgelflasche sein könnte. Ich hoffte, während ich die Flasche herauszog, dass ich nicht gerade Shampoo mit Bratapfelgeruch erwischt hatte, aber nein... Es war ein Duschgel! Zwar sah die Flasche schon gebraucht aus und an der Öffnung, an der ich schnupperte, hatten sich grüne Seifenreste verklebt, was ich hasste!, aber immerhin roch das Zeug nicht nach Weihnachten. Eher holzig, moosig. Bei dem Gedanken, dass es sich dabei eher um ein Männerduschgel handelte, kniff ich die Augen zusammen. Bei der Vorstellung, ein Kerl könnte hier mit ihr duschen, biss ich die Zähne zusammen. Schließlich ging es mich nichts an, mit wem der Schneehase duschte. Aber aus dem Konzept brachte mich der Gedanke doch.

Wütend, weil ich mich das Bild störte, wie sie hier mit einem andern Kerl unter der Dusche stand, ihn einseifte, sich einseifen ließ... Fuck!

Vielleicht sollte ich besser kalt duschen.

Ich zog diesen geschmacklosen Textilduschvorhang mit dem rotnasigen Weihnachtskasper zur Seite, trat unter den warmen Wasserstrahl und verteilte das grüne Duschgel in meinen Händen. Jetzt roch es doch etwas streng, aber immer noch besser als dieser Weihnachtsalbtraum. Ich verteilte es großzügig in meinem Haar und auf meinem Körper.

Und... scheiße, brannte das Zeug in den Augen! Und nicht nur da. Es fühlte sich an als würde eine Armee von Ameisen einen Erkundungsgang über meinen Körper starten. Ich bemühte mich hektisch, das Zeug abzuwaschen, als ich einen leichten Lufthauch spürte und etwas an meinem Hintern klebte. Auch wenn ich mir nur zu gerne einreden wollte, dass der Schneehase hier zu mir in die Dusche gehoppelt war, ahnte ich doch, dass es nur dieser rotnasige Duschvorhangsanta war, der da jetzt an meinem Arsch klebte. Himmel! Bei der Vorstellung, dass er mit seinem Gesicht jetzt genau da...

Ich ruderte hilflos mit den Armen, um dieses Scheißteil wieder loszuwerden, dabei verheddarte ich mich und... Oha, die Duschstange war nur eine von diesen Teleskopdingern, die man zwischen zwei Wände spannte. Und die jetzt mit einem lauten Scheppern auf dem Boden landete. Zusammen mit diesem übergriffigen Santa an meinem Arsch. Während ich mit tränenden Augen auf dieses Missgeschick starrte, kam mir in den Sinn, dass diese kleine Kratzbürste ganz sicher wieder annehmen würde, ich hätte das extra gemacht. Dann verschwamm meine Sicht und während ich noch überlegte, ob der Wasserdampf oder das in meinen Augen brennende Duschgel dafür verantwortlich war, hörte ich, wie die Tür aufgerissen wurde.

„Was hast du jetzt schon wieder...“

Megan

Okay, die Tür aufzureißen, ohne den Kopf einzuschalten, war nicht die beste Idee, die ich jemals hatte. Oder vielleicht doch, denn dort in der Dusche stand, nackt wie Gott ihn geschaffen hatte, dieser sexy heiße Typ, der mich leider nicht so kalt ließ, wie es sollte.

Ich hatte es nur poltern gehört und die Wut darüber, dass dieser Grinch schon wieder etwas zerstört hatte, hatte mich rotsehen lassen. Ich sollte vielleicht kurz anmerken, dass ich immer, wenn ich wütend war, zu unüberlegten Reaktionen neigte, und das hier war eine. Ich starrte und starrte und war nicht in der Lage, einen weiteren Ton herauszubringen, so sehr fesselte mich dieser Anblick. Leider erwiderte Gabriel meinen Blick nicht. Oder nicht so, wie ich es mir gewünscht hätte. Stattdessen blinzelte er und rieb sich die Augen, während das Wasser weiter über seinen Körper perlte und mein Kopfkino in Gang hielt.

Ich sollte die Tür jetzt so schnell wie möglich schließen und... so schnell wie möglich... weil...

„Ich kann ja verstehen, dass mein Anblick dich kurzzeitig aus den Socken haut, aber könntest du mir vielleicht ein Handtuch geben? Dieses scheiß Duschgel brennt wie Fledermausscheiße in meinen Augen." Er tastete nach der Armatur und drehte das Wasser ab. Mein Herz klopfte wie das einer Rennmaus unter Strom und es dauerte einen kurzen Augenblick, bis mein Körper mir wieder gehorchte und ich in der Lage war, ihm ein Handtuch aus dem Regal zu reichen, das neben der Tür stand.

Ich sollte jetzt wirklich gehen. Also schnell, bevor...

„Fuck, was war das denn für eine chemische Keule?", keuchte er, während er sich mit dem Handtuch die Augen rieb. Erst jetzt bemerkte ich den leicht erdigen Duft, der das kleine Bad erfüllte. Das war definitiv nicht mein Duschgel gewesen, mit dem er sich eingeseift hatte. Mein Blick fiel auf die Flasche, die auf dem Boden neben dem zusammengeknüllten Weihnachtsmannduschvorhang und der Duschstange lag und ich wusste nicht, ob ich gehässig grinsen oder mir Sorgen machen sollte. Dieses Zeug hatte schon bei Jefferson einen allergischen Schock verursacht und ich dachte eigentlich, ich hätte es längst entsorgt, aber so wie es schien, hatte es meine Fick-dich-Jefferson-Fehlerkorrektur irgendwie im hintersten Winkel meines Schrankes überlebt.

„Fuck!" Er rieb sich immer noch die Augen.

Ich sah zu Gabriel hin und versuchte, den Blick nicht tiefer als bis zur Brust, okay, Bauchnabel, okay... Ja, gut, ich sah hin! Und das, was ich sah, gefiel mir. Nicht zu groß, nicht zu klein, nicht zu dick, nicht zu dünn. Perfekt wie alles Äußerliche an ihm und in krassem Gegensatz zu seinem verdorbenen Charakter.

„Ey, guckst du mir auf den Schwanz, Kleine?"

Ertappt biss ich mir auf die Lippe und hob schnell meinen Blick, nur um bereits an seiner Brust zu stoppen. Waren das Pusteln? Jep. Kleine, rote Pusteln. Hals und Gesicht wiesen auch welche auf und ich musste unpassenderweise kichern. Warum tat mir das nicht leid? Weil dieses arrogante Arschloch es verdient hatte, einmal nicht perfekt zu sein. Wobei ihn diese Pusteln weniger entstellten als ich angenommen hatte, denn er übte immer noch eine wahnsinnige Anziehung auf mich aus.

„Warum lachst du?" Es sah irritiert auf seinen Schwanz, was mich noch mehr amüsierte. Typisch Mann. Da konnte oben sein, was wollte. Was zählte, war er da unten!

„Äh, du... hast da was. Also auf der Brust und im Gesicht", kicherte ich und er sah mich irritiert an. Ich wischte lachend den beschlagenen Spiegel mit der Hand frei und bedeutete ihm, hineinzusehen.

Er brauchte einen kurzen Augenblick, dann befühlte er entsetzt die Pusteln in seinem Gesicht und danach die auf seiner Brust.

„Fuck! Was zur Hölle ist das?" Sein Blick war fast panisch und ich musste schon wieder kichern.

„Ich glaube, die Mediziner nennen es Kontaktallergie. Ich persönlich würde es eine Lass-die-Finger-von-Duschgel-das-dir-nicht-gehört-Allergie nennen."

„Willst du mich verarschen? Das Zeug stand in deinem Schrank und wenn ich gewusst hätte, dass du über chemische Waffen verfügst, dann hätte ich es nicht angerührt."

„Oh, ich denke, dass es eher das Eichenmoosextrakt ist, auf das du allergisch reagierst und das ist rein biologisch und keine Chemie. Jefferson jedenfalls war dagegen auch allergisch."

„Wer ist Jefferson?", knurrte er und sah mich lauernd an. Oder war es eher angepisst?

„Mein Ex." Warum betonte ich dieses Ex nur so deutlich?

„Und warum hast du sein verseuchtes Duschgel dann nicht mit ihm entsorgt?"

„Herrgott, ich habe es übersehen. Wenn ich allerdings gewusst hätte, dass es ein durchgeknallter Drogendealer, der es darauf anlegt, meine Wohnung, in die ich ihn *nicht* eingeladen habe, zu demolieren, und der noch dazu eine Kontaktallergie gegen Eichenmoosextrakt hat, benutzen würde, dann hätte ich es selbstverständlich bereits beim Kampfmittelräumdienst abgegeben. Oder im Sondermüll entsorgt." Wieder einmal, wie vorhin schon, standen wir uns gegenüber und funkelten uns an. Die Luft um uns herum schien sich mit Energie aufzuladen und beinahe glaubte ich, es knistern zu hören. Und heiß war es ja ohnehin schon. Um mich herum und in mir. Ich schluckte, er sah auf meine Lippen und schluckte ebenfalls.

Dann war er mit nur einem Schritt bei mir und küsste mich. Danach geschah alles so schnell, dass ich keine Zeit hatte, darüber nachzudenken, ob das hier eine gute Idee war. Aber mein Verstand hatte beschlossen, dass denken in so einer Situation überbewertet wurde und die weiße Fahne geschwenkt.

Gabriel küsste mich und es kam mir so vor als löschte er damit jede Erinnerung an alle Küsse, die ich vor diesem hier bekommen hatte, aus. Mein Kopf war wie

leergefegt und sog wie ein Vakuum alles auf, was dieser Mann mit mir und meinem Körper machte. Ich spürte seinen harten Schwanz an meiner Hüfte und keuchte, als er von meinem Mund abließ und mir mein Shirt über den Kopf zog. Für einen kurzen Augenblick blieb sein Blick an meinem BH hängen. Mist. Ich hatte heute morgen den einfachen aus Baumwolle genommen, auf dem kleine rotweiß geringelte Zuckerstangen prangten, weil ich, seit Jefferson in meinem Leben keine Rolle mehr spielte, die Reizwäsche ganz hinten in meinem Schrank vergraben hatte. Weil sie im Alltag unbequem und ich nicht der Typ Frau war, der den ganzen Tag damit herumlief. Der Ausdruck *für gewisse Stunden* traf auf diesen Teil meiner Wäsche durchaus zu. Und doch schämte ich mich jetzt für dieses kindische Zuckerstangenteil. FSK 0, falls es eine Filmrequisite wäre. Tatsächlich weiteten sich für den Bruchteil einer Sekunde Gabriels Augen und ich wusste nicht, ob das Entsetzen, Belustigung oder Verlangen in seinem Blick war. Oder ob er gerade beschloss, mich doch besser nicht anzurühren, weil es unerotischer ja wohl kaum ging. Was, wie mein Verstand laut schrie, besser wäre. Viel besser, weil das, was wir gerade im Begriff waren zu tun, eine sehr, sehr dumme Idee war, weil...
Und warum, zum Teufel, machte ich mir Gedanken darüber, dass mein BH nicht sexy genug war?!
Im Gegensatz zu mir schien er keine so großen Bedenken zu haben, denn er grinste mich frech an.
„Du liebst Zuckerstangen, Schneehase?" Mit einem anzüglichen Grinsen öffnete er den Verschluss und schob mir den BH über die Schultern, während er seinen harten Schwanz an mir rieb und sich gleich

daran machte, an meinen Nippeln zu saugen.
Abwechselnd saugte, kniff und biss er in meine Nippel,
blies leicht über die von seinen Küssen feuchten
Warzen und verschaffte mir so eine Gänsehaut, die über
irgendeine geheime Verbindung mit meiner Vagina
verbunden war und mich sofort feucht werden ließ.
Immer wieder sah er zwischendurch in mein Gesicht, in
meine Augen, so als wolle er sich vergewissern, dass er
nichts machte, was ich nicht wollte. Wie magisch
angezogen reagierten unsere Körper miteinander, im
Einklang, als sei es das Natürlichste und
Selbstverständlichste im Universum, was wir
miteinander taten. Seine Finger schoben sich unter den
Bund meiner Jogginghose und in meinen Slip.
Himmel, der Mann wusste, was er tat. Mit dem
Daumen rieb er über meine Perle, während er weiter
mit seinen Lippen und seiner Zunge meine Brüste
bearbeitete und es dauerte nicht lange, bis alles in mir
zu kribbeln begann. Ich rieb mich enthemmt an seinem
Daumen, versuchte, die beiden Finger, mit denen er
mich von innen massierte, noch weiter in mich
hineinzuziehen, weil ich es nicht mehr aushielt. Mir
war heiß, unerträglich heiß und ich ahnte, dass er, und
nur er, dieses Feuer löschen konnte, das in mir brannte.
Für jetzt und immer.
Kurz bevor ich kam, zog er sich von mir zurück und ich
blinzelte enttäuscht. Aber es dauerte nur eine Sekunde,
bis er mir meine Jogginghose von dem Beinen gestreift
und ich sie wahllos in die Ecke gekickt hatte. Er sah
mich an, unsere Blicke verfingen sich ineinander und
ich hatte das Gefühl, er eröffnete mir eine neue
Dimension. Eine, die ich noch nie betreten hatte, weil

ich gar nicht gewusst hatte, dass es diese Tiefe gab. Diese emotionale und körperliche Intensität, die er heraufbeschwor. Mit seinen Blicken, seinen Händen, seinem Körper.

Dann ging er vor mir in die Hocke und seine Zunge übernahm die Aufgabe, die noch vor wenigen Sekunden sein Daumen erfüllt hatte. Er leckte, saugte und biss in das empfindliche Fleisch, genau wie er es bei meinen Brüsten getan hatte, und meine Knie wurden weich. Seine Zunge schlängelte sich über meine empfindliche Haut, saugte und kreiste, stieß in mich und dann biss er tatsächlich zu. Nicht zu fest, aber gerade genug, mich den Schmerz spüren zu lassen, was meine Erregung ins Unermessliche steigen ließ. Ich krallte mich in seine Haare und zog ihn näher zu mir, weil ich seine Nähe plötzlich brauchte. Gleichzeitig wusste ich, dass er mir niemals so nah sein könnte, wie ich es mir wünschte. Weil das unmöglich war. Das fühlte ich in diesem Augenblick und das frustrierte und ängstigte mich gleichermaßen. Plötzlich erhob er sich ruckartig und küsste mich, ließ mich mich selbst schmecken, während sich unsere Blicke wieder trafen. Und ich sah so viel hinter diesen schönen, braunen Iriden lauern, so viel mehr als ich jemals von irgendjemandem bekommen hatte, und es fühlte sich gut an. Ganz langsam, als ob ich zerbrechlich wäre oder vielleicht doch noch nein sagen würde, hob er mich hoch und ließ mich vorsichtig auf seinen Schwanz gleiten. Er sah mir dabei die ganze Zeit in die Augen, verschlang mich mit seinem Blick, vereinnahmte mein gesamtes Ich. Er verharrte einen kurzen Moment in dieser intimen Stimmung, legte seine Stirn an meine und atmete schwer.

„Du machst mich verrückt, Megan", keuchte er dann, während er von unten vorsichtig in mich stieß. Immer wieder, behutsam, so als wollte er sich vergewissern, dass er nicht zu grob war, aber als ich nur wimmerte, nach mehr verlangte und mich wand, um ihn tiefer in mir zu spüren, weil er mit jedem neuen Stoß jede Form von Scham oder Zurückhaltung in mir einfach wegvögelte, da ließ er alle Hemmungen fallen und nahm mich so fest, dass mein Rücken an der Wand scheuerte. Aber das war mir egal, weil jeder neue Schmerz köstlich war, jedes Stöhnen, jedes tiefe Grollen aus seiner Brust, das er mir schenkte, mich tiefer hinein in den Strudel meiner eigenen Lust zog, und einen Feuerball auf die Reise schickte, der sich von meiner Vagina aus langsam bis in jede einzelne Zelle meines Körpers ausbreitete. Erst langsam, träge, wie zähe Lava, dann immer schneller werdend, heiß und endlich alles mitreißend in meinem Inneren explodierte und mich verbrannte. Mich zerriss und wieder zusammensetzte, mich fliegen und gleichzeitig fallen ließ, mir den Atem nahm, nur um mir neuen einzuhauchen. Dieses Gefühl war so anders, so einzigartig, dass ich in dieser Sekunde wusste, dass mich dieser Mann viel tiefer berührte, als jemals jemand zuvor. Schwer atmend an seine Brust geschmiegt, mein Herzschlag in Einklang mit seinem, sein verschwitzter Körper, der mich kraftvoll und doch so vorsichtig in seinen Armen hielt, ließ mich zutiefst befriedigt die Augen schließen. Ich hatte nicht gewusst, dass man so empfinden konnte. Dass man sich so eins mit jemand anderem fühlen konnte.

Gabriel

Ihr süßes Stöhnen war alles, was ich brauchte, um zu kommen. Mich in ihr zu verlieren und gleichzeitig wiederzufinden. Als wäre jede einzelne Frau, die ich bis heute gevögelt hatte, nur eine unbedeutende Abzweigung in meinem Leben gewesen, eine Sackgasse, auf dem Weg zu ihr, zu der Frau, die mich keuchend und mit wunderschön geröteten Wangen und von ihrem Orgasmus verschleierten Iriden anstarrte. Ich wusste nicht, wie lange wir dort einfach nur standen, sie mit um meinen Rücken verschränkten Beinen und ich mit meinen Händen unter ihrem wundervollen Hintern, sie haltend und an mich pressend. Sekunden, Minuten? Und warum hatte ich das erste Mal nicht den Wunsch, mich möglichst schnell nach meinem Orgasmus aus dem Staub zu machen? Warum wollte ich sie nie mehr aus meinen Armen gehen lassen? Warum fühlte es sich so an, als könnte Sex mehr sein als eine schnelle Nummer? Warum summte mein Innerstes und warum war das tausendmal befriedigender als die rein körperliche Erlösung? Nur langsam kamen wir beide wieder zu Atem, kehrte das Blut aus meinem Schwanz in mein Gehirn zurück. Und leider leuchtete da auch plötzlich wieder diese rote

136

Warnlampe auf, die vorhin einem Kurzschluss zum Opfer gefallen war und mich hatte tun lassen, was ich getan hatte. Nämlich, sie gegen die harte Wand zu ficken wie eine beliebige Schlampe, die ich nur dazu brauchte, mir Erleichterung zu verschaffen. FUCK! „Scheiße!" Ich ließ sie langsam an mir hinunter gleiten, bis sie wieder auf ihren eigenen Füßen stand. Sie starrte mich genauso entsetzt an, wie ich mich gerade fühlte. Sie war kein Mädchen nur für eine Nacht, das hatte ich doch bereits festgestellt. Megan war mit all ihrem Dekokram und ihrem nostalgischen Scheiß eine romantische Seele, und aus diesen Gründen garantiert keine Frau, die ich hätte vögeln sollen. Sie verdiente mehr, als ich ihr zu geben bereit war. Ich hatte mit diesem Beziehungsscheiß nichts am Hut, aber sie verdiente nicht weniger als eine romantische Liebe! Sie brauchte einen Mann, der sie auf Händen trug, keinen, der sie gegen eine Wand fickte und sie kurz danach verlassen würde. So wie ich es tun würde. Tun musste. Ich war nur an einer unbedeutenden Vögelei interessiert. Eine schnelle Nummer, nach der ich nicht nie schnell genug verschwinden konnte, weil ich das Gekuschele danach hasste wie das FBI meine Familie. Und trotzdem hatte ich Bastard sie in ihrem Badezimmer gegen die Wand gevögelt, wie eine dieser unbedeutenden Schlampen vor ihr. Dass war scheiße, ein Fehler, auch wenn ich niemals den Sex bereuen würde, den wir gehabt hatten. Dazu war er viel zu... intim gewesen, zu intensiv. Ein Blick in ihre tiefblauen Augen, in denen ich ohne große Mühe erkennen konnte, dass sie ebenso emotional angefasst war wie ich, verriet, dass sie, genau wie ich, mehr gefühlt hatte als nur den Orgasmus unserer Körper. Eine intime Verbundenheit, eine Ahnung von mehr, aber das war verdammt genau das, was ich ihr nicht geben konnte. „Es... es tut mir leid. Das war... scheiße. Ein Fehler." Ich raufte mir die Haare, weil ich in der Sekunde, in der ich es aussprach, bemerkte, wie die Worte bei ihr ankommen mussten. Wie falsch sie sich, einmal ausgesprochen, anhörten. Wie ich mir schon gedacht hatte, erstarrte sie förmlich. Wut und noch etwas anderes, was ich nicht deuten konnte, flackerte in ihren Augen auf und verdrängte den Schleier, der sie eben noch so befriedigt und beinahe entspannt hatte wirken lassen.

Mit einem heftigen Stoß gegen meine nackte Brust stieß sie mich von sich.

„Oh ja, das war es. Ein scheiß Fehler." Sie drückte sich an mir vorbei und ganz kurz konnte ich einen verletzten Ausdruck in ihren wunderschönen blauen Augen sehen, der aber fast sofort von einer nur schwer unterdrückten Wut verdrängt wurde.

„Aber mach dir keine Sorgen, ich mache Fehler immer nur einmal!" Sie rauschte, nackt wie sie war, wie eine Furie aus dem kleinen Bad und ließ mich zurück wie den Idioten, der ich ja auch war, sonst hätte ich sie erstens nicht einfach so gegen eine Wand im Bad gevögelt wie eine billige Nutte, und wenn schon, dann nicht auch noch hinterher davon gesprochen, dass es scheiße gewesen war. Womit ich die Situation und nicht den Sex gemeint hatte, aber so wie es aussah, fühlte sie sich davon getroffen, weil sie es falsch verstanden hatte. Noch nie hatte ich mir Gedanken darüber gemacht, was eine von den Tussis, die ich sonst so vögelte, von dem Sex mit mir dachte. Weil es mir egal war, ob es ihr gefallen hatte oder nicht. Hauptsache, mir hatte es gefallen. Und wenn sie sich direkt nach der Nummer verzogen, umso besser. Aber bei Megan war mir das nicht gleich, und ich hatte das dringende Bedürfnis, ihr das zu sagen. Leider hatte ich keine Übung darin, mit so einer Situation umzugehen, weil ich schlichtweg noch nie in so einer gewesen war. Während ich noch überlegte, wie ich das wieder gerade biegen konnte, schlang ich mir ein Handtuch um die Hüfte und folgte ihr.

„Megan, ich...", begann ich, aber weder sah ich sie noch wusste ich, wie genau ich es formulieren sollte, ohne wieder ins Fettnäpfchen zu treten. Sollte ich sagen, dass der Sex phänomenal gewesen und das eine ganz neue - beängstigende - Erfahrung für mich gewesen war, und nicht mit dem zu vergleichen, was ich sonst fühlte, wenn ich mich in irgendeiner Pussy versenkte? Das wäre die Wahrheit, aber sie in einem Satz mit all den unbedeutenden Frauen zu nennen, die ich bisher gevögelt hatte, war garantiert keine gute Idee und würde, da musste ich kein Hellseher sein!, ganz sicher nach hinten losgehen. Ich war zwar kein Experte auf diesem Gebiet, aber ganz bestimmt war die Erwähnung der vielen anderen Frauen, mit denen ich es getrieben hatte, eher kontraproduktiv. So was wollte keine Frau hören, das wusste selbst ich.

Okay, also neuer Ansatz.

Ich hörte sie in ihrem Schlafzimmer rumoren und leise vor sich hin schimpfen, verstand aber kein Wort von dem, was sie sagte. Allerdings ließ der Tonfall vermuten, dass sie nicht gerade von mir und dem, was gerade passiert war, schwärmte. Eher klang sie angepisst. Ich durchquerte den kleinen Flur und blieb in der offenen Tür stehen. Megan schlüpfte gerade in einen Sweater mit, wie sollte es auch anders sein!, Rentieraufdruck und grummelte weiter vor sich hin.

„Hör zu, Megan, es... es tut mir leid, ich wollte nicht...“

Sie sah auf und starrte mich nur böse an.

„Was genau wolltest du nicht? Mich in meiner eigenen Wohnung einsperren? Mir gehörig auf die Nerven gehen? Meine Schneekugel zerdeppern und mir die weihnachtliche Stimmung verderben? Oder mich, nachdem du im Bad wie ein Elefant im Porzellanladen herumgestolpert bist, vögeln? Tu jetzt bloß nicht so. Alles davon wolltest du und genau so ist es passiert. Aber keine Angst, zumindest, was den letzten Punkt angeht, bist du nicht alleine schuld. Und zu deiner Beruhigung: Ich fand es nicht sooo scheiße wie du. Immerhin bin ich gekommen. Also ja, es war ganz gut, nicht überragend, aber da ich schon länger keinen Sex mehr mit einem echten Kerl hatte, war es auch nicht so schwer, mich dazu zu bringen. Und es war besser als mit meinem Dildo. Aber mehr auch nicht.“ Damit rauschte sie an mir vorbei in den Flur.

Woahhh! Sie war wirklich auf 180.

„Ich hole dann mal deine Wäsche.“

Ich blieb mit offenem Mund in der Tür stehen. Dieses Biest! Sie hatte den Schneid, mir, *mir!* zu sagen, dass der Sex ganz gut gewesen war. Ganz gut! Ich schnaubte. Sex mit mir war nicht einfach nur gut, er war... also... na ja, eben nicht nur ganz gut, das würden bestimmt auch die Weiber, die ich vor ihr gehabt hatte, bestätigen. Oder? Ich meine, wann hatte ich mir schon jemals Gedanken darüber gemacht, was die Weiber über Sex mit mir dachten? Und vor allem: warum auch?! Niemals hatte sich eine beschwert, dass sie nicht auf ihre Kosten gekommen war.

„Megan, warte, ich..." Herrgott! Warum hatte ich dann trotzdem das Gefühl, irgendetwas wieder gut machen zu müssen?

„... lass uns in die Stadt fahren und..." *shoppen*, hatte ich sagen wollen. Weil es das Erste war, das mir einfiel, um sie zu besänftigen. Weil doch jede Frau gerne shoppte und ich ihr bei der Gelegenheit vielleicht sogar eine neue Schneekugel kaufen konnte, wenn es dort einen Laden gäbe, der so einen Kitsch verkaufte. Aber das Wort blieb mir im Hals stecken als mein Blick ihr folgte, wie sie sich nach ihren kitschigen Rentierplüschpantoffeln bückte und hineinschlüpfte. Während sie schon in der Tür war und sie, ohne sich umzudrehen, hinter sich zu zog, galt meine Aufmerksamkeit meinen Boots, die dort standen und deren Anblick mich vollkommen erstarren ließ. Sie waren über und über mit rosafarbenem Glitzer überzogen und funkelten im schwachen Licht wie verfickte Bikeraschenputtelstiefel. Fuck! Was hatte diese Furie mit meinen schwarzen Lederboots gemacht, dass sie aussahen wie eine derbe Version von Cinderellas Tanzschuhen?!

Ich ballte die Hände zu Fäusten. Sie wollte also immer noch Krieg? Ich hatte gedacht, wir wären bereits einen Schritt weiter und hätten dieses lächerliche Spiel hinter uns gelassen, aber gut, wenn sie es so wollte!

Leider hatte sie diese Runde gewonnen, denn ich konnte noch nicht einmal meine Würde retten, indem ich mich anzog, also musste ich wohl oder übel mit diesem Handtuch um meine Hüften in die nächste Schlacht ziehen.

Megan

Für einen kurzen, lächerlich naiven Augenblick hatte ich geglaubt, dieses Arschloch hätte ähnliches beim Sex empfunden wie ich. Wie er mich angesehen hatte! So... intensiv, so durchdringend, als wenn er bis auf den Grund meiner Seele schauen könnte. Der Sex war leider wirklich etwas Besonderes gewesen, jedenfalls für mich. Ich hatte nicht gewusst, dass ich diese Art von rohem, purem Verlangen in mir trug. Sex mit Jefferson war, na ja, normal gewesen? Also normal, in Missionarsstellung, selten hatte er etwas anderes ausprobiert, und wenn, dann immer nur im Bett. Und er war immer sehr zurückhaltend gewesen, vorsichtig, weil er eben so war. Und ich hatte bis gerade eben gedacht, dass es das wäre, was ich brauchte, was ich mochte. Bis Gabriel wie eine Urgewalt über mich hergefallen war und mir zum ersten Mal überhaupt vermittelt hatte, dass ein bestimmtes Maß an Schmerz und Rohheit durchaus seinen Reiz hatte. Er hatte mich überrollt, mich mitgerissen und mir schließlich den intensivsten Orgasmus beschert, den ich je gehabt hatte. Und dann? Fand er es *scheiße*!!!

Na gut, ich wusste genau, was er damit hatte sagen wollen und dass er die Situation meinte, aber trotzdem tat es weh, ihn das so kurz nach dieser welterschütternden Erfahrung für mich sagen zu hören. Und ja, ich war auch mehr als verstört, dass es passiert war und konnte mir im Nachhinein nicht erklären, was mich dazu gebracht hatte, mich ihm so hinzugeben. Mich ihm so zu öffnen, ihm meine Seele und mein Herz zu überlassen und dann damit konfrontiert zu werden, dass er damit nicht so vorsichtig umging wie mit meinem Körper. Dass ich für ihn ganz offensichtlich nichts weiter als eine schnelle Nummer war, weil ich eben gerade verfügbar und er auch nur ein Mann mit Bedürfnissen war. Ich hätte es besser wissen müssen, also war ich im Grunde genommen mehr wütend auf mich selbst. Schließlich war er ein arroganter, selbstverliebter, mich drangsalierender Kotzbrocken und statt mich von ihm vögeln zu lassen und es auch noch gut zu finden, sollte ich schleunigst vergessen, was wir da gerade eben getan hatten und mich stattdessen daran erinnern, dass er ein gefährlicher Drogendealer war und mich hier gegen meinen Willen festhielt. Okay, vielleicht war er gar nicht sooo gefährlich, und dass er mich hier gegen meinen Willen festhielt war möglicherweise doch etwas übertrieben, weil... na ja, weil ich ja vorhin schon und jetzt wieder auf dem Weg in den Keller hätte abhauen können.

Ich nahm die Wäsche aus der Maschine und steckte sie in den Trockner. Nicht ohne zuvor zufrieden festgestellt zu haben, dass sein einstmals weißes Shirt jetzt genau diesen nuttigen Pinkton aufwies, den ich beabsichtigt hatte. Leider war seine Jeans schwarz, daher war es unmöglich, sie zu verfärben, aber ich hatte auch dafür schon eine Idee. Ich hatte im Weggehen noch gehört, wie er mir angeboten hatte, mit mir in die Stadt zu fahren. Was mir gelegen kam, denn ich hatte für heute Nachmittag noch eine Verabredung, die ich unbedingt einhalten wollte. Bei dem Gedanken, dass es ihm noch leidtun würde, mir jemals begegnet zu sein, musste ich grinsen. Böse grinsen. Aber das hatte er mehr als verdient. Schon allein deswegen, weil er immer wieder in meinen Gedanken auftauchte und viel zu viel Raum beanspruchte, den ich ihm nicht geben wollte, weil ich genau wusste, dass es kein gutes Ende nehmen würde, wenn ich ihn noch näher an mich heranließ als ich es ohnehin schon getan hatte

Gabriel

Der Versuch, meine Boots von diesem Horrorglitzer zu befreien, schlug auf ganzer Linie fehl. Bis auf dass jetzt auch noch dieser fiese pinkfarbene Glitter in meinen Haaren und an meinem Körper klebte, hatte ich kaum etwas erreicht. Noch immer glitzerten die Boots wie die Kristallreifen an Cinderellas Kürbiskutsche und die wenigen Stellen, an denen ich es geschafft hatte, den Glimmer abzuwischen, fielen in dem pinkfarbenen Albtraum kaum auf. Widerliches Zeug!

Wütend pfefferte ich meine Boots in die Ecke. Das schmeckte nach Rache. Ich warf mich in die Couch im Wohnzimmer und überlegte. Mein Blick fiel auf dieses Plüschrentier. Rudolph. Ich erinnerte mich, dass es ihr besonders am Herzen lag. Für den Bruchteil einer Sekunde zögerte ich deshalb, aber sie hatte es schließlich nicht anders gewollt. Auge um Auge, Zahn um Zahn. Oder: Boots gegen Rentier. Ich ging in die Küche und kramte durch die Schubladen, bis ich ein Messer fand.

Zufrieden stellte ich mich kurz darauf vor dem Rentier auf und befreite es zuerst von dieser lächerlichen roten Nase. Schnipp schnapp, Nase ab. Für meinen Geschmack sah es dadurch viel natürlicher aus. Kurz zögerte ich, weil ich wusste, dass Megan dieses Ding liebte, weil sie damit nostalgische Erinnerungen verband, aber dieser fiese, sture Idiot in mir gewann und ich säbelte auch noch das Geweih ab. Gut, so ein Arsch war ich dann doch nicht, und ich bemühte mich, das so zu tun, dass man das später wieder annähen konnte. Jetzt sah Rudolph eher aus wie ein überfahrenes Rehkitz. Und irgendwie schienen mich seine stumpfen Knopfaugen auch traurig anzusehen. Mich überkam plötzlich der Anflug eines schlechten Gewissens. Scheiße. Megan würde ausflippen. Ich war wohl ziemlich über das Ziel hinaus geschossen. In mir flammte schlagartig die Erkenntnis auf, dass ich es mir damit bis zum Ende des Jüngsten Gerichts mit ihr verscherzt haben könnte. Ich begann mich zu fragen, weswegen ich mir darüber überhaupt Gedanken machte. Warum war es mir wichtig, dass sie mich nicht als den Idioten wahrnahm, der ich nun mal war, wie diese Aktion zweifelsfrei bewiesen hatte? Die ehrliche Antwort auf diese Frage konfrontierte mich mit einer Wahrheit, die ich mir nicht eingestehen wollte. Sie bedeutete mir etwas! Was vollkommen verwirrend und so außerhalb meiner selbst abgesteckten Grenzen hinsichtlich meiner Beziehungen zu Frauen war, wie ich außerhalb des Gesetzes stand. Heilige Scheiße, sie beherrschte meine Gedanken, machte mir ein schlechtes Gewissen, wo ich doch kalt lächelnd drüber stehen sollte. Ich fand sie niedlich, sexy und mochte sogar ihre aufsässige, impertinente Art, und das auch noch *nach* dem Sex mit ihr! Das war noch nie vorgekommen, weil es kaum eine Tussi gab, die ich mehr als einmal gevögelt hatte! Und schon gar nicht hatte es mich nach dem Sex mit diesen Frauen interessiert, wie sie tickten und ob ich es mir wegen irgendetwas mit ihnen verscherzt hatte. War die Eine weg standen schon die Nächsten Schlange, um mir an die Wäsche zu gehen. Hörte sich arrogant an, war aber so. Nur dass es dieses Mal mit Megan anders laufen würde, das sagte mir mein Gefühl. Sie würde mich eher ans Bett fesseln - okay, nicht sooo, denn das würde ich doch sehr begrüßen! - und mit diesem verschissenen allergieauslösenden Duschgel einreiben, mir danach etwas von ihrem Zimttee einflößen, bevor sie mich komplett mit diesem höllenpinkfarbenen Albtraumglimmer überziehen würde, als mir zu verzeihen. Aber versuchen wollte ich es wenigstens. Weil ich immerhin einsah, dass ich übers Ziel hinausgeschossen war und mir ihre Gefühle nicht egal waren.

Während ich noch überlegte, wie ich das schnell wieder hinkriegen konnte, dass sie nichts von dem Schwachsinn, den ich da gerade durchgezogen hatte, bemerkte, hörte ich die Tür und noch bevor ich reagieren konnte, stand Megan mit dem Wäschekorb unter dem Arm in der Tür. Danach passierte alles wie in Zeitlupe, jedenfalls kam es mir so vor. Ihr Blick scannte mich unbewusst ab, mein Sixpack, das Handtuch um meinen ansonsten nackten Körper, und ihre Augen weiteten sich eine Winzigkeit. Sie leckte sich über die Lippen, während ihr Blick langsam und lasziv in Richtung meiner Hand wanderte, in der ich das Messer krampfhaft umklammert hielt. In einer Eingebung folgend hatte ich die andere Hand mit der Nase und dem Geweih hinter meinem Rücken versteckt, aber das nützte mir jetzt so ziemlich gar nichts. In ihren Ausdruck mischte sich erst Irritation, dann Unglauben und schließlich wanderte ihr Blick langsam von dem Messer zu Rudolph und wieder zurück. Dann hob sie ihr Gesicht und fixierte mich mit ihren schönen, blauen Augen, die jetzt fast schwarz wirkten und in denen ein Sturm tobte, gegen den der Hurrikan Wilma ein laues Lüftchen gewesen war. Aber neben ihrer Wut, hinter all der Fassungslosigkeit, die sie mir in diesem Augenblick entgegenschleuderte, sah ich auch Schmerz und der traf mich mehr als ihre Wut es gekonnt hätte. Ich hatte ihr mit dieser Aktion wirklich weh getan. Vielleicht war es gar nicht so sehr die Tatsache, dass Rudolph jetzt ohne rote Nase und Geweih da stand, sondern viel mehr die Erkenntnis, dass ich es, trotzdem ich gewusst hatte, wie viel ihr dieses Plüschmonster bedeutete, getan hatte. Scheiße. Ich war so ein Arschloch.

„Megan, das... also ich wollte das nicht", versuchte ich zu retten, was nicht zu retten war. „Ich meine, das war eine Kurzschlussreaktion, weil du meine Boots..." Ich schämte mich, weil es sich so lächerlich anhörte, meine Stiefel mit ihrem geliebten Rudolph zu vergleichen. Aber sie hob nur die Hand. Ihre Augen glitzerten feucht und ich verfluchte mich einmal mehr, weil ich dafür verantwortlich war.

„Hör auf, Gabriel. Hör einfach auf." Ihre Stimme klang seltsam belegt und leise und die Tatsache, dass sie mich in diesem Moment nur ansah, anstatt mich anzuschreien und auszuflippen, sagte mehr als es ihre Wut gekonnt hätte. Dann drehte sie sich weg und verließ das Wohnzimmer in Richtung Schlafzimmer. Und ich? Ich stand wie der größte Depp aller Zeiten da und überlegte, wie ich das wieder ins Reine bringen konnte. Warum nur hatte ich diese beschissene Idee gehabt und warum nur hatte ich mich dann auch noch dazu hinreißen lassen, sie durchzuführen? Was stimmte nicht mit mir, dass mir bei dieser Frau alle Sicherungen durchbrannten? Noch nie, wirklich noch nie, hatte mich eine Frau so zur Weißglut gebracht, wie Megan. Ihre rotzfreche, aber auch verletzliche Seite brachte etwas in mir zum Vorschein, von dem ich nicht wusste, wie ich damit umgehen sollte. Ich wollte sie reizen, sie die Fassung verlieren lassen und gleichzeitig küssen und beschützen. Wobei ich sie wahrscheinlich besser vor mir selbst schützen sollte. Sie hatte so ruhig und so kalt reagiert, und das beunruhigte mich mehr als wenn sie mich angeschrien hätte und auf mich losgegangen wäre. Fuck! Ich hatte es wirklich richtig verbockt. Was waren schon so ein paar verschissene Glitzerboots im

Vergleich mit ihrem traurigen, verletzen Blick? Ich hatte Zuhause unzählige Paare davon, und wenn nicht, genug Kohle, um mir neue zu kaufen. Aber Rudolph, ihren Rudolph, gab es nur einmal. Gott im Himmel, ich war so ein verdammtes rachsüchtiges Arschloch!

Okay, komm runter, Gab, und schalte den Kopf wieder ein. Und kümmere dich sofort um Schadensbegrenzung!

Megan

Ich hatte Mühe, die Tränen wegzublinzeln und meine Atmung zu beruhigen. Dieses Riesenarschloch hatte seine dreckigen Verbrecherhände an Rudolph gelegt! Er hatte ihm die Nase amputiert und das Geweih abgeschnitten! Auf den ersten Blick hatte es nach einem sauberen Schnitt ausgesehen, also war vielleicht noch nicht alles verloren und ich könnte das wieder annähen, aber trotzdem glühte ich innerlich vor Wut. Und das war leider nicht das einzige Gefühl, das in mir brannte. Gabriel hatte ganz genau gewusst, dass Rudolph mehr für mich war als ein weihnachtliches Accessoire. Und trotzdem, oder gerade deswegen, hatte er Hand an ihn gelegt. Um sich für die Aktion mit seinen Boots zu rächen. Okay, das war eine kindische Idee gewesen, diesem düsteren Kerl Glitzerschuhe verpassen zu wollen, aber das rechtfertigte noch lange nicht, dass er Rudolph so verstümmelt hatte. Ich meine, was war er denn schon ohne seine rote Nase und sein Geweih?! Und davon einmal abgesehen war sein emotionaler Wert für mich unbezahlbar.

Ich schnaubte, und wenn es anatomisch möglich gewesen wäre, hätte ich dabei Rauch ausgestoßen. Natürlich hätte ich es damit gut sein und diese Provokation unerwidert lassen können. Um des lieben Friedens willen hätte ich das sogar müssen, weil es nämlich leider so aussah, als würde ich mich noch eine unbestimmte Zeit lang mit diesem Idioten in meinem Dunstkreis abfinden müssen. Weil er mich vor irgendwelchen bösen Buben beschützen wollte. Pah! Der einzige, vor dem man mich beschützen sollte, war er selbst! Aber so war ich nicht. Tief in mir schlummerte etwas Rachsüchtiges, das ich nicht unterdrücken konnte, wenn es einmal entfesselt war. Ich erinnerte mich an einen Bibelvers, den ich mal in der Schule in Religion interpretieren sollte: *Seid nachsichtig mit den Fehlern der anderen und vergebt denen, die euch gekränkt haben.* Okay, das wäre bestimmt die friedfertigere und damit bessere Lösung und der direkte Weg in den Himmel gewesen, aber da wollte ich gar nicht hin. Ich war nicht Mutter Theresa und auch nicht die, die die andere Wange noch hinhielt, wenn man sie schlug. Ich war eher... das genaue Gegenteil. Ich hatte damals in der Schule diesen Bibelvers gekontert mit einem Zitat von Boccaccio: *Wie süß die Rache ist und wie inbrünstig sie ersehnt wird, das weiß niemand als der, der die Beleidigung erlitten hat.* Das war gewesen, kurz nachdem eine Mitschülerin mich vor allen bloß gestellt hatte, weil ich mich in den süßesten Jungen unserer Schule verguckt und dummerweise einen Liebesbrief an ihn geschrieben hatte, den sie mir gestohlen und ans schwarze Brett gepinnt hatte. Was soll ich sagen? Das Referat bekam ein F, obwohl ich eher fand, es hätte ein A oder B verdient, weil ich immerhin Giovanni Boccaccio erwähnt hatte. Gut, ich hatte ihn vorher natürlich gegoogelt, weil ich nach einem Zitat gesucht hatte, das mehr zu mir und meiner Geisteshaltung passte als dieser Bibelvers, aber so what?! Immerhin hatte ich mich intensiv mit der Aufgabe beschäftigt! Aber meine etwas andere Herangehensweise an dieses Thema wurde nicht gewürdigt, stattdessen wurden meine Eltern zu einem Gespräch in die Schule gebeten, während ich ein Antiaggressionstraining absolvieren musste. Aber so war ich nun mal.

Ich schluckte meine Wut hinunter, zerrte das Bügelbrett aus der hintersten Ecke in meinem Schrank und bereitete alles vor. Ok, Arschloch. Auge um Auge, Zahn um Zahn. Davon konnte mich auch kein Antiaggressionstraining abbringen.

Gabriel

Die Tatsache ignorierend, dass ich immer noch nur ein Handtuch um die Hüfte trug, ging ich in die Küche. Wenn Megan ähnlich organisiert war die die meisten Menschen, jedenfalls die, die ich so kannte, hatte sie eine dieser Schubladen, in denen von Pflaster über

Gummibänder, Sonnenbrillen und Kaugummis so ziemlich alles zu finden war, für das es keinen anderen vernünftigen Platz gab als eben in dieser Schublade. Und Bingo! Natürlich fand ich auch hier diesen spannenden Schubladenkosmos, quasi das schwarze Loch eines jeden Haushalts. Unter ein paar Flyern von Essenslieferdiensten und einer Tüte Blumensamen (wozu um Himmels willen brauchte Megan so was? Sie hatte noch nicht einmal einen Balkon!), fand ich eine ziemlich zusammengequetschte Tube Alleskleber. Ich wollte schon erleichtert zurück ins Wohnzimmer, um Rudolph wieder herzurichten, als es mir dämmerte, dass das wieder einmal keine so gute Idee war. Wenn ich mich nur ein einziges Mal verklebte, hätte Rudolph die Nase auf der Stirn und sein Geweih im Rücken. Das Zeug klebte doch wie Teufel und ließ sich im Nachhinein auch nicht mehr korrigieren. Also weiter suchen. Ein paar lose Centstücke, Weinkorken und eine Einladung zu einem Open Air Festival von vor... *drei Jahren?!* später fand ich einen Tacker. Warum dieses Teil ausgerechnet in einer Küchenschublade sein Dasein fristete, erschloss sich mir nicht, war aber auch nicht von Belang. Tackern war eine geniale Idee. Schnell, sauber, und, vor allem, reversibel für den Fall der Fälle. Ich überprüfte den Zustand und ob genug Klammern darin waren, dann ging ich, mich im Geiste bei Rudolph entschuldigend, ins Wohnzimmer zurück. So ein paar getackerte Hörner und eine Nase kamen in den besten Familien vor und würden Rudolph ein martialisches Aussehen verleihen und die Rentierweiber ganz verrückt nach ihm machen. Also dann, Bro, lass dich zusammenflicken, werde einer von uns und komm mit auf die dunkle Seite der Macht!

Megan

Mit einem letzten Zischen dampfte das Bügeleisen aus und ich stellte es zum Abkühlen an die Seite. Zufrieden betrachtete ich mein Werk. Ja, Rache schmeckte süßer als Schokolade! Und legte sich nicht auf die Hüfte. Sie füllte nur das Karmakonto mit Minuspunkten, aber darum konnte man sich später kümmern.

Innerlich tief befriedigt und mit einem schlecht versteckten, bösen Grinsen rollte ich das hellpinkfarbene Shirt in die neu gestaltete, schwarze Jeans, so dass man die Veränderung nicht auf den ersten Blick erkennen konnte. *Ja, Gab, mich fordert man nicht ohne Konsequenzen heraus. Mal sehen, wie dir gefallen wird, was ich hier für dich habe!*

Ich straffte meine Schultern, versuchte, meine Zufriedenheit hinter einem Ausdruck von Gleichgültigkeit zu verstecken, und ging ins Wohnzimmer. Auf den Anblick, der sich mir bot, war ich allerdings nicht vorbereitet.

Da stand dieser höllisch heiße Idiot über Rudolph gebeugt und *tackerte!* dessen Geweih wieder an. Ich meine, scheiße!, er tackerte meinen armen Rudolph!

„Komm, Kumpel, beschwer dich nicht. Okay, das war eine Schnapsidee von mir, dir die Nase und das Geweih

153

abzuschneiden, aber hey, Mann, geht doch schon wieder. Du solltest mir dankbar sein, Kumpel, weil sich alle, und ich meine wirklich *alle,* Rentierweiber nach dir umdrehen werden, wenn du demnächst mit Santa deine Runden drehst!" Er hatte mich noch nicht bemerkt und trotzdem ich stinksauer auf ihn war, musste ich mir doch ein Lachen verbeißen. Gabriel stand in nachdenklicher Pose vor Rudolph und betrachtete, selbst nur in dieses knappe Handtuch gehüllt, sein Werk. Die Nase saß für meinen Geschmack etwas zu weit oben, so dass sie eher wie ein roter Pickel auf der Stirn wirkte und die eine Seite des Geweihs hing etwas herunter, aber so, wie er mit dem geflickten Rudolph redete, war er mit seinem Werk ziemlich zufrieden. Dieser Anblick löste etwas in mir aus, das einem Gefühl sehr nahe kam, das ich nach der Sache mit Jeff ganz hinten in meinem Herzen versteckt hatte. Und das nicht unpassender und unerwünschter hätte sein können, als hier und jetzt auf diesen unmöglichen Kerl projiziert zu werden. Mist. Mein Herz klopfte eindeutig zu schnell und das Ziehen in meiner Brust war ebenfalls nicht das, was ich fühlen sollte. Aber Gefühlen konnte man eben nicht befehlen, da zu sein oder nicht.

Ich wusste nicht, durch was ich mich verraten hatte, aber plötzlich fuhr Gabriel herum und starrte mich erst überrascht, dann verlegen an.

„Äh... Meg, ich, also ich habe versucht...", stotterte er und es befriedigte mich ein kleines bisschen, dass er so verlegen und zerknirscht war.

„Also dein Rudolph ist fast wieder wie neu, also ich finde sogar, er sieht besser aus als vorher, weil er jetzt so etwas", er deutete hinter sich, „Verwegenes hat."

„Aha. Etwas Verwegenes. Ich würde eher sagen: etwas Zusammengeflicktes. Und zu deiner Information: Die Nase sitzt schief und sein Geweih hängt. Das sieht nicht gerade verwegen aus." Ich gab mir ziemliche Mühe, ein Grinsen zu unterdrücken und wunderte mich gleichzeitig selber über mich. Wenn man mir vor ein paar Tagen gesagt hätte, jemand hätte mein geliebtes Rentier derart verschandelt und ich würde darauf nach dem ersten Schock mit Nachsicht reagieren... na ja, ich hätte denjenigen sofort auf seinen Geisteszustand hin untersuchen lassen. Und jetzt? Jetzt stand ich hier, vor Rudolph, mit seiner schiefen Nase, dem hängenden Geweih, das getackert!, ich muss es nochmal erwähnen, worden war, weil ein Riesenarschloch, ein Idiot und selbstverliebter Kerl in einem Anflug von fehlgeleitetem Rachedurst es ihm abgeschnitten hatte, und statt Wut brannte etwas ganz anderes in mir.

„Megan?" Ich blinzelte, weil diese verstörenden Gedanken mich ganz verwirrten.

„Megan? Bitte, es tut mir wirklich leid! Ich werde dafür sorgen, dass Rudolph so schnell wie möglich fachgerecht restauriert wird, damit er nächstes Jahr..."

„Schon gut." WAS? Was hatte ich da gerade gesagt? Auch Gabriel hielt irritiert inne. Nichts war gut, gar nichts, und damit meinte ich nicht nur das verstümmelte Aussehen meines liebsten Weihnachtsgefährten, sondern auch - und vor allem - meine unpassenden Gefühle für Gabriel, aber das konnte ich ihm ja schlecht auf die Nase binden, also gab ich mich versöhnlich. Obwohl ich ja noch seine Klamotten im Arm hatte, die unseren Kleinkrieg sehr wahrscheinlich auf das nächste Level heben würden. „Hier, deine Sachen. Ich muss jetzt, ob du es akzeptierst oder nicht, in die Stadt. Ich habe da einen Termin, den ich nicht aufschieben kann. Oder besser will, Gabriel. Wenn du damit leben kannst, kannst du mich gerne begleiten. Ansonsten bleib hier und warte auf diese geheimnisvollen Männer, vor denen du mich meinst beschützen zu müssen." Ich streckte ihm das Wäschebündel entgegen und zog schon mal vorsorglich den Kopf etwas ein. Vielleicht wegen seiner zu vermutenden Reaktion auf meine Ansage, aber eigentlich mehr wegen dem, was er sagen oder tun würde, wenn er erst sah, was ich mit seiner Kleidung veranstaltet hatte.

Gabriel

Ich hatte wirklich und vielleicht sogar zum ersten Mal in meinem Leben ein schlechtes Gewissen. Die ganze Situation mit unserem Kleinkrieg war irgendwie eskaliert und böse aus dem Ruder gelaufen. Umso erstaunter war ich, als Megan jetzt beinahe schüchtern, aber auf jeden Fall versöhnlich gestimmt vor mir stand und mir meine frisch gewaschenen Klamotten reichte. Ok, sie wollte in die Stadt zu irgendeinem Termin, der ihr wichtig war. Und ich hatte Schuldgefühle, weswegen ich vorschnell nickte, weil ich etwas wieder gut machen und ihr damit eine Freude machen wollte.

„Okay, Megan, ich komme mit, wenn es dir so wichtig ist." War das etwa ein klitzekleines, verstecktes Lächeln, das da an ihren Mundwinkeln zupfte? Gleichzeit biss sie sich auf die Lippe und so etwas wie Verlegenheit vertrieb das Lächeln, noch bevor es sich hatte vollkommen entfalten können.

„Waffenstillstand?", bot ich ihr an, aber ihr Blick senkte sich zu unseren Füßen, statt dass sie mich ansah und mir zustimmte.

„Äh, ja, gerne, aber frag mich doch gleich nochmal, wenn du angezogen bist." Fast schon fluchtartig verließ sie das Wohnzimmer in Richtung Küche, während ich noch da stand, ihr nachsah und über ihre kryptischen Worte nachdachte. Dann, ganz leise, hörte ich wieder ihre fürchterlich schnulzige Weihnachtsplaylist abspielen und musste schmunzeln. Wenn ich mich zusammenriss konnte ich in dieser Lautstärke damit leben. Wirklich. Das war ich ihr schuldig.

Zufrieden mit mir faltete ich das Bündel auseinander und hielt mitten in der Bewegung inne.

Das war nicht ihr verfickter Ernst! Diese kleine, miese Ratte!

Mein Shirt leuchtete in einem sehr unmännlichen Pink, um es mal so zu umschreiben, und meine Jeans...

Noch bevor ich das ganze Ausmaß dieser Verunstaltung an meiner Jeans entdecken konnte, wallte schon wieder diese unangenehme Wut in mir auf. Mein schöne, schwarze, und bis vorhin noch *nur schwarze* Jeans hatte plötzlich bunte Applikationen, offensichtlich aufgebügelt, die sich bei näherem Hinsehen auch noch als fucking Weihnachtsmotive herausstellten! Ich schloss genervt die Augen, atmete ein paar Mal tief durch und versuchte, mich zu beruhigen. So wie es aussah, hatte dieses kleine Biest ganze Arbeit geleistet. Wenn ich nicht nackt herumlaufen wollte, würde ich diesen optischen Unfall anziehen müssen. Dieses Augenkrebs verursachende Outfit war an Auffälligkeit kaum zu überbieten und ich überlegte schon, wie ich es ihr heimzahlen könnte, dass sie mir *das* antat, aber dann besann ich mich. Nein, dieses Mal würde ich mich nicht von ihr provozieren lassen. Dieses Mal würde ich sie überraschen. Und mich auch, denn man war ja nie zu alt, um nicht noch neue Erfahrungen zu machen. Mein Karma hieß ab jetzt: Gelassenheit.

Ich zog das Shirt über, das im übrigen auch noch etwas eingelaufen war, so dass es jetzt unangenehm spannte und einen kleinen Streifen unten an meinem Bauch unbedeckt ließ und schlüpfte dann in meine Jeans. Oder besser gesagt in das, was sie aus meiner Jeans gemacht hatte: ein travestiepreisverdächtiges Etwas, das mich in eine fucking Weihnachtsdiscokugel verwandelte. Zusammen mit den Stiefeln würde ich wie eine Glitzerfee aus einem Märchen für Knastbrüder aussehen. Ich biss die Zähne zusammen. *Nein, Megan, ich werde dir die Genugtuung, mich ausrasten zu sehen, nicht gönnen!* Innerlich grollend und sie auf den tiefsten Punkt des Marianengrabens wünschend, aber äußerlich gelassen, klopfte ich an die Küchentür.

„Wenn du so weit bist, können wir gerne los." Gut, dass sie auf die Entfernung und mit dem Weihnachtsgedudel im Hintergrund mein Zähneknirschen nicht hören konnte. Als keine Reaktion kam, klopfte ich nochmal und jetzt öffnete sie tatsächlich die Tür einen kleinen Spalt breit. *Okay, Kleine, das schlechte Gewissen, das ich in deinen Augen sehe und die Unsicherheit darüber, ob ich nicht doch noch ein laut Haager Landkriegsordnung verbotenes Ass im Ärmel habe, sind das Mindeste, das ich jetzt von dir erwarte!* Ich drehte mich um, als ob ich nichts Ungewöhnliches dabei fand, wie Tinker Bell auszusehen und es alltäglich wäre, dass ich so rumliefe, und beugte mich zu meinen Boots hinab. Ergeben schloss ich die Augen und unterdrückte einen Würgereiz, den die Vorstellung, wie all diese Glitzerscheiße zusammen aussehen musste, in mir hervorrief. Den Glimmer, den ich nach dem Zubinden an meinen Händen hatte, wischte ich nonchalant an meiner Jeans ab, da es ja ohnehin schon egal war, ob ich da noch ein bisschen mehr funkelte. Als ich mich aufrichtete und zu Megan sah, die mich fassungslos anstarrte, wusste ich, dass ich alles richtig gemacht hatte. Keep cool hieß unser neues Spielchen.

Megan

Das konnte ja wohl nicht wahr sein, oder? Da stand dieser verflucht heiße Kerl in seiner Glitzerjeans, mit dem viel zu kurzem Shirt (ich hatte nicht bedacht, dass die eingelaufene Länge den Blick auf seinen sexy Sixpack lenken würde!), den halb zugebundenen Glitzerboots und sah in all seiner Buntheit heißer aus als der dunkle Höllenfürst persönlich! Im Gegenteil machte all der Glimmer ihn noch attraktiver, weil er erst recht das Dunkle in seiner Seele betonte. Dazu der tätowierte Adler auf seinem Hals... Es klang total widersinnig, aber erst durch die Farbe kam seine düstere Präsenz richtig zur Geltung. Bei jedem anderen Mann hätte es albern ausgesehen, aber dadurch, dass Gabriel all das mit einer geradezu lässigen Gleichgültigkeit trug, nahm es dem Outfit seine Lächerlichkeit. Er sah eher aus wie ein Versace Model, das lässig für ausgefallene Herrenmode posierte. Gut, vielleicht wirkte das nur auf mich so, aber ich konnte nicht anders als ihn anzustarren. Dieser Mann hatte doch tatsächlich das Potential, mich zu überraschen! Natürlich wusste ich auch, dass er innerlich brodelte, aber er überspielte das gekonnt und das wiederum rechnete ich ihm hoch an. Anscheinend schien er näher an diesem Bibelspruch mit der Nachsicht und dem Vergeben dran zu sein als ich. Obwohl ich da noch nicht so wirklich dran glauben konnte.

„Falls es deine Absicht war, mich durch diese alberne Aktion davon abzuhalten, dich zu begleiten, so muss ich dich enttäuschen. Ich komme mit, egal wo du hinwillst, Schneehase", erklärte er, während er lässig in seine Lederjacke schlüpfte.

„Übrigens wäre eine einfache Entschuldigung für das", er deutete an sich herunter, „angebracht. Sozusagen als Friedensangebot. Und damit es dir nicht so schwer fällt, trete ich in Vorleistung: Es tut mir leid, dass ich mich an Rudolph vergriffen habe. So, jetzt du." Dann legte er den Kopf schief, offenbar, weil er auf meine Entschuldigung wartete, die ich aber nicht über die

Lippen brachte. Und das nicht nur, weil mein Mund aufgrund seiner Reaktion immer noch offen stand.

„Äh... also ich will... Ich muss noch schnell was holen." Ich ignorierte seine hochgezogenen Brauen und ging in mein Schlafzimmer, um das, was ich nicht für die Aktion mit seiner Hose gebraucht hatte, zu holen. Immerhin waren der Glitter und das andere Bastelzubehör eigentlich für die Kinder gedacht, denen ich damit eine Freude machen wollte. Und so hatte ich einen Augenblick, um mir zu überlegen, wie ich auf diesen neuen Gabriel reagieren sollte. Konnte es sein, dass ihm die Sache mit Rudolph wirklich leid tat und er einsah, damit eine Grenze überschritten zu haben? Sagte er deswegen nichts weiter zu meiner Aktion mit den Boots und seiner Kleidung? Oder tat er nur so und plante insgeheim schon den nächsten Coup? Ok, er hatte sich zuerst entschuldigt und ich sollte wirklich über meinen Schatten springen. Schon allein deswegen, weil ich wissen wollte, wie er war, wenn er nicht ständig darauf aus war, mich zur Weißglut zu treiben. Ich nahm meinen Rucksack und ging zurück in den Flur.

„Hör zu, das mit der Jeans und den Boots und...", ich kämpfte mit jedem verflixten Buchstaben und jedem Wort, weil es mir nicht leicht fiel, mich bei ihm zu entschuldigen. Weil nämlich ein zickiger, nachtragender Teil von mir ihm immer noch böse war. Ich räusperte mich einmal, zweimal, der Brocken, der mir in der Kehle saß, hieß Stolz, und an dem hatte ich nun so heftig zu schlucken. Dass Gabriel mich dabei amüsiert grinsend musterte, machte es noch schwerer. Ich konnte mich durchaus für Dinge entschuldigen, die mir leid taten, nur wusste ich nicht, ob mir das mit seinen Boots und der Jeans wirklich leid tat. Verdient hatte er es ja wohl, dass ich mir nicht alles gefallen ließ, oder?! Auf seiner Haben-Liste stand immerhin ein mit Wodka versetzter Eierpunsch, die Annexion meiner Wohnung, eine zerbrochene Schneekugel mit Erinnerungswert, die dezibelskalaüberschreitende Lärmbelästigung durch seine schreckliche Playlist und ein verwüstetes Badezimmer. Nicht zu vergessen die Verstümmelung von Rudolph und das Kokain in meiner Vorratsdose. Dagegen hatte er nicht viel aufzuweisen, das für ihn sprach. Okay, der Sex machte einiges wett und sein Versuch, die Sache mit Rudolph in Ordnung zu bringen, auch, aber das war es auch schon.

„Also wenn du noch immer an einem Waffenstillstand interessiert bist, nehme ich an", nahm ich seine Worte von vorhin wieder auf. Nun ja, das war keine echte, wirkliche Entschuldigung, aber ich hoffte, er könnte damit leben. Zählte nicht der Gedanke?

„Sag es", forderte er mich süffisant grinsend auf.

„Was?"

„Dass es dir leid tut und du dich dafür entschuldigst, dass ich aussehe wie Tinker Bell, wenn es dir mit einem Waffenstillstand ernst ist!"

„Ich... es..." Der Tennisball in meinem Hals hatte inzwischen die Größe einer Melone, jedenfalls gefühlt.

„Also... es..." Himmel, Megan, mach dich nicht lächerlich, so schwer kann das doch nicht sein! Gabriel lehnte inzwischen entspannt an der Tür und machte mit seiner rechten Hand diese *Und-Weiter?* Bewegung, während seine linke Augenbraue in Richtung Haaransatz wanderte. Ich sah, wie er sich in die Wange biss, um sich ein Lachen zu verkneifen, was mich innerlich kochen ließ. Warum machte das Arschloch es mir denn noch schwerer als ohnehin schon?!

„Es tut mir leid!", würgte ich den Knoten in meinem Hals heraus wie einen widerlichen Knochen, der festgesessen hatte. Das Grinsen in Gabriels Gesicht nahm beängstigende Ausmaße an, seine Mundwinkel erreichten gefühlt seinen Hinterkopf und seine Augen blitzten belustigt.

„Geht doch. Also okay, Waffenstillstand." Er griff meine dicke Daunenjacke und hielt sie mir hin.

„Also, wenn du fertig bist, können wir los. Wohin auch immer." Misstrauisch zog ich mir erst meine Boots an, dann schlüpfte ich in die Jacke, die er mir gentlemanlike hinhielt. Ich traute dem Frieden nicht und nahm mir vor, auf der Hut zu sein.

Wir gingen hinunter zu seinem Wagen, der vor meinem Haus geparkt war und er hielt mir sogar die Tür auf. Mein Misstrauen verstärkte sich. Ganz sicher führte er etwas im Schilde. Als ich ihm die Adresse des Kinderheims nannte, in dem ich heute mit den Kindern basteln wollte, tippte er sie ohne einen Kommentar in sein Navi ein und fuhr los. Nach einer Weile, in der wir beide nichts gesagt hatten, weil wir wohl beide zu irritiert von dieser Wendung der Dinge waren, seufzte Gabriel schließlich.

„Erzähl mir was von dir", forderte er mich auf.

„Also ich meine, außer dass deine Wohnung eine Zweigstelle von Santa ist und du sein Groupie bist, auf Zimttee stehst und in deinem Bad biochemische Waffen lagerst."

Ich schluckte, weil mir die Richtung, in die sich das hier entwickelte, nicht gefiel. Waffenstillstand ja, persönliche Infos über die hinaus, die er schon kannte, nein. Gut, was konnte schon persönlicher sein, als mit ihm hemmungslos im Bad zu vögeln, aber das war nun mal passiert und weder wollte ich da anknüpfen noch ihm etwas über mich erzählen. Immerhin war ich nicht freiwillig in dieser Situation. Oder jedenfalls am Anfang nicht... Mist, wem machte ich hier was vor? Dieser Mann verwirrte mich, ließ mich Dinge tun, die mir mein Karma irgendwann mit einem hämischen Grinsen vor die Füße werfen würde und hatte mir den besten Sex meines bisherigen Lebens beschert, und das alles hatte ich freiwillig mitgemacht! Weil er heiß war, sexy und... weil er sich auf eine Art und Weise in mein Leben und meine Gedanken geschlichen hatte, die nur mein Untergang sein konnte. Weil ich nämlich schon viel mehr für diesen düsteren Mann empfand als ich wollte. Nur leider waren Gefühle nicht mit dem Willen zu steuern. Und bevor sie sich zu etwas ausweiten konnten, das ich nicht mehr unter Kontrolle hatte... Ich meine, nicht mehr als ohnehin schon, musste ich dem einen Riegel vorschieben. Je weniger wir voneinander wussten, umso besser, denn irgendwann würde Gabriel in sein - kriminelles - Leben zurückkehren und davon wollte ich nun wirklich kein Teil sein. Obwohl... Nein, nein, nein!!! Wann zum Teufel hatte sich die Nadel meines moralischen Kompasses nur in Richtung Süden verabschiedet? Ich meine, es ist doch wohl nicht normal, dass eine Hausmeistertochter, die schon Falschparken als schwerwiegende Straftat ansieht, so denkt, oder? Was hatte dieser Mann an sich, dass ich plötzlich nicht mehr nur schwarz und weiß sah, gut und böse, sondern Nuancen wahrnahm. Nämlich, dass es über ihn vielleicht mehr zu entdecken gab, als die Tatsache, dass er ganz offensichtlich ein Drogendealer und was immer er darüber hinaus noch war?

„Megan?" Seine dunkle Stimme holte mich aus diesem unerfreulichen Gedankenkarussell zurück in das Innere des Wagens und ich musste schlucken. Nein, das hier ging in die ganz falsche Richtung.

„Warum willst du was über mich wissen, Gabriel?", fragte ich ihn angepisst. Mist. Diese Frage ging leider ebenfalls in die ganz falsche Richtung, weil sie genauso persönlich war wie seine. Sogar noch viel persönlicher, weil sie ihn dazu bringen musste, darüber nachzudenken, warum er mich überhaupt gefragt hatte.

„Weil..." Okay, ich hatte gehofft, er würde es mit dem einfachen, lapidaren Wunsch nach Small Talk abtun, aber er schien wirklich über den Grund nachzudenken. Jetzt war er es, der eine Pause machte und an der nachdenklich gerunzelten Stirn erkannte ich, dass er entweder keine Antwort drauf hatte oder sie ihm nicht gefiel.

„Weil du die verdammt noch mal verrückteste Frau bist, die mir je begegnet ist. Weil ich wissen will, wie du bist, wenn du nicht gerade wie ein Kaninchen auf Speed herumläufst und weil ich wissen will, warum sich der Sex mit dir so anders angefühlt hat als mit allen anderen vor dir."

Er sagte das so beiläufig und leise und mehr zu sich selbst, dass ich einen Moment brauchte, bis seine Worte in meinem Gehirn ankamen. Und dann in meinem Herzen. Und in meinem Magen so ein komisches

Gefühl freisetzten, das ich nicht genauer hinterfragen wollte.

„Was?", keuchte ich stattdessen und wusste nicht, ob ich mir wünschen sollte, dass ich mich verhört hatte. Oder ob das heftige Pochen meines Herzens davon kam, dass ich mich nicht verhört hatte.

Er zuckte kurz zusammen, dann krallte er sich an das Lenkrad, bis seine Knöchel weiß hervortraten. Dazu knurrte er irgendetwas Undeutliches, bevor er herauspresste: „Vergiss es." Er atmete einmal tief durch, schloss kurz die Augen und sein lautes „Scheiße!" war diesmal nicht zu überhören.

Die darauf folgende Stille war ohrenbetäubend, wenn man das so sagen konnte. Mir war, als könnte man mein Herz in dieser Stille überdeutlich schlagen hören. Warum hatte er das gesagt? Ich hatte auch das Gefühl gehabt, als wäre da mehr als nur der Sex zwischen uns, aber ich hätte niemals für möglich gehalten, dass es ihm genauso aufgefallen war, geschweige denn, dass er es zugeben würde.

„Hör zu..."

„Hör zu...", sagten wir beide gleichzeitig, aber Gabriel hatte sich schneller wieder gefangen. Er räusperte sich. „Wohin fahren wir eigentlich?", fragte er, als ob es die peinliche Stille vorher nicht gegeben hätte und damit war klar, dass er auch nicht darüber reden oder mir erklären würde, was er damit gemeint hatte. Was mir nur recht war, denn ich wusste wirklich nicht, was ich ihm hätte darauf antworten sollen.

„Ähm... wir sind gleich da. Nur noch da vorne rechts abbiegen. Du kannst auf den Parkplatz hinter dem Haus fahren." Ich hoffte, die Zeit mit den Kindern würde das

Durcheinander in meinem Kopf wieder etwas gerade rücken und mich von dem ablenken, was seine Worte in mir ausgelöst hatten.

Gabriel

Heilige Scheiße?! Was hatte ich da bloß gerade für einen Mist geredet? Es war nur Sex gewesen, guter Sex, aber eben nur Sex. Vögeln. Rein, raus, erledigt. Sie war hübsch und die Situation hatte es herausgefordert. Ich war ein testosterongesteuerter, untervögelter Mann, sie eine wunderschöne Frau, das erklärte das Geschehene doch wohl hinreichend, oder? Ich bog auf den Parkplatz ein und versuchte, das Chaos in mir zu ignorieren. Ich fuhr mir durch die Haare, während Megan schon die Tür aufriss und förmlich aus dem Auto floh. Natürlich hatte sie gehört, was ich gar nicht hatte sagen wollen. Jedenfalls nicht so. Für sie musste es klingen, als würde das Ganze mehr sein, tiefer gehen. Und die Tatsache, dass sie gar nicht schnell genug aus dem Auto kommen konnte, konnte nur bedeuten, dass sie das anders sah. Oder genau so, was noch schlimmer wäre. Ich wollte ihr keine Hoffnungen machen, die es nicht geben konnte. Geben durfte, weil ich nicht der Typ für eine Beziehung war. Was sich leider gerade ganz anders angehört hatte. Scheiße. Ich würde das mit ihr klären müssen, bevor ich verschwand. Das wenigstens war ich ihr schuldig.

Und das war mehr als all die anderen bekommen hatten, die ich vor ihr gevögelt hatte.

Ich sah, wie sie vor dem Gebäude stehen blieb, weil im Eingang zwei große Generatoren standen, die augenscheinlich Wasser aus dem Haus pumpten. Jetzt erst bemerkte ich einige Wagen von Sanitär- und Klempnerfirmen, die mit *24 Stunden Notdienst* warben. Ich stieg aus und folgte ihr zur Tür, in der sie zwischen den Generatoren und einigen feixenden Monteuren stehen geblieben war. Sie schob sich zwischen den pfeifenden Kerlen durch und war im Inneren verschwunden. Ich blieb kurz vor dem Gebäude stehen, ließ die aufgepumpten Möchtegernmachos mit einem Blick wissen, dass sie mir gehörte (woher kam plötzlich dieser Gedanke?) und las das schon etwas in die Jahre gekommene, angelaufene Schild.

Place Of Hope. Übergangsheim für elternlose Kinder. Was wollte Megan hier? Obwohl ich mich das eigentlich gar nicht fragen musste, weil es ein weiterer Punkt auf der Wir-können-niemals-ein-Paar-sein-Liste war. Megan engagierte sich sozial und zwar aus anderen Gründen als meine Familie. Sie war ehrlich, loyal und großherzig. Alles, was ich nicht war. Außer vielleicht loyal, aber das aus anderen Gründen. Und sie war hier, weil ihr offensichtlich, anders als mir, Kinder am Herzen lagen. Ich meine, ich hasste Kinder nicht wirklich, ich mochte sie nur nicht. Diese kleinen Erdnuckel waren anstrengend, lästig und... bedeuteten Verantwortung, die ich nicht wollte. Also nein, Kinder waren wirklich nicht mein Ding. Weder Eigene und schon gar nicht Fremde.

Ich ging durch die breite Tür und sah sie am Ende des Ganges stehen und mit einer älteren Frau mit streng zusammengebundenen, dunklen Haaren reden. Überall lagen Schläuche und der Geräuschpegel war so hoch, dass ich auf die Entfernung nicht verstand, was die beiden miteinander besprachen. Die Ältere redete jedenfalls auf Megan ein, gestikulierte wild um sich und schließlich nahmen sie sich in die Arme. Beide sahen zwar sehr bestürzt, aber auch sehr vertraut miteinander aus. Ich wusste nicht, ob ich gehen oder bleiben sollte. So, wie ich es einschätzte, war dieses Gebäude für längere Zeit unbewohnbar und was immer Megan hier auch gewollt hatte, würde nicht stattfinden. Unschlüssig trat ich etwas näher zu Megan und dieser Frau, die trotz ihres strengen Auftretens irgendetwas Mütterliches an sich hatte.

„... mit Ihrem Kurs, Megan?"

„Oh, ich habe letzte Woche die Prüfung bestanden und jetzt meine Eignungsbescheinigung in der Tasche, aber...", Megans Stimme klang plötzlich belegt.

„Aber Sie wissen ja, dass ich mit dem Gedanken gespielt habe, Ivy zu mir zu nehmen. Dafür ist es ja nun zu spät. Sie ist ja bereits vermittelt."

Sie wollte ein Kind adoptieren? Im Ernst? Ich meine, sie war doch noch jung genug, selbst Kinder zu bekommen, oder konnte sie keine bekommen und wollte stattdessen eins adoptieren? Und konnte man das überhaupt als Alleinstehende? Okay, ihre Sache. Nichts, was mich etwas anging. Nur ein weiterer Punkt, der es mir unmöglich machte, mich auf sie einzulassen. Ich wollte keine Kinder, niemals. Weil sie Verantwortung bedeuteten und... nicht in meine dunkle Welt passten.

„Na ja, vielleicht ist es besser so. Ich muss ja Vollzeit arbeiten, wie Sie wissen, und ein Kind wie Ivy braucht viel Aufmerksamkeit", fügte Megan hinzu, aber sie konnte eine gewisse Traurigkeit nicht aus ihrer Stimmer heraushalten.

„Ach was, Megan, Sie wären trotz der wenigen Zeit, die Sie erübrigen könnten, und obwohl das auch ein großer Minuspunkt bei der Beurteilung zukünftiger Pflege- oder Adoptiveltern ist, eine bessere Wahl für ein Kind wie Ivy, als alle Bewerber vor Ihnen. Ich würde Ihren Antrag in vollem Umfang unterstützen, wenn Sie sich jemals entschließen würden, eine Adoption zu beantragen, ganz egal, für welches Kind Sie sich dabei entscheiden würden."

„Das ist sehr lieb von Ihnen, Mrs. Robson, aber Ivy... das mit ihr ist... war etwas Besonderes."

Ich wandte mich gerade wieder der Tür zu, weil ich mir nicht sicher war, ob der Gedanke an Megan als liebende Mutter mir mehr ge- als missfiel, als diese aufgestoßen wurde und ein Paar mit einem kleinen Mädchen mit blonden Zöpfen hereinstürmte. Die Kleine hatte verweinte Augen, schluchzte, und die blonde Frau zog sie hinter sich her wie eins von diesen Nachziehtieren aus Holz mit wackelndem Kopf. Der kleine pinkfarbene Rucksack, den das Mädchen auf dem Rücken trug und der seine besten Tage schon hinter sich hatte, wie der verblichene Meerjungfrauenaufdruck darauf bewies, wackelte hin und her, weil sich wohl nicht viel darin befand. Der Mann folgte beiden mit geöffnetem, wehendem Mantel, den Kopf genervt schüttelnd. Die Frau stieg umständlich über die ausliegenden Schläuche, ließ sich dadurch aber nicht weiter aufhalten. Die Kleine dagegen stolperte, aber der feste Griff der Frau verhinderte, dass sie hinfiel.

„Pass doch auf, du..." Dann sah sie sich um und entdeckte Megan und die Frau, die hier offensichtlich die Aufsicht über diese Einrichtung und die Kinder hatte.

„Mrs. Robson!", rief sie in Richtung der beiden und die Angesprochene wandte sich ihr auch sofort zu.

„Mrs. Newton, was ist..."

Aber die Blondine in dem teuren Kostüm ließ sie nicht zu Wort kommen, sondern zog das Mädchen an der Hand vor sich und schob sie in Richtung dieser Mrs. Robson.

„Mrs. Robson, als mein Mann und ich hierher kamen dachten wir, wir tun ein gutes Werk, indem wir irgendeinem... äh... diesem kleinen Mädchen ein neues Zuhause geben. Und wir dachten, dass sie es zu schätzen wüsste, dass wir das tun. Aber was soll ich Ihnen sagen: Sie hat uns bestohlen. Uns!", schrie sie gegen den Lärm der Generatoren an, so dass auch ich sie verstehen konnte. Die Kleine weinte jetzt leise vor sich hin und mir tat es irgendwie leid, wie sie da so verloren in dem nüchternen Flur mit dem alten Linoleumboden zwischen dieser wütenden Furie, Mrs. Robson und den pumpenden Schläuchen stand und irgendwie verloren aussah.

„Wie bitte? Ich kenne Ivy, sie würde nicht stehlen. Niemals!", mischte sich jetzt auch Megan ein. Laut, empört und ebenfalls nicht zu überhören. Das brachte ihr einen prüfenden Blick von der Blondine in dem

Designer Outfit ein, die schließlich abschätzig ihre Nase rümpfte.

„Ach nein? Und das wissen Sie so genau, weil Sie... was hier sind?" Ein überhebliches Grinsen zierte ihr zugegebenermaßen schönes Gesicht, aber Megan baute sich ohne auch nur im geringsten davon beeindruckt zu sein, vor ihr auf. Gleichzeitig nahm sie die Kleine an der Hand und zog sie zu sich heran. Sie sah dabei so schön aus, wild, entschlossen, mit funkelnden Augen, dass ich den Atem anhielt. Sie stand da wie eine Amazone, kriegerisch, umgeben von einer so entschlossenen Aura, dass ich, auch wenn ich nicht wusste, worum es bei dem Gespräch ging, sie einfach nur fasziniert anstarren konnte.

„Weil ich Ivy länger kenne als Sie. Ivy stiehlt nicht, sie...", schnappte sie wütend, aber die arrogante Tussi unterbrach sie.

„Und wie würden Sie es nennen, wenn Sie eine Ihrer Sammelpuppen versteckt unter dem Kopfkissen dieser kleinen Diebin finden würden?" Siegessicher reckte diese aufgeblasene Oberschichtschlampe ihr Kinn und funkelte Megan an. Okay, jetzt wurde es interessant. Immerhin wusste ich ja bereits, wie kurz die Zündschnur zu Megans innerem Vulkan war.

Ein kurzer Blick dieser Arroganzexplosion zu ihrem Gatten verriet mir, dass er nur der Statist in dieser Schmierenkomödie war, denn er wippte ungeduldig auf den Füßen und nickte wie ein Wackeldackel immer wieder bestätigend mit dem Kopf. Megan ließ sich nicht beeindrucken und ich musste, wenn auch widerwillig, zugeben, dass sie in dieser Situation noch schöner war als ohnehin schon. Wütend, mit geröteten

Wangen und diesem absolut tödlichen Blick... Ohne die rhetorisch gemeinte Frage dieser Tussi zu beantworten kniete sie sich stattdessen vor das kleine Mädchen und wischte ihr behutsam die Tränen ab.

„Hallo Ivy! Du musst keine Angst haben, aber kannst du mir vielleicht erzählen, was die Frau damit meint, wenn sie sagt, dass du ihre Puppe unter deinem Kopfkissen versteckt hast?" Ihre Stimme klang sanft und sie strich zärtlich über das zerzauste Haar der Kleinen. Die drückte sich ängstlich in Megans Arme und hatte inzwischen einen Schluckauf.

„Ich frage mich, was es da groß zu erklären gibt? Die kleine Kleptomanin hat die Puppe geklaut. Punkt. So was wollen wir nicht in unserem Haus haben. Wir brauchen jetzt ein anderes kleines Mädchen, weil wir morgen diesen Pressetermin haben, bei dem wir die Öffentlichkeit darauf aufmerksam machen wollen, dass wir unserer karitativen Verpflichtung diesen armen kleinen verlorenen Geschöpfen gegenüber nachkommen und eins von ihnen adoptieren werden." Für einen Augenblick hörte man nur das laute Pumpen der Generatoren.

Nicht nur Megan blinzelte irritiert, auch diese Mrs. Robson machte den Mund auf und dann wieder zu. Die blonde Schlampe hatte die Hände in die Hüften gestemmt und funkelte nacheinander Megan, Mrs. Robson und die Kleine vor ihr an. Der Wackeldackel nickte im Takt und jetzt wurde mir auch klar, woher ich dieses Gespann kannte. Der Kerl kandidierte für das Amt des Gouverneurs in North Dakota. UND er war ein Kunde von uns. Kleine Mengen für den Eigengebrauch, aber er war dadurch aufgefallen und mir im Gedächtnis geblieben, weil er versucht hatte, uns die Bullen auf den Hals zu hetzen, um uns zu drohen. Er wollte das Zeug umsonst haben, aber leider hatte er unseren Einfluss unterschätzt und die ganze Sache war im Sande verlaufen. Seitdem hielt er die Fresse und zahlte schön. Übrigens auch mit einem Arschlochbonus, genau wie der Typ mit dem Tannenbaum. Was er nicht bedacht hatte war, dass er sich damit angreifbar machte. Es war nie gut, seinen eigenen Dealer gegen sich aufzubringen. Seitdem hielt er sich bedeckt und gab sich nach außen als unerschütterlicher Kämpfer gegen Drogen und den Sumpf, in dem er selbst watete. Und war bei diesen flammenden Reden nicht selten zugedröhnt. Bigotter Penner.

„Ich... ich...", hickste jetzt die Kleine und riss mich aus meinen Gedanken. Sie sah so verloren aus in diesem kalten, nassen, von Schläuchen und Generatoren zugestellten Flur, dass ich mich am liebsten schützend vor sie und Megan gestellt hätte, um diese feuerspeiende Furie vor ihnen davon abzuhalten, die beiden so anzuschreien. Aber ich tat es nicht, weil... es mich nichts anging. Sagte ich mir.

„Jetzt bin ich aber mal gespannt!", fauchte die Möchtegerngouverneursgattin, nicht wissend, dass sie mit dieser Aktion hier die Kandidatur ihres Gatten in Gefahr brachte. Oder besser: seine Chancen damit verspielt hatte, dafür würde ich sorgen. Weil ich verlogene Schlappschwänze und ihre überheblichen Oberschichtschlampen noch weniger mochte als die kleinen, vorlauten Knöchelbeißer, die oft genug meine Geduld strapazierten.

„Ich hab die Puppe nicht gestohlen. Sie wollte in meinem Bett schlafen, weil sie doch in diesem Glaskasten so alleine war. Und da war es kalt und...", nuschelte die Kleine und ich hatte Mühe, sie gegen den Lärm zu verstehen. In ihrem niedlichen, kleinen Gesicht hatten sich jetzt rote Flecken gebildet und immer noch kullerten Tränen aus ihren hübschen, blauen Augen.

„Glaskasten?! Das war eine Vitrine, du kleine Ignorantin! Klimatisiert! Und die *Puppe* war *die* Barbie von Stefano Canturi! Sie ist ein Vermögen wert!", empörte sich Blondie. Als ob die kleine Ivy das wissen konnte und noch dazu, die Summe einzuschätzen wusste, die dieses Ding offensichtlich wert war. Für ein Kind war eine Puppe eine Puppe. Punkt.

„Und sie hat sie gestohlen!!" Sie zeigte mit dem Finger auf Ivy, die zusammenzuckte und sich hinter Megans Rücken versteckte. Okay, es wurde wohl doch Zeit, dass ich da einschritt.

„Wissen Sie, was ich glaube?", mischte ich mich jetzt ein und hatte plötzlich die Aufmerksamkeit aller Beteiligten. Megan sah mich mit großen Augen an, Mrs. Robson schien mich jetzt erst wahrzunehmen und hob skeptisch die Brauen, und die Blondine kniff abschätzend die Augen zusammen. Es war interessant, in ihrem Gesicht die verschiedenen Stadien ihres Interesses an mir ablesen zu können. Auf den ersten Blick war ich Abschaum für sie und ich sah in ihren Augen eine Mischung aus Abscheu und Angst. Auf den zweiten Blick wirkte ich plötzlich mit all meinen Tattoos und mit meiner gefährlichen Ausstrahlung interessant, und auf den dritten Blick war ich jemand, der ein Abenteuer für sie sein könnte, wie ich daran erkannte, wie sie ihre Augen verengte und an ihrer Unterlippe knabberte. Männer wie ich waren in ihren Augen einen Ausrutscher wert, weil Frauen wie sie glaubten, für einen sündigen Moment ihr wohlgeordnetes Leben hinter sich lassen und den heißen Atem der Gefahr inhalieren zu können, wenn sie sich von mir vögeln ließen. Was sie dabei nicht bedachte, war, dass ich nicht nur ein Hauch wäre, ich würde sie verbrennen, und das im schlechtesten Sinn. Aber diese Erfahrung würde sie nicht machen, jedenfalls nicht mit mir, denn so was wie sie würde ich meinem Schwanz garantiert nicht zumuten.

Ihr Abziehbild von einem Gatten sah unruhig von mir zu ihr, dann wieder zurück. Es war ziemlich sicher, dass er wusste, wer ich war. Wir waren uns zwar noch nie persönlich begegnet, aber mein Adlertattoo war in der Szene berühmt und berüchtigt.

„Nun, was glauben Sie denn?", schnurrte die Tussi plötzlich mit ganz neuem Interesse. Wohlgemerkt an mir.

„Ich glaube, dass es besser für Sie wäre, Barbiepuppen ein Zuhause zu geben, statt vorzugeben, ein Kind bei sich aufnehmen zu wollen. Besonders bei dem, was Ihr Göttergatte so treibt." Meine Stimme hatte diesen besonderen Unterton, den ich mir für Leute aufbewahrte, die klug genug waren, die subtile Drohung, die sich dahinter versteckte, zu verstehen. Und während ich ihr dabei in die Augen sah, wusste der Arschkriecher hinter ihr genau, was damit gemeint war.

„Was?", blinzelte sie verwirrt und brauchte einen kurzen Augenblick, um die versteckte Andeutung hinter meinen Worten zu verdauen. Sie war zwar blond, aber nicht blöd. Immerhin.

„Was erlauben Sie sich, Sie... Sie...", schnaubte sie, aber ihre Empörung prallte an mir ab wie Wasser beim Lotuseffekt.

„Sie haben mich ganz gut verstanden, Mrs. Newton. Die Kleine wollte nur damit spielen, weil sie nicht wissen konnte, dass neureiche Emporkömmlinge sich Barbiepuppen in die Vitrine stellen."

„Sie ist über 300.000 Dollar wert, Sie Banause! Sie ist nicht zum Spielen gedacht. Sie gehört in eine Vitrine!"

„300.000 Dollar?! Respekt. Aber eine Puppe bleibt eine Puppe. Besonders für ein kleines Mädchen, das wahrscheinlich nicht viel eigenes Spielzeug hat, Mrs. Newton." Ich sah, wie sich hektische rote Flecken über ihren Hals verteilten und fixierte sie wie ein Jäger seine Beute. Meine nächsten Worte galten allerdings ihrem Mann.

„Ich denke, wir sollten den Vorfall vergessen, bevor die Presse dieses Missverständnis unnötig aufbauscht. Es gibt ja immer diese Leute, die ihre Klappe nicht halten können", mein Tonfall ließ keinen Zweifel daran aufkommen, wer in diesem Fall dieser Jemand sein würde, „und dann könnten die Informationen einen übermotivierten Reporter möglicherweise sogar dazu verleiten, in Ihrem Privatleben herumzuschnüffeln, und vielleicht das ein oder andere pikante Detail herausfinden, und das wollen wir doch alle nicht, oder?!" Auf Mr. Newtons Stirn bildete sich ein leichter Schweißfilm. Ob wegen meiner unverhohlenen Drohung oder eines einsetzenden Entzuges, war schwer zu sagen.

„Und angesichts der Summe, die Sie bereit waren, für eine Puppe auszugeben und der Tatsache, dass Sie die Kleine zu Unrecht verdächtigt haben, sollten Sie bereit sein, eine größere Summe für diese Einrichtung hier zu spenden, Mr. Newton. Und eine Puppe für die Kleine sollte als Bonus auch drin sein. Eine schöne, große, teure Puppe, *Greg.*"

Irritiert über den Unterton und die Anrede, die ich gegenüber ihrem Gatten benutzt hatte, runzelte die Giftnudel ihre Botoxstirn, oder jedenfalls versuchte sie es, was aber dazu führte, dass sie eher aussah wie ein Gruselclown. Dann fing sie sich und warf mir einen verächtlichen Blick zu. Aha, ich war also wieder von einem Sexobjekt zu einer Schmeißfliege mutiert.

„Was? Warum sollten wir das tun?", giftete Blondie.

Sie schien also wirklich keine Ahnung davon zu haben, was ihr Gatte außerhalb der gesetzlichen Öffnungszeiten und jenseits des üblichen Sortiments so einkaufte. Okay, dann würde ich mal für einen netten, entspannten Abend bei den Newtons sorgen.

„Ich denke, Ihr Mann wird Ihnen gerne heute Abend auf der Couch erklären, warum Sie das tun sollten, nicht wahr, Greg? Und warum es eine wirklich dumme Idee wäre, es nicht zu tun." Ich legte den Kopf schief. Warum ich mich so für die Kleine und dieses Kinderheim hier einsetzte, wusste ich nicht genau, aber auf jeden Fall hatte das Arschloch samt seiner Teufelsmätresse es verdient, dass sie hier Federn ließen. Tatsächlich schluckte er unbehaglich, während das blondierte Flittchen alarmiert zwischen ihm und mir hin und her sah. Ich wäre sehr gerne bei dem Gespräch heute Abend stiller Zuhörer. Irgendwie hatte ich das

Gefühl, dass das Drehbuch zu dem Film *Der Rosenkrieg* neu geschrieben werden würde.

„Ich meine... also ich denke, dass sie die Puppe wirklich nicht stehlen wollte, Elisabeth", versuchte Greg zu retten, was nicht mehr zu retten war.

„Was? Auf einmal? Ich bitte dich Greg, ich setze mich hier für uns ein und du?! Du ziehst jetzt den Schwanz ein? Was bist du nur für ein Waschlappen!", keifte sie angepisst.

Tja, dein Greg hat ein schmutziges, oder nein, eher ein sehr *weißes!* Geheimnis, Süße, und das wird er mit allen Mitteln zu schützen versuchen.

„Ich denke, ich werde Ihnen eine Spende zukommen lassen, Mrs. Robson. Und ich werde es zum Thema in meinem Wahlkampf machen, wie wichtig die Arbeit ist, die Sie leisten. Und natürlich werde ich auch in den nächsten Tagen für jedes Kind hier ein kleines Geschenk vorbeibringen lassen." Er war sichtlich blass, sein Blick zuckte zu mir und dann zu Boden. Er schwitzte und ich überkreuzte zufrieden die Arme vor der Brust.

„Wie bitte, Greg? Das ist ja wohl nicht dein Ernst?" Fassungslos sah sie ihren Mann an, dann hielt sie plötzlich inne und ein verschlagenes Lächeln glitt über ihr Gesicht.

„Mrs. Robson, wie wäre es, wenn mein Gatte und ich Ihnen die Präsente persönlich vorbei bringen und dabei die Presse auf dieses Haus hier aufmerksam machen würden?"

Oh, so nicht, Süße. Du bist viel gerissener als dein schwanzloses Eheanhängsel, aber nützen wird dir das nichts. Kostenlose Publicity? Dich als karitativen Engel darstellen, der armen Waisenkindern Geschenke bringt, um Stimmen zu rekrutieren? Nicht mit mir.

„Ich dachte eher an eine anonyme Spende." Mein Tonfall ließ keinen Zweifel daran aufkommen, dass sie keine wirkliche Wahl hatten, und nach kurzem Zögern nickte Mr. Schwanzlos mir zu. Seine Höllenfürstin öffnete den Mund, verkniff sich aber schließlich eine wütende Bemerkung, weil sie immerhin spürte, dass sie jetzt besser nichts dazu sagte.

„Na gut, aber jetzt möchte ich mir eins von den anderen Mädchen aussuchen", kam dann doch noch aus ihrem Mund und ich revidierte meine Meinung, sie hätte erkannt, wann es besser war, zu schweigen.

Nicht nur ich zog bei diesen Worten lautstark die Luft ein. Megan, die sich die ganze Zeit erstaunlich zurückgehalten hatte, und auch Mrs. Robson starrten die Blondine feindselig an. Megan trat sogar einen Schritt auf sie zu, aber bevor sie etwas sagen konnte, mischte sich Mrs. Robson ein.

„Es tut mir leid, Mrs. Newton, aber vielleicht haben Sie es ja noch gar nicht bemerkt. Wir hatten hier einen größeren Wasserrohrbruch und mussten die Kinder deswegen schnell in Notfallunterkünfte vermitteln. Daher habe ich im Augenblick kein anderes *passendes* Mädchen. Und wenn ich es mir recht überlege, werden wir auch in Zukunft keines haben. Und jetzt gehen Sie bitte, bevor ich die Polizei rufe und Sie hinausbegleiten lasse. Das wäre doch ganz schlechte Presse im Wahlkampf, oder?" Respekt, diese Mrs. Robson konnte ja ganz schön resolut sein. Und obwohl sie ganz sicher nicht wusste, was zwischen mir und Mr. Gouverneurskandidat unausgesprochen geblieben war, hatte sie die Eier, ihm zu drohen. Ich grinste in mich hinein. Die Frau gefiel mir.

„Ich... wir...", zeterte Blondie, aber ihr Gatte war bereits dabei, sie am Arm zu fassen und zum Ausgang zu ziehen. Schadensbegrenzung war angesagt und mit dieser Furie würde er alle Hände voll zu tun haben. Geschah ihm recht.

„Komm, Elisabeth, es ist besser, wir gehen jetzt." Sehr vernünftig.

In Hinausgehen hörten man sie noch schimpfen und lamentieren, aber schließlich fiel die Tür zu und ich grinste Megan an.

„So, und jetzt verraten Sie mir, wer Sie sind", forderte mich Mrs. Robson in einem energischen, aber nicht unfreundlichen Ton auf.

Megan

Ich wusste nicht, was ich sagen sollte. Dieser Auftritt von dem Duo Infernale gerade war schon unfassbar gewesen, aber die Art, wie Gabriel sich eingemischt hatte...

Ich musste schlucken. Er war so ruhig, so bestimmt und überaus dominant aufgetreten. So, als ob er jeden Tag einen Gouverneurskandidaten in seine Schranken weisen würde. Es war mir klar, dass dieser Politiker irgendein dunkles Geheimnis haben musste, von dem Gabriel wusste, und wenn man bedachte, dass er mit

Rauschgift handelte, konnte man sich schon denken, was das für ein Geheimnis war.

„Mein Name ist Gabriel und ich bin … Megans Freund", stellte er sich nach einem kurzen Zögern vor. Wie bitte?!

„Er ist nicht...", wollte ich ihn gerade korrigieren, aber Mrs. Robson hatte bereits seine Hand ergriffen und schüttelte sie. Nachdem sie ihn vorhin erst misstrauisch beäugt hatte war das so was wie ein Ritterschlag. Sie hatte er also auch beeindruckt.

„Ich freue mich sehr, Sie kennenzulernen. Und ich danke Ihnen sehr für Ihre... Unterstützung. Ich hatte gleich ein ungutes Gefühl, diesen Menschen eines meiner Kinder zu überlassen, und dann auch noch Ivy, aber Mr. und Mrs. Newton hatten alle erforderlichen Dokumente und Nachweise über ihre Eignung und... es wurde mir von höherer Stelle nahegelegt, mich für eine schnelle Vermittlung einzusetzen." Sie stieß kopfschüttelnd die Luft aus.

„Allerdings glaube ich nach diesem Auftritt, dass die wohlwollende Beurteilung der Fähigkeiten dieses Paares mehr als nur eine Gefälligkeit war. Von höchster Stelle will ich meinen!" Erneutes Kopfschütteln, dann schloss Mrs. Robson für einen Moment die Augen und ein besorgter Ausdruck glitt über ihr Gesicht.

„Sehen Sie, Megan, das habe ich vorhin damit gemeint, dass Sie eine weitaus bessere Kandidatin für diesen Job wären, als diese beiden Subjekte. Und vielleicht ist es ja Schicksal, dass Ivy jetzt wieder hier ist?" Sie sah mich nachdenklich an, dann nickte sie freundlich in Gabriels Richtung.

„Und vielleicht haben sich ja die Voraussetzungen auch geändert, jetzt, wo Sie einen so sympathischen und engagierten Freund haben."

Ich wusste nicht genau, wem von uns mehr die Gesichtszüge entgleisten, mir oder Gabriel, aber in jedem Fall waren wir beide mehr als konsterniert, wenn auch aus verschiedenen Gründen. Aber daran war Gabriel ganz alleine schuld, denn immerhin hatte er behauptet, mein Freund zu sein.

„Wenn Sie mich jetzt bitte entschuldigen würden, ich muss mich darum kümmern, dass Ivy irgendwo unterkommt. Es sei denn..." Mrs. Robson machte eine kurze Pause, sah mich abwartend an, aber ich machte nur den Mund auf und schloss ihn dann wieder, ohne etwas gesagt zu haben. Ihre unausgesprochene Frage, blieb damit unbeantwortet, obwohl ich ein geradezu sehnsüchtiges Ziehen in meiner Brust spüren konnte. War sie das? Meine Chance, von der ich geglaubt hatte, dass sie mit Ivys letzter Vermittlung vertan war?

„Hier kann sie nämlich nicht bleiben." Mrs. Robsons Stimme klang ein wenig traurig, weil ich nicht auf ihr unausgesprochenes Angebot eingegangen war, aber die Situation überforderte mich gerade. Immerhin ging es hier um ein Kind, und ich wollte Ivy nicht schon wieder enttäuschen, falls es doch nicht klappte.

„Gott sei Dank habe ich für die anderen Kinder schon eine vorübergehende Lösung gefunden. Die Schlafzimmer der Kinder und auch die Aufenthaltsräume stehen nicht nur unter Wasser, es ist auch noch die Heizungsanlage ausgefallen. Ob ursächlich durch den Wasserrohrbruch oder gefrorene Leitungen, kann man im Moment noch nicht sagen, aber im Ergebnis ist es ohnehin gleich. Dieses Haus ist auf längere Zeit nicht bewohnbar." Man sah ihr an, dass ihr das Herz schwer war, denn Mrs. Robson lebte für dieses Haus, obwohl sie eine eigene Familie und sogar schon Enkelkinder hatte. Oder gerade deswegen.

„Könnten Sie bitte kurz hier bleiben und so lange auf Ivy aufpassen, bis ich eine Familie gefunden habe, wo sie vorerst bleiben kann?", fragte sie und man sah ihr die Enttäuschung über mein Schweigen an, aber auch, dass sie bereits gedanklich ihre Notfallkontakte im Kopf durchging. Hilflos nickte ich ihr zu, und obwohl ich sie zurückhalten und ihr sagen wollte, dass ich Ivy mitnehmen würde, tat ich es nicht. Schließlich nahm sie seufzend ihr Handy und eilte den Flur hinunter, wahrscheinlich in ihr Büro, denn dort hatte sie alle wichtigen Adressen und Telefonnummern der Familien, die in einem solchen Fall einspringen konnten. Ich kniete mich wieder vor Ivy hin und strich ihr die Haare aus dem verweinten Gesicht. Sie hatte immer noch Schluckauf, schmiegte sich aber sofort vertrauensvoll in meine Arme, und ich fühlte mich augenblicklich wie eine Verräterin. Weil ich zögerte, den Schritt zu machen, der uns vielleicht für immer miteinander verbinden würde, während dieses kleine Mädchen mir von unserer ersten Begegnung an ihre Zuneigung so bedingungslos und ehrlich schenkte.

Ich kannte Ivy seit ich hier aushalf. Genau genommen war sie ja sogar der Grund, warum ich hierher kam. Ich hatte sie an dem Tag das erste Mal gesehen, als diese Hundezüchter sie zurückgebracht hatten wie ein Bild oder eine Kommode, die doch nicht ins Wohnzimmer der Familie gepasst hatte. Ivy hatte geweint, und ich hatte im Nachhinein erfahren, dass sie nicht zum ersten Mal zurückgebracht worden war. Und leider sollte es auch nicht das letzte Mal gewesen sein. Das Schicksal hatte es bisher nicht gut mit ihr gemeint. Sie war erst vier Jahre alt, hatte aber schon eine wahre Odyssee hinter sich. Mrs. Robson hatte mir erzählt, dass ihre Mutter kurz nach ihrer Geburt noch im Krankenhaus gestorben war. Der Vater war unbekannt und auch die Nachforschungen nach weiteren Verwandten waren im Sande verlaufen. Daher hatte man sie übergangsweise in eine Familie gegeben, die sie aber nicht behalten konnte, oder besser wollte, weil die Frau plötzlich doch noch schwanger geworden war. Mit Zwillingen, was sie total überfordert hatte. Danach war Ivy in diese Familie gekommen, die sich zwar erst rührend um sie gekümmert hatte, aber als sich herausstellte, dass Ivy allergisch auf den Familienhund reagierte, war die Entscheidung für den Köter und gegen Ivy gefallen. Die nächste Pflegefamilie hatte mehr das Geld interessiert als eine kindgerechte Versorgung. Bei einer routinemäßigen Kontrolle war herausgekommen, dass Ivy unterernährt war und Läuse hatte. Dieses Mal wurde die Vormundschaft durch die Behörde beendet, aber für die Kleine bedeutete das im Ergebnis das gleiche. Sie war wieder einmal ohne persönliche Zuwendung und die Geborgenheit eines intakten Umfeldes im Heim gelandet. Es hatte mir jedes Mal ein kleines bisschen das Herz gebrochen, wenn Ivy in eine Familie vermittelt worden war, weil ich davon ausging, sie niemals wieder zu sehen. Aber noch viel mehr, als sie immer wieder zurückkam, weil für sie wieder einmal die Chance auf eine glückliche Kindheit in einer liebevollen Familie zerstört worden war.

Und dann das gerade eben... Ich würde soweit gehen, es als Glücksfall anzusehen, dass Ivy mit der Puppe gespielt hatte. Solche Menschen brauchte wirklich niemand in seinem Leben!

„Meggie, kann ich nicht bei dir bleiben?" Die Frage riss mich aus meinen Gedanken und brachte gleichzeitig mein Herz dazu, sich schmerzhaft zusammenzuziehen. Ivy sprach genau das aus, was mich nicht erst seit gerade so sehr beschäftigte, und das ich mir so sehr wünschte, dass ich sogar trotz all meiner Bedenken und meiner persönlichen Situation als vollzeitarbeitende, geringverdienende Alleinstehende die notwendige Qualifikation für eine mögliche Adoption erworben hatte. Begonnen hatte diese Sehnsucht, die ich im Herzen spürte, bereits als ich Ivy das erste Mal gesehen hatte. Ich hatte sie vertrauensvoll an dieses Hundezüchterarschloch gekuschelt gesehen, als er sie eiskalt zurückgebracht hatte, und sie hatte etwas tief in mir berührt. Wie konnte man nur so eiskalt sein, ein kleines, süßes Mädchen wieder abzugeben wie ein ausgeliehenes Küchenutensil, nur weil man den Hund länger hatte als sie? Und selbst, wenn man Hunde züchtete, gäbe es doch bestimmt eine Lösung, wenn man das wirklich wollte, oder? Oder wie konnte man ein Kind zurückgeben, nur weil man plötzlich selbst Kinder bekam? Was war das für ein scheiß Entweder-Oder? Konnte man nicht eigene Kinder *und* adoptierte haben? Ich hatte ziemlich schnell nach diesem Erlebnis damit begonnen, diese Kurse für zukünftige Pflegeeltern zu besuchen, weil ich insgeheim hoffte,

Ivy doch vielleicht zu mir nehmen zu können, aber ich hatte auch schnell gemerkt, dass die Anforderungen dafür sehr hoch waren. Und heute? Ich hatte die Betreuungseignung gerade erst erhalten, aber ich musste Schulden aus meiner gescheiterten Beziehung abzahlen, deswegen in Vollzeit arbeiten, und ich hatte keinen blassen Schimmer, wie ich das mit der Betreuung eines Kindes unter einen Hut bringen sollte. Sicher, andere schafften das auch, aber ich... ich hatte irgendwie Angst vor der Verantwortung. Ivy hier zu besuchen, ihr vorzulesen und mich unter den wachsamen Augen von Mrs. Robson um sie zu kümmern war etwas ganz anderes, als vierundzwanzig Stunden am Tag für sie verantwortlich zu sein. Und doch traf mich ihre unschuldige Frage mitten ins Herz. Es war durchaus möglich, als einzelne Person ein Kind zu adoptieren, auch wenn es lieber gesehen wurde, die Kinder in Familien zu vermitteln, aber es wäre nicht aussichtslos, sich darum zu bewerben...

Die Erkenntnis traf mich unvermittelt und sie tat weh. Tat ich nicht genau das, was ich den anderen gerade vorgeworfen hatte? Mich darum zu drücken, dass es eine Lösung geben könnte, wenn ich es nur wirklich wollte?

Ivy hatte niemanden und ich... ich war zu feige, mich dieser Verantwortung zu stellen. Was mich irgendwie mit den anderen gescheiterten Pflegeeltern auf eine Stufe stellte. Die konnten oder wollten schließlich auch nicht. Ich schluckte. Der bittere Geschmack dieser Selbsterkenntnis stieg mir die Kehle hoch. Aber ich konnte nicht so einfach über meinen Schatten springen, auch wenn das hieß, dass ich feige und egoistisch war.

„Ivy, Süße, das geht nicht. Wirklich nicht. Ich...“

„Warum nicht?“ In dem Blick aus ihren himmelblauen Augen war keine Spur von Anklage zu erkennen, wie es von den meisten Erwachsenen zu erwarten gewesen wäre. Kein wertender, verurteilender Schimmer, nur die einfache Frage eines vierjährigen Kindes. Mir kamen die Tränen. Ich dachte an mich in dem Alter, und auch, wenn meine Eltern nie viel Geld gehabt hatten, hatte ich doch all das gehabt, was Ivy nicht hatte. Ein wunderschönes Zuhause, warm und liebevoll, mit Eltern, die mich bedingungslos liebten.

„Weil...“ Meine Stimme erstarb, weil ich keine Antwort für Ivy hatte, jedenfalls keine, die sie verstehen würde. Nur eine, die kein so gutes Licht auf mich und meinen Charakter warf.

Mrs. Robson, die jetzt mit einem verzweifelten Gesichtsausdruck auf uns zukam, enthob mich einer Antwort, jedenfalls für den Augenblick. Ich stand auf und sah ihr besorgt entgegen.

„Ich weiß nicht, was ich machen soll, Megan. Die meisten Familien sind jetzt, so kurz vor Weihnachten, bereits im Urlaub oder bei Verwandten. Oder haben die Familie selbst zu Besuch, so dass sie entweder nicht da sind oder keinen Platz haben. Eine Familie würde Ivy sofort abholen, aber sie haben zwei Hunde und Ivy ist ja allergisch.“ Sie sah mich jetzt mit einem Ausdruck an, der mir ein leichtes Bauchflattern bescherte.

„Ich würde die Kleine ja selbst mit zu mir nehmen, aber meine Tochter ist mit den Enkeln zu Besuch und zu unserem eigenen Hund hat sie noch ihre beiden mitgebracht. Wir fallen also auch aus. Könnten Sie nicht vielleicht doch..“ Bäm! Mein Mund wurde trocken, als ich erkannte, dass mir das Schicksal nochmal in den Hintern trat. Oder wie auch immer man es nennen wollte, dass es keine andere Möglichkeit zu geben schien, als Ivy mit zu mir zu nehmen. Zuerst nur für ein paar Tage und um vielleicht zu sehen, dass ich es doch konnte, dass ich doch bereit war, die Verantwortung zu übernehmen...

„Ich..." Ich schluckte.

„Das tut uns leid, Mrs. Robson. Aber das geht nicht", meldete sich in diesem Augenblick Gabriel zu Wort. Abgesehen davon, dass ich seine Anwesenheit vollkommen ausgeblendet hatte, war es die Tatsache, wie er sich schon wieder in mein Leben einmischte, die mich wütend machte. Vielleicht war ich jetzt endlich bereit und bekam noch dazu unverhofft die Chance, mich dieser Sache mit Ivy zu stellen, da meinte dieser überhebliche Idiot, darüber entscheiden zu können, was ging und was nicht! Und das führte dazu, dass ich ohne noch weiter über die Konsequenzen nachzudenken, an ihn gewandt sagte:

„Aber natürlich geht das, *Schatz!*" Ich betonte das so zuckersüß, dass selbst ich davon einen Insulinschock bekam. Schließlich hatte er sich als mein Freund vorgestellt, da musste er sich jetzt nicht wundern.

„Nein", knurrte er, aber ich strahlte Mrs. Robson an als wäre das die beste Idee seit der Erfindung der Glühbirne. Und auch weil ich mir plötzlich sicher war.

„Ich kann Ivy natürlich mitnehmen. Sie kann bis nach den Feiertagen bleiben, ich kann mir Urlaub nehmen." Gabriel sah mich mit zusammengekniffenen Augen an, weil ich plötzlich einfach so bereit war, mir Urlaub zu nehmen, aber schließlich ging ihn das nichts an.

Ich sah Mrs. Robson an und mein Herz schlug vor Aufregung. Der Gedanke, dass Ivy und ich gemeinsam ein paar Tage verbringen würden, erfüllte mich mit einem nie zuvor dagewesenen Gefühl von Wärme und Zufriedenheit.

„Es tut mir leid, Mrs. Robson, aber Megan hat ganz vergessen, dass...", Gabriel packte meinen Arm und zog mich mit sich ein Stück von Ivy und ihr fort.

„Das geht nicht und du weißt das ganz genau, Megan", knurrte er in mein Ohr, aber ich wollte nichts davon hören. Ich lächelte Mrs. Robson kurz entschuldigend an, dann drehte ich mich zu ihm um.

„Nein, ich habe nicht vergessen, dass du über die Feiertage nicht bei uns sein kannst, Schatz! Aber ich kann das ganz alleine hinkriegen", sagte ich so laut, dass Mrs. Robson es hören musste.

„Lass es, dich in mein Leben einzumischen, Gabriel, dazu hast du kein Recht! Ich werde Ivy mitnehmen und es gibt nichts, was du dagegen tun könntest!", zischte ich nur für seine Ohren bestimmt und baute mich vor ihm auf.

„Megan, bitte, du würdest die Kleine nur in unnötige Gefahr bringen. Ich habe dir doch gesagt..."

„Weißt du, was ich glaube? Diese ominösen bösen Buben gibt es gar nicht! Du benutzt sie nur als Vorwand, dich bei mir einzunisten, meine Weihnachtsdeko zu zerstören und mein Leben durcheinander zu bringen. Oh, und den kostenlosen Sex nicht zu vergessen, den du bekommen hast! Was ich nicht weiß, ist, warum du das alles tust. Ich habe dich nicht darum gebeten, mich vor wem auch immer zu beschützen. Ich kann gut auf mich alleine aufpassen, so wie die fünfundzwanzig Jahre bevor du in mein Leben getreten bist, auch. Und jetzt freunde dich damit an, dass ich Ivy mitnehme!" Damit drehte ich mich wieder um und ging zu Ivy, die mich mit großen Augen ansah.

„Was würdest du sagen, wenn du doch mitkommen könntest, Süße? Wir backen Plätzchen, gucken *Die kleine Meerjungfrau* und ich lese dir die Weihnachtsgeschichte vor? Und dann schreiben wir noch an Santa, dass er dich bei mir auch findet und dir deine Geschenke zu mir bringt?!"

Ivy strahlte über das ganze Gesicht und ihr Schluckauf war verschwunden.

„Oh ja, Meggie. Kann ich dann auch bei dir im Bett schlafen?" Ivy glühte geradezu vor Begeisterung und mein Herz stolperte vor Rührung und Zuneigung für dieses Kind.

„Klar, das ist doch Ehrensache. Ich habe nämlich manchmal Angst, wenn es dunkel ist und da würde ich mich freuen, wenn du bei mir bist, damit ich nicht so alleine bin." Ich wandte mich an Mrs. Robson.

„Kann ich Ivy denn einfach so mitnehmen? Ich meine, ich habe diesen Betreuungsnachweis jetzt nicht dabei und ich..."

„Schon gut, Megan, ich glaube Ihnen, dass Sie dazu offiziell befähigt sind, auch ohne diesen Nachweis gesehen zu haben. Und wir haben ja gerade eindrucksvoll erleben müssen, dass das nicht alles ist." Mrs. Robson schenkte mir einen warmen Blick und nickte mir aufmunternd zu.

„Ich kenne Sie und weiß daher, dass Sie es sehr gut machen werden. Außerdem ist das ein Notfall und als solchen werde ich es rechtfertigen, wenn es diesbezüglich Nachfragen geben sollte. Allerdings müssen Sie noch ein paar Papiere in meinem Büro ausfüllen. Kommen Sie?" Sie sah mich auffordernd an und ich wollte ihr schon folgen, da vernahm ich ein unheilvollen Grollen in meinem Rücken. Okay, der Grinch war angepisst.

„Wage es nicht, Gabriel. Akzeptiere es oder verschwinde." Ich hatte so leise gesprochen, dass nur er es hören konnte. Ich war mindestens ebenso wütend wie er und ebenso bereit, mich mit ihm anzulegen, wie er es offensichtlich mit mir vorhatte. Für eine gefühlte Ewigkeit maßen wir uns mit Blicken, keiner blinzelte, ja, gefühlt atmeten wir beide noch nicht einmal, dann schob sich plötzlich Ivy zwischen uns und sah von unten zu Gabriel auf.

„Bist du Meggies Freund?", fragte sie neugierig, unterbrach damit den stummen Kampf zwischen uns und wir beide mussten schlucken. Gabriel räusperte sich als erster, öffnete den Mund und schloss ihn wieder. Hilfesuchend sah er mich an, aber so leicht würde ich es ihm nicht machen. *Komm schon, Grinch, antworte ihr!*

„Äh... ja, also...", Gabriels Blick bohrte sich in meinen, dann sah er zu Ivy und dann wieder zu mir.

„Ja, das bin ich", antwortete er schließlich mit belegter Stimme. Ivy strahlte ihn daraufhin an und nahm Gabriels Hand.

Sie nahm Gabriels Hand!

Ich wusste nicht, wer darüber mehr verblüfft war: Gabriel, ich oder Mrs. Robson, die stehen geblieben war und zwar nicht verstanden hatte, was wir miteinander gesprochen hatten, aber ihre feinen

Antennen mussten ihr doch verraten haben, dass wir beide uns uneinig darüber waren, ob Ivy mitkommen durfte. Und jetzt nahm Ivy Gabriels Hand! Einfach so! Als ob er nicht ein tätowierter Kerl mit der furchteinflößenden Ausstrahlung eines Höllenfürsten war. Der allerdings zugegebenermaßen im Augenblick eher aussah wie ein Weihnachtself und glitzerte wie eine Discokugel.

„Gut, dann bist du auch mein Freund", stellte sie in einem kindlich-sachlichen Tonfall fest.

Gabriel trat unbehaglich von einem Fuß auf den anderen. Man sah ihm an, dass er mit dieser Situation vollkommen überfordert war. Aber es war... süß, wie hilflos er aussah. In seinen Augen stand eine gewisse Panik und er wirkte zum ersten Mal so, als hätte er nicht alles unter Kontrolle. Ivy ging ihm gerade einmal bis knapp zur Hüfte und doch hatte sie in diesem Augenblick ihren ersten Sieg über diesen Riesen errungen. So schien es mir wenigstens.

Mrs. Robson hatte sich als Erste wieder gefasst. Sie sah von Gabriel zu Ivy, dann lächelte sie und bedeutete mir, ihr zu folgen. Dass sie Ivy mit Gabriel alleine ließ, war wie ein Ritterschlag, aber das konnte er nicht wissen. Aber ich wusste es und mir wurde es ganz warm ums Herz.

Gabriel

Ich konnte nicht mal sagen, wer von uns dreien geschockter war, als Ivy einfach so ihre kleine Hand in meine legte und vertrauensvoll zu mir hoch sah.
Mrs. Robsons Augen weiteten sich zunächst erstaunt, dann neugierig. Megan dagegen sah eher fassungslos aus und ich... na ja, ich fühlte irgendetwas zwischen Hilflosigkeit, Ärger und Stolz. Hilflosigkeit, weil Megan und Mrs. Robson sich einfach abwandten und mich mit diesem kleinen Mädchen alleine ließen und ich nicht wusste, wie ich mich jetzt verhalten sollte. Ärger, weil sie es taten, obwohl ich Kinder doch gar nicht leiden konnte und nun mit einem von diesen kleinen Knöchelbeißern hier im Flur stand und nicht wusste, was ich sagen oder tun sollte. Und Stolz... na ja, es fühlte sich schon irgendwie so an, als hätte es etwas zu bedeuten, dass die Kleine keine Angst vor mir hatte. Dass sie etwas in mir sah, das vor ihr wahrscheinlich noch kein anderer gesehen hatte, außer Megan vielleicht, denn sie hatte ebenfalls nicht einen Funken Respekt vor mir. Was mir irgendwie imponierte, obwohl es mir besser gefallen würde, wenn sie Angst vor mir hätte. Und Ivy? Okay, ich sah im Moment eher aus wie eine Glitzerfee aus Kinderbüchern, aber ich war mir sicher, dass ich trotz dieses Outfits und vor allem mit meinem Adlertattoo noch erschreckend genug auf ein kleines Mädchen wirken musste, oder? Aber sie sah mich jetzt nur

neugierig an, legte den Kopf etwas schief und musterte mich. Ich sah das allerdings nur aus den Augenwinkeln, weil ich mich nicht traute, sie direkt anzusehen. Ich hatte keinen blassen Schimmer, wie ich mit dieser Situation umgehen sollte. Ich wollte nicht, dass die Kleine mit Megan und mir fuhr, weil ich immer noch nicht sagen konnte, ob diese Gallagher Penner es nicht doch auf Megan abgesehen hatten. Wenn ja, musste ich nicht nur sie beschützen, sondern jetzt auch noch ein kleines Mädchen. Und ich wollte auch nicht, dass es sich eigentlich gut anfühlte, diese kleine warme Hand in meiner zu spüren. Ich konzentrierte mich, versuchte mir einzureden, dass das alles nichts zu bedeuten hatte und merkte plötzlich, wie feucht die kleine Hand war. Oder war es meine eigene? Auch auf meiner Stirn bemerkte ich einen leichten nervösen Schweißfilm, also war es doch wohl ich, der hier schwitzte. Ich schluckte. Ich schwitze nicht, nein, das hier war nichts, das mich dazu brachte, zu schwitzen... Scheiße. Warum war ich nur so wenig Herr der Lage? Ich meine, ich hatte keine Skrupel, meine Gegner eiskalt auszuschalten, also warum war ich nur so nervös? Das da unten, neben mir, war nur ein kleines Mädchen! Zugegeben, sie war echt niedlich mit ihren blonden Zöpfen und den blauen Augen. Sie hätte wirklich Megans leibliche Tochter sein können, so ähnlich sahen sie sich. Oder war es gerade das, das mich so aus dem Konzept brachte? „Was hast du da?", riss mich eine helle Stimme aus meinen Gedanken. Gleichzeitig zupfte eine Hand an meiner Lederjacke. Ich sah unsicher nach unten und direkt in ein paar blaue Kinderaugen, die mich neugierig musterten. Oder besser gesagt, das Tattoo auf meinem Hals, wie ich bemerkte.

„Das ist ein Tattoo." Super, Gabriel, die Kleine ist noch viel zu jung, um damit was anfangen zu können! Ganz sicher weiß sie nicht, was ein Tattoo ist.

„Also das ist ein Bild, das man auf die Haut malt", ergänzte ich daher.

„Das sieht schön aus." Wie bitte?! Schön?! Also, man hatte ja schon viel über dieses Tattoo gesagt und dabei reichten die Begriffe von furchteinflößend bis hin zu hässlich, aber schön? Irritiert starrte ich die Kleine an. Ich wusste ziemlich genau, dass dieser Adler mit seinem Schnabel, den ich nicht ohne Hintergedanken genau auf meinen Kehlkopf hatte tätowieren lassen, auf die Menschen wirkte, als würde er auf sie hinabstürzen um sie zu attackieren, besonders wenn ich schluckte. Warum fand die Kleine ihn dann schön? Und warum hatte sie so gar keine Angst vor mir?

„Kannst du mich hochheben, ich möchte ihn mal streicheln." Bitte?! Ich blinzelte. Einmal, zweimal. Mein Herz schlug in einem merkwürdigen Takt. Ich sollte sie hochheben, damit sie ihn streicheln konnte?! Der Gedanke an ein Kind auf meinem Arm, das mich dann auch noch berührte, war so weit weg von meiner Komfortzone, dass ich nur den Kopf schüttelte. *Das* ging ganz entschieden zu weit!

„Biiittteee." Sie zupfte wieder an meiner Jacke und sah mich auffordernd an.

Etwas in mir kämpfte. Gegen das warme Gefühl, das die Kleine in mir auslöste. Gegen den bettelnden Blick aus ihren blauen Augen, gegen die ganze verdammte Situation, in die Megan mich gebracht hatte.

Ich wollte nicht hier sein, ich wollte nicht die Hand eines kleinen Mädchens halten und schon gar nicht wollte ich...

„So, alles erledigt, wir können los." Megans Stimme erlöste mich von diesen verstörenden Gedanken und aus dieser Situation, die ich nicht einordnen konnte. Oder wollte.

Sofort ließ Ivy meine Hand los und rannte auf Megan zu. Ich sollte froh sein, aus dieser für mich unangenehmen Lage befreit zu sein, aber warum hatte ich dann so ein komisches Ziehen in der Brust?

„Es tut mir, leid, aber ich kann Ihnen nicht mehr mitgeben, als Ivy in ihrem Rucksack hat." Verlegen senkte Mrs. Robson die Stimme, während ich mit gerunzelter Stirn von meiner Hand, in der ich noch Ivys kleine warme Finger spürte, obwohl sie sich bereits in Megans Arme kuschelte, zu ihr sah.

„Die Kleidung, die wir für die Kinder, die übergangsweise hier sind, bereitstellen, befand sich fast ausnahmslos im Keller. Und der war leider überflutet, so dass alles nass und unbrauchbar geworden ist."

Ich brauchte einen kurzen Moment, um zu verstehen, was sie damit sagen wollte. Ich meine, in dieses kleine, Meerjungfrauending auf Ivys Rücken konnte nicht mehr als eine Hose und ein Shirt passen, wenn überhaupt. Von Spielzeug ganz zu schweigen. Was zum Teufel... Ich schluckte. Zum ersten Mal machte ich mir klar, was es bedeutete, in so einem Heim zu leben, ohne eigene Kleidung, ohne eigenes Spielzeug. Auch wenn meine Mutter früher mehr weg als für uns da gewesen war, immerhin hatte es uns wenigstens materiell an nichts gefehlt. Und es hatte auch immer ein

Kindermädchen gegeben, das uns wenigstens etwas von der Wärme und Geborgenheit vermittelt hatte, die wir Kinder brauchten. Aber Ivy... sie hatte weder das eine noch das andere! Fuck! Der Gedanke bedrückte mich mehr als er sollte. Immerhin ging mich das alles gar nichts an. Ich hatte mit Ivy nichts am Hut, ja, ich konnte sie ja noch nicht einmal besonders leiden, weil ich nichts mit Kindern anfangen konnte...

„Das ist doch kein Problem, Mrs. Robson. Ich werde ihre Sachen einfach waschen und während sie trocknen, kann sie ein Shirt von mir anziehen. Wir können verkleiden spielen...", setzte Megan an.

„Wir... wir werden ihr alles kaufen. Kleidung und... Spielzeug", hörte ich mich mit entschlossen sagen. Scheiße! Was redete ich da?! Überrascht sahen mich Megan und Mrs. Robson an. Dabei konnten sie unmöglich überraschter sein als ich selbst. Ich hatte keine Ahnung, was ein Mädchen in ihrem Alter brauchte, aber ich würde mich auf Megan verlassen. Und, verdammt, als ich in die leuchtenden blauen Augen von Ivy sah, wusste ich, dass ich notfalls den ganzen Spielzeugladen leer kaufen würde. Und die Abteilung mit Kinderkleidung gleich mit.

Megan

Hatte ich richtig gesehen und Ivy hatte Gabriels Hand gehalten? Ich kannte Ivy gut genug um beurteilen zu können, dass das ganz und gar außergewöhnlich war. Die Kleine fasste nicht schnell Vertrauen zu Fremden, was angesichts ihrer bisherigen Lebensgeschichte auch nur natürlich war. Warum also war sie ausgerechnet bei Gabriel so anhänglich? Ich meine, man sah doch auf den ersten Blick, dass er nicht viel mit Kindern am Hut hatte. Er stand stocksteif da, in seinen Augen flackerte so etwas wie Hilflosigkeit gepaart mit Ablehnung, das sah ich sogar aus der Entfernung, aber Ivy schien das nicht zu kümmern. Sie zupfte an seiner Jacke und wollte so seine Aufmerksamkeit erringen, aber er starrte nur mit verzweifeltem Gesichtsausdruck geradeaus.

„So, alles erledigt, wir können los", erlöste ich ihn. Mir war klar, dass er sich mehr als unwohl fühlte und ich wollte ihn nicht noch weiter gegen Ivy und mich aufbringen. Er hatte bereits deutlich zu verstehen gegeben, dass er weniger als nichts davon hielt, dass ich Ivy mit zu mir nahm. Aber so wie ich das sah, würde er sich damit abfinden oder verschwinden und mich in Ruhe lassen müssen. Was ich, wie ich zugeben musste, mehr als bedauern würde. Irgendetwas an diesem fürchterlichen Kerl gefiel mir und zwar mehr als gut für mich war, auch das war mir klar. Aber leider folgten Gefühle keinen vernünftigen Regeln.

Ivy kam auf mich zugerannt und hinter mir hörte ich Mrs. Robson sagen: „Es tut mir leid, aber ich kann Ihnen nicht mehr mitgeben, als Ivy in ihrem Rucksack hat." Ich hörte das Bedauern, das in ihrer Stimme mitschwang und wusste, dass das alles ein herber Verlust für diese Einrichtung war. Blieb zu hoffen, dass dieser widerliche Mr. Newton seine bestimmt prall gefüllte Börse weit genug öffnen würde, damit wenigstens in dieser Hinsicht etwas Abhilfe geschaffen werden konnte.

„Wir... wir werden ihr alles kaufen. Kleidung und... Spielzeug", hörte ich Gabriel sagen und zweifelte kurz an meinem Gehör. Ich meine, der Mann, der Kinder nicht mochte und sich dagegen gewehrt hatte, dass ich Ivy mit zu mir nahm, wollte ihr plötzlich Kleidung und Spielzeug kaufen?! Ein Blick in sein Gesicht sagte mir zwar, dass er davon selbst überrascht war, aber er schien es dennoch tatsächlich ernst zu meinen. Warum es mir plötzlich warm wurde und ich ein seltsames Kribbeln im Bauch verspürte, wusste ich nicht, oder besser gesagt, wollte ich lieber nicht so genau wissen, aber dieser Kerl überraschte mich doch immer wieder. Nicht nur, dass er ohne mit der Wimper zu zucken mit mir in diesem zugegebenermaßen etwas eigenwilligen Outfit das Haus verlassen hatte, jetzt erwachte sogar so etwas wie Mitgefühl in ihm. Sicher war es ihm nicht bewusst, aber seine Miene, als Ivy ihn bei der Hand gefasst hatte, und auch jetzt, als er erst entsetzt und dann mit einem eigentümlichen Schmerz im Blick auf Ivy gesehen hatte, verriet ihn. Ich war mir plötzlich sicher, dass er Kinder nur deswegen nicht ausstehen konnte, weil er nie Kontakt mit ihnen hatte. Ganz sicher hatte er keine Neffen oder Nichten. Okay, für einen Mann mit seinem Arbeitsumfeld war es auch ganz sicher nicht angebracht, eine Familie zu gründen, aber... warum nur tat mir dieser Gedanke so weh? War ich tatsächlich schon so weit, mir darüber Gedanken zu machen? *Megan, komm mal wieder runter!*, befahl ich mir. Das war so was von abwegig!

Ich war so in Gedanken versunken, dass ich erst wieder im Hier und Jetzt ankam, als Ivy leicht an meiner Hand zupfte. Wir standen vor der Hintertür von Gabriels Wagen und Ivy kletterte bereits hinein, während Gabriel mir bedeutete, mich zu ihr nach hinten zu setzen.

„Du setzt dich neben sie, dann kannst du sie besser festhalten."

Was? Festhalten? Natürlich kletterte ich neben sie, aber das mit dem Festhalten war dann doch wohl etwas übertrieben, oder? Leicht amüsiert registrierte ich, wie Gabriel Ivy umständlich angurtete, mehrmals am Gurt zog, um zu prüfen, ob er sie halten würde, und sich dann unwillig knurrend nach vorne setzte und den Motor startete. Ich hörte ihn etwas von *Kindersitz* und *kaufen* murmeln und dann fuhr er los. Wobei fahren eher etwas zu optimistisch ausgedrückt war. Gabriel schlich aus der Parklücke und änderte sein Tempo auch nicht, als wir auf die Straße fuhren. Hinter uns hupten nach einiger Zeit die Autos, die nicht überholen konnten, aber das störte Gabriel nicht im geringsten. Gut, der Mittelfinger, den er den bei der ersten Gelegenheit überholenden Fahrern zeigte, war nicht gerade pädagogisch wertvoll, ebenso wie das gemurmelte: *Ich hab ein Kind dabei, du Penner!*, amüsierte mich aber trotzdem. Ich hielt Ivy vorsichtshalber die Ohren zu, wobei sie kicherte und das für ein lustiges Spiel hielt. Wir brauchten für die Strecke zum Einkaufscenter mehr als die doppelte Zeit, aber schließlich erreichten wir die kleine Mall, in der es zwar nur ein paar Geschäfte gab, aber immerhin deckten sie alles ab, was man im täglichen Leben so brauchte.

Wieder wunderte es mich, dass Ivy sofort nach Gabriels Hand griff und brav neben ihm herlief, wobei sie irgendetwas vor sich hin plapperte. Und, dass er es zuließ.

Gleich im ersten Geschäft, das wir ansteuerten, gab es eine Auswahl an Kinderkleidung, und während das Angebot Ivy förmlich aus dem Häuschen brachte und sie sich gar nicht entscheiden konnte, was sie nehmen sollte, kaufte Gabriel einfach alles, auch wenn sie es nur flüchtig angesehen hatte. Und ich meine tatsächlich alles! Wir hatten nach dem ersten Geschäft schon so viele Tüten an der Hand, dass er sie kurzerhand schon mal ins Auto brachte, während ich mit Ivy in den Spielzeugladen ging. Vor Staunen riss sie den Mund auf und blieb einen Augenblick im Eingang stehen. Dann stürmte sie mit leuchtenden Augen auf ein Regal mit Puppen zu und kniete sich fasziniert davor. Sie begann, mit den Puppen zu reden und fuchtelte dabei mit den Armen, als ob sie wirklich ein Gespräch führen würde. Mein Herz erwärmte sich immer mehr für die Idee, ihr ein Zuhause geben zu wollen, auch wenn ich nicht wusste, wie ich das anstellen sollte. Noch nicht, aber mit jeder Sekunde verkrampfte sich mein Innerstes mehr, wenn ich daran dachte, dass ich Ivy anderen Menschen überlassen sollte.

Ich merkte, wie Gabriel hinter mich trat und ebenso zu Ivy hinsah, wie ich. Er sagte nichts und ich spürte nur seinen warmen Atem im Nacken, aber dann strich er mir unvermittelt über beide Arme. Ich schloss die Augen und spürte dieser Geste nach, die mir in diesem

Augenblick intimer vorkam als alles, was mir bereits miteinander getan hatten.

„Komm, lass uns den Laden leer kaufen und dann ab nach Hause."

Ich blinzelte. Und schluckte. Hatte er gerade wirklich gesagt, *dann ab nach Hause?*

Gabriel

Ich sah Megan, wie sie da stand und Ivy dabei zusah, wie die Kleine vor dem Regal mit Puppen hockte und anscheinend eine lebhafte Diskussion mit ihnen führte. Und obwohl sie mir den Rücken zudrehte, ahnte ich, was mir ihre Augen verraten würden, wenn ich in ihr Gesicht blicken würde. Ich würde Wärme, Zuneigung und eine gewisse Entschlossenheit darin lesen können, denn längst hatte ich erkannt, dass Megan mehr mit Ivy verband als nur die gelegentlichen Besuche in diesem Heim. Sie brauchte es nicht auszusprechen, aber so wie ich davon überzeugt war, dass auch diese Mrs. Robson es spürte, spürte ich es auch. Ivy und Megan, Megan und Ivy. Da war etwas zwischen ihnen, ein unsichtbares Band, das sie zueinander hinzog. Selbst ich konnte das spüren und ich stand wahrlich nicht in dem Verdacht, besonders sensibel für derartige Schwingungen zu sein. Selbst mich hatte Ivy mit diesem besonderen Bann belegt. Der nachdenkliche und doch offene Blick aus ihren blauen Augen, ihre niedliche Stupsnase, die sie kräuselte, wenn sie über etwas nachdachte, ihre pure, unverstellte Art mir gegenüber und das Fehlen jeglicher Art von Angst oder Respekt vor meinem bedrohlichen Aussehen, besonders mit diesem Adlertattoo am Hals, machte etwas mit mir. Ein Grummeln, ein beängstigend flaues Gefühl in meiner Brust und eine unbekannte Wärme erfüllten und verwirrten mich. Ich wollte das nicht, wollte diesen ganzen gefühlsduseligen Scheiß nicht. Das war nicht Ich. Ich mochte Kinder nicht und ich vögelte Frauen nur. Ohne tiefer gehende Gefühle, und so gut wie immer ohne Wiederholung, weil mir das zu sehr nach Verbindlichkeit roch. Leider warfen Megan und dieses kleine Mädchen all meine mehr oder weniger guten Vorsätze mit nur einem Blick aus ihren Augen oder einer unbedachten Berührung über Bord. Fuck. Ich wollte das nicht und wusste doch nicht, wie ich es abstellen sollte, dass die beiden mir unter die Haut gingen.

Am besten Augen zu und durch und alles ignorieren, was sich da in mir zusammenbraute, denn es war ohnehin nur von sehr kurzer Dauer. Ich würde nur noch eine kurze Zeit bei Megan bleiben, nur noch, bis ich sicher sein konnte, dass von den Gallaghers keine Gefahr drohte. Ich wollte und musste zurück in mein eigenes Leben. Und darin spielten weder Megan noch dieses Mädchen eine Rolle. Und auch nicht, ob Megan und Ivy auf die eine oder andere Art zusammenblieben. Okay, ich hatte Megan gevögelt und okay, es war anders gewesen als mit allen Frauen vor ihr, intimer, näher, aber was hatte das schon zu bedeuten? Schließlich war ich auch nur ein Mann, der seine Bedürfnisse hatte, und Megan war gerade da gewesen und... Scheiße. Das hörte sich nicht richtig an und war es auch nicht. Aber dennoch: Ich war nur noch bei ihr, um sicher zu gehen, dass diese Gallaghers sie wirklich in Ruhe ließen. Wirklich! Sobald Raf oder Michael mir versicherten, dass diese Sache vom Tisch war, würde ich gehen und sie wieder sich selbst überlassen. Ganz egal, was da zwischen uns war, es hatte keine Zukunft. Ich wollte keine Frau an meiner Seite oder in meinem Leben, und schon gar keine eigene Familie. Und selbst wenn, würde mein Alltag eine so unbedarfte, gutgläubige Frau wie Megan überfordern. Ich meine, welche Frau, die halbwegs bei klarem Verstand war, wollte einen kriminellen Kerl wie mich an ihrer Seite haben?! Darüber hinaus war es gefährlich, eine Rolle in meinem Leben zu spielen. Die Feinde meiner Familie warteten nur darauf, eine Schwachstelle in unserem Leben zu finden, mit der sie uns erpressen konnten. Und Menschen, die uns etwas bedeuteten, für die wir durchs Feuer gehen würden, waren eine solche Schwachstelle.

Also würde ich mich, ganz gleich, was das war, was Megan und mich verband, zurückziehen, weil es besser so war. Für mich und für Megan. Ganz besonders für sie.

„Komm, lass uns den Laden leer kaufen und dann ab nach Hause", hörte ich mich sagen. Wie bitte? *Nach Hause?!* Wo kam das denn her? Ich hatte mir doch gerade selbst erklärt, warum das mit Megan keine Zukunft hatte?! Und dann streichelte ich auch noch Megans Arme wie jemand, der mit seiner Frau und seiner Tochter Spielzeug kaufte?! Was war nur los mit mir?

Inzwischen hatte sich Ivy erhoben und war wie ferngesteuert auf einen Rundständer zugelaufen, auf dem Kostüme hingen. Piraten-, Cowboy-, ein übergroßes Kürbiskostüm und irgendetwas mit einer weißen Perücke konnte ich auf den ersten Blick ausmachen, aber Ivy zog zielsicher ein Elfenkostüm vom Ständer. Mit pastellfarbenen Flügeln und einem Zepter mit einem blinkenden Stern am Ende.

„Kann ich das haben?", fragte sie aufgeregt und fuchtelte mit dem Zauberstab herum.

„Bitte. Ich will auch nichts anderes. Wenn ich das hab, kann ich zaubern. Dann kann uns niemand etwas tun, Megan. Auch nicht nachts." Gut, ich würde jetzt keine Diskussion mit einem kleinen Mädchen anfangen, dass dieser Plastikstab mit Blinklicht wenig gegen die Gallaghers ausrichten würde, aber an die hatte sie ja auch gar nicht gedacht. Eher an die Gespenster, die sie offensichtlich in ihren Albträumen heimsuchten. Als ich Megan ansah, schien sie das gleiche zu denken, denn in ihren Augen las ich Verständnis.

„Aber klar nehmen wir das mit, Süße. Wie du ja weißt, habe ich nachts auch oft Angst und damit kannst du uns beschützen."

„Kann ich die Flügel sofort anziehen?", fragte Ivy aufgeregt und nach einem kurzen Zögern nickte Megan schließlich und half ihr, die Dinger auf ihrem Rücken zu befestigen. Glücklich kam Ivy zu mir, fasste mich an der Hand und zog mich hinter sich her durch den Gang, in dem wir uns befanden. Und ich ließ mich von ihr dirigieren, weil sie mich damit vollkommen überrumpelte. Mit dem Zauberstab fuchtelte sie wild in der Luft herum, während sie „Hex' hex'" rief und fröhlich kicherte.

„Oh mein Gott, wie süß ist das denn?", hörte ich neben mir eine Frauenstimme flüstern. Ich blinzelte. Süß. Okay, damit konnte sie ja wohl nicht uns meinen, oder? Leider bestätigte mir ein Seitenblick, dass die noch sehr junge und sehr attraktive Brünette uns - mich?! - mit verträumten Augen musterte. Sie war genau mein Beuteschema mit ihrer kurvigen Figur, den großen Rehaugen und den sinnlichen Lippen, nur leider schien mein Freund im Süden inzwischen andere Präferenzen zu haben, denn er blieb vollkommen regungslos.

„Oh mein Gott, er trägt Glitzerboots und diese süßen Bügelmotive auf seiner Hose! Wenn das nicht süüüß ist! Und heiß...", raunte ihre Begleiterin ihr zu. Beide sahen mich an wie ein saftiges Stück Fleisch und leckten sich fast synchron über die Lippen.

Alter! Was stimmte denn mit denen nicht? Ich lief mit einer kleinen Fee mit Zauberstab durch die Gänge - warum überhaupt, zum Teufel?! -, und die beiden untervögelten Tussis schmachteten mich an als würden sie das gar nicht bemerken? Oder sie ignorierten es, wobei ich nicht wusste, was ich verstörender finden sollte.

Ich spürte förmlich, wie Megan, die uns gefolgt war, sich hinter uns leicht versteifte. Natürlich hatte sie die Worte gehört, wie mir ein leises Schnauben verriet.

„Süß und sexy?", zischte sie mir ins Ohr, als sie nah genug bei mir war. „Entweder die haben gerade von diesen Haschkeksen genascht, oder Ivys Zauberstab kann doch mehr als wir alle dachten und sie hat dir irgendetwas angezaubert, was nur die beiden sehen können. Oder die brauchen wirklich eine Sehhilfe", stellte sie ungerührt fest, aber leider war sie leichter zu durchschauen als Fensterglas, denn ich hörte ganz deutlich einen leisen Kampfgeist in ihrer Stimme. Gepaart mit einem Hauch Eifersucht und einer Prise unterdrücktem Ärger. Und etwas, das mich dazu verleitete, sie zu provozieren.

„Hallo meine Schönen! Ihr findet mich also süß und sexy?", wandte ich mich mit meiner verführerischsten Stimme an die beiden sabbernden Tussis. Beide bekamen große Augen und wahrscheinlich auch nasse Höschen, so wie sie mich daraufhin ansahen, und ich machte einen Schritt auf sie zu. Aus dem Augenwinkel sah ich, wie Megan geradezu erstarrte, und wenn Blicke töten könnten, hätte ich gerade meinen Weg in die Hölle angetreten. Es war aber auch zu leicht und zu verführerisch, sie derart aus der Fassung zu bringen! Und warum sollte ich mir diesen kleinen Spaß nicht gönnen, wo sie doch quasi dafür verantwortlich war, dass diese Weiber mich *süß* fanden, weil sie mir aus Rache dieses Glitzerzeug verpasst hatte?!

„Oh, ihr findet ihn also süß?", hörte ich da Megan mit einer so klebrig aufgesetzten Stimme wie flüssiger Honig sagen. „Falls ihr derart unterzuckert seid, dass ihr etwas *Süßes* braucht, bitte, tut euch keinen Zwang an, aber beschwert euch hinterher nicht, wenn ihr von dem Zuvil an ihm kotzen müsst!" Damit drehte Megan sich von uns weg und nahm Ivy an die Hand, die weiterhin „Hex', hex'" rief und Kreise in die Luft malte. Die beiden Tussis sahen erst Megan angepisst und dann mich mitleidig an, bevor sie sich mit einem lauten „Der tut mir so was von leid bei der Zicke" abwandten. Ich brauchte einen Augenblick, um meine eigene Überraschung in den Griff zu bekommen und musste mich dann zurückhalten, um nicht laut zu lachen. WOW! Denen hatte Megan es aber gegeben! Was mich aber viel mehr überraschte, um nicht zu sagen, verwirrte, war der Unterton gewesen, den ihre angepisste Stimme bei diesen Worten gehabt hatte. Fast schien es mir, als wäre sie tatsächlich eifersüchtig gewesen! Immerhin: Ganz offensichtlich hatte Megan ihr Revier abgesteckt. Vielleicht war ihr das gar nicht klar, aber ihre Reaktion gefiel mir, weil sie dieses Gefühl nährte, das ich in mir trug und das fühlte sich gut und richtig an. Auf eine beängstigende Weise wollte ich, dass Megan ihren Platz an meiner Seite verteidigte. Einen Platz, den sie ganz heimlich, still und leise eingenommen hatte, ohne dass ich etwas dagegen hätte tun können. Denn nichts anderes als diesen Platz zu verteidigen hatte sie getan. Kämpferisch, selbstbewusst und zähnefletschend wie eine Wölfin. Von wegen Schneehase! Diese Frau faszinierte mich mit jeder Minute mehr.

Ich folgte Megan und Ivy, die bereits in Richtung Kasse marschierten, und Megans hochgezogene Schultern und ihre angespannte Haltung verrieten mir, dass sie in Gedanken noch bei dieser Situation eben war.

„Halt, stopp", hielt ich sie zurück. Ich war hier noch lange nicht fertig, denn Ivy hatte in meinen Augen bei weitem noch nicht genug Spielzeug, um das aufzuholen, was andere in ihrem Alter hatten.

„Wir kaufen jetzt die Puppen!", bestimmte ich und Ivy sprang sofort darauf an.

„Wirklich? Ich kann auch noch eine Puppe haben?",
fragte sie ungläubig und das machte mich wütend.
Innerlich ballte ich die Hände zu Fäusten. Was war das
für eine Welt, in der ein kleines, süßes Mädchen es
nicht fassen konnte, dass sie außer einem Feenkostüm
auch noch eine Puppe bekommen sollte?! Ich dachte an
diesen kleinen Pisser von der Plantage, der nur
deswegen wollte, dass es Santa gab, damit er auch bloß
viele Geschenke bekommen würde. Aber nicht mit mir.
Ich würde Ivys Santa sein und sie würde mehr
bekommen als er, dafür würde ich sorgen. Weil sie es
verdiente, dass man ein kleines Mädchen wie sie, das
praktisch nichts hatte, noch nicht einmal die Sicherheit
eines liebevollen Zuhauses, verwöhnte!.
„Nein, ihr könnt nicht alle mit zu mir nach Hause",
hörte ich Ivy plötzlich in einem sehr erwachsenen
Tonfall sagen. Sie kniete wieder vor dem Regal mit den
Puppen und sprach mit ihnen als ob sie lebendig wären.
„Ich kann nur eine von euch mitnehmen. Die anderen
müssen hier auf andere Eltern warten." Ihre helle
Stimme klang entschlossen, gleichzeitig aber auch
traurig und mit einem Hauch Fatalismus, den kein Kind
spüren sollte.
Etwas in mir verspannte sich. Es fühlte sich an wie ein
Stahlring, der sich um meine Brust legte. Man musste
kein Kinderpsychologe sein, um zu erkennen, dass Ivy
hier eine Situation nachspielte, die sie so oder ähnlich
bestimmt schon öfter erlebt hatte.
Die anderen müssen hier auf andere Eltern warten...
Wie oft hatte Ivy schon warten müssen? Wie oft hatte
sie zusehen müssen, wie andere Kinder ihr vorgezogen
worden waren? Wie oft hatte sie schon erleben müssen,

dass andere Kinder im Gegensatz zu ihr nicht wieder zurückgebracht worden waren, wie etwas, dass man doch nicht mehr haben wollte? Weil es doch nicht so passte, wie man sich das vorgestellt hatte? Weil es nicht das eigene Kind war und man es zurückgeben *konnte*, wie ein Shirt in der falschen Größe?

Auch Megan war zusammengezuckt, weil es sie noch viel mehr berühren musste als mich. Sie räusperte sich und ich war mir sicher, wenn ich sie jetzt ansehen würde, würde ich Tränen in ihren wunderschönen Augen glitzern sehen. Und ich verstand plötzlich, warum sie Ivy so unbedingt zu sich holen wollte. Fuck! Ich verstand sie und, schlimmer noch, ich hatte das gleiche Bedürfnis, die Kleine vor allem Bösen zu beschützen und all diesen blöden Pissern, die sie nicht hatten haben wollen, mit meinen Fäusten einen Hauch Empathie einzuprügeln. Ich atmete ein und aus, ein und aus, lockerte meine Fäuste, spannte sie wieder an, lockerte sie. Dann hatte ich mich wieder so weit unter Kontrolle, dass ich einigermaßen ruhig reden und handeln konnte. Ich berührte Megan an der Schulter, schnappte mir Ivys kleine Hand und zwei der Puppen und bedeutete Megan, die andern drei zu nehmen.

„Wir nehme alle, Ivy. Es muss keine hier bleiben." Basta!

Ivy sagte nichts, sah mich nur strahlend aus ihren großen blauen Augen an und traf mich damit mitten ins Herz.

Ich war so was von am Arsch!

Megan

Ich hörte Ivy laut lachen als ich aus der Küche ins Wohnzimmer trat. Sie und Gabriel sahen sich den Film *Bo und der Weihnachtsstern* an und gerade legte Dave, der weiße Tauberich, eine lustige Powackeleinlage hin, um Rufus, den Wachhund des Königspalastes von Herodes, abzulenken. Heute würde man es wahrscheinlich eher twerken nennen, aber auf jeden Fall sah es lustig aus. Die DVD *„Bo und der Weihnachtsstern"* war, nach einer ausführlichen Beratung durch die anwesende Verkäuferin, die Gabriel mit den Augen verschlungen und ihm ungeniert ihre Titten präsentiert hatte - nein, ich war *nicht* eifersüchtig, aber, hey, immerhin bediente sie einen Mann, der augenscheinlich mit seiner Tochter und seiner Frau oder zumindest Freundin da war, sie kannte die wahren Hintergründe ja nicht! - in Gabriels Einkaufswagen gelandet. Danach hatte ich ihm geradezu verboten, noch weiteres Spielzeug zu kaufen. Zum einen hatten wir bereits jetzt mehr als genug und zum anderen wollte ich aus diesem Scheißladen mit all den überdrehten, sabbernden Müttern, die in letzter Minute noch Spielzeug für die lieben Kleinen kaufen wollten, dabei aber augenscheinlich mehr Augen für diesen tätowierten Kerl mit Glitzerboots und einer kleinen Fee an der Hand hatten, als erlaubt war, raus. Mit Ivy an der Hand, die fröhlich um ihn herum hopste und hexte, war er mit grimmiger Miene durch den

Spielzeugladen gestapft und hatte alles, was Ivy auch nur angesehen hatte, in den Einkaufswagen gepackt, bis es mir schließlich gereicht hatte. Also nicht das Einkaufen, sondern die hingerissenen Seufzer, das Kichern, Tuscheln und die eindeutigen Blicke, die Gabriel dabei kassierte. Er hatte natürlich geknurrt und mich mit finsterem Blick darauf hingewiesen, dass Ivy spielzeugtechnisch gesehen eine Menge aufzuholen hatte, aber dann hatte selbst er einsehen müssen, dass er weit über das Ziel hinausgeschossen war. Grummelnd hatte er an der Kasse seine Kreditkarte, übrigens eine schwarze Centurion Card, was sonst, gezückt und dann alles ins Auto verladen. Bei dem, zusammen mit den Kleidertüten, ganz sicher die erlaubte Gewichtszuladung überschritten war. Wieder hatte er Ivy sorgfältig angeschnallt, nachdem er ihr ganz ruhig gefühlt einhundert Mal erklärt hatte, dass sie ihre neuen Flügel während der Fahrt nicht anbehalten konnte, weil sie damit nicht in den Sitz passte. Geduldig hatte er dann noch gewartet, bis der Supermarkt Ivy und mich wieder ausgespuckt hatte, nachdem wir eine gefühlte Ewigkeit damit verbracht hatten, unsere jeweiligen Lieblingsessen und ganz viel Eiscreme zu kaufen. Gabriel hatte mich an diesem Tag so oft verblüfft, dass ich ihn auch jetzt, wo Ivy geduscht und in ihrem neuen rosafarbenen Arielleschlafanzug neben ihm auf der Couch saß und diesen Zeichentrickfilm ansah, nur wie blöde anstarren konnte. Was zum Teufel war mit diesem Mann passiert? Er wirkte zwar immer noch mehr als angespannt, weil Ivy sich an ihn gekuschelt hatte und fast auf seinem Schoß saß, aber er machte auch keine Anstalten, sie von sich zu schieben oder selbst abzurücken. Stattdessen starrte er wie gebannt auf den Fernseher und schien tatsächlich diesen Zeichentrickfilm anzusehen. Ja, er hatte sogar seine Mundwinkel so weit entspannt, dass sie sich, von ihm unbemerkt wahrscheinlich, denn sonst hätte er das sicher zu verhindern gewusst, nach oben gebogen hatten. Er *lächelte*?! Ich hätte eher gedacht, dass er sich, wohin auch immer, verkrümelt hätte, sobald wir wieder bei mir waren, weil er doch ganz offensichtlich mit Kindern wenig bis gar nichts am Hut hatte, aber stattdessen saß er hier, mit Ivy an seiner Seite, und sah sich *„Bo und der Weihnachtsstern"* an!

Ich hatte es mir inzwischen in meinem Sessel bequem gemacht, von dessen Position aus ich zwar nicht viel von dem Film sehen konnte, dafür aber umso mehr von ihm. Und das war viel unterhaltsamer und aufschlussreicher als jeder Film. Noch dazu sah er besser aus als jeder Kerl, den ich jemals in einem Film gesehen hatte.

Gerade sang *Mariah Carey* den Titelsong *„The Star"* und Ivy klatschte begeistert in die Hände.

Als der Abspann lief, stand ich auf, um den Fernseher auszuschalten.

„So Süße, es ist jetzt Zeit zum Zubettgehen."

„Oh nö, bitte, ich möchte ihn nochmal sehen. Der Bo ist so süß und hat alle gerettet, sogar die bösen Hunde", quengelte sie ein bisschen.

„Wir können den Film morgen nochmal ansehen, Ivy. Jetzt ist es schon spät und du musst schlafen, damit du morgen ausgeruht bist und wir Plätzchen backen können." Versuchen konnte man es ja. Ich hatte keine Ahnung, was ich sonst anführen könnte, um sie ins Bett

214

zu bekommen. Immerhin war das der erste
Übernachtungsbesuch eines Kindes bei mir. Sie legte
den Kopf etwas schief, sog ihre Unterlippe zwischen
die Zähne und schien meinen Vorschlag abzuwägen.
Dann nickte sie.

„Okay, können wir Schokoladenkekse backen? Die
mag ich am liebsten." Sie strahlte mich an, dann drehte
sie sich zu Gabriel um.

„Magst du auch Schokokekse am liebsten?" Er öffnete
den Mund, dann sah er mich an und plötzlich grinsten
wir beide wie auf Kommando. Weil wir in diesem
Augenblick das selbe dachten.

„Äh ja, Schokokekse." *Mit Haschfüllung.*

„Komm jetzt, Ivy, sag Gabriel gute Nacht, dann bringe
ich dich ins Bett."

„Na gut." Sie legte unvermittelte ihre kleinen Hände
um Gabriels Wangen und betrachtete ernst sein
Adlertattoo. Ich sah, wie er unbehaglich schluckte, weil
das augenscheinlich für ihn eine Dosis Ivy zu viel war,
aber er bewegte sich keinen Millimeter, saß nur
stocksteif da und blinzelte. Und schluckte verlegen. Ivy
riss die Augen auf, dann lachte sie hell auf.

„Mach das nochmal!", rief sie begeistert.

„Äh, was?" Gabriel sah mich verwirrt an, dann zu Ivy
hinunter.

„Lass den Vogel nochmal seinen Schnabel bewegen."
Wieder schluckte Gabriel. Ich konnte nicht sagen, ob er
das tat, weil Ivy es sich gewünscht hatte, oder ob es
einfach eine Reaktion auf sein Unbehagen war, aber
Ivy war das egal. Sie juchzte, dann fuhr sie mit ihrem
kleinen Finger den Umriss des Schnabels nach.

„Dave hat gesagt, dass er mitkommen will."

Hilflos irrte Gabriels Blick zu mir, ich sah, dass er wieder schlucken wollte, es aber im letzten Augenblick sein ließ.

„Dave?", krächzte er, dann räusperte er sich doch und wieder kicherte Ivy.

„Ja, ich nenne deinen Vogel Dave. Wie gerade im Film." Ernst sah sie ihn an, als ob das alles erklären würde.

„Aber das hier", er tippte sich mit dem Zeigefinger gegen den Hals, „ist ein Adler. Mein... Vogel ist ein Adler. Und Dave ist eine... w*eiße Taube!*" Ein leises Entsetzen flackerte in seinem Blick, so als ob Ivy ihn gerade für den Friedensnobelpreis nominiert hätte. Okay, charakterlich kam dieser Adler eher an Ethan, den Mighty Eagle aus *Angry Birds* heran, aber diesen Film kannte Ivy natürlich nicht.

„Mir egal. Ich nenne ihn Dave", stellte sie ein für alle mal klar. „Und ich will, dass er mich ins Bett bringt und dann auf mich aufpasst."

Ich schwankte zwischen Lachen und Keuchen. Zwischen Entsetzen und Belustigung. Zwischen Unglauben und... ja, diesem warmen Gefühl, das schon wieder durch meine Adern pulsierte und das mir gar nicht gefiel. Oder zu gut gefiel. Und ich wusste nicht, was davon besser war.

Gabriel

Mein Herz klopfte so laut, dass ich meinen Puls in meinen Ohren hämmern hörte. Mein Mund war längst ausgetrocknet und ich konnte nicht sagen, was mich mehr beunruhigte. Dass dieses kleine Mädchen überhaupt keine Angst *vor mir* hatte, oder dass ich Angst *vor ihr* hatte. Vor dem, was ihre blauen Kulleraugen und ihre sanfte Berührung mit meinem Inneren anstellte. Vor diesem Gefühl, dass ich nicht haben wollte, das aber trotzdem alles in mir durcheinander wirbelte. Sie hatte den Kopf schief gelegt und sah mich auffordernd an. Herrgott, wollte sie wirklich, dass ich sie ins Bett brachte? Ich meine, ich wusste ganz genau, welche Wirkung ich im allgemeinen auf meine Umwelt hatte, nur schien sie das überhaupt nicht zu interessieren. Die meisten Menschen wechselten vorsichtshalber die Straßenseite, wenn ich ihnen entgegenkam und in den meisten Fällen war das auch besser so. Und Ivy? Sie wollte, dass ich, dass *Dave!,* sie beschützte? Was stimmte mit diesem Kind nicht?!

„Ich... Ivy, das geht nicht." Warum klang meine Stimme nicht fest und endgültig? Warum war sie kratzig und warum hörte sich das eher nach einer Frage an als nach einer entschlossenen Feststellung? Hilflos sah ich Megan an, aber sie schien ebenso überrascht zu sein wie ich. Sie blinzelte, öffnete den Mund, aber es kam kein Ton heraus.

„Ich mache dir einen Vorschlag, Süße. Ich bringe dich jetzt ins Bett und lese dir eine Geschichte vor. Und morgen backen wir Plätzchen." *Netter Versuch. Danke, Megan,* aber warum fühlte ich dann keine Erleichterung sondern ein seltsam dumpfes Gefühl? Traute sie mir etwa nicht zu, Ivy ins Bett zu bringen und ihr etwas vorzulesen? Ich meine, okay, die Frage war wohl eher, traute *ich* mir das zu, und die Antwort war ganz klar nein, aber irgendwie war ich auch gekränkt.

Ivy sah von mir zu Megan, dann wieder zurück, schließlich zuckte sie traurig mit ihren kleinen Schultern.

„Okay." In diesem einen Wort klang so viel Enttäuschung mit, dass ich schlucken musste. Herrgott, warum hatte dieses Kind mich so an den Eiern? Ich musste sofort daran denken, dass sie in ihrem jungen Leben wohl schon so manche Zurückweisung erlebt haben musste, weil sie es einfach so ohne weiteres Quengeln hinnahm, dass ich sie nicht ins Bett bringen würde. Fuck.

„Also gut, Ivy, komm, erst Zähne putzen, dann lese ich dir etwas vor", hörte ich mich sagen. Und nochmal fuck! Was war mit mir los, zum Teufel? Warum kamen Worte aus meinem Mund, die mein Verstand nicht sagen wollte? Weil mein Herz sie fühlte, so einfach und doch so kompliziert war das.

Megan riss die Augen auf und ein undefinierbarer Ton entwich ihr. Irgendetwas zwischen Erstaunen und Unglauben. Ich packte Ivy, stellte sie vor mich und nahm ihre kleine Hand in meine, weil ich mich spontan daran erinnert hatte, wie gut sich das angefühlt hatte. Wir gingen ins Bad, ich fummelte die Kinderzahnbürste

aus dieser elendigen Blisterverpackung und drückte
etwas von der pinkfarbenen, nach Erdbeere duftenden
Kinderzahncreme, die Megan im Supermarkt gekauft
hatte, darauf.
Ivy summte irgendein Lied, das ich nicht kannte,
während sie brav ihre Zähne putzte. Ich wollte ihr
gerade die Zahnbürste abnehmen, weil es nach meiner
Einschätzung lange genug gedauert hatte, aber sie
blubberte mit roten Spuckebläschen: „Nein, musch
ersch weisch werden." Hä?
„Die Zahncreme verändert ihre Farbe. Sie wird von rot
zu weiß, wenn man ausreichend lange geputzt hat",
hörte ich Megan von der Tür aus sagen. Warum
verdammt hörte sich das an als würde sie gleich einen
Lachanfall bekommen? Nur weil ich nicht wusste, wie
so eine verfickte Kinderzahncreme funktionierte? Ich
meine, meine war weiß, blieb weiß und würde auch
nach einer Stunde putzen noch weiß sein! Woher sollte
ich also bitteschön wissen, dass es Zahncreme gab, die
ihre Farbe veränderte? Ich biss die Zähne zusammen.
Vor Ivy wollte ich mich nicht provozieren lassen.
Stattdessen verdrehte ich die Augen und starrte auf die
Wand. Ich meine: auf *die* Wand! Die Wand, gegen die
ich Megan gevögelt hatte. Mir wurde bei dem
Gedanken an ihren weichen Körper, ihr süßes Stöhnen
und ihre ehrliche Hingabe schlagartig heiß. Ich leckte
mir über die Lippen und mir war, als hätte ich immer
noch ihren Geschmack auf der Zunge. Himmel, wie
lange dauerte das denn noch? Ich schielte nach unten.
Rosa. Scheiße.
Ich erinnerte mich an die Tiefe in Megans Blick, an
diese Verbundenheit, die nicht nur unsere Körper

zusammengehalten hatte, an diese unglaubliche Erfüllung und Ruhe, die mich danach überkommen hatte...

Weiß. Endlich.

Ich nahm Ivy eilig die Zahnbürste weg und reichte ihr den Becher zum Ausspülen. Und dann nichts wie raus hier.

Im Schlafzimmer kuschelte Ivy sich unter diese fürchterliche Rentierschlittenbettwäsche und sah mich auffordernd an, als ich mich zögernd neben sie auf den Stuhl setzte, den Megan in der Zwischenzeit aus der Küche geholt hatte. Wohl war mir nicht dabei, aber ich würde den Teufel tun und jetzt vor Ivy und Megan einen Rückzieher machen. Das hatte ich mir selber eingebrockt, also musste ich da jetzt durch! Fehlte nur noch ein Buch... das Megan mir kurz darauf mit einem beinahe teuflischen Grinsen reichte.

Wie der Grinch Weihnachten gestohlen hat.

Ich kannte die Geschichte nicht, wie alles, was irgendwie mit Weihnachten zu tun hatte, aber nach Megans zufriedenem, ein wenig bösen Grinsen zu urteilen, war das ein weiterer Schritt in Richtung Brechen der Waffenruhe. Okay, Megan, ich bin dabei.

Megan

Vielleicht hätte ich ein schlechtes Gewissen haben sollen, aber... nein. Zwar war Gabriel nicht grün und er hatte auch keinen Hund namens Max, aber ansonsten sah ich viele Parallelen zwischen ihm und dem Grinch in diesem Buch. Ich meine, ich war gewissermaßen eine Bewohnerin von Whoville, eine Who, und feierte jedes Jahr ausufernd Weihnachten, jedenfalls wenn mich mein Freund nicht gerade sitzen gelassen hatte, und Gabriel war eben der Grinch. Der Miesepeter, der Geschenkeklauer und Weihnachtszerstörer. Das konnte er ruhig einmal schwarz auf weiß lesen.

Umso überraschter war ich, als er, nachdem er eine erste Unsicherheit, was die Betonung oder die Lesegeschwindigkeit anging, überwunden hatte, sogar anfing, sich verschiedene Stimmen für die Figuren, die in dem Buch vorkamen, auszudenken. Ivy hing an seinen Lippen und nachdem er mehrmals unsicher zu ihr hingeschielt hatte, kam er immer mehr in Fahrt. Ivy kicherte, schlug sich die Hände vor den Mund oder klatschte aufgeregt in die Hände, so sehr war sie in der Geschichte gefangen. Okay, das war einerseits gut, andererseits aber auch nicht, denn die Kleine sollte ja schlafen und nicht aufgeregt mitfiebern. Gott sei Dank war das Buch recht kurz und Gabriel ein schneller Vorleser. Auch ich hatte meinen Spaß dabei, denn ich sah, im Gegensatz zu Ivy, wie Gabriel mich bei einigen Textpassagen böse anfunkelte. Da war meine Botschaft wohl angekommen.

Gott sei Dank hatte Gabriel in diesem Laden auch ein kleines Kindertablet gekauft, natürlich in pink und mit Arielle auf dem Deckel, das ich jetzt neben Ivy stellte, auf YouTube ein Album mit Kinderliedern suchte und dann abspielen ließ. Ich hatte versucht ihn davon abzuhalten, dieses teure, nicht altersgemäße Ding mitzunehmen, weil eine Vierjährige ganz sicher kein Medium brauchte, um im Internet zu surfen, aber genauso gut hätte ich versuchen können, Suppe mit der Gabel zu essen. Pädagogisch sicher nicht sehr wertvoll, aber ich war ja eine noch übende und fehlerbehaftete, immerhin aber lernfähige Vielleicht-Mutter. Ich hatte kurz mit Mrs. Robson telefoniert, während Gabriel und Ivy sich den Film angesehen hatten, um ihr zu sagen, dass alles in Ordnung war und es Ivy gut ging. Bei dieser Gelegenheit hatte sie mir erzählt, dass die Behebung des Wasserschadens wohl länger dauern würde, da der Träger des Heims dem Hausmeister fristlos gekündigt und jetzt niemanden mehr vor Ort hatte, der die Arbeiten koordinierte. Der Hausmeister hatte wohl die meisten Reparaturen mehr schlecht als recht selbst erledigt, obwohl er dafür Rechnungen von Fachbetrieben eingereicht, sich dann die ausbezahlten Beträge aber in die eigenen Tasche gesteckt hatte. Noch wurde geprüft, wieso das keinem aufgefallen war, was aber für den entstandenen Schaden keine Rolle mehr spielte. Die Stelle war ausgeschrieben worden, aber da die Feiertage vor der Tür standen, rechnete niemand damit, schnell Ersatz zu finden. Ungewollt hatte Mrs. Robson mir damit eine Idee in den Kopf gesetzt, die ich als göttliche Fügung, Wink des Schicksals oder wie auch immer empfunden hatte. Mein Dad war Hausmeister, zwar knapp 1700 Meilen entfernt, aber genau das war der Punkt. Ich vermisste meine Eltern ebenso wie sie mich, aber leider konnten sie nicht aus Charlotte weg, weil mein Dad seinen Job brauchte. Und ich meinen. Werbetexter und Grafiker gab es wie Sand am Meer, weswegen ich froh sein konnte, hier in Minot einen Job ergattert zu haben. Dad dagegen hätte vielleicht die Chance, hier einen neuen Job zu bekommen und wenn das klappte, hätten wir damit gleich mehrere Fliegen mit einer Klappe geschlagen. Ich hatte bereits bei Mrs. Robson vorgefühlt, sie war begeistert und wollte sich so schnell wie möglich mit dem Heimträger in Verbindung setzten. Bliebe noch, meine Eltern von einem Umzug zu überzeugen, aber das würde ich schon schaffen. Dann hätte ich auch meine Mutter hier in der Nähe, die mich bei der Betreuung für Ivy unterstützen konnte.

Womit mir gerade klar wurde, dass ich mich für Ivy entschieden hatte. Ich wollte sie in meinem Leben, ganz egal, wie schwierig es werden würde. Ich würde es schon schaffen, so wie ich immer alles geschafft hatte.

Ivy hatte sich unter die Decke gekuschelt und langsam fielen ihr die Augen zu. Was nach so einem aufregendem Tag für sie wohl kein Wunder war. Leise schlichen Gabriel und ich uns aus dem Schlafzimmer. Ich fühlte mich seltsam beklommen, weil ich jetzt wohl eine Weile mit ihm im Wohnzimmer verbringen musste, wenn ich nicht wie eine Vierjährige bereits um sieben Uhr ins Bett wollte. Bisher hatten wir keine Zeit gehabt, uns vernünftig zu unterhalten, neben all den Streitereien, Sticheleien und dem... äh... Sex.

Gabriel ließ sich auf die Couch fallen und sah mich auffordernd an. Er wartete darauf, dass ich mich neben ihn setzte, aber das hatte ich nicht vor. Weil das keine gute Idee war. Ich wusste, dass es mir schwer fallen würde, einen klaren Gedanken zu fassen, wenn ich ihm so nah war, also setzte ich mich ihm gegenüber in meinen kleinen Cocktailsessel, obwohl der eher zu Dekozwecken diente als er bequem war. Ich räusperte mich unbehaglich, weil ich kein Mensch war, der gut mit dieser angespannten Stille umgehen konnte, die zwischen uns herrschte. Weil es eine Stille war, in der so viel Unausgesprochenes vibrierte, dass man es fast körperlich fühlen konnte. Ich hatte so viele Fragen, aber ich war mir sicher, dass Gabriel keine davon beantworten würde.

„Möchtest du... möchtest du etwas trinken?", fragte ich schließlich hilflos, als mir das Schweigen zu lange dauerte und unangenehm wurde.

„Hast du einen anständigen Scotch?", fragte er.

„Weder einen anständigen noch einen unanständigen", musste ich zugeben, „Aber... ich könnte dir einen Eierpunsch anbieten. Allerdings ohne Wodka drin." Ich musste bei der Erinnerung an diesen peinlichen Abend grinsen. Gabriel schmunzelte ebenfalls belustigt, was das Eis ein wenig brach.

„Nein, das ist nicht so mein Ding."

„Apfel-Zimt-Tee?", fragte ich unschuldig.

Sein angewiderter Gesichtsausdruck und seine gespielt aufgerissenen Augen ließen mich laut auflachen. Gabriel mit Tee in Verbindung zu bringen war in etwa so, wie einem Tiger Löwenzahnsalat anzubieten.

„Okay, ich habe Prosecco", wieder verzog er das Gesicht, „oder...", ich überlegte, was meine sehr begrenzten Reserven an alkoholischen Getränken hergaben, „Rum." Den brauchte ich gelegentlich für einen anständigen Grog, selten zum Backen und in der Weihnachtszeit für meinen... Eierpunsch. Okay, das musste er nicht wissen, denn die Wirkung war, je nach

Dosierung, der ähnlich, die die Variante mit Wodka bei mir hervorgerufen hatte. Und das war *wirklich* nur mein SOS-Rezept. Bei Verlassen-Werden in der Weihnachtszeit zum Beispiel. Spoiler: Hilft nur für die Dauer eines Rausches, danach ist wieder alles scheiße.

„Rhum Clement Tournaire de 1966?", fragte er spöttisch, denn sein Ton ließ keinen Zweifel daran, dass er davon überzeugt war, dass ich nicht wusste, was das war. Pech für ihn, dass ich zufällig mal wegen einer Werbecampagne für meine Agentur wegen dieses exklusiven Rums recherchiert hatte. So kannte ich wenigstens den Namen, wenn ich mir auch in drei Leben diesen Rum nicht würde leisten können.

„Tut mir leid, aber ich habe leider keine der acht Flaschen davon ergattern können. Ich hab nur einen Captain Morgan hier." Überrascht sah Gabriel mich an, dann grinste er.

„Falls du mal Lust drauf hast: Ich habe eine Flasche davon."

Ich hätte nicht überrascht sein sollen, Gabriel war eben ein angeberischer, selbstverliebter Idiot, aber dennoch riss ich die Augen auf. Eine Flasche von diesem Rum kostete über 100.000 Dollar!

Sichtlich zufrieden mit meiner Reaktion nickte er schließlich.

„Okay, dann der Captain Morgan. Besser als Eierpunsch oder Tee."

Ich stand auf und holte die Flasche aus der Küche. Gott sei Dank war sie noch halbvoll, man konnte ja nicht wissen, wie lange sich der Abend noch hinziehen würde. Für mich brachte ich einen Piccolo Prosecco mit. Ohne Alkohol würde ich das hier nicht überstehen.

Allerdings wäre zu viel davon auch keine gute Idee.
Ohne mit der Wimper zu zucken, goss Gabriel sich ein
Glas ein, spülte es, sich ein wenig schüttelnd, mit
einem Schluck herunter und lehnte sich dann entspannt
zurück.

„Und jetzt: Frag schon", grinste er mich an.

„Äh, wie bitte?"

„Komm schon, Schneehase. Ich sehe dir an deiner
niedlichen Nase an, dass du eine Menge über mich
wissen willst."

Oh mein Gott, wie arrogant konnte ein Mann alleine
sein? Na gut, er hatte recht, ich wollte ihm schon gerne
ein paar Fragen stellen, aber mein Stolz verbot mir, sein
Ego noch durch mein Interesse an ihm zu streicheln.

„Ja, zum Beispiel, wann du endlich verschwindest",
platzte es aus mir heraus. Lieber hätte ich gefragt, wie
lange er noch bleiben würde, weil... ich wusste es selbst
nicht.

„Und warum du mich immer mit diesem blöden
Schneehase ärgerst."

Er schmunzelte nur. „Ich bleibe, so lange ich es für
nötig halte und Schneehase nenne ich dich, weil du wie
einer ausgesehen hast, als du auf dem Parkplatz der
Plantage aus dem Auto gestiegen bist."

„Wie bitte?" Jetzt war ich doch ein wenig angepisst.
Immerhin hatte ich meine neuen Boots an und diese
neue, stylische Sonnenbrille dabei. Und die waren nicht
nur neu sondern auch IN. Niemals wäre ich auf die Idee
gekommen, dass jemand mich deswegen mit einem
Schneehasen vergleichen könnte!

„Na ja, alles an dir war weiß, nur deine Brille war rot
getönt. Du sahst aus wie ein weißer Hase mit

Bindehautentzündung." Ich schnaubte ärgerlich und verschränkte die Arme vor der Brust.

„Danke für das Kompliment, du Arsch. Bekommst du mit deiner sympathischen Art eigentlich viele Frauen ins Bett?" Himmel, warum hatte ich das jetzt gesagt? Was ging es mich an, mit wie vielen Frauen er ins Bett ging und wie er sie dahin bekam? Ich meine, trotz seiner uncharmanten Art war mir klar, dass dieser Typ Sex auf zwei Beinen war! Er musste bestimmt nicht lange betteln, bis sich eine willige Gespielin fand, die für ihn die Beine breit machte?! Und warum fühlte ich dann bei dem Gedanken an ihn und unzählige andere Frauen diesen fiesen Stich in der Brust? In seinen Augen blitze es amüsiert auf, dann wurden seine Iriden dunkel, fast schwarz.

„Nicht nur viele, Süße. Ich bekomme alle, die ich will." Seine Stimme klang rau und dunkel vor Verlangen. „Komm her." Wie bitte? Was sollte das jetzt?

„Komm her", wiederholte er bestimmt, aber mit einem verruchten Unterton in der Stimme. Mein Mund wurde trocken.

„Aber zu deiner Info: Für gewöhnlich rede ich vorher nicht viel mit den Frauen, die ich flach lege. Und du bist die Erste, deren Name ich mir überhaupt gemerkt habe und der ich darüber hinaus einen Kosenamen gegeben habe. *Das* solltest du als Kompliment auffassen. Und jetzt komm endlich her."

Gabriel

Diese Frau machte etwas mit mir, das ich nicht ignorieren konnte. Und auch in diesem Augenblick gar nicht wollte. Sie war schlagfertig, frech und unglaublich sexy. Selbst in dieser Jogginghose mit dem leicht verwaschenen roten Shirt, auf dem nur noch einzelne Buchstaben des Aufdrucks zu lesen waren. *Merr.. Chri....mas*. In Glittergrün.
Sie sah mich mit großen Augen an und biss sich unsicher auf die Innenseite ihrer Wange. Ich sah ihr deutlich an, dass sie nicht wusste, was sie tun sollte. Sie wollte zu mir kommen, aber ihr Verstand und ihr Stolz rieten ihr davon ab. Und sie sollte besser auf sie hören. Denn wenn nicht...
Ich dagegen wollte wissen, ob dieser Sex in der Dusche wirklich so anders gewesen war als all die vielen unbedeutenden Vögeleien davor. Oder ob ich mich vielleicht doch geirrt hatte, was diese ganze Sache mit Megan einfacher machen würde. Immerhin hatte ich unter dem Eindruck einer fiesen Kontaktallergie durch diese chemische Keule gestanden.
Was ich allerdings tun sollte, falls ich mich nicht getäuscht hatte und sie doch mehr war als eine süße Ablenkung, das wusste ich nicht. Oder doch. Ich sollte und würde die Beine in die Hand nehmen und so schnell wie möglich abhauen. In meinem Leben gab es keinen Platz für derartige Gefühle und wenn ich diese

ganze Sache beenden würde, bevor sie beginnen konnte, dann war das für alle Beteiligten das Beste.

Sie zögerte noch immer. Also gut, Schneehase, dann eben anders.

Ich stand auf und ging auf sie zu. Ihre Augen weiteten sich, aber sie wich meinem Blick nicht aus. Auch sonst rührte sie sich nicht, weder beugte sie sich vor, noch wich sie zurück. Ich stützte meine Hände auf die Lehnen ihres Sessels und beugte mich zu ihr hinunter. Jetzt flackerte ihr Blick und sie leckte sich kurz über die Lippen. Mehr brauchte ich nicht. Mein Schwanz regte sich interessiert als ich meine Lippen auf ihre presste. Sie schmeckte süß nach Prosecco, was sich bestens mit dem Vanillearoma des Captain Morgans ergänzte. Ich knabberte sanft an ihrer Unterlippe und schließlich öffnete sie sich für mich. Unsere Zungen tasteten sich ab, neugierig, vorsichtig, dann immer wilder, bis ich sie vor lauter Verlangen nach mehr zu mir hochzog. Sie krallte sich in meine Haare, stöhnte süß und seufzend in meinen Mund und ich dirigierte sie in Richtung Couch. Ich wollte sie, mein Schwanz wollte sie und sie wollte mich. Behutsam drückte ich sie in das weiche Polster, ohne meine Lippen von ihren zu lösen. Erst das Verlangen, sie überall zu küssen, alles von ihr zu schmecken und zu erkunden, ließ mich schließlich innehalten. Ich löste mich von ihr und verharrte einige Sekunden, um sie anzusehen. Sie war wunderschön wie sie da lag, mit geschwollenen, feuchten Lippen, zerzausten Haaren und dieser leichten, unschuldigen Röte auf ihren Wangen. Dann öffnete sie ihre Augen und sah mich mit diesem Blick an, der meine Brust eng werden ließ. Ich lächelte sie an, küsste sie wieder, bevor ich meine Hände unter ihr Shirt schob und ihre festen, kleinen Brüste umfasste. Ihre Nippel wurden immer härter unter der Reibung meiner Daumen und sie wand sich inzwischen mit lustverhangenen Augen. Spätestens jetzt hätte ich bei jeder anderen Frau vor ihr meinen Schwanz ausgepackt und mich in sie versenkt. Vorspiel war nicht so mein Ding. Ich wollte nur vögeln, nicht mehr und nicht weniger. Aber heute, hier, bei ihr, das war etwas völlig anderes. Natürlich wollte ich mich in ihr vergraben, meinen Schwanz in sie pumpen, bis sie unter mir kam, aber das war genau der Punkt. Ich wollte, dass *sie* kam. Nichts schien in dieser Sekunde wichtiger, als sie zu verwöhnen, sie zu lieben.

Scheiße. Ich hielt für einen winzigen Augenblick inne. Das hatte ich jetzt nicht wirklich gedacht. Das war... das durfte nicht sein. Irritiert über mein plötzliches Zögern öffnete Megan die Augen und sah mich an. Unsicher, schüchtern, voller Zweifel. Ich riss mich zusammen. Unter keinen Umständen wollte ich, dass sie dachte, es läge an ihr. Meine Gedanken waren mein Fehler. Ich wollte und würde ihr in diesem Augenblick alles geben, was sie verdiente. Und wenn das schon keine tieferen Gefühle waren, die ich ihr schenken konnte oder wollte, dann wenigstens meine volle Aufmerksamkeit.

Ich schob ihr das Shirt über den Kopf und ließ es achtlos neben die Couch fallen, dann widmete ich mich ihren Brüsten. Ich saugte an ihren harten Knospen, biss hinein, so dass Megan aufstöhnte, dann blies ich den Schmerz weg. Ich wurde nicht müde, ihre Brüste zu liebkosen, einfach weil sie es so sehr zu genießen schien. Schließlich küsste ich mich über ihren Bauch zum Bund ihrer Jogginghose, die ich gleichzeitig herunterzog. Heute trug sie einen einfachen weißen Baumwollslip, aber ich hatte noch nie etwas Erotischeres gesehen. Kein aufreizender Sting, keine Reizwäsche konnte sexier sein als Megan in diesem unschuldigen weißen Slip. Trotzdem störte er bei dem, was ich vorhatte, und so zog ich ihn ihr einfach aus. Sie hob ihren Po etwas an, damit ich es leichter hatte, dann bedeckte ich erst ihren Venushügel mit meinen Küssen, bevor ich mich weiter nach unten wagte.

„Stopp, bitte. Ich... ich kann nicht. Wir können nicht", keuchte sie erregt, was ihre Worte irgendwie ad absurdum führte. Natürlich konnten wir, wir waren ja gerade dabei.

„Bitte, Gabriel, Ivy...", hechelte sie abgehackt, hielt aber dabei ihre Hände in mein Haar gekrallt.

„Sie schläft", versuchte ich die Situation zu retten, weil ich spürte, wie Megan sich langsam versteifte und aus ihrem Rausch wieder auftauchte. Ok, wenn ich das hier fortsetzen wollte, dann musste ich etwas tun, und zwar schnell, bevor Megan es sich anders überlegte und wieder zumachte. Ich knurrte unwillig auf.

„Gib mir dein Handy", verlangte ich.

„Was? Wozu?" Natürlich war sie verwirrt.. „Nimm dein Handy und ruf mich an. Dann lege ich meins neben Ivy ans Bett, so können wir hören, wenn sie wach wird."

War doch logisch, oder? Babyphone 2.0.

Gleichzeitig sah ich mich um und mein Blick fiel auf Rudolph, der ein kleines Glöckchen um den Hals trug. Ich stand auf, griff danach und marschierte entschlossen zur Tür.

Megan schnaubte, aber dann erhob sie sich, holte ihr Handy und gab die Nummer ein, die ich ihr diktierte. „Du bewegst dich keinen Millimeter. Das Handy lege ich auf den Nachttisch und das Glöckchen hänge ich als zweite Sicherung von außen an die Tür. Wenn Ivy wach wird und rauskommt, hören wir das. Bleib genau so da liegen." Megan sah mich belustigt an.

„Na dann...", grinste sie.

„Aber nicht abschließen. Sie hat dann sicher Angst...", hörte ich noch im Rausgehen. Vorsichtig öffnete ich die Schlafzimmertür. Ivy lag zusammengerollt unter der Decke und schlief tief und fest. Ich widerstand dem Drang, ihr über das weiche, blonde Haar zu streicheln und legte das Handy vorsichtig auf den Nachttisch. Dann schloss ich die Tür, hängte die Glocke von außen an den Griff und grinste zufrieden.

Megan

Oh mein Gott, was tat ich hier gerade? Ich lag nackt auf meiner Couch und wartete darauf, dass Gabriel zurückkam und wir Sex haben würden. Entweder der Prosecco hatte diese verheerende Wirkung auf meine Libido, oder aber, und die Erkenntnis ließ mich an meinem Verstand zweifeln, ich wollte von Gabriel gevögelt werden. Bevor ich noch weiter darüber nachdenken konnte, und bevor ich dieses erwartungsvolle Kribbeln abstellen konnte, das zwischen meinen Beinen pochte, war er schon wieder zurück und nahm mir die Entscheidung, mich so schnell wie möglich aus dieser gefühlsmäßigen Gefahrenzone herauszumanövrieren ab. Mit einem geradezu wölfischen Grinsen kam er auf mich zu, zog sich im Gehen das Shirt über den Kopf und ließ mich einmal mehr seinen muskulösen Oberkörper mit den Tattoos sehen. Allerdings hatte ich nicht viel Zeit, diesen Anblick zu bewundern, denn schon kniete er vor mir und schob meine Beine auseinander.

„Braves Mädchen. Du musst nur ein bisschen leise sein, Süße. Denn wenn wir Ivy hören können, kann sie uns auch hören", murmelte er, bevor er seine Lippen auf meine Klit presste und daran zu saugen begann. Ich konnte ein Stöhnen nicht zurückhalten. Mein Körper entwickelte gerade ein Eigenleben. Gabriels Lippen waren alles, was mein Körper in diesem Augenblick brauchte. Sanft knabbernd, saugend oder alles verschlingend: Dieser Mann machte mich zu einem zuckenden, stöhnenden, vor Lust vergehenden Bündel. Ich spürte, wie sich das Kribbeln weiter ausbreitete, von meiner zuckenden Pussy aus wie ein Feuerball durch meinem Körper rollte, bis es die kleinsten Kapillargefäße erreichte und dort explodierte. Mein lautes Stöhnen erstickte Gabriel mit einem Kuss, der mich mich selbst schmecken ließ. Ich hatte vorher noch nie ein solches Gefühl der Verbundenheit gespürt. Wie er es geschafft hatte, sich nebenbei auszuziehen oder wie er so schnell von meiner Klit bis zu meinem Mund gekommen war, wusste ich nicht und es war auch egal. Sein heißer, verschwitzter Körper presste sich an mich, er küsste mich, saugte mich aus und gab mir gleichzeitig neue Kraft. Heiß drängte sich sein steifer Schwanz an die Innenseite meines Oberschenkels, aber er machte keine Anstalten, in mich einzudringen. Stattdessen verschlang er meinen Mund mit einer alles verzehrenden Leidenschaft, saugte jeden Zweifel und jedes noch so kleine Schamgefühl aus mir heraus und verwandelte mich in ein wimmerndes, nach mehr bettelndes Bündel. Schließlich richtete er sich auf, stützte sich auf seinen Ellbogen ab und sah mich an. Seine Augen loderten vor Verlangen, aber er rührte sich nicht. Sah mich nur an, lange, zu lange, bis ich es nicht mehr aushielt und meine Beine um seine Hüften schlang. Ganz egal, was das hier werden würde, jetzt und hier wollte ich ihn. Er blieb ernst, nachdenklich fast, aber schließlich spürte ich seinen Schwanz in mich hineingleiten. Vorsichtig, behutsam, so als wollte er mir Zeit geben, sich an ihn, an diese ganze Situation zu gewöhnen. Zärtlich strich er mir eine Strähne aus dem Gesicht, dann begann er, in mich zu stoßen. Langsam, genüsslich, so als wollte er jede Sekunde, jeden Stoß besonders genießen. Lange war es träger, zärtlicher Sex, bis wir beide es nicht mehr aushielten. Seine Stöße wurden härter, seine Lippen pressten sich hungrig auf meine, während er mich in den siebten Himmel vögelte. Das war mehr als ich ertragen konnte, mehr als ich jemals empfunden hatte. Es war mehr von allem. Ich spürte wieder dieses Kribbeln, aber dieses Mal war es eher wie ein träger Lavafluss, langsam aber dafür alles in Brand steckend, was er auf seinem Weg passierte. Alles in mir brannte lichterloh, ich sah Lichtblitze und bunte Prismen, bevor ich explodierte. Mit einem unhörbaren Knall detonierte meine Lust und der wahnsinnig intensive Orgasmus ließ alles um mich herum unwichtig werden. Ich sah nichts mehr, hörte nichts mehr, dafür fühlte ich umso mehr. Und das, was ich fühlte, war so erschreckend, dass ich laut aufschluchzte. Ich riss die Augen auf und traf auf Gabriels Blick. Er musterte mich mit einer Intensität, die mir Gänsehaut bereitete. Für den Bruchteil einer Sekunde war da etwas in seinem Blick. Versteckt, hinter all der Lust und dem Schleier des Verlangens, lag ein Ausdruck, der mich tief berührte. Da war mehr als nur körperliches Verlangen, mehr als die Gier auf meinen Körper und ich hatte Angst davor, es zu ergründen. Denn ganz gleich, was er in diesem Augenblick, wenn auch ungewollt, preisgab, er war nicht der Typ Mann, der dem nachgab. Ein Gefühl tiefer Traurigkeit bahnte sich wegen dieser Erkenntnis seinen Weg durch meine Brust direkt in mein Herz und ich spürte, wie sich die Stimmung zwischen uns veränderte. Wie ich ihn in diesem Augenblick verlor. Da war etwas zwischen uns passiert, das hatte er auch gespürt, und genau das war der Grund, warum sich dieser Ausdruck in seinen Augen so schnell verzogen hatte, wie er gekommen war. Sein Blick wurde wieder undurchdringlich, fast abweisend und das schmerzte mich mehr, als ich zugeben wollte.

Gabriel

Fuck!

Da war etwas zwischen uns gewesen, etwas, das ich noch bei keiner Frau so empfunden hatte. Etwas, das mir Angst machte, weil ich es nicht kontrollieren konnte. Weil es nicht in meine Welt und mein Leben passte. Weil... ich es nicht *wollte*.

Ich spürte, wie Megan sich immer mehr verspannte, weil ich mich innerlich von ihr zurückzog. Noch vor wenigen Augenblicken hatte sie so nachgiebig und weich unter mir gelegen und so hingebungsvoll gestöhnt. Und jetzt änderte sich diese intime Stimmung und schwang ins Gegenteil um. Ich hasste es, dass sie sich derart vor mir verschloss, obwohl eigentlich ich es war, der zumachte. Ich redete mir selber ein, dass das gerade nicht mehr und nicht weniger als ein guter Fick gewesen war, weil es das war, was es bleiben musste. Eine zufällige Begegnung ohne Verpflichtungen und vor allem ohne Zukunft. Weil ich es so wollte.

Und ich war der lausigste Lügner seit Pinocchio.

Fuck!

Ich zog mich körperlich und emotional von ihr zurück, nicht in der Lage, mich dem verletzten, traurigen Ausdruck in ihren Augen zu stellen. Ohne ein weiteres Wort zog ich mich wieder an, füllte mein Glas bis zum Rand mit diesem Rumverschnitt und stürzte es mit einem Schluck hinunter. Vielleicht hoffte ich, dass ich damit auch den bitteren Geschmack loswerden würde,

236

der in meiner Kehle aufgestiegen war, oder wenigstens, dass mich der Alkohol wie schon so oft beruhigen würde, aber leider waren beide Hoffnungen vergeblich. Meine Brust war eng, meine Hand zitterte und das Scheißzeug schmeckte statt nach Vanille nach dem herben Geschmack der Feigheit. Feigheit vor dem, was ich gerade gefühlt hatte und Feigheit davor, mich dem zu stellen.

Megan räusperte sich, zog sich ebenfalls wieder an, sagte aber kein Wort. Es herrschte eine unheimliche, unbehaglich Stille zwischen uns, weil ich zu feige und sie sehr wahrscheinlich emotional zu verletzt war, um das jetzt und hier ein für alle Mal zu klären. Natürlich hatte sie meinen Blick bemerkt. Wie hätte sie auch nicht! Ich hatte für einen winzigen Moment die Kontrolle verloren. Meine Mauer fallen lassen und ihr das gezeigt, was ich in diesem Augenblick gefühlt hatte und sie niemals hätte sehen dürfen. Weil es viel zu viel über mich, über meine Gefühle, preisgab und Megan nun mal eine Frau war, die aufmerksamer, sensibler und tiefgründiger war als mir lieb sein konnte. Und jetzt stand ich hier, wie ein Trottel, stumm und ohne eine Ahnung, was ich jetzt tun sollte. Es vergingen Sekunden, vielleicht waren es auch Minuten, und ich stand immer noch nur da. Schließlich räusperte ich mich.

„Megan, hör zu... das..." Sie sah mich mit einem Ausdruck von Bedauern und Schmerz an, der mir beinahe das Herz zerriss. Ich wollte nicht, dass sie traurig war, aber ich konnte auch nicht zulassen, dass sie sich falsche Hoffnungen machte.

„Megan, ich..."

„Schon gut." Sie hob eine Hand, konnte aber nicht verbergen, dass sich unter ihrem bemüht festen Tonfall ein eigentümlicher Schmerz mischte.

„Es ist okay." Ihre Stimme war leise, aber entschlossen. Okay? Einfach nur okay? Ich nickte nur und... beließ es einfach dabei, dankbar für diesen Ausweg, den sie mir damit bot. Was war ich doch für ein feiges Arschloch! Statt mit ihr zu reden, ihr zu sagen, dass es nicht ihre Schuld war, oder ihr wenigstens zu erklären, warum ich nicht mehr für sie sein konnte, brachte ich nur dieses erleichterte Nicken zustande. Sie zuckte kurz zusammen, stand dann aber auf und ging in Richtung Tür.

„Ich geh dann mal zu Ivy."

Ich fuhr mir verzweifelt durch die Haare, wusste, ich sollte sie zurückhalten und irgendetwas sagen, etwas Nettes, etwas, das sie nicht noch weiter von mir entfernte, stattdessen stand ich nur da und sah ihr nach. Vielleicht war es besser so. Morgen würde ich verschwinden. Ich würde einen Mann abstellen, um auf sie und Ivy aufzupassen, wenigstens noch für eine gewisse Zeit, bis ich die Gallaghers persönlich davon überzeugt hatte, dass Megan zu bedrohen keine Option war. Zur Not würde ich meiner Argumentation mit etwas Gewalt und Erpressung nachhelfen, denn es gab bestimmt eine Menge, von dem diese Brut nicht wollte, dass es ans Tageslicht kam. Natürlich hätte ich das besser von Anfang an so handhaben sollen, statt mir einzureden, ich müsste persönlich hierbleiben und auf sie aufpassen. Aber ich hatte nicht damit gerechnet, dass sie mir derart unter die Haut gehen würde. Für mich war alles am Anfang nur ein prickelndes Spiel gewesen, amüsant und eine kleine Abwechslung von meinem Alltag. Dass es so schnell zu so viel mehr geworden war, hatte ich nicht weder kommen sehen noch gewollt.

Megan

Wütend, verletzt und enttäuscht hatte ich mich zu Ivy unter die Bettdecke gekuschelt. Sein Handy hatte ich ausgeschaltet und vor die Tür gelegt. Weil ich nicht daran glaubte, dass er zu mir ins Schlafzimmer kommen und das Gespräch über das Geschehene suchen würde. Oder über das, was ich in seinem Blick gesehen hatte. Gabriel war der Typ Mann, der zu feige war, sich seinen Gefühlen zu stellen und das war leider etwas, gegen das man nicht ankam. Er so wenig wie ich, denn ich hatte in diesem einen, flüchtigen Augenblick erkannt, dass ich mich in ihn verliebt hatte. Was meine Schuld war, nicht Gabriels. Er hatte mir nie mehr versprochen und ich hatte doch von Anfang an gewusst, dass es so enden würde, trotzdem tat es weh. Aber leider war das so eine Sache mit dem Wissen und dem Wünschen. Und mit den Gefühlen, über die der Verstand keine Macht hatte. Ganz sicher hatte ich in der Warteschlange für die Vergabe von Verstand viel zu weit hinten gestanden und als ich dran war, war kein Verstand mehr übrig gewesen. Leider hatte ich dafür in der Schlange ganz vorne gestanden, als schlechtes

Gespür für Arschlöcher verteilt wurde. Jefferson, Ryan, Gabriel...

Okay, Ryan war nicht mein Freund gewesen, aber, jedenfalls hatte ich das gedacht, immerhin *ein* Freund, aber selbst dabei hatte mein Radar versagt.

Ivys kleiner, weicher Körper kuschelte sich an mich und langsam beruhigte sich mein aufgewühltes Gemüt. Mein Atem und mein Herzschlag passten sich dem ihren immer mehr an und schließlich schlief ich doch noch ein. Jedenfalls bis mich ein Geräusch weckte, das ich nicht sofort einordnen konnte. Etwas schepperte, klirrte und sofort durchfuhr mich eine unbändige Wut. Dieser Grinch in meinem Wohnzimmer hatte ganz sicher wieder etwas zerdeppert. Ich hoffte für ihn, dass er erstens eine gute Erklärung dafür hatte und zweitens, dass es nicht wieder etwas erwischt hatte, an dem mein Herz hing.

Wütend stand ich auf, bemüht, Ivy nicht zu wecken, aber sie schlief tief und fest. So fest, wie nur Kinder schlafen konnten. Ich riss die Tür auf, bereit, mich diesem Idioten zu stellen, als ich Stimmen vernahm. Wohlgemerkt, Stimmen. Mehrzahl. Irritiert hielt ich inne.

„Also, Campbell, dann will ich mich mal auf die Suche nach der kleinen Schlampe machen. Weit kann sie ja nicht sein", sagte eine mir unbekannte Stimme gereizt. Ich verstand nicht, was Gabriel antwortete, stattdessen hörte ich ein Knurren, dann einen dumpfen Schlag und ein Keuchen. Okay, das waren dann wohl keine Freunde von ihm. Und wie es sich anhörte, von mir auch nicht. Meine Nackenhaare stellten sich langsam auf als ich begriff, dass Gabriel mich nicht angelogen

240

hatte. Diese Typen, von denen er gesprochen und die Ryan auf mich aufmerksam gemacht hatte, gab es wirklich. Ich spürte eine unbändige Wut durch meine Adern wabern, die sich gegen Ryan richtete und den letzten Rest Mitleid mit ihm davonschwemmte. Sollte er doch in der Hölle schmoren, dieser miese, feige Wichser!

Leider hatte ich keine Zeit, mich dieser Wut hinzugeben, denn ich hörte Schritte und dann sah ich einen Schatten, der aus dem Wohnzimmer in den Flur fiel. Mist! Leise schloss ich die Schlafzimmertür. Mein Herz hämmerte von innen gegen meine Brust und in meinen Ohren rauschte es bedenklich. Ich brauchte schnell einen Plan, einen sehr guten Plan, wenn ich verhindern wollte, dass dieser Typ mich fand. Oder noch schlimmer, Ivy entdeckte. Ich atmete einmal tief durch, dann sah ich auch schon, wie sich die Klinke nach unten drückte. Die sich nach innen öffnende Tür verdeckte mich zum Glück, und ich überlegte panisch, was ich jetzt tun sollte. Der Typ trat einen Schritt hinein, schloss die Tür und seine Hand tastete suchend nach dem Lichtschalter neben mir. Ich hielt den Atem an als das Licht aufflackerte. Ich stand zum Glück hinter ihm und sah mich hektisch um. Schließlich fiel mein suchender Blick auf diesen Kinderlaptop, der auf dem Nachttisch stand. Dann ging alles so schnell, dass ich nur reagierte, ohne nachzudenken. Der Kerl machte einen Schritt ins Zimmer, um sich zu orientieren, verharrte kurz abgelenkt, weil er Ivy entdeckt hatte, was mir Gelegenheit gab, den Laptop zu mir zu ziehen. In der Sekunde, als er sich wegen des Geräusches, das ich verursachte, umdrehte, schlug ich ihm das Teil gegen den Schädel. Oh mein Gott! Ich keuchte entsetzt auf. Mit einem leisen Gurgeln ging er in die Knie, bevor er schließlich umfiel. Er blutete aus der Nase und würde in Kürze mindestens eine dicke Beule bekommen, wie der rote Fleck an der Stirn andeutete. Ich hatte keine Ahnung, wie lange der Typ bewusstlos bleiben würde. Sollte ich ihn einfach liegen lassen und nachsehen, warum Gabriel mir nicht zu Hilfe kam? Oder sollte ich hier bleiben und warten, was als nächstes passierte? Ein Blick zu Ivy, die sich jetzt seufzend umdrehte, aber nicht wach wurde, ließ mich zögern. Was, wenn der Kerl schneller wach wurde als gedacht und Ivy als Geisel nahm? Oder ihr etwas antat? Mein Herzschlag beschleunigte sich und ich biss mir auf die Lippe.

„Hast du die kleine Schlampe gefunden, Ian?" Gleichzeitig hörte ich wieder Schritte in meine Richtung kommen. Scheiße. Da war also noch ein weiterer Kerl, der jetzt gleich seinen Kumpel blutend auf meinem Schlafzimmerboden entdecken würde. Ich schloss die Augen. Bitte, lieber Gott, wenn es dich gibt wäre jetzt ein guter Zeitpunkt, einzugreifen. Vielleicht ein plötzlicher Herzinfarkt? Oder vielleicht stolperte der Kerl auch und schlug sich im Fallen den Kopf auf?! Sie mussten ja beide nicht gerade sterben, aber so eine kleine Ohnmacht käme mir jetzt doch ziemlich gelegen. Natürlich passierte nichts dergleichen. Die Schritte kamen näher, dann verharrten sie vor der Tür.

Wie ferngesteuert zog ich leise die Schublade meines Nachtschränkchens auf. Kurz hatte ich überlegt, ob ich dem Typen einfach meinen Zeigefinger in die Seite rammen und so tun sollte, als wäre das mindestens eine

Magnum, aber das klappte nur in Filmen. Mein Zeigefinger würde sich eher wie ein rückgratloser Wurm anfühlen und würde ihn zudem wahrscheinlich eher kitzeln als beunruhigen, weil ich ein Zittern nicht würde verbergen können. Immerhin war das nichts, was ich jeden Tag machte. Also musste mir schnell etwas anderes einfallen... Okay, okay, oh Gott! Jetzt war keine Zeit für Peinlichkeit oder Scham. Und da ich leider keine echte Waffe in der Schublade hatte...

Jetzt bemerkte der Typ seinen Kumpel am Boden. „Scheiße, Ian, was ist hier passiert?", zischte er, aber bevor er noch reagieren und sich zu seinem Kumpel nach unten beugen konnte, bohrte ich ihm das Teil in den Rücken, das dazu meiner Meinung nach am besten geeignet war.

„Tja, das kann er dir erzählen, wenn er wieder wach wird. Jetzt gehen wir beide erst mal zurück ins Wohnzimmer. Ach, und: Hände hoch." Ich erinnerte mich an die vielen Krimis, die ich schon angesehen hatte, und da lief das genauso ab. Ich hoffte, meine Stimme klang entschlossener als ich mich fühlte und der Typ glaubte tatsächlich, dass ich ihm eine Waffe in den Rücken bohrte.

„Hey, Kleine, mach keinen Scheiß." Er versuchte, sich zu mir umzudrehen, aber ich drückte das Ding nur fester in seine Seite.

„Ich mach keinen Scheiß, wenn du keinen machst. Und denk nicht, dass ich Hemmungen hätte, abzudrücken. Gabriel hat mir gezeigt, wie ich das Ding benutzen muss und auf die Entfernung treffe sogar ich", log ich. Und war stolz, dass meine Stimme nur minimal zitterte. Mir brach der Schweiß aus, weil ich innerlich vor

Angst schlotterte. Aber ich musste ihn irgendwie aus dem Schlafzimmer bekommen, weg von Ivy. Gott sei Dank klang meine Stimme abgeklärter als ich befürchtete.

„Los." Ich stieß ihn an und er setzte sich tatsächlich in Bewegung, die Hände brav erhoben. Ich wusste nicht, ob ich lachen oder mir vor Angst in die Hose pinkeln sollte, weil es wirklich zu funktionieren schien.

Als wir die Wohnzimmertür erreichten, sah ich vorsichtig an ihm vorbei. Gabriel wurde von einem weiteren Typen mit einer Waffe in Schach gehalten, wobei er finster dreinblickte und sich nur schwer beherrschen konnte, dem Kerl nicht an die Gurgel zu gehen. Wahrscheinlich blieb er nur so ruhig, weil er wusste, dass die beiden anderen Arschlöcher bei mir im Schlafzimmer waren und mir oder Ivy wer weiß was antun würden, wenn er sich wehrte. Als er jetzt zu uns hinsah, weiteten sich seine Augen für den Bruchteil einer Sekunde, dann nutzte er den kurzen Augenblick der Verwirrung bei seinem Aufpasser und schlug ihm die Waffe aus der Hand. Mit einem gezielten Schlag auf den Kehlkopf setzte er ihn außer Gefecht und der Kerl fiel um wie ein gefällter Baum. Blitzschnell bückte er sich nach der Waffe, dann richtete er sie auf den Typen vor mir, der ebenfalls zu überrascht über die Situation war, um schnell zu reagieren, und bedeutete ihm, von mir wegzutreten.

„Megan", keuchte er erstaunt auf, „was zum Teufel..." Weiter kam er nicht, bevor ein überraschter Ausdruck über sein Gesicht huschte. Seine Augen weiteten sich, dann verzogen sich seine Lippen zu einem Grinsen, bevor er schallend zu lachen anfing, allerdings ohne die

Waffe zu senken oder den Typen aus den Augen zu lassen.

„Also ehrlich, Megan, du bist der Knaller!"

Gabriel

Ich stand da, hin- und hergerissen zwischen Unglauben und dem Drang, mir vor lauter Lachen auf die Schenkel zu klopfen. Dieser Gallagher stand vor mir, verwirrt und wütend, und hinter ihm stand Megan, mit flammend roten Wangen und einem großen, lilafarbenen Plastikschwanz in der Hand!
„Warum lachst du?" Dieser Trottel sah tatsächlich angepisst aus und ich konnte es ihm nicht verdenken. Ich war Profi genug, ihn nicht aus den Augen zu lassen, aber trotzdem bedeutete ich ihm, sich umzudrehen. Er stand inzwischen weit genug von Megan entfernt, damit er ihr nicht mehr weh tun konnte, jedenfalls nicht bevor ich ihn erschossen hätte, und als er sie da stehen sah, mit dem Dildo und den roten Wangen, zischte er böse auf.
„Du kleine Schlampe!", knurrte er und wollte einen Schritt auf sie zu machen, aber ich erinnerte ihn mit einer Bewegung mit der Waffe daran, dass er besser stehen blieb.
„Das wird sich für immer in mein Gedächtnis brennen, Caleb. Überrumpelt von einer Frau mit einem Plastikschwanz!", stichelte ich.
Der Typ knurrte wieder, dann wandte er sich an Megan.

„Was hast du mit Ian gemacht, du..."
„Na na na, immer schön höflich bleiben, Caleb",
erinnerte ich ihn, dann sah ich Megan neugierig an.
„Hast du diesen Ian auch ausgeschaltet?"
Sie biss sich schuldbewusst auf die Innenseite der
Wange, dann nickte sie mit gesenkten Kopf.
„Was sollte ich denn tun? Da war dieser Kerl und dann
war da dieser Laptop..."
„Megan, du bist einfach nicht zu toppen! Du hast den
Kerl sozusagen mit Arielle zur Strecke gebracht?!",
keuchte ich, weil ich nicht länger an mich halten
konnte. Die Vorstellung, wie diese kleine, zierliche
Frau dieses Teil schwang und dem Kerl damit eins über
den Schädel zog war einfach zu köstlich.
Dieser Caleb knurrte, traute sich aber nicht, sich zu
bewegen. Gott sei Dank wusste er, dass mit mir nicht
zu spaßen war, auch nicht, wenn ich Spaß hatte.
Der Typ am Boden stöhnte leise, was mich schlagartig
ernüchterte. Für Belustigung war später noch Zeit, jetzt
musste ich erst mal dafür sorgen, dass diese lästigen
Schmeißfliegen hier verschwanden. Ich fischte mein
Handy aus der Tasche, das ich vor ihrem Schlafzimmer
auf dem Boden gefunden hatte, und drückte die
Kurzwahltaste.
„Geh und sieh nach Ivy. Und sag mir Bescheid, falls
dein Opfer wach werden sollte", befahl ich Megan,
immer noch leicht amüsiert.
Sie drehte sich auf dem Absatz um und floh regelrecht
aus dem Zimmer.
Nach dem vierten Klingeln nahm Raf endlich ab.
„Alter, weißt du eigentlich, wie spät es ist? Hoffentlich
brauchst du nicht nur ein paar Tipps, wie du deine

Flamme ins Nirvana vögeln kannst", knurrte er angepisst ins Telefon.

„Hol dir ein paar Leute und schwing deinen Arsch hierhin, Raf. Ich habe hier etwas Unrat, der entfernt werden muss. Und das möglichst nachhaltig." Die Augen dieses Calebs weiteten sich etwas. Sollte er sich ruhig Gedanken darüber machen, was nachhaltig für ihn bedeuten würde.

„Okay, wo ist hier und wer ist der Unrat?" Raf war schlagartig hellwach. Aus seiner Stimme hörte ich deutlich eine gewisse Vorfreude heraus. Mein Bruder war zwar manchmal ein vorlautes, kindisches Arschloch, aber auf ihn war immer Verlass. Das schätzte ich an ihm.

Ich gab Raf die Adresse, dann bedeutete ich diesem Caleb, mir voraus zum Schlafzimmer zu gehen. Ich musste mir unbedingt ansehen, was Megan da angestellt hatte. Außerdem musste ich sicherstellen, dass er sicher verschnürt war, bevor er aufwachte.

Ich war überrascht, dass Ivy immer noch ganz ruhig im Bett lag und offensichtlich tief und fest schlief. Megan dagegen hockte neben dem Typen auf dem Boden und starrte ihn ängstlich an.

„Hast du irgendwo Kabelbinder?", fragte ich, weil ich die Typen bis zu Rafs Eintreffen irgendwie in Schach halten musste.

Sie sah kurz zu mir und schnaubte.

„Seit *Fifty Shades Of Grey* habe ich immer welche in der Küchenschublade", spottete sie und bei der Vorstellung, dass das vielleicht gar kein Witz gewesen war, zuckte mein Schwanz abenteuerlustig auf. Aber dafür hatten wir jetzt keine Zeit.

„Dann hol sie. Wir müssen die Typen hier kurz ruhig stellen bis mein Bruder sie abholen kommt."

„Wir bestimmt nicht. *Du*", fauchte sie mich an, aber ich grinste nur.

„Nein, wir. Du hast zwar zwei von denen im Alleingang ausgeschaltet, Wonder Woman, aber ich kann nicht gleichzeitig das Arschloch hier in Schach halten *und* ihn fesseln." Ich hatte kurz abgewogen, was sinnvoller war: Ihr die Waffe zu geben und darauf zu vertrauen, dass sie damit keinen Unfug anstellte, damit ich den Typen verschnüren konnte, oder sie ihn mit den Kabelbinder fesseln zu lassen. Ich war zu dem Schluss gekommen, dass sie weniger Schaden anrichten konnte, wenn sie einfach nur die Dinger um seine Handgelenke festzurrte, als wenn sie sich noch irrtümlich selbst mit der Pistole ins Bein schießen würde. Sie stand auf, würdigte mich keines Blickes als sie an mir vorbeiging, und kurz darauf hörte ich sie in der Küche herumkramen.

Wieder zurück reichte sie mir wortlos die Kabelbinder aber ich schüttelte den Kopf.

„Du machst das, Schneehase. Ist ganz einfach."

Dieser Caleb und Megan murrten unisono, aber schließlich gab sie nach und hantierte irgendwie hinter dem Rücken des Typen herum, bis sie mir zunickte.

„Ich hoffe, das ist fest genug und der Kerl ist nicht Houdini", seufzte sie, aber nach einem kurzen Blick auf die hinter dem Rücken zusammengebundenen Handgelenke nickte ich zufrieden. Die Kleine hatte Potential.

Dann schleifte ich, die gefesselte Kanalratte mit der Waffe vor uns her treibend, seinen Kumpel Ian ins

248

Wohnzimmer und bedeutete Megan, auch ihn und seinen immer noch bewusstlosen Kameraden zu fesseln. Erst dann war ich zufrieden und schickte Megan zu Ivy ins Schlafzimmer, um Ivy zu beruhigen, falls die Kleine doch noch wach werden würde, und Megan gehorchte widerstandslos. Sie war etwas blass um die Nase aber ansonsten hielt sie sich wirklich gut angesichts dessen, was hier gerade passiert war. Ich hätte mich am liebsten selbst geohrfeigt, weil ich mich ziemlich einfach hatte überrumpeln lassen, aber bei drei gegen einen und der Tatsache, dass ich nicht nur an mich, sondern auch an Megan und vor allem Ivy denken musste, war es mir klüger vorgekommen, mich nicht groß zu wehren und besser stattdessen auf eine Chance zu warten, das Ganze ohne Blutvergießen zu lösen. Mit dieser Lara Croft mit den zerzausten blonden Haaren, im Schlafshirt und mit einem Plastikschwanz als Waffe hatte ich allerdings nicht gerechnet.

Megan

Ich saß auf der Bettkante und hatte den Kopf in die Hände gestützt. Ich zitterte unkontrolliert und versuchte, mich wieder unter Kontrolle zu bekommen. Das nannte man dann wohl einen Schock.
Hatte ich gerade wirklich einen Typen mit einem Arielle Laptop k.o. geschlagen? Und einen anderen mit meinem... oh mein Gott, wie peinlich!... Dildo bedroht?

Ich spürte, wie ich förmlich vor Scham glühte. Ganz sicher war mein Gesicht roter als Rudolphs Nase.

Ich hörte, wie jemand die Wohnungstür öffnete und leise Stimmen, dann ein unterdrücktes Lachen und Füße trampeln. Das war dann wohl Gabriels Bruder, der diese Typen mitnahm. Wohin und was er mit ihnen anstellen würde, war mir in diesem Augenblick egal. Gut, vielleicht nicht ganz, denn der Gedanke, dass sie gefoltert oder erschossen oder sonst wie bestraft werden würden, bereitete mir schon Magenschmerzen. Ich war zwar nicht gerade eine Pazifistin, aber auch nicht wirklich kriminell. Oder doch? Oh mein Gott, ich hatte gerade einen Mann fast erschlagen, wie konnte ich da sagen, ich sei nicht kriminell? Das Schlimmste, was ich bisher getan hatte, war, auf einem Feldweg Autofahren zu üben, obwohl ich noch gar keinen Führerschein gehabt hatte. Und einmal war ich nachts mit ein paar Freundinnen über den Zaun zum Freibad in Charlotte geklettert, um zu baden. Wir wären beinahe erwischt worden, was mir so viel Angst eingejagt hatte, dass ich danach nie wieder an solchen Aktionen teilgenommen hatte. Und jetzt?

Ich hörte in mich hinein und suchte nach einem Anflug von Bedauern oder einem schlechten Gewissen, aber so sehr ich mich auch bemühte, da war nichts. Stattdessen empfand ich eine gewisse Genugtuung, diesen Kerlen eine Lektion erteilt zu haben. Ich würde jederzeit wieder so handeln, und sogar noch viel weiter gehen, wenn es nötig wäre, Menschen zu beschützen, die ich liebte.

Ich sah zu Ivy hinüber, die immer noch ganz ruhig da lag und schlief. Nein, ich bereute nicht, was ich getan hatte. Und wirklich viel Zeit für einen anderen Plan hatte ich ja auch nicht gehabt. Langsam beruhigte ich mich. Blieb die Frage, ob dieser Überfall mir die Augen in Bezug auf die Gefahr, die in Gabriels Umfeld lauerte, hätte öffnen sollen. Den Blick dafür, in welchem Umfeld sich Gabriel bewegte und warum es gerade deswegen keine gute Idee war, mich in ihn zu verlieben. Aber alles, an das ich denken konnte, war, dass ja nicht er, sondern Ryan mich in diese Situation gebracht hatte. Gabriel dagegen hatte mich beschützt. Okay, am Ende hatte ich mich und Ivy irgendwie selbst beschützt, aber er war hier gewesen und wer weiß, wie es ausgegangen wäre, wenn er nicht hier gewesen wäre. In seiner Nähe fühlte ich mich trotz allem sicher. Und mutig. Und vielleicht hatte ich seit gerade auch eine etwas andere Sicht auf Gewalt, wenn es darum ging, zu beschützen, was man liebte.

Ich konnte nicht sagen, warum mich Gabriels kriminelles Leben nicht so abschreckte, wie es ganz sicher sollte, ganz besonders auch wegen der Verantwortung, die ich tragen würde, wenn ich Ivy in mein Leben holte. Aber alles, was ich vor meinem geistigen Auge sah, war dieser düstere Mann mit der rabenschwarzen Aura, wie er als glitzernder Grinch mit der kleinen Fee Ivy an der Hand durch diesen Spielzeugladen gestapft war und ihr jeden Wunsch von den Augen abgelesen hatte.

Oder den Mann, der mich noch vor kurzem auf der Couch so hingebungsvoll geliebt, ja, geliebt, nicht gevögelt, hatte, dass ich für den Bruchteil einer Sekunde hinter seine kalte und abweisende Fassade hatte blicken können. Nein, für mich war all das

Düstere und Kriminelle nur ein Aspekt seiner Persönlichkeit. Wo es Schatten gab, da musste auch Licht sein. Und je dunkler der Schatten, umso heller das Licht. In Bezug auf Gabriel siegte mein Herz über meinen Verstand. Es war wie bei einem Insekt, dass sich mit Eifer in das gleißende Licht einer Lampe wagte, nur um darin zu verbrennen.

Ich wusste nicht, wie viel Zeit vergangen war, aber irgendwann öffnete sich leise die Tür und Gabriel kam herein. Er setzte sich neben mich aufs Bett und nahm meine kalten Hände in seine.

„Wie geht es dir, Schneehase?", fragte er vorsichtig, so als ob er nicht wüsste, ob ich gleich zusammenbrechen oder ihm an die Gurgel gehen würde.

„Gut. Ganz gut, glaube ich", flüsterte ich heiser.

Er zog mich in seine Arme und strich mir beruhigend übers Haar. So saßen wir eine ganze Weile da, schweigend, weil es da diese Verbundenheit zwischen uns gab, die jedes weitere Wort unnötig machte. Seine Nähe tröstete mich, fing mich auf und ich fühlte mich vielleicht zum ersten Mal in meinem Leben angekommen. Aber während ich mich immer mehr entspannte spürte ich, wie sich Gabriel im gleichen Maß anspannte. Es war, als würde er wieder diese unsichtbare Maurer um sich errichten, die er in nur sehr seltenen Momenten zwischen uns hatte fallen lassen. Und dann löste er plötzlich seine Arme von mir, als würde er sich erst jetzt bewusst, dass wir gerade diese besondere Nähe teilten. Trotz oder gerade wegen dieser Nähe, die ich noch vor wenigen Augenblicken in seinem Arm gespürt hatte, merkte ich, wie sich langsam etwas an der Stimmung zwischen uns änderte. Wie sie umschlug in etwas, das Gabriel förmlich erstarren ließ. Er verspannte sich zusehends, dann schob er mich ein kleines Stück von sich weg.

„Megan, ich kann das alles nicht. Du, Ivy..." Er fuhr sich durch sein dunkles Haar und sah dabei verzweifelt aus.

Plötzlich regte sich Ivy und schlug die Augen auf.

„Meggie, ist es schon Weihnachten?", fragte sie unvermittelt und rieb sich den Schlaf aus den Augen. Erst jetzt bemerkte ich, dass es draußen bereits dämmerte.

„Nein, Süße, Heilig Abend ist erst morgen und Santa kommt erst übermorgen. Du kannst also ruhig noch ein wenig schlafen", versuchte ich, sie zu beruhigen, aber sie hatte ihre eigenen Vorstellung vom Fortgang des anbrechenden Tages.

„Aber wir müssen doch noch die Kekse backen, damit Santa was zu essen hat, wenn er kommt!" Schneller als ich sie daran hindern konnte, schlug sie die Decke zurück und war dabei, aus dem Bett zu klettern. Sie gähnte herzhaft und sah in dem Augenblick so süß mit den verstrubbelten Haaren und den noch vom Schlaf geröteten Wangen aus, dass es mir ganz warm ums Herz wurde.

„Backst du auch mit uns Plätzchen?" Fragend sah sie Gabriel an, der einfach nur da stand und auf eine schmerzliche Art zerrissen aussah.

„Ich", er schluckte, so als ob er einen dicken Kloß im Hals hätte, „ich kann nicht, Ivy. Ich... muss noch mal weg." Damit drehte er sich um und ging zur Tür. Meine Brust wurde eng und ein heißer Schmerz durchfuhr mich. Ohne dass er es sagen musste, wusste ich, dass er jetzt gehen würde. Und nicht nur aus dem Zimmer oder der Wohnung. Er würde einfach so aus meinem Leben verschwinden und mich mit gebrochenem Herzen zurücklassen.

„Aber du kommst doch wieder, oder?" Ivy schien nichts von der vibrierenden Spannung zu spüren, die im Raum hing.

„Ivy, ich..."

„Bitte! Du bist doch Meggies Freund und meiner auch", bettelte sie. Dann stand sie auf und stellte sich mit in die Hüfte gestützten Armen vor ihn.

„Weißt du was? Ich wünsche mir einfach von Santa, dass du bald zurückkommst. Dann können wir nochmal den Film gucken und Schokoplätzchen essen." Sie sah ihn mit großen, bettelnden Augen an und ich konnte erkennen, dass er mit sich rang.

„Ivy, ich...", er schloss kurz die Augen, dann nickte er gequält. „Ich... ich melde mich." Er nickte erst Ivy, dann mir zu, dann verließ er das Schlafzimmer und ließ eine vor Freude in die Hände klatschende Ivy zurück. Ich teilte ihre Zuversicht nicht. Stattdessen versuchte ich, die Tränen, die in meinen Augen brannten, zurückzuhalten.

Gabriel

Erleichtert stieg ich in mein Auto und lenkte es aus der Straße, in der Megan wohnte, durch die Stadt und schließlich auf den Highway nach Süden. Ich hatte

254

nicht vor, nochmal zur Plantage zu fahren, stattdessen würde ich in meinen Club fahren, dem *Gabriel's*. Ich musste den Kopf frei bekommen und wo konnte Mann das besser als in einem exklusiven Stripclub, der einem noch dazu gehörte? Von unterwegs rief ich Raf an, um mich nach dem Verbleib der Gallaghers zu erkundigen. Aber natürlich war auf meinen kleinen Bruder Verlass. Wir töteten nicht aus Vergnügen, daher waren die Heckenpenner mit einer ordentlichen Abreibung und einer eindeutigen Warnung, sich niemals wieder in Megans Nähe sehen zu lassen, in die Freiheit entlassen worden. Allerdings nicht ohne eine Rückversicherung in Form von Fingerabdrücken auf einer Waffe, für die sich die Cops sehr interessieren würden, sollten sie die in die Hände bekommen.

Ich hielt nach einer guten Stunde Fahrzeit vor meinem Club, grüßte die beiden Türsteher, die gelangweilt ein paar Gäste verabschiedeten und ging auf direktem Weg in mein Büro. Für Fälle wie diesen hatte ich dort eine bequeme Couch, und kurz überlegte ich, ob ich eine der Tänzerinnen zu mir holen sollte, die ganz sicher noch im Clubraum waren und für die letzten Gäste strippten. Allerdings entschied ich mich schnell dagegen, denn ich war wirklich hundemüde. Die Tussis liefen mir ja nicht weg. Es war gerade erst früh am Morgen, aber ich beschloss, eine Mütze voll Schlaf zu nehmen und dann in Ruhe darüber nachzudenken, was ich jetzt tun sollte. Das war allerdings leichter gesagt als getan, denn in meinem Kopf wollten die Bilder von der aufgeregten kleinen Ivy und der sehr traurigen Megan einfach nicht verschwinden. Natürlich hatte Megan gespürt, dass ich gehen würde. Für immer. Allerdings hätte ich Ivy nicht mit diesem Funken Hoffnung abspeisen sollen, das war mir sehr wohl klar. Aber in dem Moment, als sie mich mit diesen riesigen, blauen Kinderaugen angesehen hatte, hatte ich ihr die Wahrheit nicht sagen können. Dass ich nämlich ganz sicher nicht zu Weihnachten bei ihr und Megan auftauchen würde. Ich setzte mich wieder auf, fuhr mir durch die Haare und goss mir schließlich seufzend ein Glas Bourbon ein. Ich war ein riesiges Arschloch, weil ich ihr mit meinen Worten eine Hoffnung vermittelt hatte, die ich nicht zu erfüllen gedachte. Und weil ich es Megan überließ, die Kleine zu trösten, wenn ich morgen nicht dort erscheinen würde. Ich schwebte so weit über dem König der Oberarschlöcher, dass die Erde unter mir wie eine Erbse aussah!

Nach dem vierten Bourbon fühlte ich endlich, wie ich mir langsam selbst verzieh und zur Ruhe kam. Um mich noch mehr zu beruhigen holte ich mein Scheckheft, ja, ich hatte noch eins!, aus der Schreibtischschublade, schrieb eine Eins mit fünf Nullen darauf und steckte den Scheck in einen der edlen, goldgeprägten Briefumschläge, die ebenfalls in der Schublade lagen. Ich wollte den Umschlag schon zukleben, dann entschied ich mich doch noch, ein paar Zeilen dazu zu schreiben. Ich war nicht gut in so was, aber Megan hatte ein paar letzte Zeilen verdient. Dann klebte ich ihn zu und rief einen meiner Männer zu mir, um den Brief persönlich in Megans Briefkasten zu werfen.

Leider stellte sich die erwartete Erleichterung, dieses Kapitel in meinem Leben damit hinter mir gelassen zu haben, nicht wirklich ein, aber immerhin schlief ich ein paar Stunden. Und erwachte mit einem dröhnenden Kopf und einem seltsamen Druck in der Brust, den ich geflissentlich ignorierte.

Megan

Ivy stand auf einem kleinen Hocker vor der Küchenarbeitsplatte und knetete begeistert Teig. Sie hatte einen Klecks Teig im Haar und Mehl auf der Wange, was nur bewies, wie sehr sie darin vertieft war, diese Schokokekse zu kleinen, runden Talern zu formen. Die Idee, aus ihnen Rentiere zu formen, hatten wir nach einigen gescheiterten Versuchen, weil unsere Rentiere eher aussahen wie fliegende Dinosaurier, aufgegeben.

Als der letzte Teigklumpen auf dem Blech gelandet war schob ich das Blech in den Ofen und wischte mir die Hände an einem Küchentuch ab.

Ivy hüpfte aufgeregt vor dem Ofen herum und fragte alle paar Minuten, wann denn die Kekse endlich fertig sein würden, bis sie sich schließlich vor die Stirn schlug und mich aus großen Augen ansah.

„Meggie, ich muss ja noch was malen!" Sie lief aus der Küche ins Wohnzimmer und kramte ein paar Buntstifte und ein Blatt Papier heraus. Wir hatten vorhin ein paar Weihnachtssterne aus Papier gebastelt, die wir vor das Fenster hängen wollten, und danach noch nicht wieder aufgeräumt.

257

„Was willst du denn malen, Ivy?", fragte ich neugierig, aber sie legte nur den Kopf schief und sah mich empört an.

„Sei nicht so neugierig!", schimpfte sie und ich musste trotz des dumpfen Scherzen in meiner Brust lachen. Genau das hatte ich zu ihr gesagt, als ich mich ins Schlafzimmer verzogen hatte, um ihr Geschenk einzupacken und sie vor der Tür gequengelt hatte, was ich denn so lange im Schlafzimmer zu tun hätte. Ich war gestern, nachdem Gabriel gegangen war, mit ihr in die Mall gefahren, um sie, vor allem aber mich, von der Leere in meiner Wohnung abzulenken. Und von dem dumpfen Schmerz in meinem Herzen, aber es hatte natürlich nichts genutzt. Ich hatte ihr einen Pullover mit Rentiermotiv in ihrer Größe gekauft, bei dem die rote Nase lustig blinkte, weil er über eingenähte Knopfzellbatterien verfügte. Den gleichen hatte ich mir in der Hoffnung besorgt, dass es von nun an Tradition bei mir und Ivy werden würde, weil es mich daran erinnerte, dass meine Eltern und ich früher auch so ein Ritual hatten und jedes Jahr diese kitschigen Pullover trugen. Ich hatte sie kurz in dem Kinderparadies gelassen, aber dabei bemerkt, dass ich das Muttersein schon ziemlich verinnerlicht hatte, weil ich mich wahnsinnig beeilt hatte, immer getrieben von der absurden Angst, Ivy könnte etwas passieren. Daher hatten wir das Backen auf heute verschoben, obwohl heute bereits Heilig Abend war. Ich hatte ihr versichert, dass das reichen würde, um Santa mit Plätzchen zu versorgen, aber sie war ohnehin viel zu aufgeregt, um das zu hinterfragen.

„Na gut, dann bleibe ich in der Küche und pass auf die Plätzchen auf", sagte ich, aber Ivy hörte mir schon gar nicht mehr zu. Sie schien vollkommen auf das Bild konzentriert zu sein, das sie gerade malte und ich fühlte wieder diese Wärme und Zuneigung für dieses Kind in meinem Herzen.

Nachdem die Plätzchen fertig waren und ich sie zum Auskühlen auf die Arbeitsplatte gestellt hatte, ließ ich Ivy kurz alleine, um nach der Post zu sehen. Nicht, dass ich viele Freunde oder Verwandte hatte, die mir eine Karte mit guten Wünschen schicken würden, aber meine Eltern ließen sich jedes Jahr etwas Besonderes einfallen. Meist bastelte meine Mutter die Karte selbst und verzierte sie mit Glitter oder selbst gebastelten Figuren. Und jedes Mal lagen der Karte die neuesten Fotos von ihr und Dad bei, worauf ich mich immer besonders freute, weil mein Dad ein richtiger Spaßvogel war und nicht nur die unmöglichsten Grimassen schnitt sondern auch die unmöglichsten Orte für die Fotos auswählte. Ich hatte im Vorfeld das gleiche getan und ein paar Selfies von mir mit meinem neuen Weihnachtspullover in der Umkleidekabine gemacht und dann noch ein paar von mir im Bett, unter meiner Rentierschlittenbettwäsche. Mit einer roten Mütze auf dem Kopf, die ich in einer der unzähligen Weihnachtskisten gefunden hatte.

Ich schloss den Briefkasten auf und gleich fiel mir ein roter Umschlag mit der vertrauten Schrift meiner Mutter entgegen. Ich grinste und wollte die Klappe gerade wieder verschließen, als ich hinten noch einen weißen Umschlag mit Goldprägung klemmen sah. Stirnrunzelnd fischte ich ihn raus und drehte ihn um, so dass ich den golden aufgedruckten Absender entziffern konnte: *Gabriel's, First Adress For High Demands.* Dann ein Straßenname und die Stadt, in der dieser Club residierte. Ich kannte weder die Straße noch die Stadt, aber bei dem Namen *Gabriel's* zog sich mein Herz schmerzhaft zusammen, weil ich sofort ahnte, dass dieser Brief etwas mit dem Mann zu tun hatte, der mir nicht aus dem Kopf ging. Heute war Heilig Abend, war es da zu naiv, an ein klitzekleines Wunder zu glauben? Vielleicht wollte er Ivy und mich zu sich einladen oder vielleicht waren das drei Karten für... was auch immer. Ich riss den Umschlag auf, aber als ich einen Scheck herauszog, traf mich das wie ein Schlag in die Magengrube. Ein Scheck. Über die sagenhafte Summe von 100.000 Dollar! Ein handbeschriebener Zettel fiel ebenfalls heraus, und ich hob ihn auf. Die Buchstaben verschwammen vor meinen Augen, während sich die Enttäuschung in Wut verwandelte.

Es tut mir leid. Grüß Ivy von mir, kauf ihr etwas Schönes zu Weihnachten. Der Rest ist für dich.

Das verstand dieses Oberarschloch also unter: Ich melde mich! Ich unterdrückte mit Mühe einen Wutschrei, mein Herz hämmerte in meiner Brust und ich biss die Zähne zusammen.

Gut, ich hatte nicht wirklich damit gerechnet, dass er sich melden oder sogar zurückkommen würde, aber das hier schlug dem Fass doch den Boden aus! Ein netter Brief, eine Erklärung, und sei sie auch noch so fadenscheinig, hätte ich akzeptiert, aber dieser Scheck ließ mich fühlen, als wäre ich eine beliebige Nutte. Eine hoch bezahlte immerhin, aber trotzdem wie jemand, den man für Geld kaufen konnte. Den man danach für seine Dienste bezahlte. Deutlicher hätte er mir nicht sagen können, was er von mir hielt.

Mit einer Riesenportion Wut im Bauch stapfte ich die Treppe hoch, blieb aber vor der Tür kurz stehen, um mich einigermaßen zu beruhigen. Ivy sollte nicht mitbekommen, wie aufgewühlt und verstört ich gerade war. Ich atmete ein paarmal durch, dann hatte ich mich so weit in der Gewalt, dass ich mich Ivy stellen konnte, der ich dann ja wohl jetzt erklären musste, dass ihr Wunsch, Gabriel würde mit uns zusammen feiern, nicht erfüllt werden würde.

Ivy saß noch immer mit zwischen den Lippen hervorblitzender Zunge vor dem niedrigen Tisch und malte. Ich räusperte mich und sie blickte auf. Strahlend sah sie mich an und zeigte dann auf das Bild.

„Guck mal, das habe ich für Gabriel gemalt. Das schenke ich ihm wenn er kommt."

„Ivy, es... also Gabriel... er wird heute nicht kommen", versuchte ich, ihr die Wahrheit zu sagen.

Sie legte ihren Kopf schief und sah mich mit einer Mischung aus Unglauben und der ihr eigenen Ernsthaftigkeit an.

„Aber ich habe mir das doch von Santa gewünscht!" Natürlich verstand sie das nicht, wie hätte das ein vierjähriges Mädchen auch verstehen sollen. Ich überlegte, wie ich ihr das erklären sollte, ohne dass sie den Glauben an Santa verlor oder, schlimmer noch, wieder einmal das Gefühl haben musste, jemanden aus ihrem nahen Umfeld verloren zu haben.

„Ich... also es ist so...", begann ich, aber ich fand keine plausible Erklärung. Oder wollte sie vielleicht auch nicht finden? Ich konnte ihr ja schlecht sagen, dass er

uns nicht in seinem Leben haben wollte, ohne bei ihr
wieder alte Wunden aufzureißen.

Ich konnte nicht verhindern, dass die Wut erneut
zurückkehrte. Dieses Mal allerdings ließ sie sich nicht
herunterschlucken. Stattdessen rauschte sie durch
meinen Körper, legte sich wie zäher Sirup über meinen
Verstand und überdeckte jeden vernünftigen
Gedanken. Was blieb war ein unbändiger Zorn,
Verletztheit und ein letzter Rest Stolz.

Ich schnappte mir die verdutzte Ivy, das Bild und die
Wohnungsschlüssel, bevor ich bei Mr. Bowman
klingelte und ihn bat, mir sein Auto zu leihen. Er war
zwar ein neugieriger und sehr korrekter alter Mann,
aber andererseits auch sehr hilfsbereit. Ich hatte mir
schon öfter sein Auto geliehen, als Gegenleistung sollte
ich ihn manchmal zum Arzt oder zur Mall fahren, weil
er selbst kaum noch fuhr, aber das war schließlich ein
kleiner Preis dafür, dass ich sein Auto nutzen durfte.
Auch dieses Mal verlangte er, dass ich ihn zu ein paar
Untersuchungen in der nächsten Woche fahren sollte,
aber immerhin saßen Ivy und ich kurz darauf in dem
geräumigen Ford und ich gab die Adresse, die auf dem
Kuvert angegeben war, in mein Handy ein, das ich als
Navi nutzte. Mr. Bowman hatte sogar noch einen alten
Kindersitz im Keller gehabt, in dem früher seine Enkel
gesessen hatten. Was mein schlechtes Gewissen in
Bezug auf Ivy Sicherheit etwas beruhigte.

Ich freute mich schon auf Gabriels Gesicht, wenn ich
ihm den Scheck vor die Füße warf. So weit mein Plan,
alles andere würde ich auf mich zukommen lassen.

Megan

Unsicher sah ich mich um.

Die Adresse, zu der mich das Navi geführt hatte, gehörte zu einem exklusiven Club, so weit, so gut. In der Eile hatte ich das *Gabriel's* nicht gegoogelt, also wusste ich nicht genau, was mich erwartete. Die Leute, besser gesagt die Männer, die die breite Treppe hinauf gingen, trugen teure Kleidung und es gab sogar zwei Türsteher, die den Einlass kontrollierten.

Mein Mund wurde trocken und ich hatte plötzlich Angst vor meiner eigenen Courage. Das hier war so viel eleganter als ich es mir vorgestellt hatte! Ich sah an mir herunter und stellte zu meinem Leidwesen fest, dass ich vollkommen vergessen hatte, dass ich schon diesen Blinkeweihnachtspullover trug, dessen kleines Gegenstück ich Ivy erst morgen schenken wollte. Ich schluckte den Kloß in meinem Hals herunter. Okay, nicht kneifen, Megan. Ich würde da jetzt reingehen und nach Gabriel fragen. Vielleicht war er ja gar nicht hier. Vielleicht saß er in seiner Wohnung, trank seinen geliebten 100.000 Dollar-Rum und hörte sich diese unerträgliche Musik an, mit der er mich gefoltert hatte. Um den Geist der Weihnacht möglichst wirkungsvoll von sich und seinen wahren Gefühlen fern zu halten. Oder vielleicht war er auch gar nicht allein... Ich ignorierte den Stich, den ich dabei in meiner Brust spürte und konzentrierte mich stattdessen auf meine Mission. Gabriel konnte tun und lassen, was er wollte, wir waren schließlich kein Paar, aber das mit dem Scheck musste ich klären.

Ich beugte mich kurz nach hinten, wo Ivy in dem Kindersitz festgeschnallt saß und große Augen machte, weil die roten Lichter über dem Eingang dieser Bar blinkten wie Rudolphs Nase auf meinem Pullover.

„Hör zu, Süße, ich muss da drinnen mal kurz etwas erledigen. Du wartest bitte brav hier im Auto, ja? Wenn ich fertig bin, fahren wir nach Hause, essen Kekse und schauen uns einen Film an."

Ivy nickte nur abwesend, während sie weiter die blinkenden Lichter anstarrte.

Mein Herz klopfte wie das eines Kolibris nach einem Langstreckenflug.

Ich atmete noch einmal tief durch, griff mir den Scheck und öffnete die Tür. Kurz zögerte ich noch, dann straffte ich die Schultern. Nein, ich würde jetzt keinen Rückzieher machen. Ich war nicht so feige wie Gabriel!

„Ich bin gleich wieder da, Süße."

Die beiden Türsteher, die den Eingang flankierten, sahen mich mit einer Mischung aus Misstrauen und Belustigung an. Meine Haare hingen mir wild um den Kopf, geschminkt hatte ich mich natürlich auch nicht, weil ich zum einen darin keine Übung hatte und nicht mit der bunten Weihnachtsdeko in meiner Wohnung konkurrieren wollte, und zum anderen hatte ich ja gar nicht damit gerechnet, die Wohnung heute noch mal zu verlassen. Dafür trug ich diesen Blinkepullover, was alles in allem nicht dazu beitrug, dass ich mich wohl in meiner Haut fühlte und wahrscheinlich auch genau diesen Eindruck vermittelte. Mit jeder Stufe, die ich in Richtung Eingang hochstieg, wurde ich immer unsicherer. Dass das hier keine gewöhnliche Bar war, wie ich angesichts des edlen Briefpapiers gedacht hatte, wurde mir klar, als sich die Tür öffnete und ich einen kurzen Blick hineinwerfen konnte. In der Dunkelheit konnte ich kurz einen roten Lichtkegel ausmachen, der langsam hin und her schwenkte. Dazu dröhnte *Feeling Good* von Michael Bublé bis zu mir hinaus. Ooookay. Während sich einer dieser menschlichen Gorillas vor mir aufbaute, musste ich schlucken. Damit hatte ich jetzt nicht gerechnet, aber ich würde deswegen garantiert keinen Rückzieher machen.

„Ich glaube, du hast dich verlaufen, Mrs. Santa", grinste mich einer der beiden Typen an. Durchatmen, Megan.

„Ich wusste gar nicht, dass sie hier schon Komiker vor die Tür stellen. Läuft da drin gerade ein Stand-up-Comedy Wettbewerb und du hast wartest hier draußen auf deinen Auftritt?", fauchte ich angepisst. Das fing ja gut an.

„Oh, wow, die Kleine hat Haare auf den Zähnen! Und nein, ich stehe nur hier, weil ich unbedarfte Mädchen wie dich vor dem schütze, was da drin vor sich geht. Da wird nämlich gar nicht so viel gesprochen, wie du denkst." Seine anzügliche Bestätigung meines ersten Eindrucks brachte meinen Entschluss kurz ins Wanken. Ich sah unsicher zu meinem Auto. Ivy presste ihre kleine Nase an die Scheibe und winkte mir fröhlich zu. „Danke für deine unerwünschte Sorge um mein Seelenheil, aber ich will zu Gabriel. Er... erwartet mich." Okay, das nun nicht gerade, aber die beiden machten nicht den Eindruck, dass sie mich ohne diese Information durchgelassen hätten. Ich sah, wie sie vielsagende Blicke tauschten, kurz die Köpfe zusammensteckten, dann gab der Fleischberg die Tür mit einem schmierigen Grinsen frei.

„Wenn das so ist, Miss..." Sein anzüglicher Ton gefiel mir nicht, aber immerhin ließ er mich durch. Unsicher trat ich in das Dunkel und musste blinzeln, um mich zu orientieren. Jetzt sah ich auch, was das rote Licht so gezielt einfing. Da räkelte sich eine halbnackte, um ehrlich zu sein, mehr als halbnackte Frau, weil sie nur einen knappen String und diese Troddeln über ihren Brustwarzen trug, an einer Stange. Männer umringten sie und anzügliche Anfeuerungen wurden in ihre Richtung durch den Raum gerufen. Okay, ich wusste inzwischen, dass Gabriel dieser Club gehörte, also musste das nichts bedeuten. Gabriel konnte auch genauso gut in seinem Büro...

Er war *nicht* in irgendeinem Büro, sondern saß auf einem Barhocker. Mit einer mehr als ansehnlichen Brünetten auf dem Schoß, die sich lasziv an ihm rieb. Auch sie trug nur einen String und auf ihren Nippeln klebten runde, rote Paillettentroddel mit kleinen weißen Puscheln. Ich musste schlucken. Ok, dann Rückzug. Wenn Gabriel auf diese Art von Weihnachtsdeko stand, dann war ich hier fehl am Platze. Mein Vorsatz, ihm den Scheck vor die Füße zu werfen, kam mir mit einem Mal kindisch vor. Erwachsener wäre es wohl, ihm den auf demselben Weg wieder zukommen zu lassen, den er gewählt hatte. Mit ein paar ebenso deutlichen Worten wie seine.

Ich drehte mich um und wollte möglichst unauffällig wieder raus, da hielt mich jemand am Arm fest.

„Hey, bist du nicht Gabriels Schneehase?" Ich blickte in zwei Augen, die denen Gabriels nicht unähnlich waren.

„Erinnerst du dich nicht an mich? Ich bin Raf, also eigentlich Raphael, sein Bruder. Wir haben uns auf der Tannenbaumplantage gesehen. Was machst du denn hier?" Neugierig musterte er mich, während er in den Raum deutete.

„Nichts, also ich meine, ich habe mich geirrt." In so ziemlich allem, nicht nur in der Tür.

„Komm schon, Gab wird sich freuen."

„Ich glaube eher nicht." Ich wand mich aus seinem Griff und wollte gerade fluchtartig dieses Etablissement verlassen, als mich eine spöttische Stimme aufhielt.

„Schau an, schau an, ein Schneehase mit buntem Fell." Gabriel.

Es waren nicht die abfälligen Worte, die mich verletzten, sondern dieser kalte, distanzierte Ton. War das alles, was er noch für mich übrig hatte? Spott und Verachtung? Mein Herz zog sich zusammen und diese kleine Flamme der Hoffnung, dass ich mit ihm vielleicht doch ein klärendes Gespräch führen könnte, schon allein deswegen, damit ich mit ihm und allem, was gewesen war, abschließen konnte, wurde mit einem Schwall eiskalter Erkenntnis ertränkt. Da war nichts mehr zwischen uns, jedenfalls nichts, was über einen belanglosen Fick hinausging. Jedenfalls für ihn nicht.

„Was machst du hier? Hast du dich verlaufen? Oder willst du hier mit mir und meinem Weihnachtsmädchen", er grinste die Frau auf seinem Schoß an und zog sie näher an sich heran, „den

Heiligen Abend feiern?" Dann bohrte sich sein Blick in meinen und ich musste schlucken, weil sich ein Kloß in meinem Hals gebildet hatte. In mir schmerzte jede einzelne Faser meines Körpers und jeder Atemzug tat weh. Aber am schlimmsten war der Schmerz in meiner linken Brust. Dort, wo mein Herz in tausend Stücke zersprungen war und dennoch weiter schlug wie fremdgesteuert. Schlag auf Schlag tat es seinen Dienst, mechanisch wie ein Uhrwerk, während ich mir wünschte, es hätte ein Einsehen und würde einfach stehen bleiben.

„Warum tust du das?" Meine Stimme klang belegt und so leise, dass ich mich selbst kaum verstand. Erst da bemerkte ich, dass die Musik inzwischen verstummt war und nur noch das leise Murmeln der Gäste, die auf den nächsten Auftritt warteten, zu hören war.

„Ich muss dann, Gab. Lauf nicht weg." Die Brünette war aufgestanden, und küsste ihn provozierend auf den Mund. Es war nicht zu übersehen, dass sie ihm ihre Zunge in den Hals steckte. Ich wollte lieber nicht auf seinen Schritt starren, tat es aber trotzdem. Die harte Beule sagte mehr als Worte es hätten beschreiben können. Er war steinhart. Für diese Frau, die gerade mit kleinen Trippelschritten auf ihren Wolkenkratzerabsätzen in Richtung Bühne balancierte.

„Warum tue ich was?" Seine Stimme klang jetzt ebenso belegt wie meine und er starrte mich mit einem unergründlichen Blick an. Leise Musik setzte ein. *I put a spell on you* von *Annie Lennox*. Das rote Licht fand wieder seinen Fokus und die Männer johlten. Gabriel dagegen hatte keinen Blick für die Brünette, die sich wahrscheinlich gerade super sexy um die Stange wickelte, sondern hielt meinen Blick gefangen. Noch vor gar nicht allzu langer Zeit hatte ich gedacht, da läge so etwas wie Begehren in seinem Blick, Wärme und Zuneigung, aber jetzt wusste ich, dass das alles nur meinem verliebten Hirn entsprungen war. Naiv und dumm.

„Sag mir, warum du hier aufkreuzt, als wäre das hier keine Pooldance Bar, sondern die Weihnachtsfeier der Bahnhofsmission! Sag mir, verdammt nochmal, was du hier willst und was genau du *von mir* willst!"

Gabriel

Ich hatte sie gleich erkannt. Es war fast, als hätte ich einen Radar für sie. Wie sie da in ihrem hässlichen Weihnachtspullover stand, zwischen all den aufgebrezelten Tänzerinnen, unsicher, vollkommen fehl am Platz und doch so viel anziehender als jede einzelne von ihnen. Mein Schwanz pochte seit der Sekunde, in der ich sie erblickt hatte, schmerzhaft und wollte nichts lieber, als wieder ihre weiche, enge Wärme spüren. Die Schlampe auf meinem Schoß knabberte an meinem Ohrläppchen und stöhnte zufrieden auf, als ihre Hand die Beule in meiner Hose ertastete. Wahrscheinlich führte sie diesen Zustand auf ihr lasziyes Herumgerutsche oder auf ihre eklig nasse Zunge an meinem Ohr zurück. Sie hätte nicht falscher liegen können. Ich hatte seit gestern, seit ich Megan verlassen hatte, mehrfach einen Anlauf genommen, eine dieser willigen Schlampen zu vögeln, aber mein Schwanz und mein Kopf hatten sich nicht überrumpeln lassen. Konsequent hatten sie mich daran erinnert, dass keine von den Tussis Megan war. Gegen Megans leises Stöhnen, während ich in ihr steckte, klang das Stöhnen, während sie versuchten, meinen Schwanz hart zu bekommen, wie Tinnitus in meinen Ohren. Ihre Bewegungen, während sie sich vor mir räkelten, waren antrainiert, künstlich, nicht von echten Gefühlen gesteuert. Nicht natürlich und enthemmt, wie bei Megan. Und zum ersten Mal in meinem Leben störte mich das. Entnervt hatte ich es irgendwann aufgegeben, eine dieser Schlampen vögeln zu wollen. Ich hatte vor, es heute nochmal mit dieser brünetten kleinen Weihnachtselfe zu versuchen, aber seit Megan hier aufgetaucht war, ahnte ich, dass das nichts werden würde. Weil es sich einfach falsch anfühlte. Weil das leider seit Megan auch eine Kopfsache bei mir war, wie ich feststellen musste. Gleichzeitig redete ich mir ein, dass das nur eine vorübergehende Phase war. Sicher brauchte ich nur eine Weile, weil der Sex so außergewöhnlich gewesen war, so...

Ich hatte frustriert in der Dusche selbst Hand angelegt um den Druck, den der Gedanke an Megans süße, hemmungslose Hingabe in mir hervorrief, loszuwerden und mir vorgestellt, meine Hand wäre ihre. Oder ihr Mund, ihr süßer, sinnlicher Mund, der mich umschloss. Ich war schließlich gekommen, aber es war nur eine sehr kurze Erlösung, denn die Sehnsucht nach ihr hatte sich in meinem Herzen festgebissen wie ein tollwütiger Hund. Ich wusste, ich musste irgendwie einen Weg finden, diesen Schmerz zu bekämpfen, denn er würde mich noch umbringen. Ich musste mich damit abfinden, dass ich sie nicht in meinem Leben haben konnte. Oder haben wollte. Das mit Megan war falsch, weil es dabei war, sich normal und schön anzufühlen. Mit ihr und Ivy auf der Couch zu sitzen und *Bo und der Weihnachtsstern* zu gucken, war schön gewesen. Mit ihr und Ivy gemeinsam in diesem Spielzeugladen zu sein und Ivy alles zu kaufen, was ihr kleines Herz begehrte, war schön. Megan im Arm zu halten, einfach nur so, ohne den Gedanken an Sex, war schön. Zu schön. Ich konnte das nicht zulassen. In meinem Leben war kein Platz für diese Gefühle.

Und jetzt stand sie hier vor mir und ich spürte, wie meine Fassade zu bröckeln begann und dass ich das mit aller Macht verhindern musste.

„Oh wow. Wow." Sie stand jetzt so dicht vor mir, dass ich ihren Duft einatmen konnte. Zimt, Bratapfel oder irgendein anderes Weihnachtsgewürz. Ich kannte mich da bekanntermaßen nicht so aus. In ihren Augen standen Tränen, ihre Unterlippe zitterte und trotzdem hatte sie die Schultern stolz gereckt. Raf stand hinter ihr und zog die Brauen zusammen.

„Ich wollte dich nur fragen, was das mit diesem Scheck soll. Warum du mir so viel Geld geben willst. Und dir sagen, dass ich mich damit fühle wie jemand, der sich für seine *Dienstleistungen",* sie betonte das so, dass kein Zweifel darüber aufkommen konnte, von welchen Dienstleistungen sie sprach, „bezahlen lässt. Und dass mich das verletzt." Sie holte kurz Luft. Sie war tatsächlich verletzt, dabei hatte ich es nur gut gemeint. Aber natürlich war das wieder einmal vollkommen falsch gewesen, das hätte ich eher merken müssen. Ihr Geld anzubieten fühlte sich im Nachhinein genau so an, wie sie es aufgefasst hatte. Was hatte ich mir nur dabei gedacht? Ich hatte das unbehagliche Gefühl einfach beiseite geschoben, das ich schon verspürt hatte, als ich den Scheck ausstellte. Weil ich tief in meinem Inneren gewusst hatte, dass Megan jemand war, bei dem ich mich mit all meinem Geld nicht aus der Verantwortung herauskaufen konnte. Der Verantwortung, ihr wenigstens zu erklären, warum das mit ihr und mir nicht funktionieren konnte.

„Ich frage mich, warum du zu feige bist, mir und Ivy persönlich zu sagen, warum du wirklich abgehauen bist." Sie sah mich mit diesem Röntgenblick an, der mich innerlich auf Reiskorngröße zusammenschrumpfen ließ.

„Und ja, ich sehe vielleicht in diesem, in deinen Augen lächerlichen, Pullover aus wie eine alberne, naive Frau, die geglaubt hat, du würdest etwas mehr Charakter haben als ein Einzeller. Aber wie ich sehe und vor allem höre, habe ich mich geirrt. Ich kann den Pullover ausziehen, wenn mir danach ist, aber du? Du kannst nicht aus deiner Haut raus, du bleibst das kalte Arschloch, das du bist!" Sie stockte, wischte sich die Tränen ab und ich ließ die Gelegenheit, mich dazu in dem kurzen Moment der entstandenen Stille zu äußern, ungenutzt verstreichen. Weil ich feige und genau das Arschloch war, das sie in mir sah. Und weil es besser für sie war, wenn sie mich hasste. Ja, sie sollte mich hassen, denn das war allemal besser für sie, als etwas für mich zu empfinden, das ich nicht erwidern konnte. Ich wollte nicht darüber nachdenken, dass sie mehr in uns gesehen hatte, als ich ihr geben konnte, obwohl ich wusste, dass es so war. Ich war nicht der Typ für eine Beziehung aber genau die wollte und verdiente Megan. Und genau deswegen musste sie mit mir abschließen. Um frei zu sein für jemanden, der ihre Liebe und Hingabe verdiente, denn das war nicht ich.

„Und ja, vielleicht hätte ich diesen Pullover nicht angezogen, wenn ich geahnt hätte, dass das hier ein... so ein Club ist, aber immerhin gebe ich nicht vor, etwas zu sein, was ich nicht bin." Sie holte erneut Luft und mein Herz zog sich zusammen. Es war eine Sache, sich zu wünschen, dass sie das niederträchtige Arschloch in mir sehen sollte, das ich war. Aber eine ganz andere Sache war es, zu sehen, wie tief sie mein Verhalten wirklich verletzte. Ich konnte es in ihren Augen lesen, in der Art, wie sie getroffen die Schultern hängen ließ oder auch in jeder einzelnen, glitzernden Träne, die ihre Wange hinunterlief. Was meine Worte wirklich angerichtet hatten, wurde mir erst jetzt richtig bewusst. Und mein Herz setzte einen Schlag aus. Sie war bis ins Mark verletzt. Sie blinzelte, streckte mir die Hand entgegen, in der ich den Scheck erkannte. Dann zog sie sie wieder zurück und sah etwas irritiert auf ein Blatt Papier, das sich offenbar dahinter verfangen hatte. Sie starrte das Blatt an, dann schien sie sich entschlossen zu haben, es mir ebenfalls zu geben.

„Hier, das hat Ivy gemalt. Für dich." Sie hielt mir das Blatt Papier hin. Auf den ersten Blick erkannte ich nur bunte Linien und Gekritzel.

„Sie hat heute den halben Tag daran gemalt, weil sie es dir morgen schenken wollte. Wenn du zu Besuch gekommen wärst oder dich wenigstens ge*meldet* hättest, wie du es versprochen hast. Und nein, keine Angst, ich werde mir schon was einfallen lassen, warum sie vergeblich drauf warten wird, dass du auftauchst. Das letzte, was dieses Kind jetzt braucht, ist ein weiteres Mal das Gefühl zu haben, im Stich gelassen zu werden!" Sie knallte den Scheck und das Bild auf die Theke hinter mir.

„Zerreiß es oder wirf es weg. Mir egal. Oder trampele meinetwegen darauf herum, wie auf Ivys und meinen Gefühlen."

Jetzt schluchzte sie und ich konnte in ihren Augen erkennen, wie viel Kraft es sie kostete, hier vor mir zu stehen und mir all das zu sagen, obwohl ich sie so gedemütigt hatte. Mein Herz raste, in meinem Kopf dröhnte es, aber das war nicht die Musik, denn die war inzwischen wieder verstummt. In diesem Augenblick stellte sich diese Kitty oder wie das Pool Dance Bunny auch immer hieß, an meine Seite und strich mit ihren langen, rot lackierten Nägeln besitzergreifend über meinen Arm. Ich war nicht fähig, zu reagieren oder sie abzuschütteln, weil sich meine ganze Aufmerksamkeit auf Megan konzentrierte und alles, was ich immer versucht hatte zu unterdrücken, in diesem Augenblick wie ein Feuerball durch meine Eingeweide schoss und mich quasi ausknockte. Megan warf nur einen kurzen, verletzten Blick auf die kleine Schlampe neben mir, dann richtete sie ihre Aufmerksamkeit wieder auf mich. Und in diesem Blick erkannte ich die ganze Verachtung, in die sich ihre Gefühle für mich verwandelt hatten.

„Was will denn diese lächerliche Kleine von dir, Darling. Kennst du die etwa?" Diese Kitty oder wie auch immer, klang etwas angepisst. Sie war eine dieser Frauen, die eine Antenne für ernstzunehmende Konkurrenz hatten. Obwohl sie Megan nicht einmal das Wasser reichen könnte, wenn sich das Wasser aller Ozeane dieser Welt auftürmen und sie auf dieser Welle surfen würde, um im Bild zu bleiben.

Ich hätte etwas sagen sollen, sagen müssen, und die Schlampe neben mir in ihre Schranken weisen müssen, aber mir blieben alle Wörter, die sich in meinem Wortschatz befanden, im Halse stecken. Ein Blick in Megans schöne Augen verriet mir, dass sie ebenfalls darauf wartete, dass ich etwas sagte. Für den Buchteil einer Sekunde nur, dann schüttelte sie resignierend den Kopf.

„Diese lächerliche *Kleine*", ahmte Megan Kittys Tonfall nach, legte aber sogar noch mehr Schärfe hinein, „will gar nichts von deinem Darling, Bunnyhäschen. Keine Angst, ich überlass ihn dir gerne. Nicht nur für heute, sondern für immer. Nichts lag mir ferner, als eure kleine Privatfeier hier zu stören."

Sie war so schön, so mutig, wie sie da vor mir stand und sich ihrer Gefühle wegen nicht schämte, dass mich eine heiße Welle des Begehrens überrollte. Zusammen mit einer noch heißeren Wut auf mich selbst, weil sie diese Gefühle in mir weckte und ich nicht dagegen ankam. Weil sie stärker und ehrlicher war als ich. Weil sie... ich musste sie loswerden, bevor ich noch etwas Unüberlegtes tun und sie an mich ziehen und küssen würde! Weil es genau das war, was ich tun wollte, aber auch das, was niemals passieren durfte, wollte ich sie je wieder aus meinem Kopf und meinem Herzen verbannen.

„Dann tu das auch nicht, Megan! Wenn du jetzt gesagt hast, was du sagen wolltest, dann steig in deinen Rentierschlitten und fahr zurück in deinen Weihnachtsalbtraum!" Fuck! Warum verletzte ich sie weiter, wo sie doch schon sprichwörtlich am Boden lag? Das war nicht ich! Ich ekelte mich vor mir selber, weil Megan bei dem eisigen Klang meiner Worte getroffen zusammenzuckte. Gleichzeit grölten und johlten die Umstehenden über meinen Witz, während es mir so vorkam als würde sämtliche Luft aus meinen Lungen weichen. Der Schmerz in Megans wunderschönen Augen traf mich wie ein Hurrikan, umtoste mich, riss mich mit in einen dunklen Strudel aus Selbsthass, bis alles um uns herum scheinbar zum Stillstand kam. Ich hörte kein Feixen mehr, sah keine Gesichter um mich herum, nur Rauschen und verschwommene Umrisse, während mein Herzschlag laut in meinen Ohren pochte. Ich spürte Megans Schmerz als wäre es mein eigener. Die Intensität dieser Empfindung riss mich fast vom Stuhl, aber alles, zu was ich imstande war, war sie anzustarren. Ich wollte meinen Worte die Schärfe nehmen, wollte mich entschuldigen, wollte ihr sagen, dass ich nur so um mich trat, weil ich verdammt nochmal Angst vor dem hatte, was sie in mir auslöste, aber ich brachte kein Wort heraus.

Sie blinzelte, eine einzelne Träne lief ihr die Wange herunter während sie schluckte. Kurz sah sie zu Boden, schien sich zu sammeln, dann sah sie mich wieder an und der Blick, mit dem sie mich musterte, war abfällig. Unverständnis und eine tiefe Betroffenheit versteckten sich hinter einer aufgesetzten Fassade aus Gleichgültigkeit und einem Anflug von Mitleid.

„Kleiner Tipp von mir: Dreht mal die Heizung höher, hier drin ist es eiskalt." Ihr Blick huschte kurz zu meiner linken Brust, aber sie hätte sich nicht mehr irren können. In meiner Brust brannte es, dort loderte das Feuer der Verachtung für mich selber. Dann sah sie zu der Tussi, die sich immer noch verführerisch an mich schmiegte und mit einem spöttischen Grinsen zu Megan sah.

„Pass auf, dass du dir bei der Eiseskälte hier keinen Schnupfen holst, Süße."

Sie sah wieder mich an. Himmel, wie stolz und stark sie war! Wie sie mir mutig all das an den Kopf warf, das wahrer nicht hätte sein können! Sie hatte so viel dickere Eier als ich und ich... ich wusste nicht, wie ich es schaffen sollte, sie aus meinem Leben und meinen Gedanken zu verbannen. Niemand, der sie nicht so gut kannte wie ich inzwischen, würde allerdings diesen lodernden Schmerz, der in ihren Augen tobte, bemerken.

„Du hättest dir deine Häme sparen können, Gabriel, ich wäre ohnehin keine Sekunde länger hier geblieben! Hier ist mir nämlich zu wenig Lametta und daran können auch die hübschen Nippeltroddel deiner neuen Freundin nichts ändern. Ich gehe jetzt zu einem entzückenden kleinen Mädchen, das auf dem Rücksitz meines Wagens sitzt, und dann fahre ich mit ihr nach Hause. In mein Zuhause, dem Weihnachtsalbtraum, mit all dem furchtbaren Kitsch, der Rentierfamilie auf dem Tisch, den Lichterketten am Fenster und Rudolph, in dessen Satteltaschen sie ein paar kleine Geschenke finden wird. Weil sie so viel mehr verdient als von einem überheblichen, hedonistischen Arschloch wie dir wieder einmal ignoriert und verletzt zu werden." Megan hatte mich die ganze Zeit unverwandt angesehen. Unerwünscht und ungewollt tauchte ein Bild vor meinen Augen auf: Sie und Ivy, wie sie sich im Wohnzimmer unter diese hässliche rote Santadecke auf dem Sofa kuschelten und die Geschichte von dem Grinch, der Weihnachten gestohlen hat, lasen, sich einen Zeichentrickfilm ansahen, oder wie Ivy ihre kleinen Feenflügel umschnallen und mit dem Zauberstab hexen würde... Ein heißer Schmerz durchfuhr mich. Sie hatten etwas zusammen, das ich nie haben würde. Nicht haben konnte, weil ich Angst davor hatte, nicht so lieben zu können, wie sie es verdienten. Weil ich nicht wusste, wie Liebe und Familie funktionierten. Meine Mutter hatte uns Jungs immer auf Abstand gehalten, jedenfalls dann, wenn sie doch einmal Zeit mit uns verbringen musste. Als Kind hatte mich das verletzt, heute war es so, wie es eben war. Man konnte nicht vermissen, was man nie gehabt hatte. Leben konnte man es aber auch nicht.

„Ich würde euch allen ja 'Fröhliche Weihnachten' wünschen, aber den wahren Sinn hinter diesen Worten würdet ihr ja sowieso nicht verstehen. Weihnachten", und dabei sah sie mich wieder so durchdringend an, dass ich ihrem Blick fast nicht standgehalten hätte, „steht symbolisch für etwas, es ist keine Jahreszeit oder ein bestimmtes Datum. Es ist ein Gefühl. Und das ist dir ja bekanntlich fremd." Damit drehte sie sich um und ging unter lautem Gejohle der anwesenden Gäste und mit hoch erhobenem Kopf hinaus. Nur wer sie so gut kannte wie ich, bemerkte, dass sie nicht halb so taff war, wie sie sich gab. Ein leichtes Zucken ihrer Schultern, die Art, wie sie ging, all das verriet mir, wie aufgewühlt sie war. Und dann war sie verschwunden und ich stand immer noch nur da und starrte ihr nach. *Es ist besser so. Du hast es genau so gewollt.Du bist nicht so ein Mann, wie sie ihn will. Du willst all das nicht, was sie will...*

„Alter, die hast du ja ganz schön auflaufen lassen! Ich will ja nicht sagen, dass das selbst für dich ziemlich unter der Gürtellinie war, aber... das war ziemlich unter der Gürtellinie! Hui, war die angepisst, Gab", lachte Raf, schlug mir auf die Schulter und ich wäre ihm am liebsten an die Gurgel gegangen. Leider hatte er recht. Das war absolut daneben gewesen. Egal, auch wenn ich sie nicht in meinem Leben haben wollte, verletzen wollte ich sie schließlich auch nicht. Aber genau das hatte ich getan. Das hatte sie nicht verdient.

„Was war das denn? So habe ich dich noch nie erlebt, Alter! Jedenfalls nicht, wenn es um eine Tussi geht." Er deutete mit dem Kinn auf diese Kitty, die sich schon wieder an mir rieb, dieses Mal mit einem siegessicheren Augenaufschlag.

„Halt dich lieber an Kitty, die kratzt und beißt wenigstens nicht. Also nicht, wenn man das nicht ausdrücklich will." Er grinste und schlug mir wieder auf die Schulter.

„Komm schon, Bro. Vergiss die kleine Zimtzicke und lass uns feiern!" Er nahm sich das Glas, das Brian, unser Barkeeper, von ihn hingestellt hatte und hob es in die Luft.

„Fröhliche Weihnachten", rief er und prostete in die Runde. „Lokalrunde auf mich."

„Fröhliche Weihnachten", antworteten ihm unzählige Stimmen und Brian seufzte angesichts der auf ihn zukommenden Arbeit. Ich nahm mir ebenfalls ein Glas, leerte es mit einem Schluck und Brian goss unaufgefordert nach. Ich nickte ihm zu und wir beide wussten, dass es nicht bei diesen zwei Gläsern für mich bleiben würde.

„Frohe Weihnachten." Sein Blick blieb an mir hängen, so als wollte er noch etwas hinzufügen, aber ich war sein Boss und er wusste, wann er lieber schweigen sollte. Mein Blick fiel auf das Blatt, das Megan zusammen mit dem Scheck auf die Theke geknallt hatte. Es war das bunte Gekritzel eines kleinen Kindes, dem Bild, das ich vor vielen Jahren meiner Mutter geschenkt und das sie so herabgewürdigt hatte, nicht unähnlich. Ich spürte diesen Stich, der in meinen Eingeweiden ein Brennen auslöste. Ivy hatte das für mich gemalt. Wirklich für mich. Sie hatte sich all die Mühe gemacht und den halben Tag daran gemalt, hatte Megan gesagt. Ich legte das Blatt verkehrt herum auf den Tresen. Ich wollte, konnte!, es nicht den ganzen Abend anstarren. Weil es mich zerriss, dass ich fast genauso reagierte wie meine Mutter damals. Mit Ignoranz.

„Scheiß was auf Weihnachten!", knurrte ich und Brian enthielt sich zu seinem Glück erneut eines Kommentars. Weihnachten war ein Gefühl, das hatte Megan gesagt. Und ich hatte keine Gefühle. Genau deswegen bedeutete mir Weihnachten nichts. Für mich

waren das die Tage im Jahr, die ich abgeschafft hätte,
wenn es nach mir gegangen wäre!

„Noch einen und danach noch einen", befahl ich Brian.
„Und immer, wenn das Glas leer ist, noch einen."

Megan

Vorsichtig wickelte ich die Rentiermama in weiches
Papier und legte sie zum Rest ihrer Familie in den
Karton, in dem schon die Lichterketten, das
Schneespray und die anderen Kleinigkeiten lagerten,
die jetzt bis zum nächsten Jahr wieder den hinteren Teil
meines Schrankes bewohnen würden.

Den Weihnachtstag hatte ich allein mit Ivy verbracht,
wir hatten *Die Schneekönigin,* und *Die
Weihnachtsgeschichte* von Charles Dickens auf Netflix
angesehen, einen großen Bogen um *Bo und der
Weihnachtsstern* gemacht und Kekse gefuttert, bis Ivy
Bauchschmerzen bekommen hatte.

Ivy hatte nur einmal gefragt, warum Gabriel nicht mit
uns Weihnachten gefeiert hatte und ich hatte ihr
irgendwie zu erklären versucht, dass er sehr beschäftigt
war und daher nicht hatte kommen können. Sie hatte
sehr traurig ausgesehen und war danach sehr in sich
gekehrt gewesen. Schließlich hatte sie mich gefragt, ob
sie trotzdem bei mir bleiben könnte, auch wenn Gabriel
keine Zeit für uns hatte. Diese Frage hatte mein
Innerstes nach außen gekehrt, weil ich dahinter all den

Schmerz und die Angst erkannte, erneut zurückgewiesen zu werden.

Ich hatte ihr versichert, dass das nicht davon abhing, ob Gabriel bei uns war und dass wir auch zu zweit sehr viel Spaß haben würden, aber so richtig überzeugt schien sie nicht zu sein. Zu allem Überfluss hatte sich Mrs. Robson bei mir gemeldet und mir mitgeteilt, dass die Behörde meinen Antrag auf Adoption sehr genau prüfe, ich allerdings aufgrund des Umstandes, dass ich allein und berufstätig war, vorerst nur als Pflegemutter in Betracht käme. Leider war es notwendig, Ivy bis zur endgültigen Entscheidung übergangsweise wieder in die Obhut der Behörde, in diesem Fall Gott sei Dank in Mrs. Robsons Obhut, zu geben, die Ivy mit zu sich nahm, nachdem ihre eigenen Kinder wieder abgereist waren. Und auch gleich Mrs. Robsons Hund mitgenommen hatten. Es gab also Lösungen, wenn man nur danach suchte.

Ich empfand immer noch diesen nagenden Schmerz, wenn ich an Gabriel dachte, was leider viel zu oft vorkam. Alles in der Wohnung erinnerte mich an ihn, er schien jeden Raum mit seiner düsteren Aura ausgefüllt zu haben, nur um mich zu quälen.

Ich dachte leider auch viel zu oft an unsere letzte Begegnung und wie kalt er mich abserviert hatte, während diese billige Hupfdohle ihn betatscht hatte. Es tat mir in der Seele weh, wie er mich behandelt und mein Herz damit in tausend Splitter hatte zerspringen lassen. Ohne mit der Wimper zu zucken hatte er mich gedemütigt, hatte zugelassen, dass alle über mich lachten und mich dann unter seinem Absatz zertreten wie einen lästigen Käfer. Tief in mir wusste ich, dass er nicht so war, wie er sich dort gegeben hatte. Es war einfach seine Art, mit Gefühlen umzugehen, die er nicht einordnen konnte. Für ihn war es der einfachere Weg, sich dem nicht zu stellen, seine Gefühle zu ignorieren und stattdessen lieber andere zu verletzen, bevor er selbst verletzt werden konnte. Aber das machte sein Verhalten mir gegenüber nicht entschuldbar. Und auch, wenn ich die Gründe für sein Verhalten ahnte, änderte das nichts daran, wie sehr er mich mit seinen Worten verletzt hatte. Und mit der Tatsache, dass er bereits eine andere Frau in seinem Arm hatte.

„Tschüss, macht's gut, bis nächstes Jahr", verabschiedete ich die Rentierfamilie und schloss die Schranktür. Blieb noch als letztes, Rudolph für seinen Sommerurlaub im Keller vorzubereiten. Aber als ich ins Wohnzimmer kam, das schiefe Geweih und die rote Knubbelnase, die fast auf seiner Stirn hing, sah, rollten mir wieder heiße Tränen über die Wange. Ich gab mich für einen kurzen Augenblick der Trauer, die seit ein paar Tagen in meinem Herzen wohnte, hin, dann wischte ich mir entschlossen über das Gesicht. So ging es nicht weiter und das war auch nicht ich. Ich besann mich wieder auf das Wesentliche, und das war meine Zukunft mit Ivy. Ich hatte immerhin etwas, was dieses Riesenarschloch nicht hatte. Den Mut, mit Ivy eine Familie zu sein, für sie da zu sein und sie mit meiner Liebe zu umgeben, auch wenn ich noch nicht wusste, wie ich das alles schaffen sollte. Aber im Gegensatz zu Gabriel würde ich mich dieser Verantwortung stellen.

Gabriel

Mein Kopf dröhnte, weil ich gestern eine ganze Flasche Scotch geköpft hatte. So wie vorgestern und vorvorgestern. Und die Tage davor.

Mein Handy klingelte schon eine ganze Weile, aber ich ließ es klingeln. Wahrscheinlich war es nur wieder Raf, der mich daran erinnern wollte, dass der Scotch, den ich in mich hineinschüttete, auch irgendwie bezahlt werden musste. Also nicht wirklich, denn von dem, was meine Familie an Geld besaß, könnten wir sämtliche Brennereien in Schottland kaufen. Viel mehr wollte er mir damit zu verstehen geben, dass ich meinen Arsch hochbekommen sollte. Weil ich seit dem Abend, an dem Megan aus meinem Leben verschwunden war, weil ich sie vertrieben hatte, völlig neben der Spur war. Die Weihnachtstage hatte ich mehr oder weniger besoffen in der Bar verbracht. Es gab da ja diese Couch in meinem Büro, auf der hatte ich die wenigen Stunden geschlafen, die ich nicht mit Saufen oder Grübeln verbracht hatte. Und zwar ohne eine dieser Schlampen, die sich hin und wieder herein getraut hatten, um mich aufzurichten. Oder besser gesagt, meinen Schwanz aufzurichten, aber selbst der hatte endgültig seinen Dienst eingestellt. Diese Kitty oder wie auch immer hatte ich noch am gleichen Abend gefeuert. Was ungerecht gewesen war, weil sie keine Schuld an meiner beschissenen Situation hatte, aber ich hatte in diesem Augenblick nicht die menschliche Größe, ihr zu verzeihen, wie sie sich benommen hatte. Und mir verzieh ich noch viel weniger.

Seitdem vegetierte ich vor mich hin. Anders konnte man es beim besten Willen nicht nennen.

Im Grunde genommen hatte ich genau das, was ich gewollt hatte. Megan war aus meinem Leben verschwunden. Ich hatte diesen Weihnachtsalbtraum und dessen Urheberin überlebt, aber es fühlte sich nicht wirklich so an, als würde ich leben. Immer wenn ich die Augen schloss, sah ich Megans Lachen vor mir. Ihre blitzenden Augen, wenn sie sich furchtlos vor mir aufbaute und mir den Kampf ansagte. Ich spürte ihre weichen Lippen, die so gut nach Zimt schmeckten... Überraschenderweise sah ich auch Ivys niedliches Gesicht mit der kleinen Stupsnase und den Sommersprossen...

Und schon war da dieses warme Gefühl, das selbst sämtliche Flaschen Scotch, die ich in mich hineingeschüttet hatte, nicht abtöten konnten.

Was der Scotch nicht schaffte, schaffte dann aber die Erinnerung an Megans verletzten Blick. Und der Gedanke an die Enttäuschung, die Ivy empfunden haben musste, weil ich noch nicht einmal den Mut aufgebracht hatte, ihr für das Bild zu danken. Und dann griff ich wieder zur Flasche, dieses Mal, um die Kälte zu vertreiben, die sich bei diesen Gedanken in mir ausbreitete. Ein Teufelskreis. Widersprüchlich? Ja, aber mein Promillelevel in diesen Tagen ließ keine logischen Gedanken zu. Nur diese betäubten Gefühle.

Mein Handy klingelte immer noch penetrant. Oder schon wieder, was keinen wirklichen Unterschied machte. Ich unterdrückte den Impuls, es vor die nächste Wand zu werfen, stattdessen nahm ich diesmal den Anruf an, um danach wieder meine Ruhe zu haben.

„Raf, lass mich verdammt nochmal in Ruhe!", brüllte ich ihn an. Mein Kopf dröhnte und ich hatte keine Lust auf seine dummen Sprüche und die entschlossenen Versuche, mich aus der Bar hier rauszubekommen. Ich würde mich der Welt schon wieder stellen. Aber erst dann, wenn ich bereit dazu war. Und das war nicht jetzt. Ich hatte die Bar für unbestimmte Zeit einfach dicht gemacht, weil ich da sein wollte, wo ich sie das letzte Mal gesehen hatte. Und zwar allein. Mit meinem schweren Herzen und dem Alkohol, der ordentlich aufgereiht in den Regalen stand. Oder inzwischen auf der Theke, weil ich mir selber immer wieder nachschenkte.

„Hey, Gab, Mutter möchte, dass du zu ihr ins Hotel kommst. Sie will..."

„Kein Interesse." Ich drückte ihn weg. Warum konnte meine Familie nicht akzeptieren, dass ich meine Ruhe haben wollte?!

Ich starrte auf das Bild von Ivy, das ich immer bei mir trug und das jetzt ausgebreitet vor mir auf dem Bartresen neben einer leeren Flasche Scotch lag. Ivy. Megan. Eine Familie... Nein, ich konnte es einfach nicht wagen. Ich war nicht der Mann dafür. Mein Leben war zu gefährlich für eine Frau und ein Kind. Mein Vater war das beste Beispiel dafür, dass der Traum von einer Familie schneller zerplatzen konnte als eine Seifenblase.

Ich weiß nicht, wie lange ich so da gesessen und vor mich hingestiert hatte, aber irgendwann hörte ich

Schritte. Was, bitteschön, war daran, dass ich meine Ruhe haben wollte, nicht zu verstehen?!

„Gabriel?", hörte ich eine leise, vorsichtige Stimme. Was zum Teufel machte meine Mutter hier? Sie so leise sprechen zu hören, war ungewohnt. Für gewöhnlich war ihre Stimme befehlsgewohnt, klar und nicht so... zögerlich.

„Bitte, mein Junge, ich muss mir dir reden." Der Satz hatte das Potential, mich aufhorchen zu lassen. *Bitte* und *mein Junge* in einem Satz musste sie mehr Überwindung gekostet haben als mich, immer wieder wie ein Idiot auf Ivys Bild zu starren.

„Ich aber nicht mit dir." Was wollte diese Frau hier? Sie war nie, wirklich nie, dagewesen, wenn wir sie gebraucht hätten, als wir noch kleine Kinder waren. Aufgeschlagene Knie, Albträume, Krankheiten... Nie hatte sie sich persönlich um uns gekümmert. Immer waren da nur Kindermädchen gewesen. So viele Verschiedene, dass ich mich noch nicht einmal mehr an ihre Namen oder Gesichter erinnerte. Und jetzt war ich erwachsen und brauchte ich sie schon dreimal nicht als Trostspender in meinem Leben.

Sie ließ sich neben mir auf einem Barhocker nieder. Ich sah nicht zu ihr hin. Sollte sie sich setzten, ich konnte sie schlecht daran hindern. Eine Weile saßen wir schweigend nebeneinander. Ich würde garantiert nichts sagen. Ich wollte nämlich nicht reden. Nicht mit ihr, nicht mit Raf oder Michael, nicht mit dem Rest der Welt.

„Weißt du, ich wusste immer, dass es einmal dazu kommen würde, dass ich dir, nein, euch, alles erklären müsste. Und ich habe immer schon geahnt, dass du der

Erste sein würdest, mit dem ich dieses Gespräch führen muss." Sie durchbrach die Stille und ich seufzte genervt auf. Ich hatte gerade keinen Sinn für diese Art von Gespräch. Für diese nicht und auch für sonst keine. Aber da war etwas in ihrer Stimme etwas Sanftes, Verletzliches und ich ließ meinen Blick von Ivys Bild zu ihr wandern. Äußerlich sah sie aus wie immer. Eine attraktive, schlanke Businessfrau, mit blonden, kinnlangen Haaren und dezentem Make Up. Sie wirkte viel jünger als sie mit ihren knapp sechzig Jahren war. Was vielleicht daran lag, dass sie heute etwas Weiches an sich hatte, was ich noch nie an ihr bemerkt hatte. „Es geht um diese Frau. Diese Megan." Allein ihren Namen zu hören, riss an meinem Herzen. Verdammt, woher wusste sie von Megan?!

„Mutter, sag mir, was du willst, und dann geh wieder zu diesem Miguel nach Mexiko und lass mich in Ruhe." Ich war grober zu ihr als ich es vorgehabt hatte. Trotz allem war sie noch immer meine Mutter. Und ja, leider liebte ich sie auf meine Weise, und wenn ich ehrlich war, war ich all die Jahre der kleine Junge gewesen, der einfach nur ihre Liebe und Aufmerksamkeit haben wollte. Und obwohl ich inzwischen erwachsen war, war da immer noch etwas in mir, das sich nach dieser Liebe sehnte. Aber da war von ihrer Seite nie etwas gekommen, was die kleine Flamme Hoffnung genährt hätte.

Und jetzt saß sie einfach so da und wollte mit mir sprechen. Ausgerechnet über Megan!

Ihr Blick fiel auf Ivys Bild und ein melancholisches Lächeln erschien auf ihrem Gesicht.

„Hat ihre Tochter das gemalt?", fragte sie und wollte danach greifen, aber ich legte meine Hand auf das Blatt um zu verhindern, dass sie es auch nur berührte. Das war mein Bild, und ich wollte nicht, dass sie es anfasste. Sie hatte schon einmal ein Bild, das mir viel bedeutet hatte, mit ihrem Spott und ihrer Missachtung bedacht. Mein Bild, das ich als kleiner Junge gemalt und ihr stolz überreicht hatte. Und das sie weggeworfen hatte wie einen uninteressanten Werbeflyer.

„Ivy ist nicht ihre Tochter. Und im Übrigen geht dich das auch gar nichts an." Sie schloss für einen kurzen Moment die Augen, aber ich hatte zuvor noch so etwas wie Schmerz in ihrem Blick aufblitzen sehen.

„Du hast jedes Recht der Welt, mich aus deinem Leben auszuschließen, so wie ich das mit euch gemacht habe. Und glaube mir, heute weiß ich, dass das der größte Fehler meines Lebens war." Sie nahm ihre Brieftasche aus ihrer Handtasche und griff hinein. Als ich erkannte, was sie dort vor mir auf dem Tresen ausbreitete, war es, als hätte ich einen Hieb in die Magengrube bekommen und mir blieb die Luft weg.

„Ich hatte es immer bei mir. Jeden Tag, seit du es mir geschenkt hast." Sie holte zwei weitere bunt bemalte Blätter hervor.

„Und die deiner Brüder auch."

Ich blinzelte, dann musste ich schlucken. Was, verdammt, hatte das zu bedeuten? Ich hatte gedacht, sie hätte das Bild damals weggeworfen und jetzt lag es hier, zwar zerknittert und an den Ecken eingerissen, aber es lag hier und an den ausgeprägten Knickfalten konnte ich erkennen, dass es wohl tatsächlich sehr oft

auseinander- und wieder zusammengefaltet worden war. Bevor ich etwas sagen konnte, fuhr sie schon fort.
„Ich habe dich und deine Brüder aus Gründen, die ich heute absolut nicht mehr nachvollziehen kann, glauben lassen wollen, dass ich nicht an euch interessiert war. Dass ich euch nicht die gleiche Liebe entgegenbringen würde, wie ihr mir." Jetzt legte sie tatsächlich ihre Hand auf meine, aber ich schüttelte sie ab. Ich war viel zu verwirrt, um das zuzulassen. Wieder sah ich den Schmerz über ihr Gesicht huschen, aber sie nickte, so als ob sie mich verstehen könnte.
„Ich verstehe dich, Gabriel, glaub mir, ich verstehe dich besser als du denkst. Du und deine Brüder seid leider genau das, was ich aus euch machen wollte. Gefühlskalte Männer, die niemanden an sich heranlassen." Ich hörte ihre Worte, aber ich verstand nicht, was sie damit sagen wollte.
„Als dein Vater damals erschossen wurde war ich hochschwanger mit Raf. Michael war gerade einmal sieben, du grade fünf Jahre alt. Und ich war mit all meinem Schmerz, meiner Liebe zu deinem Vater und seinem Wunsch, seine Geschäfte weiterzuführen, wie er in seinem Testament bestimmt hatte, überfordert. Aus der Trauer und dem Schmerz, deinen Vater verloren zu haben, wurde bald so etwas wie Hass auf ihn. Er hatte mich mit all dem allein gelassen, weil er ohne seinen damaligen Leibwächter unterwegs war. Weil er die Gefahr nicht hatte sehen wollen, in der er damals schwebte. Natürlich war es vollkommen irrational, dass ich ihn dafür zu hassen begonnen hatte, aber Liebe und Hass sind nicht nur die stärksten Gefühle, zu denen ein Mensch fähig ist, sie liegen auch sehr nahe beieinander.

Ich hasste ihn, weil er mich alleine zurückgelassen hatte. Und ich hasste mich selbst, weil ich diese negativen Gefühle zuließ und mich in meiner Trauer so sehr verlor. Ich war emotional labil und zog für mich die falschen Schlüsse daraus. Ich redete mir ein, dass ich euch all diesen Schmerz, diese Trauer, diesen Verlust irgendwie ersparen müsste. Ich redete mir ein, wenn ihr mich nicht liebt, dann würdet ihr auch nicht allzu sehr trauern, falls mir etwas passieren würde. Nicht so, wie ich um euren Vater trauerte. Und glaube mir, ich war mehr als einmal dem Tod näher als dem Leben." Sie sah mich an, in ihren dunklen Augen glitzerten Tränen und das Bild, das ich von meiner gefühlskalten Mutter hatte, begann zu bröckeln.

„Erinnerst du dich an den Tag, als du mit dem Fahrrad gestürzt bist und mit einer Gehirnerschütterung im Krankenhaus lagst?"

„Du meinst, als ich vergeblich darauf gewartet habe, dass du mich besuchst? Dass du dich nur für einen kurzen Augenblick daran erinnerst, dass du einen Sohn hast, der dich vielleicht gerade in diesem Augenblick mehr braucht als Schmerzmittel und einen Gips?" Ich konnte all die Enttäuschung und Verletztheit nicht aus meiner Stimme heraushalten und meine Mutter zuckte tatsächlich getroffen zusammen.

„Ich... ich konnte nicht bei dir sein, Gabriel. Ich... lag eine Etage unter dir auf der Intensivstation. Ich war nur ganz knapp einem Autobombenanschlag entkommen und lag im Koma."

WAS?! Unsere Nanny hatte damals gesagt, meine Mutter könnte nicht kommen, weil sie geschäftlich in

Europa wäre. Als ob sie meine Gedanken lesen könnte, nickte sie.

„Ich hatte eurem Kindermädchen schon lange vor diesem Vorfall befohlen, wenn mir irgendetwas passieren würde, egal was, euch diese Lüge aufzutischen. Ich wollte nicht, dass du oder einer deiner Brüder sich Sorgen um mich macht. Ich habe gedacht, dass ich euch so vor diesem zerstörerischen Schmerz des Verlustes bewahren kann. Es erschien mir damals so logisch: Wer nicht geliebt wird, wird auch nicht vermisst. Heute weiß ich, dass das ein großer Fehler war. Euch von mir zu stoßen, nur um euch den Schmerz zu ersparen, wenn mir etwas zustoßen würde, war der größte Fehler, den ich hätte machen können, denn er hat nicht nur mich einsam gemacht. Mit der Zeit erkannte ich, dass ich trotz all des Schmerzes und all der Sorgen, die mich nach dem Tod eures Vaters beinahe zerstört hätten, keine Minute der Zeit, die wir miteinander gehabt hatten, missen wollte. Ich hätte für jede Sekunde Glück mit ihm Jahre des Schmerzes in Kauf genommen." Jetzt lief ihr tatsächlich eine Träne die Wange hinunter, aber es schien so, als hätte sie keine Kraft, sie wegzuwischen.

„Weißt du, im Leben kommt man zwangsläufig immer wieder an Wegkreuzungen. Man muss sich entscheiden: rechts oder links. Und dann geht man nach links. Auf halber Strecke merkt man, dass es vielleicht der falsche Weg war, denn statt der Sonne ist nur Nebel um dich herum. Aber man geht weiter. Irgendwann wird man schon ankommen, im Licht, in der Wärme. Und außerdem hat man ja schon so viel des Weges zurückgelegt, da wäre es doch unsinnig, wieder umzukehren, oder? Aber trotzdem merkt man mit jedem weiteren Schritt, dass sich der Nebel nicht lichtet, dass es nicht heller wird. Weil es einfach der falsche Weg war." Sie schloss getroffen die Augen und atmete einmal ein und wieder aus. Es wühlte sie sichtlich auf, mir das alles zu erzählen und noch wusste ich nicht, warum sie das tat. Warum sie mir das alles erzählte.

„Ich habe schlichtweg den Zeitpunkt verpasst, meinen Fehler, euch glauben zu lassen, dass ich euch nicht in meinem Leben haben will, umzukehren. Zuerst hatte ich viel zu viel mit mir selbst und der Situation zu tun, dann hatte ich Angst davor, euch alles zu erklären und dann... ja, dann war es irgendwann zu spät und ich fand mich damit ab, euch verloren zu haben." Jetzt wischte sie sich doch über die Wange, weil zu der einen noch weitere Tränen hinzugekommen waren. Dann straffte sie sich und sah mich an, und zum ersten Mal hatte ich das Gefühl, die Mutter in ihr zu sehen, die ich so sehr vermisst hatte.

„Ich kann die Vergangenheit nicht ungeschehen machen und ich kann nicht das nachholen, was ich mit euch versäumt habe, selbst wenn ihr mir verzeihen könntet, was ich getan habe. Aber eins kann ich: Dir sagen, dass die kurze Zeit, in der ich eine Familie hatte, die Jahre, bevor dein Vater starb, mit euch zusammen, die glücklichste Zeit in meinem Leben war. Du hast Angst vor der Liebe, davor, Verantwortung für die Frau und das Kind zu übernehmen, die du liebst, weil du nicht weißt, wie Familie funktioniert. Weil du nie kennengelernt hast, was es heißt, mit dem Menschen, den das Schicksal dir schenkt, jeden neuen Tag zu erleben. Niemand weiß, wie viel Zeit einem bleibt, aber ich kann dir sagen, jeder Tag, den du damit verbringst, dich zu fragen, was wäre wenn, ist ein vergeudeter Tag." Jetzt stand sie auf und legte mir ihre schmale Hand auf die Schulter.

„Ich bitte dich nicht, mir zu verzeihen. Alles, worum ich dich bitte, ist, dir diese zwei Fragen zu beantworten: Liebst du diese Frau und dieses Kind? Wenn ja, hab keine Angst vor dem was alles passieren könnte. Es kann alles geschehen, aber aus Erfahrung kann ich dir sagen, jede Minute Glück ist tausend Minuten Unglück wert. Nimm, was das Leben dir schenkt. Und zweitens frage dich: Ist deine Angst, sie in dein Leben zu lassen, wirklich schlimmer als der Schmerz, den du fühlst, wenn du es nicht tust, Gabriel?" Ich konnte nichts dazu sagen, denn in meinem Kopf rasten die Gedanken und in meinem Herzen die Gefühle wie auf einer Achterbahn durcheinander. Schließlich nickte sie und stand auf.

„Hab keine Angst, mein Junge. Die falsche Abzweigung in meinem Leben war nicht die Ehe mit deinem Vater, meine Liebe zu ihm oder die Entscheidung, eine Familie zu gründen." Sie legte für einen kurzen Moment ihre Hand auf meine, und ich ließ es diesmal geschehen. Dann war sie verschwunden und ließ mich mit all dem Unausgesprochenen, aber auch den deutlichen Worten, die sie gefunden hatte, alleine.

Gabriel

Ich brauchte genau drei Tage. Drei Tage, in denen ich versuchte, mir die Fragen, die meine Mutter mir mit auf den Weg gegeben hatte, zu beantworten.

Obwohl es seit der ersten Sekunde immer nur die eine Antwort gegeben hatte: Scheiße, ja, ich hatte mich unsterblich in Megan verliebt und inzwischen war auch Ivy irgendwie ein Teil dieser Liebe geworden. Und ja, ich hatte es vermasselt. Vollkommen, aber hoffentlich nicht unwiderruflich. Ich wand mich drei Tage, diese Erkenntnis zuzulassen, aber schließlich war ich mir sicher. Ich wollte all das. Megan, Ivy und eine Familie, auch wenn es vielleicht für keinen von uns leicht werden würde. Allein die Frage, ob sie das auch wollten und wie ich es anstellen sollte, dass Megan sich wenigstens anhören würde, was ich zu sagen hatte, ließ mich zögern. Verstehen würde ich es, wenn sie mich auflaufen lassen würde.

Ich brauchte definitiv eine Idee, wie ich sie davon überzeugen konnte, mir noch eine Chance zu geben. Und ich ahnte, dass ich mir etwas Besonderes einfallen lassen musste, um ihr zu beweisen, dass es mir ernst war.

Ich nahm mein Handy und rief Michael an. In dieser Situation schien er mir die bessere Wahl zu sein. Wenn ich Raf um Hilfe bitten würde, wäre es sehr wahrscheinlich, dass die ganze Sache nach hinten losgehen würde. Die Ideen, die er dazu beisteuern würde, hätten eher das Potential, Megan dazu zu bringen, nach Europa auszuwandern. Oder auf den Mond, um Sonnenblumen zu züchten, statt mir zuzuhören.

„Hey, Gab. Wie geht es dir?" Der Tonfall, in dem mein großer Bruder mich das fragte, ließ erkennen, dass er wusste, was los war. Was mit mir los war. Ich sollte sauer sein, weil entweder Raf oder meine Mutter ihm von Megan und mir erzählt hatten, aber stattdessen berührte es mich, dass Michael sich um mich sorgte. Vielleicht zum ersten Mal überhaupt dachte ich darüber nach, was Raf und Michael wirklich für mich waren. Freunde? Brüder? Konnte man beides gleichzeitig sein? Womöglich Familie?

„Ich brauche deinen brüderlichen Rat."

„So schlimm? Ich meine, wenn du mich anrufst, ausgerechnet mich, um dir einen Rat zu geben, dann muss echt die Kacke am Dampfen sein, Gab." Wo er recht hatte, hatte er recht. Michael war von uns dreien immer der Klügere, der Besonnenere und der am Spaßbefreiteste gewesen. Raf und ich waren dagegen dumme Jungs, immer zu üblen Scherzen aufgelegt und es gab wenig bis gar nichts, was uns davon abgehalten hätte, eine verrückte Idee in die Tat umzusetzen. Weswegen sich bisher unsere Motivation, ihn nach seiner Meinung zu fragen, eher in Grenzen hielt.

Ich fuhr mir durch die Haare und schloss die Augen. Es fühlte sich beschissen an, es zuzugeben, und ihn gleichzeitig zu fragen, was ich machen sollte.

„Es geht um die Kleine, bei der du dich versteckt hattest, nicht wahr? Du hast irgendeine Scheiße verbockt und willst jetzt einen Rat von mir, wie du das wieder hinbiegen kannst", brachte er es für mich auf den Punkt. Wunderbar! Er war also schon im Bilde und wie bei allen Informationen, die man nicht selbst herausgegeben hatte, fragte ich mich, wie viel er wirklich wusste.

„Na ja, also... Ich hab mich ziemlich scheiße benommen und sie an Heilig Abend aus dem Club geworfen. Sie wollte mich", ich schluckte, als mir der verletzte Ausdruck in ihren Augen wieder in den Sinn kam, während ich nichts Besseres zu tun gehabt hatte, als sie rauszuwerfen und mich über sie lustig zu machen. Fuck! „sie wollte mich zur Rede stellen, weil ich mich wirklich scheiße benommen habe. Weil ich sie und Ivy..."

„Wer ist Ivy?", fragte er dazwischen. Immerhin schien es so, als wenn er doch nicht alles darüber wusste.

„Ein kleines Mädchen, das sie... lange Geschichte, aber Megan hat vor, sie zu adoptieren, also..."

„Okay, du willst also gleich das volle Programm? Frau *und* Kind?" Wollte ich das? Es Michael aussprechen zu hören, ließ mein Herz laut klopfen. Aber unerwarteterweise nicht vor Angst. Nein, nicht mehr vor Angst vor dieser Vorstellung, sondern vor Aufregung. Und Freude. Und... ja, ich wollte das! Alles.

Ich holte Luft, dann nickte ich und lächelte, obwohl Michael das ja nicht sehen konnte.

„Ja, das ist genau das, was ich will. Sie und Ivy und alles, was dazu gehört." Ich hatte es ausgesprochen. Und verflucht! Es hörte sich gut an. Megan, Ivy und ich. Eine Familie.

„Okay, ich weiß zwar nicht genau, was du gesagt oder getan hast, aber ich denke, mit einem Blumenstrauß und einer einfachen Entschuldigung ist es hier nicht getan." War das schon ein Rat? Nein, eher eine Feststellung.

„Und was soll ich jetzt machen? Hast du eine Idee?"

„Tja, so wie ich die Frauen kenne, muss da schon was Romantisches bei rumkommen. Da werden die meisten weich. Also, was bedeutet ihr etwas? Was liebt sie? Mit was könntest du ihr eine Freude machen und ihr gleichzeitig beweisen, dass es dir ernst mit ihr und Ivy ist?" Bei Michaels Worten wurde mir wieder etwas mulmig. Weil ich Megan zwar ziemlich gut kannte, aber mir jetzt erst auffiel, dass ich trotz allem so gut wie nichts darüber wusste, was sie sich wünschen würde. Ich schloss die Augen und dachte angestrengt nach. Mir fiel nur eine Sache ein, die ihr was bedeutete, außer natürlich ihre Eltern und Ivy.

„Weihnachten. Sie steht voll auf Weihnachten und diesen ganzen Kitsch."

„Okay, aber Weihnachten ist erst wieder in elf Monaten. Ich denke, dass du nicht so lange warten möchtest, dich bei ihr zu entschuldigen."

Erst wieder in elf Monaten...

„Danke, Michael. Du hast mir schon geholfen. Also mit Weihnachten!", bedankte ich mich und drückte ihn weg. Wahrscheinlich verstand er kein Wort von dem, was ich meinte und ehrlich gesagt, hatte ich auch noch keinen wirklich ausgereiften Plan, deswegen konnte ich es ihm nicht näher erklären. Aber ich erinnerte mich plötzlich an etwas, was Megan gesagt hatte.

*Weihnachten steht symbolisch für etwas, es ist keine
Jahreszeit und nicht nur ein Datum, es ist ein Gefühl.*
Und wenn es keine Jahreszeit war und kein Datum
brauchte, wenn es also um die Symbolik ging, dann
spielte es auch keine Rolle, dass es gerade Ende Januar
war!

Megan

Ich schloss meine Wohnungstür auf, hängte meine
Jacke und die Handtasche an die Garderobe und
tauschte die Winterstiefel gegen meine geliebten
Fellhausschuhe im Häschenlook. Das Rentiermodell
war zusammen mit den übrigen Weihnachtssachen in
den Keller gewandert. Die Hasenhausschuhe waren
weiß, was unpraktisch war aber niedlich aussah, und
leider erinnerten sie mich daran, dass Gabriel mich
immer Schneehase genannt hatte. Gabriel. Es war jetzt
genau einen Monat und drei Tage her, seit ich Gabriel
das letzte Mal gesehen hatte, und es tat immer noch
höllisch weh, an ihn zu denken. Ich befand mich aktuell
zwischen Phase eins und vier des Liebeskummers. Ja,
mein Gott, ich hatte es gegoogelt. Trennungsschmerz
teilte man in vier Phasen ein.
Phase eins: Alles fühlt sich leer an. Diese Phase dauerte
bei mir durch alle anderen hinweg an. Bis heute.
Phase zwei: Gefühle wie Wut, Trauer und Schmerz
zulassen und dann bekämpfen. Ich hatte es gemäß dem
Ratschlag, sich von ihnen durch Arbeit oder Hobbys

abzulenken, mit noch mehr Einsatz für das Hundefutterprojekt in der Firma versucht. Mit dem Ergebnis, dass meine Chefs sich immer noch über meine Ideen amüsierten und sie nicht mal im Ansatz ernsthaft diskutierten, und der Erkenntnis, dass es hinsichtlich der Ablenkung von meinem Herzschmerz nichts gebracht hatte. Der war nämlich geblieben. Vielleicht sogar mit jedem Tag stärker geworden. Nach der Arbeit hatte ich Ivy jeden Tag besucht, wir hatten ein paar Ausflüge gemacht, waren im Magic City Discovery Center, einem Kindermuseum und im Oak Park gewesen, aber hinter meiner gespielt guten Laune verbarg sich ein tief sitzender Schmerz, den auch Ivy instinktiv spürte. Immer wieder nahm sie meine Hand und drückte sie, ohne zu fragen, warum ich so traurig war.

Phase drei: Neuorientierung. Mein Verstand und mein Kopf wollten diese Neuorientierung. Ich auch, aber anscheinend war das mit mir wie in dem Film *Und täglich grüßt das Murmeltier.* Jeden Morgen wachte ich auf und befand mich wieder in Phase eins.

Phase vier: Neuanfang. Toller Ansatz, der aber bei mir am Verharren in Phase eins scheiterte. Innere Leere. Ich drehte mich also, entgegen aller wissenschaftlichen Ansätze und Ratschläge zur Bewältigung, im Kreis.

Ich machte mir einen Zimttee und setzte mich auf meine Couch, die jetzt wieder in ihrem ursprünglichen sandfarbenem Bezug erstrahlte. Weihnachten hatte ich also erfolgreich wieder aus meiner Wohnung verbannt, die Erinnerung an Gabriel und das, was wir auf dieser Couch getan hatte, leider nicht. Ich beschloss, mir einen Film auf Netflix anzusehen, aber das stellte sich als

eine dumme Idee heraus. Für Krimis hatte ich keinen
Sinn und romantische Liebesfilme mit Happy End
würden meinen Erfolg, alle vier Phasen unbeschadet zu
überstehen, erheblich gefährden.

Also schaltete ich den Fernseher wieder aus und griff
zu einem Buch. Ich hatte bereits etwa die Hälfte
gelesen, oder besser gesagt, die Seiten umgeblättert,
ohne dass etwas von der Handlung in meinem Kopf
angekommen war. Das war demnach auch keine
wirkliche Ablenkung. Also legte ich auch das Buch
wieder weg.

Rudolph, The Rednose Reindeer.
In Gedanken versunken summte ich mit, bis ich
innehielt. Das war ein Weihnachtslied und
Weihnachtslieder hatten nicht nur keine Saison mehr,
sondern meine Großmutter war auch davon überzeugt
gewesen, dass es Unglück brachte, wenn man sie
außerhalb der Weihnachtszeit sang. Wie kam ich also
jetzt dazu, hier *Rudolph* mitzusummen? Vielleicht
weil... Es war zuerst nur ein leises Geräusch, das aber
immer lauter wurde. Und lauter. Und...
Ich stand auf und ging zum Fenster. Entweder hatte da
jemand stramm gesoffen, oder ein ähnlich
enthusiastischer Fan von Weihnachten wie ich hatte
beschlossen zu ignorieren, dass wir bereits Ende Januar
hatten. Ich schob die Gardine beiseite und... nein, das
konnte nicht sein?!
Direkt unter meinem Fenster stand ein Schlitten. Die
Kufen waren durch Räder ersetzt, denn obwohl es noch
eiskalt draußen war und der Schnee noch lange nicht
wegschmilzen würde, waren die Straßen freigeräumt.
Aber es war ein Schlitten. Und nicht irgendeiner. Er sah

aus wie der von Santa Claus, mit nach oben gebogenen Kufen und natürlich in rot. Und davor gespannt war... ein Rentier! Noch bevor ich mir einen Reim darauf machen konnte, verstummte das Lied und eine tiefe, männliche Stimme setzte zu *All I Want For Christmas Is You* an. Laut und schief, und die ersten Zuhörer blieben bereits auf der Straße stehen.

Ich wünsche mir nicht viel zu Weihnachten
Es gibt nur eines das ich brauche
Ich mache mir nichts aus den Geschenken
Unter dem Weihnachtsbaum
Ich wünsche mir nur dass du mir allein gehörst
Mehr als du jemals ahnen konntest
Mach dass mein Wunsch wahr wird
Alles was ich mir zu Weihnachten wünsche bist du, ja!

Ich hielt die Luft an. In einem roten Mantel mit weißer Borte und einer Weihnachtsmütze auf dem Kopf stand jemand im Schlitten und schmetterte ungeachtet der anwachsenden Menschenmenge laut und falsch dieses Lied.

Und das war...Gabriel!

Er stand direkt unter einer Laterne, so dass es keinen Zweifel gab.

Was zur Hölle sollte das?!

Er sang sich die Seele aus dem Leib, legte sich theatralisch die Hand aufs Herz, als er mich sah und wiederholte den Refrain. Mit Inbrunst. Und mit Überzeugung in der Stimme. Als er schließlich aufhörte, applaudierten einige der Umstehenden, einige pfiffen, aber die Mehrzahl schüttelte den Kopf und tippte sich an die Stirn.

„Bitte Megan, ich war ein Idiot. Und ich möchte, dass du dir anhörst, was ich zu sagen habe."

Okay, das war irgendwie süß, und mein Herz schlug mir bis in den Hals. Aber dann dachte ich daran, wie er mich in dem Club abserviert hatte. Und das konnte ich nicht so einfach verzeihen. Auch, weil er nicht nur mich verletzt, sondern auch Ivy enttäuscht hatte. Sie hatte immer und immer wieder nach ihm gefragt, hatte sogar an Santas Existenz gezweifelt, weil er ihren Wunsch, Gabriel möge mit uns feiern, nicht erfüllt hatte. Also hatte ich hatte sie angelogen, was hätte ich denn auch sonst tun sollen?! Gabriel hätte schon etwas anderes Wichtiges vor - nun, dieser Teil war jedenfalls nicht gelogen! - aber ihr Bild hätte ihm sehr gefallen. Und er hätte sich sehr darüber gefreut. Pah! Wenn ich nur daran dachte, wie er es ignoriert hatte...

„Megan, bitte!" Er klang tatsächlich enttäuscht.

„Megan!" Und traurig.

„Bitte. Ich weiß, dass Santas Schlitten eigentlich neun Rentiere hat, die ihn ziehen, das habe ich gegoogelt, aber auf die Schnelle konnte ich nur eins besorgen. Sie heißen Dasher, Dancer... äh...", begann er aufzuzählen und ich sah im Licht der Laterne, wie er sein Gesicht vor Konzentration verzog und sogar, dass er heimlich mit den Fingern mitzählte. Das echte Rentier scharrte mit den Hufen, dann machte es einen kleinen Satz nach vorne, weil hinter dem Schlitten jemand hupte. Gabriel kam ins Wanken und verschwand kurz aus meinem Blickfeld, weil er das Gleichgewicht verloren hatte. Dann rappelte er sich wieder auf. Seine Mütze saß schief und er rieb sich den Hintern. Trotz meiner Wut auf ihn musste ich grinsen. Das Rentier machte noch

einen Satz, weil immer mehr Autos hupten. Entweder
weil sie Santa begrüßen wollten oder, was
wahrscheinlicher war, weil sie ihn darauf aufmerksam
machen wollten, dass er den Verkehr blockierte. Der
Kutscher hatte Mühe, das immer nervöser werdende
Tier in Schach zu halten und sagte etwas zu Gabriel.
Der verdrehte die Augen, dann rief er zu mir hoch:
„Okay, Rudolph wird unruhig. Ich sehe, dass du noch
nicht bereit bist, mich anzuhören, aber ich möchte nur
diese eine Chance. Wenn du also wissen willst, was ich
noch alles über Weihnachten gelernt habe, und das alles
nur, um dir zu zeigen, wie wichtig es mir ist, dass du
mich anhörst und mir vielleicht sogar verzeihen kannst,
dann hole ich dich morgen um sieben zu einem Ausflug
ab. Zieh dir was Warmes an, es könnte kalt werden."
Der Kutscher schnalzte mit der Zunge und das Rentier
trottete los.
„Bitte! Ich weiß, Weihnachten ist längst vorbei, aber
erinnerst du dich, was du zu mir gesagt hast, Megan?
Weihnachten ist keine Jahreszeit, es ist ein
Gefühüüül!", rief Gabriel noch, dann rollte der
Schlitten langsam aus meinem Blickfeld. Ich spürte,
wie mein Herz klopfte. Mein Magen zog sich
zusammen und ich wusste nicht mehr, was ich tun
sollte. Ein Teil von mir hatte sich genau das gewünscht.
Dass er zu mir kommen und sich entschuldigen würde.
Und dass ich bereit wäre, ihm zu verzeihen. Aber so
einfach wie das in meiner Vorstellung und meinen
Wünschen war, so schwer war es hier und jetzt. Denn
der andere Teil von mir war verletzt, sehr verletzt, denn
es war nicht nur eine Abfuhr gewesen, die er mir erteilt
hatte, es war die Art und Weise gewesen, wie er mich

abserviert hatte. Vor allen anderen. Vor diesen johlenden Männern, vor seinem Bruder. Und vor dieser... dieser Pool Dance Schlampe mit den Weihnachtsnippeltroddeln. Mein Stolz schrie mich an, mich nicht noch einmal auf ihn einzulassen. Mein Herz wollte das genaue Gegenteil.

Auch weil ich wusste, welche Überwindung es ihn gekostet haben musste, seine Weihnachtsphobie zu ignorieren und sich mir so zu präsentieren.

Was sollte ich jetzt machen? Morgen um sieben Uhr zu ihm hinunter gehen, mir anhören, was er zu sagen hatte und riskieren, dass er mein Herz vielleicht endgültig unbrauchbar machte? Weil seine Entschuldigung halbherzig und oberflächlich war und er trotz allem nicht bereit war, sich mir zu öffnen? Weil er einfach weiter nur Sex mit mir haben wollte? Oder vielleicht zu hören, dass er zwar mich, nicht aber Ivy in seinem Leben haben wollte? Beides würde mich endgültig zerstören.

Oder sollte ich ihm eine Chance geben und darauf hoffen, dass er eine brauchbare Entschuldigung für mich hatte, die ich glauben und annehmen konnte? Es war eine Sache, das für mich zu entscheiden, aber ich konnte es nicht zulassen, dass er Ivy erneut enttäuschen würde, sollte ich ihm wirklich noch eine Chance geben.

Was zum Teufel sollte ich also tun?

Gabriel

Ich war nervös. Scheiße nervös. Das, was ich vorhatte, konnte ziemlich nach hinten losgehen. Wir würden gute zwanzig Stunden im Flugzeug sitzen, wenn es denn so lief, wie ich es optimistischerweise geplant hatte. Ich hatte alle meine Kontakte angezapft, die mir in der Kürze der Zeit die notwendigen Papiere für die geplante Reise besorgen konnten, hatte den besten Hacker beauftragt, all das über Megan herauszufinden, was ich dafür wissen musste und dafür eine Unsumme Geld ausgegeben. Wovon ich keinen Cent bereute, denn ich hatte inzwischen verstanden, dass mir das alles nichts bedeutete, wenn Megan nicht in meinem Leben war. Und Ivy, aber da hatte mein Kontakt mir leider mitgeteilt, dass das Adoptionsverfahren zwar lief, sich aber noch eine Weile hinziehen würde und Ivy zunächst für eine Übergangszeit bei Mrs. Robson untergebracht war. Ich war ein wenig traurig, wenn ich daran dachte, was ich geplant hatte, und wie sehr das Ivy gefallen würde, aber wenn Megan mich in ihrem und Ivys Leben haben wollte, würden wir eben zum nächsten Weihnachtsfest wieder dort hinfliegen.
Es war jetzt Samstag morgen, halb sieben. Für acht Uhr hatte ich unseren Jet startklar machen lassen. Die Zeitverschiebung eingerechnet, würden wir um elf Uhr vormittags landen. Am Sonntag. Was bedeutete, dass Megan glaubte, sich am Montag wieder mal frei nehmen zu müssen. Also eigentlich hatte ich das schon

geklärt, allerdings könnte die Art und Weise, wie ich dieses Problem angegangen war dafür sorgen, dass sie, nun ja, vielleicht etwas irritiert sein würde. Oder auch angepisst, weil ich mich da eingemischt hatte. Ich hatte dafür gesorgt, dass sie die ganze Woche frei hatte, aber je nachdem, wie sie darauf reagieren würde, brauchte sie vielleicht noch nicht einmal den Montag frei. Dann nämlich, wenn sie mich einfach stehen ließ. Oder gar nicht erst herunter kam und zu mir ins Auto stieg. Und die Wahrscheinlichkeit, dass das passieren würde, war nicht gerade klein...

Ich rutschte unruhig im Fond der Limousine herum, während Carl, unser Chauffeur, sie sicher durch die Straßen von Minot navigierte. Und dann zehn Minuten vor sieben vor dem Haus parkte, in dem Megan wohnte.

Die Fahrt zum Minot International Airport würde etwa zwanzig Minuten dauern. Zwanzig Minuten, die ich nutzen konnte, Megan davon zu überzeugen, sich auf diesen Trip einzulassen. Wobei ich besser nicht so sehr ins Detail gehen sollte. Es gab da ein, zwei Dinge, die sie besser erst erfahren sollte, wenn sie im Flieger saß. Und nicht mehr raus konnte. Ja, wenn...

Ja, das war die große Unbekannte in meinem Plan. Pünktlich um sieben Uhr kam sie aus der Haustür. Mein Herz klopfte wie wild, weil sie offensichtlich bereit war, mit mir zu reden. Ich stieg aus und ging auf sie zu. Ihr Gesichtsausdruck war eine Mischung aus Neugier, Ablehnung und Wut, während sie die Arme abwehrend vor der Brust verschränkte. Ich hatte keine Ahnung, wie sie diesen Blick hinbekam, aber Megan war eben Megan. Okay, das würde nicht leicht werden, aber wenigstens schien sie bereit, mir zuzuhören. Ich schluckte. *Konzentration, Gab. Überlege dir genau, wie du sie dazu bringen willst, mit dir in den Wagen zu steigen und sich auf das Abenteuer, das du geplant hatte, einzulassen.* So wie ich Megan kennengelernt hatte, war es besser, jetzt jedes Wort auf die Goldwaage zu legen.

„Hallo Megan." *Na super, wenn das kein eleganter Einstieg war!*

„Was willst du von mir?" Ihre Stimme war in etwa so kalt wie der Keller der Antarktisstation in Wostok. Falls die einen hatte.

„Ich habe echt Scheiße gebaut,, Megan. Als du da in meinem Club aufgetaucht bist, da... da... Ich weiß auch nicht so genau, warum ich so reagiert habe." Ich räusperte mich. Nein, eigentlich wusste ich es ganz genau. Und weil mir hier nur absolute Ehrlichkeit helfen würde, setzte ich nochmal neu an.

„Nein, das stimmt nicht. Ich habe so reagiert, weil ich verdammt nochmal eine scheiß Angst vor meinen Gefühlen für dich und Iyv hatte. Und weil ich zu feige war, vor dir und den anderen zu diesen Gefühlen zu stehen. Ich vermisse dich und Ivy und ich möchte einen Platz in eurem Leben haben, das ist mir jetzt klar geworden. An deiner Seite und mit Ivys kleiner Hand in meiner. Dass ich so reagiert habe, dich so verletzt habe, vor all den anderen, das war verdammt nochmal etwas, das ich nie wieder gut machen kann, das weiß ich. Ich weiß, dass ich Ivy verletzt und ihr damit das Gefühl gegeben habe, einmal mehr verlassen worden zu sein, was vielleicht sogar noch schlimmer ist. Du hast jedes Recht der Welt, mich deswegen zu hassen, aber glaube mir, du könntest mich niemals mehr hassen als ich mich selber. Dass ich so reagiert habe, hat mit meiner Vergangenheit zu tun und ich werde dir alles erklären und dir jede Frage beantworten, die du hast, nur", ich schielte auf meine Armbanduhr, „ist jetzt keine Zeit dazu. Aber wenn du mir die Chance dazu gibst, klären wir das alles auf dem Flug...“

„Dem Flug?“ Megan riss erstaunt die Augen auf.

„Nun ja, dem Flug. Ich habe dir doch einen Aus*flug* versprochen, also bitte, komm einfach mit...“

Megan

Ich konnte im Nachhinein nicht wirklich sagen, wie ich in dieses Flugzeug gekommen war. Ich konnte in diesem Fall weder Haschkekse noch Eierpunsch für meinen Filmriss diesbezüglich verantwortlich machen. Ich hatte nicht vorgehabt, mit ihm irgendwo hin zu gehen, geschweige denn, zu fliegen, denn in der vorangegangenen schlaflosen Nacht war all der Schmerz, die Enttäuschung und die Wut über die eiskalte Art und Weise, wie er mich abserviert hatte, wieder an die Oberfläche gekommen. Ich hatte wieder und wieder darüber nachgegrübelt, ob Gabriel Dr. Jekyll oder Mr. Hyde war. Oder vielleicht beides, und wenn das so wäre, ob ich damit klarkommen könnte. Ich hörte in Dauerschleife, wie er mich in seinem Club niedermachte, mich beleidigte und verletzte, und dann sah ich ihn wieder mit diesen Glitzerboots und Ivy an seiner Hand, wie er ihr geduldig erklärte, dass sie ihre Feenflügel im Auto nicht anbehalten konnte. Oder wie er dieser Tussi Mrs. Newton gegenüber getreten war, um Ivy in Schutz zu nehmen.

Um sechs Uhr stand ich unter der Dusche, und die einzige Erkenntnis, die die schlaflose Nacht mir gebracht hatte, war, dass es mehr als eine Verkleidung und einen Rentierschlitten brauchte, um mich davon zu überzeugen, dass er Dr. Jekyll war. Und so war ich zu ihm hinuntergegangen, weil ich im Gegensatz zu ihm nicht feige war und ihm das alles von Angesicht zu Angesicht sagen wollte. Ganz ruhig, ohne weitere Beschimpfungen oder Schuldzuweisungen, das hatte ich mir fest vorgenommen. Ich wollte ihm knallhart sagen, dass ich ihm sein Verhalten nicht verzeihen konnte, aber die Art und Weise, wie er dann vor mir gestanden hatte, mit echter Reue in den Augen und einem Schmerz, der meinem nicht unähnlich war, hatte mich schließlich doch dazu gebracht, mir wenigstens anhören zu wollen, was er zu sagen hatte. Und sei es auch nur, um mit ihm und meinen Gefühlen für ihn abschließen zu können. Denn leider hatte alles, was vorgefallen war, meine Gefühle nicht geändert. Dagegen war mein Verstand inzwischen mit der räumlichen und zeitlichen Distanz zu Gabriel aus seinem Weihnachtsurlaub zurückgekehrt und hatte an meinen Stolz appelliert, sich aufzurappeln und über Gabriel hinwegzukommen. Und dazu gehörte nun mal, sich der Situation wie ein erwachsener Mensch zu stellen und reinen Tisch zu machen. Und wenn ich dazu mit Gabriel sprechen musste, dann würde ich das tun. Dass er mich dazu nicht nur in ein Flugzeug, sondern auch gleich in ein fremdes Land verschleppen würde, hatte mich irgendwie überrumpelt.

Und jetzt saß ich hier, in diesem luxuriösen Privatjet, hielt ein Glas Eierpunsch in der Hand, den Gabriel angeblich extra wegen mir und dem Bezug zu unserem Kennenlernen an Bord hatte bringen lassen, und mein Kopf schwirrte von all den Erklärungen und Entschuldigungen, die Gabriel mir sehr ernst und ehrlicher, als ich es erwartet hätte, vorgetragen hatte. Er sprach über seine Kindheit, über den Abend in der Bar und darüber, was seine Mutter ihm eröffnet hatte. Ich verstand ihn danach besser und schätzte es wirklich, dass er sich mir gegenüber öffnen wollte. Wir beide wussten, dass das mit uns, wenn überhaupt, nicht so einfach von jetzt auf gleich funktionieren würde, und ich würde auch nicht so schnell vergessen können, wie er mich in seiner Bar behandelt hatte, aber ich glaubte ihm und merkte, dass ich bereit war, uns eine Chance zu geben. Wir sprachen auch darüber, dass viele der Aktivitäten seiner Familie illegal waren und wie ich in sein kriminelles Umfeld passen konnte, oder er in mein geordnetes und vor allem Ivys, denn auch sie schlossen seine Pläne zu meiner Erleichterung ein. Wir wussten beide zu diesem Zeitpunkt nicht, wie wir damit umgehen sollten, aber er war sogar bereit, seine kriminellen Geschäfte gegen einen biederen Job in einem der Unternehmen einzutauschen, die seiner Familie gehörten, wenn ich das wollte. Aber mich überforderten all diese Entscheidungen im Moment, so verwirrt und durcheinander war ich.

Ich nippte an dem Eierpunsch und sah aus dem Fenster. Gabriel hatte mir nicht verraten, wohin es ging, nur, dass es ein sehr langer Flug sein würde. Und dass er kurzerhand die Werbeagentur gekauft hatte, in der ich am Montag wieder hätte sein müssen, hatte er mir auch zerknirscht gestanden. Zuerst war ich wütend gewesen, weil er das nicht einfach so machen konnte. Ich meine, hallo?!, wer kaufte schon mal eben eine Firma, nur weil die Freundin - ja, war ich das jetzt? - keinen freien Tag bekommen würde? Er hatte mir mit einem verlegenen Lächeln erklärt, dass seine Familie ohnehin einen verlässlichen Werbepartner für die Sparten brauchte, die nichts mit Drogen oder all dem anderen kriminellen Geschäften zu tun hatten und die vollkommen legal waren. Und darüber hinaus könnte ich in *meiner eigenen Agentur* die Zeit besser einteilen, wenn Ivy erst mal bei dauerhaft bei mir einzog. Wie bitte? Meine eigene Agentur? Mir war bei seinen Worten buchstäblich das Herz stehen geblieben. Ganz bestimmt würde ich das nicht annehmen, konnte es nicht, denn ich war nicht käuflich. Darüber würden wir noch reden müssen, allerdings nicht hier, 32.000 Fuß über der Erde und nicht jetzt. Weil ich einfach nicht klar denken konnte.

Als wir endlich landeten, wusste ich wieder, warum ich mich irgendwann in Gabriel verliebt hatte.

Wir waren tatsächlich in Rovaniemi, dem Zuhause von Santa!

Epilog

Megan

Ziemlich genau ein Jahr war vergangen, seit ich mit Gabriel in dieses Flugzeug gestiegen war und er mich nach Finnland entführt hatte. Und ich würde nicht sagen, dass es ein Jahr nur voller Glück und Harmonie gewesen war. Auch hatte ich ihm nicht gleich nach dem Kurztrip verziehen, wie er mich in seiner Bar behandelt hatte. Dazu war ich zu tief verletzt gewesen. Wir hatten zwei Tage in Rovaniemi mit einer Rentierschlittenfahrt, dem geheimnisvollen, grünen Polarlicht, und einer ausgiebigen Shoppingtour im Weihnachtsdorf verbracht, aber die Stimmung war, jedenfalls von meiner Seite aus, ziemlich unterkühlt gewesen. Es war nicht so, dass ich die Idee, mich quasi ins Wohnzimmer des Weihnachtsmannes zu entführen, nicht süß und aufmerksam von Gabriel gefunden hätte, aber er hatte mich damit vollkommen überrumpelt und um mir über meine Gefühle und darüber, was ich jetzt tun sollte, klar zu werden, hatte ich Abstand gebraucht. Gabriel war zwar enttäuscht gewesen, als ich ihm erklärt hatte, dass ich Zeit brauchte, um herauszufinden, was das Beste für mich und vor allem Ivy wäre, aber er hatte akzeptiert, dass er mir diese Zeit geben musste, wenn die tiefen Kerben in meinem Herzen, die er mir zugefügt hatte, jemals heilen sollten. Auch und vor allem, wie er sein Geld verdiente, bereitete mir Kopfschmerzen. Ich hatte deswegen einige schlaflose Nächte, aber ich musste mir schließlich eingestehen, dass es nichts an meinen Gefühlen für ihn änderte, was er war. Für mich zählte, wie er war. Wie der Mensch, der Freund und der potentieller Vater war, der Gabriel ausmachte

Wobei, das war mir und auch ihm klar gewesen, wenn ich mich auf eine Beziehung mit ihm einließe, würde er Zugeständnisse machen müssen, das würde ich zur Bedingung machen. Ich könnte über vieles hinwegsehen, aber Mord oder Folter war etwas, das ich nicht tolerieren könnte.

Und schließlich war es seine Beharrlichkeit und der ehrliche Wunsch, es wieder gut zu machen, es *besser* zu machen, gewesen, der mich und auch Ivy überzeugt hatte, ihm noch eine Chance zu geben.

Wir hatten viel geredet und ich hatte einen neuen, sehr verletzlichen und offenen Gabriel kennengelernt.

Er gab sich wirklich viel Mühe mit mir und Ivy und hatte sich nach unserer Rückkehr ebenfalls um die Anerkennung seiner Eignung als Adoptivvater bemüht, was ich ihm hoch anrechnete. Wie er an die behördliche Personenauskunft und diese weiße Weste, die er dafür brauchte, gekommen war, wollte ich lieber nicht hinterfragen. Aber dann erinnerte ich mich an diese Newtons, deren Weste auch allenfalls grau gewesen war und die ebenfalls wohl etwas daran gedreht hatten, schnell ein Kind für ihre Zwecke zu bekommen. Es war eben alles nur eine Frage der Definition von Gut und Böse.

Vielleicht ging Gabriel, was unsere Beziehung anging, nicht immer mit dem gebotenen Ernst zur Sache, aber wichtig war, dass er es ernst *meinte*.

So hatte er zum Beispiel in dem Eignungskurs als Kursaufgabe einen Aufsatz zum Thema: *Die Bedürfnisse eines Kindes* bekommen.

Ich hatte mir eine gewisse Belustigung nicht verkneifen können, weil auffällig oft die Wörter Pizza, Pommes und Burger, Kinderfernsehen und, vor allem, Ben & Jerry's Baked Alaska Eiscreme darin vorkamen. Letzteres, weil diese Sorte Ivys absolute Lieblingssorte war. Sie liebte die laut Werbeslogan *zart schmelzenden Polarbären und den Marshmallow-Strudel* darin. Die anwesenden Männer nickten bei der Erwähnung von Pommes und Burgern sofort begeistert, was ihnen tadelnde Blicke der anwesenden Frauen einbrachte, aber nach einer anfänglich zu spürenden unangenehm berührten Stille der anwesenden weiblichen Wesen verfielen auch die angehenden Mütter spätestens nach der Nennung von Geborgenheit, stabilem Umfeld und Liebe Gabriels verwegenem Charme. Sogar die Ökotanten mit den Schlabberhosen und Erziehungsratgebern in der Hand hingen irgendwann hingerissen an seinen schönen Lippen.

Selbst die etwas spröde Kursleiterin sah ihn am Ende schockverliebt an. So war Gabriel. Er hatte einfach den Dreh raus, die Menschen von sich zu überzeugen, auch wenn sie es eigentlich nicht wollten, weil sie ihn und das Düstere, das ihn wie eine unsichtbare Wolke umgab, nicht einschätzen konnten. So hatte er schließlich ja auch mich rumgekriegt.

Ihn mit Ivy zu sehen, wie er mit jedem weiteren Tag, den sie zusammen verbrachten, immer mehr ihrem Charme erlag und die Mauer um sein Herz immer mehr Risse bekam (und sie ihn ja sowieso bereits in ihr

Herz geschlossen hatte), ließ mein Herz überlaufen vor Liebe zu diesem Mann.

Natürlich stritten wir auch, was ja bei zwei so sturen Persönlichkeiten wie uns gar nicht zu vermeiden war. Einer der größten Streitpunkte war, dass er kurzerhand die Agentur gekauft hatte, in der ich angestellt war und sie mir schenken wollte. Also bitte! Das schoss ja nun mal so weit über das Ziel hinaus...

Er verstand einfach nicht, dass ich das nicht annehmen konnte oder auch nur wollte. Natürlich erkannte ich die Geste dahinter, aber in meiner Welt brachte man es durch Leistung zu etwas, nicht, weil man sich einen Posten kaufte. Nach langen Diskussionen und einigen einsamen Nächten, die wir im Streit getrennt verbracht hatten, einigten wir uns schließlich darauf, dass er jemanden einstellte, der sich mit der Leitung einer solchen Agentur auskannte, und ich einfach nur dort arbeitete wie vorher auch. Allerdings hatte das für mich doch einige Vorteile, denn der neue Chef formierte ein ganz neues Team, die Stimmung veränderte sich vollkommen und meine Ideen wurden ernsthaft diskutiert und dann angenommen oder abgelehnt, aber dann, weil sie einfach nicht so gut waren und nicht deshalb, weil man mir ohnehin nichts zutraute und von vornherein alles abschmetterte, was ich vortrug.

Aber das alles lag jetzt hinter uns und ich freute mich schon auf die Weihnachtsfeier, die ich hinter Gabriels Rücken organisiert hatte. Ich hatte heimlich ein paar Vorbereitungen getroffen, den Heiligen Abend würden wir hier bei mir in meiner Wohnung feiern. Das hatte ich mir ausbedungen. Meine kleine Wohnung hatte ich nicht gekündigt und so pendelten wir zwischen ihr und der Wohnung, die Gabriel mir und Ivy zuliebe in Minton gemietet hatte, hin und her. Da er oft noch geschäftlich unterwegs war und Ivy und ich dann alleine waren, wollte ich nicht in seinem riesigen Penthouse bleiben, wo ich alles eher unpersönlich und funktional statt gemütlich fand.

Natürlich hatte ich es auch nicht so einfach akzeptieren können, welchen Job er hatte, aber wenn ich diesen Mann wollte, musste ich mich damit abfinden, was er tat. Das war ein Teil von ihm, den ich niemals gutheißen würde, aber er hatte mir versprochen, dass er sich so weit wie möglich aus den illegalen Geschäften seiner Familie zurückziehen würde. Wir hatten uns darauf geeinigt, dass ich nicht fragte und er mir auch nichts von diesen Geschäften erzählte. Das war zwar die Vogel-Strauß-Methode, aber damit konnte ich einigermaßen leben.

Als es klingelte, hüpfte Ivy aufgeregt zur Tür und noch bevor ich sie daran hindern konnte, hatte sie sie schon aufgerissen. Auch sie freute sich auf Gabriel, aber es war nicht er, der da vor der Tür stand.

Stattdessen blickte ich in Rafs grinsendes Gesicht.

„Hi, Raf, äh... Gabriel ist noch nicht hier." Etwas verwirrt schaute ich zu ihm auf. Was wollte er hier? Ich hoffte für ihn und vor allem für Gabriel, dass sie nicht heute noch einen wichtigen Auftrag zu erledigen hatten.

„Jop, genau deswegen bin ich hier." Er schob die Tür auf und ging an mir vorbei, sah sich kurz um und bückte sich dann zu Ivy hinunter.

„Alles klar, Prinzessin?", fragte er sie und zwinkerte ihr zu.

„Und ob!", grinste sie zurück. Warum hatte ich das Gefühl, dass hier irgendetwas an mir vorbei lief?

„Na dann los!" Raf erhob sich wieder und nickte Ivy zu, die wie ein geölter Blitz ins Wohnzimmer schoss und nur Sekunden später mit ihrem pinkfarbenen Rucksack zu uns zurück kam.

„Kann losgehen", zwitscherte sie fröhlich. Äh... aha. „Äh... was genau kann losgehen?" Nicht, dass ich nicht verwirrt war. Oder neugierig. Oder... angepisst? Warum holte Raf Ivy ab, wenn Gabriel und ich uns mit ihr einen schönen Heilig Abend machen wollten? Ich meine, gut, sie hatte im zurückliegenden Jahr nicht nur Gabriel um den Finger gewickelt. Mit ihrem niedlichen Charme hatte sie die gesamte Familie in der Hand und selbst Gabriels Mutter war ein paar Mal aus Mexiko herübergekommen, um Zeit mit ihr und auch mit ihren drei Söhnen zu verbringen. Ich hatte das Gefühl, sie versuchte irgendwie, die Zeit nachzuholen, die sie mit ihren eigenen Kindern verpasst hatte, aber auch das gestaltete sich nicht so einfach. Zwar näherten Gab, Raf und Michael sich ihr immer mehr an, aber bevor sie ein normales Mutter-Sohn-Verhältnis haben würden, würde noch viel Zeit vergehen. Wahrscheinlich würde es niemals so werden, wie bei meinen Eltern und mir, dazu war in dieser Familie einfach zu viel vorgefallen, aber ihr Verhältnis heute war immerhin ein Anfang und besser als nichts.

„Wir machen einen Ausflug!" Ivy strahlte mich an.

„Einen Ausflug?" Ich blickte von ihr zu Raf und wieder zurück.

„Ja, aber es ist eine Überraschung und ich darf dir nicht sagen, dass..."

„IVY!" Raf hielt ihr den Mund zu und verdrehte die Augen.

„Los, Meg, pack ein paar Sachen für, sagen wir, zwei Tage ein, dann können wir auch schon los." Raf hielt Ivy immer noch den Mund zu, grinste mich aber schon wieder an.

„Sag mal, spinnst du? Gabriel wird gleich hier sein und dann werden wir..."

In diesem Augenblick kräuselte Raf die Nase und schnupperte.

„Falls das Plätzchen sind, und ich hoffe nicht, dass es *diese* Plätzchen sind!, solltest du den Ofen abstellen. Wir haben nicht viel Zeit und müssen noch etwa eine Stunde fahren." Er genoss es sichtlich, mir nur ein paar Brocken hinzuwerfen.

„Ich fahre heute nirgendwo hin. Und der Ofen ist bereits aus", ließ ich ihn angepisst wissen. Er ließ Ivy los, legte den Finger an die Lippen und blinzelte ihr verschwörerisch zu. Ivy nickte eifrig und begann damit, in ihre pinkfarbenen Stiefel zu steigen. Pink. Alles was Gabriel und sie zusammen shoppten, war pink. Anscheinend hatte er in einem dieser Ratgeber gelesen, dass kleine Mädchen diese Farbe, und *nur* diese Farbe liebten.

„Oh doch, liebste Freundin meines besten Bruder-Kumpels, selbstlose Kämpferin gegen Einhörner und Waschbären und furchtlose Lara Croft mit einem lilafarbenen..."

„RAF!" Hatte ich schon gesagt, dass ich Gabriel manchmal hasste? Er hatte seinem Bruder haarklein alles, und ich hoffte für ihn und vor allem mich, dass er nicht wirklich *alles!* erwähnt hatte, darüber erzählt, was vor einem Jahr passiert war und wie ich im Drogenrausch ausgeflippt war und wie ich... nun ja.

„Noch ein Wort und...", wütend funkelte ich ihn an, aber er lachte mich nur aus.

„Schon gut, Meg, aber jetzt musst du wirklich packen. Sonst sind die Qualen, die du mir gerade an den Hals wünscht nur ein laues Lüftchen gegen das, was Gabriel mit mir anstellt, wenn wir nicht pünktlich sind."

„Was..." Weiter kam ich nicht, denn Raf nahm einfach meine Jacke vom Haken und deutete auf meine Boots.

„Lass das mit dem Packen. Ich glaube, eine Jacke und Boots reichen auch. Mehr brauchst du nicht."

„Raphael!"

Er strich mit seinem Zeigefinger über seine Lippen und verschloss sie imaginär. Dann schob er mich, kaum dass ich meine Boots angezogen hatte, in Richtung Tür.

„Nur dass du es weißt: Ich fliege nicht wieder zwanzig verfickte Stunden in eurem Privatjet nach Lappland!", schnappte ich, aber in Wahrheit bereitete mir die Erinnerung an diese Zeit dort ein warmes Gefühl in meinem Herzen.

„Oh nein, liebste Einhornjägerin, ich fürchte, so romantisch wird es dieses Mal nicht." Ein geradezu diabolisches Grinsen zierte sein hübsches Gesicht.

„Oder doch?

Gabriel

Mein Herz klopfte wie ein Dampfhammer in meiner Brust. Meine Hände waren schwitzig und ich hatte... Angst. Ich, Gabriel Isaac Daniel Jakob Campbell.....

hatte Angst! Vor ihrer Reaktion, vor einem Nein. Ich meine, okay, was sollte eigentlich schief gehen, aber... Alles?! Verdammt nochmal, alles konnte schief gehen! Ich hatte im letzten Jahr gelernt, dass Megan schwer einzuschätzen war. Sie war so vollkommen anders als alle Frauen, die ich vor ihr getroffen hatte. Sie wollte am liebsten keinen Cent von mir annehmen, hatte mir eiskalt gesagt, dass sie auf keinen Fall mit mir in dem Penthouse wohnen würde, das ich extra für sie und Ivy gemietet hatte und lehnte kategorisch jedes Geschenk ab, das auch nur den Hauch von Luxus hatte. Es war wirklich nicht einfach, zu begreifen, wie diese Frau tickte. Darum... also das, was ich hier vorbereitet hatte, würde nicht nur den Rahmen all meiner vorherigen Geschenke sprengen, es würde auch, sagen wir, zumindest zu Diskussionen, wenn nicht sogar zu einem handfesten Streit führen. Aber ich musste das Risiko eingehen. Denn ich wollte sie. Sie und Ivy. Ganz und gar, jeden verdammten neuen Tag und jede verdammte Nacht. Jede Sekunde wollte ich sie in meinem Leben haben, und darum...

Ich atmete noch einmal tief durch. Ein Blick auf meine Uhr sagte mir, dass sie jede Minute hier eintreffen könnten. Ich griff nach dem vollen Whiskyglas, das auf einer Anrichte stand und das ich mir vor geraumer Zeit eingeschenkt hatte, aber bis jetzt nicht dazu gekommen war, daraus zu trinken, weil...

„Ganz ruhig, Gabriel! Sie wird es lieben, ganz sicher." Meine Mutter legte mir ihre Hand auf meinen Arm und drückte leicht zu. Es war immer noch ungewohnt, eine Mutter zu haben, also besser gesagt, sie jetzt in meinem

Leben zu haben, aber so langsam gewöhnte ich mich daran.

Auch Susan, Megans Mutter trat neben mich.

„Junge, du musst wirklich keine Angst haben. Es hat Megan noch nie wirklich interessiert, *was* jemand ist, sondern *wie* jemand ist." Sie sah mich ernst an. Wir beide wussten, dass hinter ihren Worten viel mehr steckte. Natürlich wussten Megans Eltern nicht genau, mit was ich mein Geld verdiente, aber sie waren auch nicht blind. Umso höher rechnete ich es diesen durch und durch rechtschaffenen, hart arbeitenden beiden Menschen an, dass sie mich vorurteilsfrei als Megans Partner akzeptiert hatten. Das war mehr als ich erhofft hatte, bevor ich sie kennengelernt hatte.

„Danke, Sue. Für alles!" Und auch meine Worte enthielten einen tieferen Sinn, den sie leicht lächelnd zur Kenntnis nahm.

„Sie kommen!" Paul, Megans Vater, ließ den Vorhang fallen und sah mich ernst an.

„Versau es nicht, Junge." Allein dieses eine Wort, *Junge,* aus seinem Mund ließ mich schwer schlucken. Es beutete mir viel, sehr viel. Ich nickte. Mein Mund war trockener als die Wüste Gobi und mein Herzschlag hätte jeden Pulsmesser zum Explodieren gebracht.

Ja, Gabriel, versau es nicht.

Megan

Raf hielt vor einem imposanten Haus mit einem Erker und einem großen Vorgarten. Eine breite Treppe führte zu einer massiven Eingangstür, die von zwei Säulen flankiert wurde. Aber das war es nicht, was mich sprachlos machte. An der Tür baumelte ein blinkender Kranz, im Vorgarten leuchtete ein Plastikschlitten mit einem rotnasigen Rentier und das Dach dieses Anwesens war über und über mit kleinen Lämpchen bestückt. Ich musste kichern, denn es erinnerte mich alles sehr stark an meinen Lieblingsweihnachtsfilm *Schöne Bescherung* mit Chevy Chase. Fehlte noch, dass Ellen Griswold mir gleich die Tür öffnen würde. Oder der Strom ausfiele, wegen der Überlastung des Stromnetzes, angesichts so vieler brennender Lichter. „Das ist nicht das Zuhause des Weihnachtsmannes in Rovaniemi, aber es sieht fast so aus", murmelte ich fasziniert. Ivy kicherte und ich räusperte mich. Was wollten wir hier?

Ich war vollkommen durcheinander. Gabriel konnte jedenfalls nicht hier sein. Niemals im Leben würde er einer derartigen Weihnachtshölle näher kommen als der FBI Zentrale in Washington. Also musste er Lichtjahre entfernt sein!

Raf hatte inzwischen auf der gekiesten Auffahrt angehalten und war schon dabei, Ivy abzuschnallen, als ich mich aus meiner Starre löste.

„Was soll das, Raf? Wo ist Gabriel und was machen wir hier?" Aber er grinste nur und deutete mit dem Kopf zur Tür. Die hatte sich inzwischen unbemerkt von mir geöffnet und im Rahmen stand tatsächlich... Gabriel!

„Hi." Hi? Ich wusste nicht, was mich mehr verunsicherte. Die Begrüßung oder die Unsicherheit in Gabriels Tonfall.

„Äh... auch hi." Mehr brachte ich nicht heraus.

Ivy war inzwischen ausgestiegen und flitzte auf Gabriel zu, der sie in seinen Armen auffing und einmal herumschwenkte.

„Geh schon mal rein, Süße." Er gab ihr einen Kuss auf den Haaransatz und setzte sie vorsichtig ab.

Raf ging an mir vorbei, klopfte Gabriel ermutigend auf die Schulter und verschwand mit Ivy in dem Haus, von dem ich nicht wusste, was wir hier eigentlich sollten.

„Äh... bevor wir da auch reingehen, muss ich kurz mit dir reden." Gabriel trat tatsächlich verlegen von einem Bein aufs andere. Ich runzelte die Stirn. Was zur Hölle ging hier vor sich?

„Also, flipp jetzt bitte nicht aus, aber das alles hier", er deutete um sich, „habe ich für dich und Ivy gemacht." Er räusperte sich. Und schluckte unsicher.

„Was? Du hast das alles für Ivy und mich gemacht?" Ich konnte es nicht fassen.

„Du hasst Weihnachten, Gab, schon vergessen? Du bekommst Ausschlag, wenn du Zimt riechst, Herzrasen, wenn ich meine Weihnachtsplaylist abspiele und Rudolph hat immer noch seine Nase auf der Stirn, weil du... weil du..." Ich musste Luft holen, weil das alles hier so unglaublich war. Er hatte das alles für mich gemacht? Für *mich*, weil er wusste, dass ich ein Weihnachtsjunkie war?

Er kam langsam die Treppe herunter und sah mich an. „Ich hasse Weihnachten nicht so sehr wie ich dich liebe, Megan." Er strich mir eine widerspenstige Strähne aus dem Gesicht und lächelte mich an.

„Ich habe das Haus für dich und Ivy gekauft. Und wenn ihr mich haben wollt, würde ich gerne hier mit euch wohnen. Als Familie." Er sah kurz zu Boden, schien sich die Worte zu überlegen, die er als nächstes sagen sollte.

„Ich würde sehr gerne Ivys Vater werden. Und dein... Ehemann." Mein Kopf schwirrte. War das etwa... war das... Ich öffnete den Mund, aber es kam kein Ton heraus. Ich fing an zu zittern. Was nicht nur an der eisigen Kälte lag, die hier draußen herrschte. Gabriel sah mich forschend an, wartete gespannt darauf, dass ich etwas dazu sagen würde, aber ich konnte nur atmen. Wie oft hatte ich mir vorgestellt, wie es wäre, einen Antrag zu bekommen. Ich hatte spektakuläre Orte vor meinem geistigen Auge gesehen, einen Kniefall... Aber ganz bestimmt keinen Vorgarten, in dem ein Plastikschlitten leuchtete. Und von einem Mann, der so ungünstig vor diesem Türkranz stand, dass die blinkenden Lichter ihn umgaben wie einen Heiligenschein. Und ich konnte nicht anders, als ihn nur fassungslos anzustarren. Ein ganz und gar unpassendes Kichern stieg in meiner Kehle auf. Ich versuchte, es zu unterdrücken, was in einem leisen Keuchen endete.

„Ich bin so ein Idiot." Gabriel tippte sich gegen die Stirn, schüttelte den Kopf, dann kramte er in seiner Hosentasche und hielt mir eine kleine Schachtel hin. Als er sie aufschnappen ließ, hielt ich die Luft an. Oh mein Gott!

„Bitte, Megan, ich hätte dir am liebsten den größten Brillanten gekauft, den Tiffanys zu bieten hat, aber ich weiß ja, dass du dich darüber gar nicht so gefreut hättest, weil... weil... du einfach nicht so bist.. Aber ich wollte trotzdem, dass das hier etwas Besonderes ist. Es ist... also es soll... „ Er fuhr sich verlegen durch seine dunklen Haare, dann holte er tief Luft.

„Ich wollte dich eigentlich drinnen fragen, unter dem Tannenbaum, ganz romantisch, weil du doch so auf diesen ganzen Schei... äh... also...aber ich habe zu viel Schiss, dass du mich abblitzen lässt. Und das wäre mir ziemlich peinlich vor den anderen."

Meine Gedanken rotierten, fuhren Achterbahn. Genau genommen hatte er mich nicht gefragt, ob ich ihn heiraten wollte, oder? Aber gemeint hatte er das? Ich starrte den Ring an, eine schlichte, goldenen Schiene, auf der ein roter Stein wie eine Weihnachtskugel thronte. Am oberen Rand hatte er diese typische goldenen Krone und sah deswegen tatsächlich aus wie eine dicke, rote Christbaumkugel. Ich war sprachlos. Das war der schönste, individuellste Ring, den ich je gesehen hatte, und Gab musste ihn extra genau so in Auftrag gegeben haben...

„Okay, okay, halt, ich meine... ist das ein Antrag, Gabriel.....?"

„Äh... ja?" Warum klang das wie eine Frage? Ich sah deutlich die Anspannung in seinen Zügen.

„Oh Gott, ein Antrag also", stellte ich unnötigerweise fest, als ob ich Probleme mit dem Hören hätte. Oder dem Verstehen. Ich bemerkte deutlich, wie sich erst Unsicherheit und dann Enttäuschung in seine Züge schlich.

„Gabriel, das ist... ich..." Wir hatten nie über Heirat gesprochen, weil ich immer davon ausgegangen war, dass Gabriel wegen seiner Vergangenheit diese ganz speziellen Bindungsängste hatte. Aber bevor ich etwas sagen konnte, flog die Tür auf und Raf steckte den Kopf heraus.

„Was ist jetzt? Wollt ihr da Wurzeln schlagen oder kommt ihr heute noch mal rein? Es ist nebenbei schweinekalt, Mr. Frost. Also schwing deinen Arsch ins Warme und bring deine Eisprinzessin mit, die anderen warten schon!"

Gabriel klappte die Schachtel mit einem gequälten Ausdruck wieder zu und schob mich durch die Tür ins warme Innere des Hauses. Ich hörte aufgeregte Stimmen aus einem Raum, dessen Tür geöffnet war und Gabriel nahm mir die Jacke ab.

„Gabriel, ich...", setzte ich an, um ihm zu sagen, dass ich nichts lieber täte, als ihn zu heiraten, aber wieder wurde ich unterbrochen.

Ivy kam aus dem Raum gestürmt, hielt vor mir an und streckte mir etwas entgegen, das sich als Pullover entpuppte.

„Hier, den musst du anziehen, Meg. Wir haben alle so einen an." Ich blinzelte. Wir alle? Ivy zog stolz ihren Pullover glatt, damit ich das Motiv sehen konnte. Von ihren Bauch schielte mir ein rotnasiges Rentier mit blinkender Nase entgegen. Der Pullover, den sie mir hinhielt, schien exakt das gleiche Motiv zu haben. Noch dazu... es waren die selben Pullover wie im letzten Jahr! Ich blinzelte noch einmal. In der Tür zum Wohnzimmer, wie ich vermutete, standen plötzlich meine Eltern, Raf, Michael, Gabriels Mutter und Miguel, ihr zweiter Mann. Alle hatten diese niedlichen Punschgläser in Rentierform in der Hand, aus denen es dampfte. Und alle grinsten mich erwartungsvoll an und... auch sie hatten exakt den gleichen Pullover an!

Ich starrte von einem zum anderen. Und wieder zurück. Dann nahm Gabriel meine Hand und zog mich mit sich. „Ich dachte, wir führen deine Familientradition fort. Du hast ja im letzten Jahr schon das Motiv ausgesucht", flüsterte er mir ins Ohr.

Der Kloß in meinem Hals nahm bedrohliche Ausmaße an. Ich schluckte, aber ich kam nicht gegen ihn an. Mit Tränen in den Augen drehte ich mich zu Gabriel um. Dieser Mann, dieser düstere, sture, weihnachtshassende Grinch hatte das alles für *mich* arrangiert! Ich drehte mich zu ihm um, weil...

Oh mein Gott! Er hatte seine Jacke ausgezogen und jetzt erst sah ich, dass er ebenfalls diesen Pullover trug! Er schien sich zwar nicht so richtig wohl darin zu fühlen und zupfte gerade unbehaglich an dem Rollkragen, aber er trug diesen verrückten, grünen Pullover mit dem schielenden Rentier!

Ich schluchzte, umarmte ihn und drückte meine Nase auf seiner Brust platt.

„Natürlich will ich dich heiraten, du verrückter Kerl", schniefte ich. Er hatte mich nicht gehört, oder nicht verstanden, denn er reagierte irgendwie nicht.

„Kann man den Pullover waschen?", nuschelte ich gleich darauf, weil ich gerade Rudolph auf seiner Brust mit Tränen ertränkte und zudem noch vollschnodderte.

„Was hast du gesagt?", fragte er mich mit unsicher zusammengezogenen Augenbrauen.

„Kann man den Pullover waschen?"

„Das davor."

„Dass ich dich heiraten will?" Hatte er das tatsächlich nicht gehört, oder wollte er sich nur vergewissern, dass ich Ja gesagt hatte?

„Willst du denn?" Er schien überrascht zu sein. Ich verdrehte die Augen.

„Ja, natürlich will ich. Gib mir jetzt sofort diesen wunderschönen Ring, sonst überlege ich es mir nochmal." Er sah von mir zu den Menschen, die gespannt den Atem angehalten hatten und uns neugierig musterten.

„Sie... sie hat JA gesagt!" Ungläubig sah er mich an. Dann zog er mich in seine Arme und küsste mich, bis mir die Luft wegblieb.

Raf und Michael johlten, meine Mutter hielt meinen Vater an der Hand und wischte sich eine Träne aus dem Auge. Ivy hüpfte aufgeregt um uns herum und Gabriels Mutter stand mit melancholischem Gesichtsausdruck gegen Miguel gelehnt und lächelte.

Es war nicht alles perfekt, es würde nie perfekt sein, so wie wir es auch nicht waren, aber es war gut so, wie es war.

In eigener Sache...

Falls ihr euch jetzt fragt, ob bei der Entstehung dieser Geschichte bewusstseinsverändernde Substanzen im Spiel waren: ja.
Eiskaffee und ab und zu ein Eierlikörchen, schön über die leckeren Erdbeeren und das Vanilleeis gekippt.
Sozusagen als das Sommeräquivalent zum Eierpunsch.
Denn die Idee zu dieser Geschichte kam mir im Frühling, kurz nach Weihnachten, und begleitete mich weite Teile des (Hoch-)Sommers.
Vielleicht kann ich ja auch die mörderischen Temperaturen und die gefühlte Dehydrierung für die ein oder andere verrückte Idee verantwortlich machen?
Mir hat es jedenfalls viel Freude bereitet, den Kampf Auge-um-Auge-Zahn-um-Zahn zwischen Megan und Gabriel mitzuerleben.
Über meinen geradezu zwanghaften Hang zu Happy Ends kann man streiten, aber ich finde, ein bisschen heile Welt und Glitter kann in diesen Zeiten nicht schaden.
Wenn ihr das auch findet, dann denkt doch bitte darüber nach, eine Rezension zu schreiben. Ich würde mich darüber freuen. Natürlich dürft ihr auch schreiben, wenn es euch nicht gefallen hat. Gerade bei Büchern gehen die Meinungen ja weit auseinander, was toll, spannend oder gut geschrieben angeht.
Vielleicht bekommen Raf und Michael ja auch noch ihre Geschichte, aber im Moment muss ich mich erst mal von der Weihnachtsstimmung im Hochsommer erholen.

Ich hoffe sehr, ihr habt beim Lesen so viel Spaß gehabt wie ich beim Schreiben!

Wenn ihr mehr von mir lesen wollt, dann habe ich auf den nächsten Seiten für euch einen Auszug aus meinem Buch: **The Darkness In Our Burning Hearts**

Beachtet aber bitte unbedingt das Vorwort und die Triggerwarnung, denn in dieser Geschichte geht es ganz anders zu als bei Megan und Gabriel!

Viel Spaß und vielleicht bis bald,

eure Lovis

Tyler:
Du bist zur falschen Zeit am falschen Ort, Kleines.
Und siehst, was du nicht sehen solltest.
Du bist nicht, wer du vorgibst zu sein.
Du redest, wo du lieber schweigen solltest und
schweigst, wo du lieber reden solltest.
Was mache ich jetzt bloß mit dir?
Soll ich dich töten, so wie es mir mein Boss befiehlt?
Oder retten, auch wenn es meinen Tod bedeuten
könnte?
Die Entscheidung wird mir unerwartet abgenommen,
aber es geht doch schon lange nicht mehr nur ums
Überleben, oder?

Amea:
Mein Leben besteht daraus, zu sein, wer ich nicht sein
will.
Weil ich nicht länger sein darf, wer ich einmal war.
Jetzt sitze ich hier gefesselt in diesem Keller und
weder, wer ich jetzt bin noch, wer ich war, kann mich
retten.
Aber da ist etwas zwischen uns, das mich hoffen lässt.
Bis... ja, bis ich diesen einen Fehler begehe.

Zwei Jahre nachdem Amea gegen ihren Bruder, den
Erben eines Mafiaclans, ausgesagt hat, holt ihre
Vergangenheit sie ein und sie muss plötzlich nicht nur
die Rache ihres Bruders fürchten sondern wird zu
einem wichtigen Pfand im Kampf zweier skrupelloser
Krimineller.
Können Tyler und Amea sich endlich vertrauen oder
sind ihre gegenseitigen Verletzungen zu tief?

Am Ende heißt es: Verrat oder Vertrauen? Überleben oder Sterben? Liebe oder Tod?

Amea

Der feine Nieselregen, der vom grauen Himmel fiel, legte sich wie ein feines Netz aus unzähligen Diamanten über die traurige Szenerie. Der Sarg mit dem Gesteck aus roten Rosen und weißen Calla senkte sich langsam aber unaufhaltsam in die Tiefe und nahm den Körper meiner Mutter mit sich. Endgültig und für immer wurden wir getrennt, so empfand ich es. Seit dem Tag, als mein Vater mir eröffnet hatte, dass meine Mutter gestorben war, war ich innerlich wie tot. Wie gerne wäre ich jetzt bei ihr. Würde mit ihr in diesem Sarg liegen und für immer von dieser Welt verschwinden. Der Grund dafür stand neben meinem Vater. Massimo. Mein Bruder. Halbbruder, um genau zu sein. Seine Miene spiegelte für jeden, der ihn nicht so gut kannte wie ich, tiefe Betroffenheit wider. Sein rechtes Lid zuckte ein wenig und seine Mundwinkel waren nach unten verzogen. Seine Finger spielten mit einem Rosenkranz, während der Priester ein paar würdigende Worte sprach, aber ich kannte Massimo besser. Er war nur hier, weil er musste, nicht, weil er meiner Mutter die letzte Ehre erweisen wollte. Wahrscheinlich überlegte er sich gerade mit jeder Perle, die er durch seine Finger gleiten ließ, eine neue, perfide Art, mich zu ängstigen. Dann würde dieser für ihn so verschwendete Tag doch noch ein befriedigendes Ende finden. Seine Fantasie war dabei so unendlich wie das Universum. Das hatte ich in den letzten Jahren lernen müssen, denn so lange war ich schon seine Inspiration, so nannte er es jedenfalls. Er dagegen war mein schwärzester Albtraum. Gegen ihn waren die Märchen, die meine Mutter mir in ihren dunklen Phasen erzählt hatte, wie ein Besuch im Disney Land. Dabei begannen selbst die Märchen meiner Mutter nie mit Es war einmal... und sie endeten auch nie mit: Sie lebten glücklich bis ans Ende ihrer Tage. Vielleicht waren es aber auch gar keine Märchen, sondern Lebenserfahrungen, mehr oder weniger in Metaphern verpackt, wer wusste das schon so genau außer meiner Mutter? Und jetzt hatte ich noch nicht einmal mehr diese Geschichten. Mutter nahm sie alle mit in ihr dunkles, tiefes Grab. Was mir blieb, waren mein Vater und Massimo. Mein Vater war zu oft von zuhause fort und obwohl ich sicher war, dass er mich liebte, konnte er mich nicht vor der Einsamkeit und Massimo beschützen. Massimo war zehn Jahre älter als ich. Nachdem seine Mutter gestorben war, hatte mein Vater meine Mutter geheiratet. Ich war also eine Nachzüglerin, geliebt von meinem Vater und meiner Mutter, gehasst von meinem Bruder. Warum? Auch das wusste ich nicht, wie so vieles in meinem Leben. Meine Mutter war immer der wichtigste Mensch in meinem Leben gewesen. Bis sie vor ein paar Tagen gestorben war. Ich hatte zufällig ein Gespräch zwischen Massimo und meinem Dad mit angehört. Dabei hatte Dad gesagt, sie hätte einfach nicht mehr leben wollen, der Traurigkeit in ihr nachgegeben und ihrem Leben ein 8 Ende gesetzt. Ich konnte das nicht glauben. Niemals hätte meine Ma mich alleine gelassen. Ja, sie hatte ihre dunklen Tage, aber gerade einen Tag vor ihrem Tod war sie wie ausgewechselt gewesen. Ich war von der Schule nach Hause gekommen und sie hatte gekocht. Ihre berühmten Spaghetti mit Puttanesca. Ich liebte diese Sauce mit Sardellen und Kapern und noch mehr liebte ich das Lächeln, das meine Mutter an diesem Tag auf den Lippen trug. Sie wirkte aufgekratzt, aber auf eine positive Art. Wir aßen und unterhielten uns über Gott und die Welt. Erst als sie mich fragte, wie es in der Schule gewesen sei, bekam meine Stimmung einen Dämpfer. Meine Freundin Ashley hielt sich nämlich schon seit ein paar Tagen von mir fern. An diesem Tag hatte ich sie in der Pause darauf angesprochen aber sie hatte mich einfach stehen lassen. Ich hatte den Eindruck, dass sie vor irgendetwas Angst hatte und ich ahnte auch den Grund dafür. Massimo. Er hatte ihr bestimmt etwas erzählt oder etwas getan, damit sie Angst vor mir bekam. Oder besser, davor, sich mit mir zu treffen oder zu unterhalten. Ich hatte keine Ahnung, aber ich würde es schon noch rausbekommen. Zu meiner Mutter sagte ich natürlich nichts von meinem Verdacht. Auch was er sich sonst ausdachte, um mich zu quälen, erzählte ich ihr nicht. Denn er hatte mir mehr als einmal damit gedroht, ihr sehr weh zu tun, wenn ich jemals den Mund aufmachen würde. Und ich glaubte ihm jedes Wort. Weil er böse und sadistisch war. Das wusste ich selbst mit meinen elf Jahren schon. Und so log ich ihr vor, dass alles in Ordnung sei und sie sich keine Sorgen machen sollte. Wie immer. Die 9 vorsichtigen Fragen, die sie mir manchmal zu Massimo stellte, beantwortete ich stets ausweichend. Damit, dass er mich manchmal ärgere, aber das sei nicht so schlimm. Obwohl es das war. Mehr als das. An diesem

Tag war sie jedenfalls wie ausgewechselt, fast fröhlich und euphorisch. Warum, das wusste ich nicht, aber es war mir auch egal, was der Grund dafür war. Meine Mutter so unbeschwert und fröhlich zu sehen war all die Qualen wert, die ich den dunklen Stunden durchleben musste. Weil ich sie liebte und nicht wollte, dass sie wegen mir traurig war. Später an diesem Tag sah ich durch Zufall, wie Agnes, unser Hausmädchen, einen Mann in den Salon führte. Er trug eine graue Stoffhose und ein graues Hemd und sah so unscheinbar aus wie der kleine graue Koffer, den er bei sich trug. Ich war mir sicher, er brauchte Ignotus Peverells Umhang aus Harry Potter gar nicht, um unsichtbar zu werden. Er war es bereits jetzt schon. Meine Mutter empfing ihn und ging mit ihm in ihr Schlafzimmer, was ich merkwürdig fand. Es dauerte eine Weile, dann kamen beide wieder raus und meine Mutter sah irgendwie zufrieden aus. Sie gingen die breite Treppe hinunter und standen in der Eingangshalle als mein Vater herein kam. Meine Mutter zuckte kurz zusammen, dann ging sie lächelnd auf meinen Vater zu und umarmte ihn. Meine Mutter deutete auf den fremden Mann, sagte etwas zu beiden und mein Vater verschwand mit ihm in seinem Arbeitszimmer. Als meine Mutter mich entdeckte, wirkte sie zufrieden und winkte mich zu sich. „Komm, mein Liebling, lass uns in den Garten gehen. Es ist so schönes Wetter." 10 Ich freute mich, denn es kam in letzter Zeit nicht oft vor, dass meine Ma in den Garten ging. Wir setzten uns auf eine Bank, auf die Agnes bereits weiche, grünweiße Polster gelegt hatte, unter einen der Bäume. „Hast du den Mann gesehen, der mit mir unten in der Halle stand?" Ich nickte nur. „Das war Samuel Kingston, mein Engel. Er arbeitet für deinen Vater." Sie sah mich plötzlich so ernst an, dass mir ganz komisch wurde. Instinktiv ahnte ich, dass es irgendeine Bedeutung haben musste, wenn sie so ernst mit mir sprach. Ich wusste nicht, worauf meine Mutter hinaus wollte, aber ihre blauen Augen, die ich von ihr geerbt hatte, glänzten plötzlich wie Saphire. Sonst waren sie viel zu oft glanzlos und stumpf, so dass es wirklich wichtig sein musste, was sie mir sagen wollte. „Samuel Kingston", wiederholte ich daher. Sie nickte. „Ja, genau. Ich kann es dir jetzt nicht erklären, weil ich es selber nicht wirklich verstehe, aber er hat dafür gesorgt, dass es mir bald besser gehen wird." „Ist er Arzt?", fragte ich, weil Ärzte doch dafür sorgten, dass es einem besser ging, wenn man krank war. Meine Mutter lächelte mich an, während sie mir eine Strähne hinter das Ohr strich. „Nein, mein Schatz. Er ist kein Arzt. Er kennt sich mit Computern und dem ganzen Kram sehr gut aus. Er hat...", ihre Augen verdunkelten sich für einen kurzen Augenblick, dann strahlte sie wieder, „Samuel ist meine Lebensversicherung, mein Engel." Ich hatte keine Ahnung was sie damit sagen wollte, aber der Eindringlichkeit ihrer Worte nach war es wirklich sehr wichtig. Ich fragte sie, was sie damit meinte, aber sie sagte nichts weiter dazu. Und ich fragte auch nicht noch einmal nach. Irgendwann würde sie mir schon erklären, was sie damit meinte. Stattdessen verbrachten wir einen fröhlichen Nachmittag im Garten, spielten Boccia, aßen Eis und sahen uns am Abend einen Disneyfilm an. Meine Mutter war an diesem Tag so fröhlich, dass ich einfach nicht glauben konnte, dass sie sich nur einen Tag später umgebracht haben sollte. Aber vielleicht hatte ich auch nur keine Ahnung davon, wie tief die Traurigkeit wirklich in meiner Mutter wohnte. Ich war doch erst elf Jahre alt und eigentlich sollten Mädchen in meinem Alter bunte Kleider mit Blumen darauf tragen. Stattdessen stand ich hier und trug Schwarz. Und die Blumen statt auf dem Kleid in der Hand. Und als ich sie in das Grab meiner Mutter fallen ließ und sie mit einem leisen Rascheln auf den Sarg fielen, war das, als würden sie all das mitnehmen, was noch an Leben in mir war. Ein kurzer Blick zu Massimo bestätigte mir dann, was ich eigentlich schon wusste: Selbst wenn er mich jetzt nicht mehr damit erpressen konnte, meiner Mutter weh zu tun, würde er einen anderen Weg finden, mich zu zwingen und mit mir zu machen, was immer ihm an Gemeinheiten einfiel. Er war ein Monster und ich sollte recht behalten.

...

Erhältlich bei allen Anbietern für 2,99 Euro als Ebook.
ISBN-13 : 978-3755796824

Oder als Taschenbuch für 12,99 Euro.
ISBN-10 : 3755796821